btb

Buch

Der römische Herumtreiber Giovanni Beri tut sich gerade an einem Teller Makkaroni gütlich und träumt von seinem nächsten Glas Wein. Da fällt ihm ein Reisender auf. Der sonderbare Herr gestikuliert mitten auf der Piazza del Popolo, als hätte ganz Rom nur auf ihn gewartet. Wer ist dieser Mann, ein adeliger Spinner, ein Advokat oder gar ein Spion? Beri, der neben seinen Gelegenheitsarbeiten auch den Patres des Vatikans mit allerlei Informationen zu Diensten ist, beschließt, den merkwürdigen Fremden näher unter die Lupe zu nehmen. Doch bevor er sich's versieht, verliert Beri nicht nur den Überblick, sondern auch seine Geliebte Faustina, und zwar ausgerechnet an den Mann, den er observiert, den berühmtesten aller Italienreisenden: Goethe

»Am 3. September 1786, morgens oder vielmehr nachts um drei, damit niemand die Abreise bemerkt, stiehlt sich Goethe in der Postchaise davon, nur einen Jagdranzen und Mantelsack als Gepäck«, so beschreibt Richard Friedenthal in seiner Goethe-Biographie die heimliche Ausreise aus Weimar. Was hier so geheimnisvoll angedeutet ist, hat Hanns-Josef Ortheil zum Anlaß genommen, eine höchst amüsante Geschichte um den Besuch des Dichtervaters in der ewigen Stadt zu spinnen.

Autor

Hanns-Josef Ortheil wurde 1951 in Köln geboren. Für seinen Debütroman *Fermer* erhielt er 1979 den aspekte-Literatur-Preis. Es folgten die Romane *Hecke, Schwerenöter, Agenten* und *Abschied von den Kriegsteilnehmern.* Neben zahlreichen Essaybänden (u. a. *Mozarts Sprachen*) veröffentlichte er *Das Element des Elefanten. Wie mein Schreiben begann* (1994) und das literarische Tagebuch *Blauer Weg* (1996). Zuletzt erschien bei Luchterhand sein Roman *Lo und Lu* (2001). Der Autor lebt heute in Stuttgart.

Hanns-Josef Ortheil bei btb

Im Licht der Lagune. Roman (72477)
Die Nacht des Don Juan. Roman (72478)

Hanns-Josef Ortheil

Faustinas Küsse

Roman

btb

Umwelthinweis:
Alle bedruckten Materialien dieses Taschenbuches
sind chlorfrei und umweltschonend.

btb Taschenbücher erscheinen im Goldmann Verlag,
einem Unternehmen der Verlagsgruppe Random House GmbH.

Einmalige Sonderausgabe Februar 2003
Copyright © 1998 by Luchterhand Literaturverlag München,
in der Verlagsgruppe Random House GmbH
Umschlaggestaltung: Design Team München
Umschlagfoto: Artothek / Wacker
Satz: IBV Satz- und Datentechnik GmbH, Berlin
KR · Herstellung: Augustin Wiesbeck
Made in Germany
ISBN 3-442-72476-7

Erster Teil

1

Am frühen Abend des 29. Oktober 1786 sah der junge Giovanni Beri, der eben auf einem herbeigerollten Stein Platz genommen hatte, um in Ruhe einen Teller Makkaroni zu verzehren, einen Fremden dem aus nördlicher Richtung auf der Piazza del Popolo eingetroffenen Reisewagen entsteigen. Beri hatte gerade die Finger seiner Rechten in die noch heißen Nudeln getaucht, um sie bündelweise, wie weiße Würmer, in den Mund zu schieben, als der Fremde seinen Reisehut lüftete und ihn immer wieder hoch in der Luft schwenkte, sich dabei im Kreise drehend, als wollte er sich der ganzen Stadt Rom als Liebhaber und Freund präsentieren.

Der junge Beri hatte schon viele Reisende aus dem Norden auf diesem ehrwürdigen Platz ankommen sehen, doch noch selten hatte sich einer so merkwürdig benommen wie dieser stattlich gewachsene Mann in weitem Überrock, dem sich jetzt eine Gruppe von Wachbeamten näherte, um seinen Namen in die dafür vorgesehenen Listen einzutragen. Das Betragen des Fremden ähnelte einem Auftritt im Theater, es hatte etwas von Leidenschaft und großer Aktion und doch fehlten ihm auf dem weiten Platz, der durch die Parade der Kutschen beinahe vollgestellt war, die passenden Zuschauer.

›Mach weiter so, mach nur weiter!‹ dachte Beri, insgeheim belustigt, während er mit Daumen und Zeigefinger nach den entwischenden ölgetränkten Nudeln griff und sie langsam durch den über den Teller verstreuten Käse streifte. Jetzt riß sich der Fremde den Überrock vom Leib, warf den Hut auf den kleinen Koffer, breitete die Arme aus und dehnte den ganzen Körper wie eine gespannte Feder. Beri grinste, vielleicht hatte man es mit einem Schauspieler zu tun! Doch das Grinsen verschwand augenblicklich, als er bemerkte, daß ihn das merkwürdige Gebaren zur Unachtsamkeit verführt hatte. Für einen Moment hatte sich der Teller offensichtlich in Schräglage befunden, ein kleinerer Haufen der köstlichen Makkaroni lag schon auf dem Boden.

»Daran bist Du schuld!« entfuhr es Beri, der sich jedoch gleich darüber wunderte, wie brüderlich er den Fremden insgeheim anredete. Irgend etwas Anziehendes hatte dieser Tänzer, irgend etwas, das einen noch schlummernden Teil seiner Seele berührte! Beri hielt den Teller für einen Augenblick mit der Rechten und fuhr sich mit der Linken durchs Gesicht. Träumte er? Hatte ihm das Glas Weißwein zugesetzt, das er an diesem warmen Nachmittag getrunken hatte?

Der Fremde ließ die Wachbeamten einfach stehen. Er durchmaß den weiten Platz mit großen Schritten, stemmte dann und wann die Hände in die Hüften, ging in die Hocke, drehte sich plötzlich nach allen Seiten und warf immer wieder die Arme in die Höhe, als wollte er die ganz fernen Abendwolken herbeilocken, zu seinem Auftritt tanzend zu wirbeln. ›Warte nur‹, dachte Beri, ›das geht nicht lange gut‹, doch die beiden Wachbeamten, die den Mann endlich erreicht hatten, wurden dadurch überrascht, daß der Fremde sich nun rasch in Bewegung setzte, zunächst quer über den Platz, dann, langsamer werdend, im Kreis um den hohen Obelisken, der etwa auf der Mitte des Platzes stand.

Immer dann, wenn die hinter dem Fremden herhastenden Beamten ihr Opfer gestellt zu haben schienen, brach der Herumeilende wieder nach einer anderen Seite aus, so unerwartet, so gewitzt, als wollte er mit den beiden atemlos werdenden Verfolgern seinen Spaß treiben. Beri lächelte, dann aber begann er immer lauter zu lachen; er hielt den warmen Teller krampfhaft in der Rechten, um nichts von der wertvollen Speise zu verschütten, doch das Lachen rüttelte ihn so durch, daß die weißen Nudelkäsewürmer auf dem Teller zu tanzen begannen. Immer wilder hüpften sie umeinander, sprangen über den Rand, warfen sich übermütig auf das Pflaster, so daß Beri, lauthals lachend, den Tränen nahe, sie in einem Gefühl plötzlichen Überschwangs in einem großen Bogen durch die Luft fliegen ließ.

Was tat er? Warum war er so außer sich? Der Fremde schien das üble Spiel, das er mit den beiden Wachbeamten trieb, gar nicht zu bemerken, jetzt hatten sie ihn eingeholt, an der kleinen Wasserstelle neben dem Obelisken, einer von ihnen hatte ihn fest zu packen bekommen, oben, an der Schulter, so daß er sich heftig herumdrehte.

Was für eine Nase! Beri grinste, ruhiger werdend. Was für ein unruhiger Mund, die Lippen zuckten unaufhörlich, als hätten sie sich an den heißen Würmern verbrannt! Nun hatten sie ihn also gestellt, nun würde er niemandem mehr entkommen!

Beri saß da mit offenem Mund, der leere, ölverschmierte Teller glitt ihm aus der Hand und zersprang auf dem Pflaster. Der Fremde umarmte die beiden Beamten. Er drückte sie an sich, als sei er guten Freunden begegnet, er hakte sich bei ihnen ein und ging mit ihnen langsam, schlendernd, als habe er sie nie düpieren wollen, zu seinen Koffern zurück. Jetzt hatte er beide Arme um ihre Schultern gelegt, sie lachten sogar, sie ließen es sich gefallen, offenbar machte er einige Scherze, offenbar unterhielt er sie gut.

Beri hustete. Der Teller war zersprungen, über die Nudeln machten sich die Katzen her. ›Du bist mir was schuldig‹, dachte er und wischte sich mit der Linken über den Mund. Dann stand er langsam auf, streckte sich, scharrte die Scherben des Tellers mit der Fußspitze zusammen und ging quer über den Platz, dem Fremden seine Dienste anzubieten.

2

Der aber gestikulierte noch vor den Wachbeamten, als Beri sich der Gruppe mit einem der hölzernen Karren näherte, die auf dem weiten Platz zu jedermanns Gebrauch abgestellt waren. Jetzt hörte er den Fremden sprechen, er sprach ein fehlerhaftes, aber frisch daherfließendes Italienisch, das sich aus lauter aufgeschnappten Wendungen zusammenzusetzen schien. Auch auf die Beamten schien er einigen Eindruck zu machen, denn immerhin hatten sie sich auf eine kurze Verhandlung darüber eingelassen, ob er den Reisewagen wieder besteigen müsse oder den Weg zum Packhof auf eigenen Wunsch zu Fuß zurücklegen dürfe.

Als der Mann den jungen Beri mit seinem Karren gewahr wurde, geriet die Szene gerade zu einer kleinen Debatte. Die Wachbeamten bestanden darauf, daß er mitsamt seinem Gepäck wieder einsteigen müsse, während er Beri als einen guten Geist vorstellte, der das Gepäck auf dem kleinen Karren rasch zum Packhof befördern werde.

Die Widerreden schienen sich immer mehr zu beschleunigen, als der Neuankömmling plötzlich ruhig wurde, sich sammelte, den Blick starr in die Richtung der langen Meilen des Corso richtete und mit wiederum verblüffender Hingabe davon sprach, wie schön der Abend sei. Die Wachbeamten schienen sich auch sofort zu besinnen, sie schauten seinen Blicken hinterher, der mit einem Male in beredten Worten

den leuchtenden Abend schilderte, die sonntäglichen Parade-
fahrten der Kutschen hin zur Piazza Venezia, das Leben auf
den Balkonen, das Rufen, Winken und Plärren aus den Fenstern, alles aber so freundlich und warm, als begrüßte er Szenen seiner Heimat.

Die Wachbeamten fragten denn auch sofort nach, ob der
Fremde Rom schon früher einmal besucht habe, worauf er erwiderte, mit seiner Seele habe er die Stadt bereits Hunderte
von Malen in Besitz genommen, während er nun bemüht sei,
auch seinem Körper die Gegenwart dieses Paradieses zu gön-
nen.

Die unerwartete Erwähnung des Paradieses (»il paradiso«,
sagte er, mit einem solchen Nachdruck auf dem langen ›i‹, als
wollte er immerfort darin verweilen) in Verbindung mit der
Stadt Rom ließ die Wachbeamten jedoch anscheinend umden-
ken. Durch ein knappes Zeichen verständigten sie sich darauf, daß der Fremde den eingetroffenen Postkutschen auf dem
Weg zum Packhof zu Fuß folgen dürfe. Einer von ihnen setzte
sich denn auch bald an die Spitze des Zuges, und so ging es
den Corso hinab, die Kutschen voran, der große Mann hinterdrein und ganz am Schluß der junge Beri mit seinem Karren, auf dem man das Gepäck des Fremden untergebracht
hatte.

Jetzt hatte Beri wieder Zeit, ihn zu beobachten. Hatte er
ihn vor wenigen Minuten noch für einen Schauspieler gehalten, so war er sich längst nicht mehr sicher. Denn nun, auf
dem Weg zum Packhof, wirkte er inmitten der großen Menschenmenge, die den Corso entlang flanierte, plötzlich wie einer der Vielen, nicht fremd, nicht herausgehoben, sondern ...,
wie, ›ja, wie ein Sohn, der nun heimkommt‹, dachte Beri, als
er bemerkte, daß der Neuankömmling den Menschen auf den
Balkonen zuwinkte. ›Er tut so, als hätten sie gerade auf ihn gewartet‹, dachte Beri weiter und lächelte vor sich hin, als sich

der Fremde unerwartet zu ihm umdrehte und wartete, um neben ihm hergehen zu können.

»Du bist von hier?« fragte er, und Beri beeilte sich zu bestätigen, daß er ein Römer sei.

»Wie alt bist Du?«

»Zweiundzwanzig«, antwortete Beri.

»Leben Deine Eltern noch?«

»Nein, Signore«, antwortete Beri, »meine gute Mutter ist vor einem Jahr, mein Vater vor acht Jahren verstorben.«

»Und Du, wovon lebst Du?«

»Ich arbeite mal hier, mal dort, wie es sich so ergibt.«

»Hast Du kein Handwerk gelernt?«

»Nein, Signore. Mein Vater war Fährmann auf dem Tiber, und ich erhielt später keine Lizenz, da ich zu jung war, als er starb.«

»Hast Du noch Geschwister?«

»Einen jüngeren Bruder, Signore, der sich nach dem Tod unserer guten Mutter davongemacht hat. Ich hatte ihr versprochen, für ihn zu sorgen, doch er...«

Beri kam nicht weiter, denn der fremde Mann war inmitten des Getümmels plötzlich stehengeblieben. »Schau!« rief er und deutete auf die nahe Fassade einer Kirche.

»Was ist?« fragte Beri.

»Das ist außerordentlich«, sagte der Fremde.

»Pah«, entfuhr es Beri, »von solchen Kirchen haben wir in Rom Tausende.«

Beri tat der leichtfertig hingesagte Satz sofort leid, als er bemerkte, daß ihn der andere als hochmütig zu verstehen schien. Nun wollte er sich nicht weiter unterhalten, sondern ging schnelleren Schrittes wieder voraus, still, in sich gekehrt, als habe Beris Bemerkung ihn in seinem Überschwang gebremst. Beri bemühte sich, mit seinem Karren Schritt zu halten.

»Dort«, rief er dem Mann hinterher, »dort... schauen Sie, Signore, San Carlo al Corso!«

Anstatt sich umzudrehen und seinen Hinweis zu beachten, schaute er sich jedoch kein einziges Mal mehr um. Beri hatte es jetzt schwer, ihm zu folgen, so eilig blieb er hinter den Kutschen. Erst als man auf dem Packhof ankam, würdigte der Fremde ihn wieder eines Blickes.

»Wenn das hier vorbei ist, wird er mich zur Locanda begleiten«, sagte der Fremde.

»Zum Spanischen Platz, wo die Fremden ihr Quartier nehmen?« fragte Beri.

»Ich gebe ihm schon Bescheid«, wich der Fremde aus und bedeutete Beri, wohin er das Gepäck zu bringen habe.

Im Packhof mußte man einige Zeit warten, endlich war auch der Fremde an der Reihe. Die beiden kleinen Koffer wurden geöffnet, allerhand Bücher kamen zum Vorschein, sogar eine Sammlung von Steinen, dazu Papiere und Hefte, Kleidung obenauf, auch der Mantelsack und ein kleiner Dachsranzen wurden geleert. Die Bücher wurden zur Kontrolle über Nacht einbehalten, der Fremde erhielt eine Marke und konnte den Packhof mit seinen übrigen Sachen wieder verlassen.

Sofort war Beri mit seinem Karren zur Stelle.

»Zur Locanda dell'orso!« entschied der Fremde.

»Die Locanda, Signore, liegt nicht am Spanischen Platz, sie liegt abseits, am Tiber«, sagte Beri.

»Zur Locanda dell'orso!« wiederholte der Fremde, lauter als zuvor, und Beri nickte.

Jetzt ging er wieder hinter ihm her. Mit einem Mal hatte der Mann aus dem Norden etwas Stolzes, Unnahbares, als wollte er sich kein zweites Mal mit Beri gemein machen. ›So sind sie, die hohen Herren!‹ dachte Beri erbost, fragte sich dann aber sofort, warum er ihn nun für einen hohen Herrn hielt. Seine beinahe abenteuerliche Kleidung, die lose Weste mit den verschmutzten Ärmeln, die halblange, schäbige Hose und die leinenen Strümpfe machten ihn jedenfalls nicht zum hohen Herrn, höchstens sein jetzt fester, abweisender Blick.

Vor der Locanda setzte Beri den Karren mit einem leichten Stöhnen ab. Der Mann wollte den Gasthof schon betreten, als er zur Linken den Tiber gewahr wurde und sich umdrehte. »Mein Gott!« entfuhr es ihm, und Beri folgte seinem Blick, der sich nun auf die nahe Engelsburg und die große Kuppel von Sankt Peter richtete, die hinter der Tiberschleife im weichen Abendlicht auftauchten.

»Sankt Peter«, sagte Beri, »die Stätte des Heiligen Vaters!«

Doch der Fremde schien ihn nicht mehr zu hören. Er starrte hinüber auf das über den Wassern aufschimmernde Bild, ohne sich noch zu regen. Die Lippen waren straff zusammengespannt, der Kopf lag beinahe im Nacken, und die Augenbrauen schienen ein wenig zu zucken, als müßten sie eine aufdringliche Erscheinung verscheuchen und abwehren.

Beri wartete, minutenlang. Er trat auf der Stelle und traute sich nicht, noch etwas zu sagen. Was war mit dem Mann? Fühlte er sich nicht wohl? Beri betrachtete ihn verstohlen von der Seite, um Anzeichen von Übelkeit zu entdecken. Die Nase erschien ihm noch gewaltiger als zuvor. Die Stirn war breit und von roten Flecken überzogen.

Beri räusperte sich.

»Kann Er warten?« fragte der Fremde.

»Solange der Signore befiehlt«, antwortete Beri.

»Ich werde Ihn mit einer Botschaft beauftragen, in einer halben Stunde«, sagte der Fremde.

»Ich werde zur Stelle sein«, sagte Beri, trug das Gepäck in die Locanda und schlenderte wieder nach draußen, um sich ans Ufer des Tiber zu setzen.

Dort, drüben, stromaufwärts, ganz nahe, am Porto di Ripetta, hatte sein Vater als Fährmann gearbeitet. Dort hatten sie gewohnt und ein sparsames Leben geführt. Der Vater hatte gut zu tun gehabt, und er, Giovanni, hatte sich auf die Fremden verstanden. Schon als Kind hatte er dem Vater helfen dürfen, sogar des Nachts, wenn die Überfahrt schwierig gewesen war, da die meisten Fahrgäste dann reichlich getrunken und sich manchen Spaß erlaubt hatten. Er, Giovanni, hatte ihre Sprachen gesprochen, etwas Englisch, etwas Französisch und sogar das knarrende Deutsch!

›Ob er ein Deutscher ist?‹ fragte sich Beri und schaute zur Locanda hinauf, in der der Fremde Quartier bezogen hatte. ›Vielleicht ist er aber auch ein Engländer, ein Herr vom englischen Land, wie die Vielen, die oft schon frühabends schläfrig waren vom heimischen Bier und nicht mehr zurückfanden und sich von Vater hin und her fahren ließen, weil sie vergessen hatten, auf welchem Ufer sich ihr Hotel befand...‹

Beri lachte kurz auf, dann saß er still. Es war ein herrlicher Abend, mildwarm, in den Weinbergen am anderen Ufer schien die Erde zu summen. Beri schaute hinüber nach Sankt Peter. Nur zu gern hätte er gewußt, was den merkwürdigen Fremden so beschäftigte. ›Ich werde es schon erfahren‹, flüsterte er vor sich hin und schnitzte mit dem Messer an einem Stück Holz. ›Zeit habe ich genug.‹

3

Als ihm das Warten lästig wurde, ging er schlendernd zur Locanda zurück. Enrico, der Wirt, begrüßte ihn, doch von dem Fremden war nichts zu sehen.

»Wie heißt er?« fragte Beri unschuldig.

»Miller«, antwortete Enrico, »Filippo Miller, er ist ein Maler aus Deutschland.«

15

»Was Du nicht sagst«, lächelte Beri.

»Aber bitte, schau her«, sagte der Wirt und schob ihm das Buch mit den Eintragungen der Gäste hin. Beri beugte sich über die Schrift.

»Sehr schön...«

»Was?«

»Schöne Buchstaben, eine schöne Schrift...«

»Filippo Miller..., Maler, da steht es...«

»Was Du nicht sagst«, lächelte Beri wieder.

»Eh«, sagte Enrico, »suchst Du Streit? Du hältst einen zum Narren!«

»Du hast recht«, beschwichtigte Beri, »er heißt Miller, da steht es, ganz deutlich.«

»Na bitte!« sagte Enrico.

Beri wollte den alten Freund mit weiteren Fragen beschäftigen, als er jemanden die kleine Treppe herunterkommen hörte. War das der Filippo Miller, der Maler aus Deutschland? Beri schaute erstaunt auf. Der Fremde trug einen grünen, eleganten Rock, tadellos, darunter ein weißes, offenes Hemd. In diesen wenigen Minuten hatte er sich erneut verwandelt. ›Ich habe es geahnt‹, dachte Beri, ›er ist ein Advokat, er ist in geheimer diplomatischer Mission unterwegs. Warte nur, ich werde es schon herausbekommen.‹

Er ging einige Schritte auf den Mann zu und sprach ihn auf deutsch an.

»Sprich Er Italienisch mit mir!« unterbrach ihn der Fremde barsch.

»Verzeihung, Signore, nichts als eine Höflichkeit. Wir Römer verstehen uns auf die Sprachen der Fremden.«

»Hier, diese Nachricht ist für Signore Tischbein bestimmt. Er wohnt am Corso, gegenüber dem Palazzo Rondanini. Signore Tischbein soll sie sofort erhalten!«

»In fünf Minuten wird er sie lesen können.«

»Ich danke Ihm. Und hier, das ist sein Lohn für den Transport und für das Überbringen des Briefes.«

Beri griff nach dem kleinen versiegelten Briefchen, er steckte es in seine Tasche und wog mit den Fingern die Münzen, die der Fremde dem Brief beigegeben hatte. Er hatte ihn gut entlohnt, sehr gut sogar, gewiß war er ein vermögender Advokat oder gar ein Kaufmann, der aus Rom auf geheimen Wegen Waren in den Norden expedieren ließ.

Beri verneigte sich und wollte sich zurückziehen, als der Fremde ihm noch ein Abschiedswort zurief

»Vergiß Er seinen Bruder nicht!«

»Signore meinen...?«

»Vergiß Er nicht, weiter nach ihm zu suchen!«

»Gewiß nicht, Signore! Ich danke, mein Dank für Ihre Anteilnahme!«

Jetzt stand er draußen, vor der Locanda. Die Kuppel von Sankt Peter verschwand schon in der Dunkelheit, wie eine schwere Blüte, die sich langsam zu schließen begann. Was hatte das nun wieder zu bedeuten? Warum hatte der Fremde ihn an seinen Bruder erinnert? Er, Beri, glaubte ja selbst nicht mehr an die Gegenwart dieses Bruders. Lange Jahre waren sie unzertrennlich gewesen, erst nach dem Tod der Mutter hatten sich ihre Wege getrennt, und Roberto, der Jüngere, war nicht mehr zu halten gewesen. Nein, er hielt sich nicht mehr in Rom auf, das war ausgeschlossen, er, Giovanni, hätte davon erfahren. Seit Roberto weg war, fühlte er sich einsamer denn je; er hatte keine Freunde, keine, die ihm so nahe waren, wie Roberto es gewesen war. So trieb er sich meist allein herum, unruhig, unzufrieden, einer, der nahe dran war, das Gleichgewicht zu verlieren. Noch war es nicht soweit, noch lebte er von den guten Erinnerungen, manchmal glaubte er sogar, die mahnende Stimme seiner Mutter zu hören, die ihm aufgab, nach Roberto zu suchen. Das alles bedrückte ihn, es

17

machte ihn manchmal jähzornig und heftig, außerdem war es an der Zeit, daß er eine gut bezahlte Arbeit fand. Der Fremde kam da gerade recht, vielleicht war der Fremde in Geld zu verwandeln!

Beri eilte durch die schmalen Gassen zurück zum Corso. Die Parade der Kutschen war zum Glück vorbei. Aus den Osterien hörte man jetzt die Stimmen der Zecher, auch Beri dachte an ein Glas Wein, das er sich bald würde erlauben können. Er schaute noch einmal auf den Brief: ›Al Signore Tischbein, pittore tedesco, al Corso, incontro del Palazzo Rondanini‹ . . .

Der Palazzo Rondanini befand sich nicht weit von der Piazza del Popolo entfernt. Das Haus gegenüber war ein unauffälliger Bau, keineswegs herrschaftlich. Als er durch die offen stehende Tür ins Innere trat, begegnete er sofort einer älteren Frau, die sich nach seinen Wünschen erkundigte. Beri fragte, ob ein Signore Tischbein im Haus wohne. Die Alte nickte. Und Signore Tischbein sei ein Maler? Auch das bestätigte die Frau.

Beri war vorerst damit zufrieden. Er zog den Brief aus seiner Tasche und händigte ihn aus. Dann winkte er der Alten noch einmal zu und ging ins Freie.

›Signore Miller und Signore Tischbein‹, dachte Beri, ›zu gern hätte ich gewußt, was in dem Briefchen steht. Tischbein scheint also wahrhaftig ein Maler zu sein, aber ich wette, daß Filippo kein Maler ist. Er ist ein Advokat, ein Dottore, er ist ein Gott-weiß-nur-Was, aber er ist kein Maler und auch sonst kein Künstler. Die Künstler haben nicht dieses Bestimmte, diesen Willen, sie sind wechselhaft wie das Wetter, und sie verwandeln sich nicht in wenigen Minuten vom Herumtreiber in einen Mann von Stand.‹

Beri lächelte, dieser Tag war ein Glückstag, er spürte es jetzt. Anfangs hatte er den Fremden noch für eine Unglück bringende Gestalt gehalten, das war vor wenigen Stunden gewesen, als er ihn um seine Abendmahlzeit gebracht hatte. Doch er war ihm, Beri, wahrhaftig nichts schuldig geblieben. Nun hatte er mehr Geld in der Tasche als in den letzten vier Wochen zusammen. Noch viel mehr als dieses Geld aber wog das Geheimnis des Fremden. ›Und dieses Geheimnis wird man mir teuer bezahlen!‹ dachte Beri und reckte sich.

4

Wohin? Beri überlegte kurz. Er wollte seine Neuigkeiten möglichst bald loswerden, doch die Sache mußte gut durchdacht sein. Nichts übereilen, jetzt kein falsches Wort, es würde auf jede Wendung ankommen! Zunächst mußte er seinen Hunger stillen, das war er sich schuldig. Er würde seinen Lieblingsplatz aufsuchen, den Platz vor dem Pantheon, dort gab es viele Stände mit Gesottenem und Gebratenem, da würde er etwas essen und ein Glas Wein dazu trinken!

Beri machte sich langsam auf den Weg. Wie der Magen schon beim bloßen Gedanken an Nahrung sich regte, er spürte es förmlich. Ach, lange hatte er schon nichts Gutes mehr gegessen, nichts von dem, was an den Tischen der hohen Herren verzehrt wurde.

Nach dem Tod der Mutter hatte er eine Anstellung im Haushalt der alten, ruhmreichen Familie Borghese erhalten, auf Bitten des Pfarrers. Einige Monate hatte er als Botengänger und Laufbursche arbeiten dürfen, wie ihm das doch gefallen hatte! Da war er den hohen Herren ganz nahe gewesen, den Kammerdienern und Kellermeistern, den Verwaltern und Buchhaltern, den Kaplänen und Vorlesern. An Festtagen und bei Empfängen hatte er eine Livree tragen dürfen, eine leichte im Sommer und im Winter eigens eine kostbare, wärmere. Er hatte einen guten Mantel erhalten und leinene Hemden, überall war er als Corriere in Erscheinung getreten. Damals hatte er gehofft, im Haushalt der Borghese bald weiter aufsteigen zu können, auf leichte Art war er ja mit allen dort in Verbindung gekommen, sogar in der Bibliothek hatte er arbeiten und die langen Bücherreihen abstauben dürfen!

Wer einmal in einen solchen Haushalt aufgenommen war, dem ging es gut! Er erhielt nicht nur seinen monatlichen Lohn, sondern noch allerhand Zuwendungen: Trinkgelder, Kleidung, einen kleinen Zuschuß zur Miete, vor allem aber viel von dem, was im Haus und in der Küche übrigblieb...

Beri schloß die Augen, das Wasser lief ihm auf der Zunge zusammen. Wasser..., selbst das Wasser, das an den Tischen der hohen Herren serviert worden war, war ein ganz besonderes Wasser gewesen, kristallklar, kalt, ja diamanten, ein Edelwasser, die Tropfen wie Perlen! Ganz zu schweigen vom Wein... An nichts hatten seine, Beris, Blicke so sehr gehangen wie an den schweren Karaffen mit Wein, diesen prallen, verborgenen Rotstoffen, manche wie schwerer Samt, andere wie flatternde, durchsichtige Tücher. Oft war er mit dem Kellermeister in die langen Gewölbe gestiegen, um die edlen Flaschen ans Licht zu tragen, an ihnen hatte er sich nicht satt sehen können, denn es war ihm oft so vorgekommen, als ginge von diesen Flaschen ein geheimes Leuchten, eine besondere Magie aus, die seine Zunge schon erwiderte, bevor sie überhaupt gekostet hatte.

Natürlich war es verboten gewesen, von all diesen Weinen zu trinken, und selbst dem Kellermeister unmöglich, eine Flasche verschwinden zu lassen, schließlich hatte er täglich Buch führen müssen. Doch manchmal hatten die geleerten, schweren Karaffen noch kleine Restessenzen enthalten, und Beri hatte sie mit der weit ausgestreckten Zunge tropfenweise aufgefangen wie ein Verdurstender. Wie viele Karaffen hatte er auf diese Weise geleert, meist heimlich! Mit der Zeit hatte er bestimmte Aromen und Nuancen zu unterscheiden gelernt, ja, er hatte sich sogar die Namen der Weine gemerkt und sich Hoffnungen gemacht, in ferner Zeit einmal am Tisch der hohen Herren bedienen zu dürfen.

Eine gute Zeit war es gewesen, in den Diensten der Familie Borghese, eine himmlische, doch der Teufel hatte ihn, Beri, in Gestalt der rubinroten Tropfen versucht, und einmal, ja, schon beim ersten Mal, als er in den Kellern des Palazzo eine Flasche besten Piemonter entkorkt hatte, um sie heimlich zu leeren und mit angesetztem rotem Weinessig wieder zu füllen, hatte ihn ein Aufseher, der einen silbernen Flaschenuntersatz vermißt hatte, zu fassen bekommen.

Beri öffnete die Augen, ein strenger Duft von Öl und Gebratenem schlug ihm entgegen, er hatte den Vorplatz des Pantheon erreicht. Noch am Tage des Mißgeschicks war er entlassen worden, beschimpft und entehrt, ohne eine Abfindung, ja sogar ohne Auszahlung des monatlichen Gehaltes! In den dunkelsten Ecken der Kirche San Luigi dei Francesi hatte er Abbitte geleistet, eine Stunde lang unter vielen Gebeten, doch in der Nacht dieses Tages war ihm seine tote Mutter im Traum erschienen und hatte ihn verflucht. Siebenmal hintereinander war sie ihm erschienen, jede Nacht, und jedesmal waren die Flüche noch furchtbarer und lauter geworden. Beri schüttelte sich, er hatte sein erstes großes Glück leichtfertig vertan, jetzt lebte er in einem winzigen Zimmer unter dem Dach, in demselben Haus, in dem auch seine Eltern gelebt hatten, direkt am Hafen. Hätte er der Versuchung widerstanden, so hätte er vielleicht längst in den prächtigen Palazzo übersiedeln dürfen, selbst die Zügelhalter der hohen Herren schliefen ja nachts in den Vorzimmern, ganz zu schweigen von den Dienern, die sich um die Kerzen oder das Brennholz kümmerten, den Hof fegten und die Straße, selbst sie hatten ihr Zimmer in den weiten Fluchten des Palazzo, hohe, helle Zimmer, die im Winter gut geheizt wurden, denn die Borghese sorgten sich um das Wohl der Familie, zu der auch die Allergeringsten unter den Dienern gehörten, selbst die, die für die Pferde und die Kutschen zuständig waren.

Beri schlug sich leicht mit der Rechten gegen die Stirn, um die unliebsamen Erinnerungen zu vertreiben. Es war nun einmal nicht zu ändern, er hatte gesündigt, doch inzwischen war ihm wahrscheinlich sogar im Himmel verziehen worden, jedenfalls war ihm seine Mutter nicht mehr fluchend erschienen.

Er kaufte sich eine Portion fritierter Fische und setzte sich an den Brunnen. Fritierte Fische waren besser als Makkaroni, fritierte Fische schmeckten salzig, körnig, nach Meer und nach Leben! Vor allem aber erinnerten sie ihn, Beri, an das Wasser, er liebte das Wasser, nichts liebte er auf der Welt so wie das Wasser! Als Kind hatte er viele Tage im Wasser zugebracht, mit den Füßen immer im Wasser, und später hatte er auf den Planken der Barke des Vaters gelegen, in der Sonne, auf Kundschaft wartend, manchmal auch nachts, versteckt, um dort zu schlafen. ›Giovanni!‹ hatte die Mutter geschrien, aber er hatte in der tiefen Dunkelheit allein in der Barke des Vaters geschlummert, von den Tiberwellen leicht auf und nieder geschaukelt, in einem wunderbaren Versteck, ganz für ihn gemacht!

Dort, dort fuhren jetzt einige Kutschen mit Fremden vor! Sie hielten kurz vor dem mächtigen, düsteren Bau des Pantheon, schauten für einen Moment hinaus und ließen sich weiterkutschieren. Was verstanden sie schon von alledem! Und doch wollten sie an den acht schweren Säulen vorbeigefahren werden, als könnte ihnen der Anblick helfen, etwas von dieser Stadt zu verstehen. Die meisten Fremden sagten so etwas, sie sagten, sie wollten diese Stadt verstehen, das hatte er immer wieder gehört. Die Fremden hätten sich hersetzen sollen, um fritierte Fische zu essen, dann hätten sie mehr verstanden, mehr von Roms Wassern und Brunnen und unterirdischen Verliesen, mehr von Roms Meeresnähe, die ihm, Beri, in die Kinderseele gebrannt worden war...

Er leckte seine Finger und warf das Papier, in das man die Fische gegeben hatte, in hohem Bogen zur Seite. Das war getan, nun fühlte er sich besser. Noch einen kleinen Schluck Wein! Er ging hinüber zu einem Ausschank und ließ sich ein Glas geben. Herunter damit! Der Wein würde das Salz fortspülen, zu nichts anderem war er gut, nicht zu vergleichen, nicht im mindesten zu vergleichen mit den Weinen, die er, Giovanni Beri, einmal getrunken hatte, in den herrlichen Tagen als Corriere der Familie Borghese, bestimmt zu Höherem und gefallen ins Niedrigste...

Jetzt aber, das ahnte er, bot ihm der Himmel zum zweiten und vielleicht letzten Mal das Glück an. Signore Miller und Signore Tischbein, diese Geschichte wollte nun auf leichte und elegante Weise in Geld verwandelt werden. Beri setzte sich wieder an den Brunnenrand und dachte nach. Jedes Wort mußte er bedenken, vor allem durfte er auf Fragen nicht so heftig und schnell antworten, wie er es gewohnt war. Gut, daß er nicht zuviel getrunken hatte, meist hatte er sich dann nicht in der Gewalt und geriet ins Reden und Schwadronieren. So etwas mochte Seine Heiligkeit nicht, das Reden und Schwadronieren, vor allem aber das Trinken hielt Seine Heiligkeit für eine Sünde. Irgendwer hatte ihm, Beri, sogar einmal zugeflüstert, daß Seine Heiligkeit geäußert hätte, das Reden sei eine Entweihung des Schweigens...

Was für ein tiefsinniger Satz, ein Satz, der ganz zu der verschwiegenen Art Seiner Heiligkeit paßte. Daran also mußte man sich halten, um Seiner Heiligkeit zu gefallen, scheu, zurückhaltend, aber wissend und deutlich mußte man auftreten, wie ein Schauspieler, der sein Mienenspiel beherrschte.

Beri saß noch eine kleine Weile. Er schaute starr auf die acht Säulen der Vorhalle des Pantheon. Einmal begann er sie von links nach rechts, dann wieder von rechts nach links zu zählen. So etwas half ihm, diese acht Säulen ordneten seine Gedanken. Dann stand er auf und machte sich auf den Weg, endlich sein Glück wiederzufinden.

5

In dem kleinen Weinausschank in der Nähe der Kirche Il Gesù drängten sich die Trinker. Beri schlich hinein, bestellte ein Glas und verhielt sich ruhig. Wie viele Diener Seiner Heiligkeit hier wohl sein mochten? Er musterte die anderen verstohlen, die meisten waren schon betrunken und redeten mit großen Gebärden aufeinander ein. Ob sich einige verstellten? Beri versuchte, ihr Mienenspiel zu ergründen, doch er kam nicht weit mit seinen Beobachtungen. ›Die meisten hier sind arme Teufel‹, dachte er, ›sie haben keine Ahnung, welcher Künste es bedarf, die Geheimnisse der Fremden zu erforschen!‹ Er, Beri, glaubte sich darauf zu verstehen, doch bisher hatte Seine Heiligkeit ihn noch nicht mit einem Auftrag bedacht. Mehrere Male hatte er schon versucht, einen solchen Auftrag zu erhalten, aber Seine Heiligkeit hatte es sich nach kurzer Bedenkzeit meist anders überlegt.

Tausende von Spionen waren im großen Rom für den Heiligen Vater unterwegs, manche seit Jahren oder gar Jahrzehnten, die besten erhielten sogar ansehnliche Pensionen und lebten gut von den Nachrichten, die sie gesammelt hatten. Das Ausspionieren war ein eigenes rentables Geschäft, man mußte die Eigenarten der Fremden begreifen, zumindest einige Worte ihrer Sprache beherrschen und jeden Winkel des großen Rom kennen, um sich jederzeit verbergen zu können.

Ecco..., gab es für solche Dienste einen, der besser geeignet gewesen wäre als er, Giovanni Beri? Und doch hatte man ihn bisher übersehen. Aus seiner Zeit als Corriere kannte er die Stadt wie kaum ein anderer, kaum einen Palazzo gab es, den er nicht betreten hatte, kaum eine Gasse, in der er nicht ein paar Treppenstufen und Seitentüren wußte, um sofort aus dem Blickfeld zu verschwinden. ›Iich eiße Filippo Millär...‹, dachte Beri lächelnd auf deutsch, ›iich koome auss Deutschlaand.‹ Solche Sätze beherrschte er mühelos und noch viele andere, schwierige, in dieser holprigen, unmöglichen Sprache, deren Laute so klangen, als habe sie ein verstimmter Kontrabaß zusammengeschrummt.

Gut, jetzt kam es darauf an! Dieser Ausschank hier war eine der bekanntesten Anlaufstellen für solche, die ihre Nachrichten loswerden wollten. Die meisten Römer wußten von ihr. Hier befand man sich auf dem untersten Niveau, der untersten Sprosse der Leiter, die weit hinauf führte, bis zu den geheimen Zimmern Seiner Heiligkeit drüben in den vatikanischen Gemächern. Jeder wußte, wie mißtrauisch und vorsichtig Seine Heiligkeit war, alles, was in Rom vor sich ging, wollte er wissen, Tag und Nacht. Die besten seiner Spione setzten lange Schriftsätze auf, Seite um Seite, wahre Wunder an Beobachtungsgabe und Scharfsinn, die Seine Heiligkeit über alle Vorgänge in Europa in Kenntnis setzten, so daß er die Staatsgeschäfte der Völker jederzeit vorauszuberechnen wußte. Daher stand er in dem Ruf, der bestinformierte Mann des Erdkreises zu sein, wie es sich für einen Stellvertreter Christi gehörte.

Beri grinste, als er sich die geheimen Gemächer Seiner Heiligkeit ausmalte. Überall lagen stapelweise ausführliche Berichte und Aufzeichnungen herum, nach Ländern und Erdkreisen sortiert. Die vielen Zimmer Seiner Heiligkeit versanken allmählich in diesen Botenmeldungen, sie überschwemmten Möbel und Fußböden, sie wuchsen an den Wänden hinauf wie gierige Pflanzen, die von immer neuen Stapeln gestützt und genährt wurden.

Schluß damit, er durfte sich solche Phantasien jetzt nicht erlauben. Langsam, Schritt für Schritt, arbeitete er sich zu den Holzfässern vor, mit deren Wein unaufhörlich die Karaffen gefüllt wurden. Dann beugte er sich hinüber zu dem Schankwirt, der sein Näherkommen bemerkt zu haben schien.

»Ich möchte mit dem Padre sprechen«, flüsterte Beri ihm zu.

»Wie heißt Du?«

»Giovanni Beri.«

»Gedulde Dich etwas, ich sage dem Padre Bescheid.«

Der Schankwirt verschwand in einem Durchgang zum hinteren Teil des Gebäudes. ›Jetzt werden sie versuchen herauszubekommen, wer Giovanni Beri ist‹, dachte Beri, und er spürte, wie ein eigentümlicher Stolz ihn bei diesem Gedanken beinahe durchquoll. ›Ob sie von meinen Sünden wissen? Sicher wissen sie von meinen Sünden, sie wissen ja alles. Ich werde nicht darauf zu sprechen kommen, ich werde vorsichtig sein, davon hängt alles ab.‹

Nach einer Weile kam der Schankwirt zurück und wies Beri den Weg, die letzte Tür dort hinten, ganz links, er solle hineingehen und Platz nehmen. Beri nickte, sein Herz schlug jetzt rascher, das machte ihm Angst. Immer wenn sein Herz so schlug, bedeutete das nichts Gutes, er verlor seine Ruhe, sein ganzer Körper verlor etwas von seiner Gefaßtheit.

Der Raum, den er betrat, war erschreckend kahl. Ein Stuhl, ein Tisch, auf dem Tisch eine gut gefüllte Karaffe mit Wein, ein einfaches Glas, einige Blätter, ein Tintenfaß mit einer Feder. Und, ja, über der Tür hing ein Kruzifix, der gepeinigte

Leib, schmerzgekrümmt. In einer Ecke befand sich eine Spanische Wand, es war nicht zu erkennen, was sich dahinter befand. Doch Beri wußte, daß der, den man den ›Padre‹ zu nennen hatte, jetzt dort saß. Alle, die eine Nachricht loswerden wollten, überbrachten sie einem Padre, Hunderte solcher Padres mochte es in Rom geben, man wußte es nicht genau. Sie blieben unsichtbar, man hörte nur ihre Stimme, und nur dieser Stimme vertraute man sich an.

Beri wartete.

»Setz Dich«, sagte die Stimme, und Beri bemerkte, daß er ruhiger wurde. Die Stimme war gut, das spürte er sofort, es war eine sonore, gesetzte Stimme, die ihm Vertrauen einflößte. Vor allem aber zählte, daß er diese Stimme noch nie gehört hatte. Noch nie, da war er sich sicher! Denn er, Giovanni Beri, hatte ein fabelhaftes Gehör, ein Gehör, das sich selbst auf das Wasser verstand.

»Setz Dich, Giovanni«, sagte die Stimme, »und schenk Dir ein!«

Beri nahm Platz, langsam zog er den Stuhl näher an den Tisch. Dann goß er das Glas halbvoll.

»Mehr, Giovanni, mehr!«

»Ich mache mir nicht viel daraus, Padre«, sagte Beri und spürte, wie er der Lüge wegen rot wurde.

»Du machst Dir sehr viel daraus, Giovanni«, sagte die Stimme. »Weil Du Dir soviel daraus machst, hast Du eine gute Stelle verloren. Trink also!«

»Sie haben recht, Padre«, antwortete Beri, »früher bedeuteten die Freuden des Weins mir sehr viel, ich war ein unwissender Kerl, doch jetzt ist das anders, ganz anders!«

Beri nippte an dem Wein, Gott, es war ein vorzüglicher, schwerer Wein, wie er seit Monaten keinen mehr getrunken hatte! Er bemühte sich, gleichgültig zu bleiben.

»Warum kommst Du hierher, Giovanni, sprich!«

27

»Mir ist ein Fremder aufgefallen, der heute, am frühen Abend, hier eingetroffen ist, in der Postkutsche, vom Norden her.«

»Hast Du gesehen, wie er hier eingetroffen ist?«

»Ich habe ihn gesehen. Er sprang aus der Kutsche und gebärdete sich wie einer, der nicht recht bei Sinnen ist.«

»Inwiefern?«

»Er lief über die Piazza del Popolo, als wollte er . . ., als versuchte er . . ., die Stadt zu umarmen.«

»Wie hast Du Dir sein Benehmen erklärt?«

»Ich dachte, er sei ein Schauspieler.«

»Und weiter?«

»Ich ging ihm hinterher, er ist kein Schauspieler.«

»Nein?«

»Nein, denn als ich hinter ihm herging, kam es mir plötzlich so vor, als sei der Fremde schon viele Male in Rom gewesen.«

»Warum sollte er auch nicht schon einmal in Rom gewesen sein?«

»Den Wachbeamten der Porta del Popolo hat er gesagt, daß er zum ersten Mal in Rom sei.«

»Das hast Du gehört?«

»Ganz deutlich, ich hatte mich herangeschlichen.«

»Und weiter?«

»Der Fremde ging zum Packhof und ließ sein Gepäck visitieren. Ich konnte erkennen, daß er sehr viele Bücher dabei hatte, schöne, edle, mit bestem Leder gebundene. Außerdem hatte er eine große Kiste mit kostbaren Steinen dabei.«

»Auch diese Steine hast Du gesehen?«

»Ganz aus der Nähe, er konnte mich nicht erkennen.«

»Und weiter?«

»Vom Packhof ging der Fremde zur Locanda dell'orso, dort bezog er Quartier.«

»In der alten Locanda am Tiber?«

»Genau dort, Padre. Warum ging er nicht dorthin, wohin es alle Fremden zieht, zu einem Hotel am Spanischen Platz?«

»Ja, warum nicht, Giovanni?«

»Weil er kein Hotel suchte, sondern ein Versteck!«

»Warum sollte der Fremde sich denn verstecken?«

»Es ist ein großer, stattlicher Mann, ich halte ihn für einen Advokaten oder einen Kaufmann oder einen Dottore, der in geheimer Mission unterwegs ist.«

»In welcher geheimen Mission?«

»Ich weiß es noch nicht, Padre. Aber ich könnte mich bemühen, es herauszubekommen.«

»Weißt Du den Namen des Fremden, Giovanni?«

»Ja und nein, Padre.«

»Sprich nicht in Rätseln, Giovanni!«

»Verzeihung, Padre. Der Fremde hat sich in die Gästelisten der Locanda eingetragen. Er hat geschrieben: Filippo Miller, Maler.«

»Du hast diese Eintragung gelesen?«

»Ich habe sie mit eigenen Augen gelesen, Padre.«

»Und weiter?«

»Ich glaube nicht, daß es der richtige Name des Fremden ist.«

»Warum glaubst Du das nicht?«

»Ich sah ihn später, nachdem er seine Reisekleidung abgelegt hatte, noch einmal in der Locanda. Der Fremde trug einen prächtigen, grünen Rock, er sah aus wie...«

»Sag es, Giovanni!«

»Wie ein hoher Herr!«

»Hat Dich der Fremde bemerkt, Giovanni?«

»Aber nein, Padre. Ich habe ihn ganz heimlich beobachtet.«

»Und warum hast Du das getan?«

»Ich möchte Seiner Heiligkeit dienen, Padre! Ich werde Seiner Heiligkeit alles über den Fremden berichten.«

Beri nahm einen zweiten Schluck. Die Ohren brannten ihm, jetzt würde es sich entscheiden.

»Nimm eines der Blätter, die vor Dir liegen, Giovanni!« sagte die Stimme. »Schreib oben das Datum des heutigen Tages darauf, daneben die Uhrzeit. Schreib den Namen des Fremden auf und darunter, wo er abgestiegen ist. Und zeichne das alles mit deinem Namen..., Giovanni Beri, treuer Diener Seiner Heiligkeit!«

Beri rutschte auf dem Stuhl nach vorn. Er nahm die Feder aus dem Tintenfaß und versuchte, ganz ruhig zu bleiben. Er notierte, was von ihm verlangt worden war, dann schaute er auf.

»Trink Dein Glas leer, Giovanni, jetzt kannst Du es leer trinken.«

»Danke, Padre!«

»Du wirst den Fremden eine Woche lang beobachten, Tag und Nacht! Du wirst aufzeichnen, was von Bedeutung ist, damit Dir nichts Wichtiges entfällt. Nach einer Woche wirst Du berichten, hier, zu derselben Stunde.«

»Oh, ich danke Ihnen, Padre.«

»Knie nieder, Giovanni!«

Beri kniete sich hin. Er beugte den Oberkörper so tief er konnte. Irgendein Körperteil zitterte, irgendein Teil zwischen Magen und Lunge, tief im Innern, irgendein Teil bekam es jetzt wohl mit der Angst zu tun. Der Padre sprach den Segen, Beri bekreuzigte sich.

»Seine Heiligkeit rechnet mit Dir, Giovanni!« sagte die Stimme.

»Ich werde alles tun, was ich kann, Padre!«

»Auf Wiedersehen, Giovanni!«

Beri wollte durch die Tür verschwinden.

»Giovanni?«

Beri drehte sich noch einmal um.

»Giovanni, wie geht es Deinem Bruder?«

»Ich habe ihn lange nicht mehr gesehen, Padre. Er ist verschwunden, zu meinem großen Kummer!«

»Es ist gut, Giovanni, Du kannst jetzt gehen!«

Beri beeilte sich, nach draußen zu kommen. Warum hatte man ihn auch hier nach seinem Bruder gefragt? Schon zum zweiten Mal war er an diesem Tag auf Roberto angesprochen worden. Beri schüttelte den Kopf, nein, es konnte kein Zufall sein, aber was konnte es bedeuten?

Wie auch immer, Roberto spielte jetzt keine Rolle. Wichtiger war, daß er, Giovanni Beri, Seiner Heiligkeit Eindruck gemacht hatte. Jetzt stand er in ihren Diensten, zumindest für eine Woche. Auch für eine Woche erhielt man schon einen beachtlichen Lohn, wenn die Berichte gut und vielversprechend waren! Und er würde gute Berichte schreiben, da war er ganz sicher!

Beri ging langsam zur Locanda zurück. Gut, daß er verschwiegen hatte, wie nahe er dem Fremden bereits gekommen war! Hätte er erzählt, daß er ihm das Gepäck auf dem Karren transportiert hatte, wäre er nicht in Betracht gekommen! Ein Spion durfte sich dem Fremden nicht zeigen, unter keinen Umständen! Er durfte nie auffallen, kein Wort mit ihm wechseln, er war sein unsichtbarer Geist, immer gegenwärtig und doch nicht erkennbar! Gut auch, daß er Signore Tischbein nicht erwähnt hatte. So besaß er einen kleinen Nachrichtenvorsprung. Außerdem wußte er noch nicht, was die Sache mit Signore Tischbein zu bedeuten hatte.

Beri betrat die Locanda dell'orso, fuhr jedoch sofort ins Dunkel des Eingangs zurück, als er den Fremden in seinem grünen Rock am Kamin sitzen sah. ›Iich eiße Filippo Millär‹, dachte Beri, als er die deutschen Laute hörte. Der Fremde unterhielt sich angeregt, sein Gegenüber lachte immer wieder auf. Die beiden tranken Wein, sie schienen sich wohl zu füh-

31

len. Irgend etwas schienen sie zu planen, Filippo und Signore Tischbein..., bald würde er, Beri, es herausbekommen.

Er schlich sich aus der Tür und setzte sich ans Ufer des Tiber. Was für ein Glückstag! Beri lehnte sich zurück und lauschte den Wellen. Manchmal kam es ihm so vor, als seien in ihnen geheime Stimmen verborgen, seltsame, tiefgründige Harmonien, die ein guter Musiker würde aufzeichnen können. Ganz in der Tiefe rumorte etwas Sonores, Fernes, ›Giovanni‹, schien es zu murmeln, ›Giovanni, gib acht!‹

Beri wollte aufmerken, doch die Augen fielen ihm zu. Langsam rollte sein müder Körper sich zusammen, dann schlief er ein.

<u>6</u>

Am Morgen des nächsten Tages verließ der Fremde mit all seinem Gepäck die Locanda dell'orso und quartierte sich, nachdem er die zurückbehaltenen und geprüften Bücher am Packhof abgeholt hatte, im Haus des Signore Tischbein am Corso ein. Beri beobachtete, daß er ein kleines Zimmer im ersten Stock bezog, dessen Fenster auf eine schmale Gasse ging. Dort jedenfalls öffnete die ältere Frau, der Beri tags zuvor die Botschaft übergeben hatte, die Läden, schüttelte ein Tuch aus und richtete anscheinend alles für den neuen Mieter.

Beri nahm sich vor, das Haus bei passender Gelegenheit genau zu inspizieren und eine Liste der Mitbewohner anzufertigen. Signore Tischbein, den er schon kannte und der auch jetzt wieder in Erscheinung trat, lehnte sich mit dem Fremden zum Fenster hinaus, sprach laut auf ihn ein und tat ganz so, als sei er in diesen Räumen seit Ewigkeiten zu Haus.

Der Fremde selbst hielt sich jedoch gar nicht lange in seinem neuen Quartier auf, sondern machte sich schon bald allein auf den Weg. Beri hatte Mühe, ihm zu folgen, so schnell war er unterwegs. Kaum war er den Corso entlanggeeilt, stand er schon auf der Höhe des Kapitolhügels und schaute minutenlang hinüber zum Kolosseum. Vom Kapitolhügel sprang er eilig hinunter, hastete zum Tiber und lief mit großen Schritten nach Sankt Peter.

Ja, so wie er gingen die meisten Fremden die Bekanntschaft mit der Ewigen Stadt an. Sie waren gierig darauf, alles zugleich zu erleben, und sie gönnten sich nicht einmal eine Pause, um von den Strapazen des Weges auszuruhen. Beri schüttelte den Kopf, unglaublich! Kein Römer wäre gerade zur Mittagszeit auf dem großen Platz vor Sankt Peter umhergeeilt, um die Kolonnaden zu betrachten. Und erst recht wäre kein Römer nach einem einstündigen Rundlauf durch die Kirche des Heiligen Vaters auf den Gedanken gekommen, zur Engelsburg zu eilen, um gerade dieses finstere Bauwerk beinahe viermal ruhelos zu umkreisen.

Der Fremde hatte sich einen Stadtplan beschafft, aber anstatt sich mit seiner Hilfe zu orientieren, lief er anscheinend blind darauf los, ließ sich von den Fährleuten immer wieder über den Tiber setzen, bald auf die eine, dann, ganz willkürlich und unerwartet, wieder auf die andere Seite. Er erreichte die Piazza del Popolo, durchlief die Strada del Babuino hin zum Spanischen Platz, nahm die Spanische Treppe in schnellen Sprüngen und verweilte dann gerade, als er, Beri, die vielen Stufen hinauf ebenfalls geschafft hatte und der Erschöpfung wegen beinahe allzu laut aufgeseufzt hätte, dort oben, wieder unbeweglich, minutenlang, als sei er von einem Starrkrampf befallen.

Es kam Beri so vor, als suchte der Fremde in seiner Unruhe etwas ganz Bestimmtes und als könnte er, Beri, ihm dieses Gesuchte ganz leicht besorgen oder vermitteln. Wenn er nur gewußt hätte, was es war! Dann wieder meinte Beri, der

Fremde sei sich selbst nicht im klaren darüber, was er suchte, so konfus und aufgeregt gab er sich.

Jedenfalls redete der Fremde den ganzen Tag mit keinem anderen Menschen. ›Schlimm‹, dachte Beri, ›entsetzlich, er ißt nichts, trinkt nichts, spricht nichts, er frißt sich voll mit Straßen, Treppen, Kirchen und Plätzen, er hat die Fremdenkrankheit! Jetzt glaube ich nicht mehr, daß er schon einmal in Rom war, nein, er sieht alles gewiß zum ersten Mal, sonst zappelte er nicht so herum wie ein Kind. Schade nur, daß ich ihm nicht zur Seite sein kann, ich würde ihn gewiß beruhigen und einiges tun, seine Krankheit zu heilen!‹

Was würde er tun? Beri schloß die Augen, während der Fremde oberhalb der Spanischen Treppe länger als sonst ins Träumen und Schauen geraten zu sein schien. Oh, er würde ihn auf die andere Tiberseite führen, hinauf in die Weinberge, von denen aus man einen herrlichen Blick auf die Stadt hatte. Oder er würde mit ihm den Gianicolo besteigen, um ihm von dort die Albaner Berge zu zeigen, das ganze hügelige Land ringsum! Von der Höhe und aus der Ferne betrachtet, war Rom erst eine schöne Stadt, hier aber, in den Straßen und Gassen, lungerte zuviel Volk herum, es stank nach Urin und Abfall, und die herumstreunenden Katzen und Hunde taten ein übriges, die Stadt zu verschmutzen. Wenn er, Beri, das Sagen gehabt hätte, hätte er die ganze Stadt für eine Woche im Wasser ertränkt, die ganzen Niederungen, so wie man an manchen Tagen im Sommer die Piazza Navona unter Wasser setzte, daß selbst die Kutschpferde ihren Spaß daran hatten und gravitätisch durch das Naß stolzierten.

Beri öffnete die Augen, Gott, der Fremde war schon wieder weitergeeilt, unfaßbar, mit welch weiten Schritten er eine Straße durchmaß. So, wie er sich durch die Stadt bewegte, konnten ihn diese Wege unmöglich erfreuen! Beri schwitzte, ließ aber nicht ab, dem Fremden in gebührendem Abstand zu folgen. ›Vielleicht sucht er ein stattlicheres Quartier oder ein Versteck‹, dachte er, ›nur so ließe sich seine Hast erklären. Aus irgendwelchen Gründen hat er es jedenfalls sehr eilig, wenn es sich nicht um das übliche Fieber handelt, das die meisten Fremden befällt, wenn sie Rom betreten. Sie können sich einfach nicht gedulden, sie wollen alles auf einmal sehen!‹

Schließlich war Beri erleichtert, als der Fremde am frühen Abend, langsamer jetzt, mit doch deutlichen Anzeichen von Ermüdung, wieder sein Quartier aufsuchte. ›So viele Schritte habe ich noch nie an einem Tag gemacht‹, dachte Beri und setzte sich dem zweistöckigen Haus gegenüber in den Eingang des Palazzo Rondanini. ›Für heute ist es genug, bleib oben, Filippo, ruh Dich aus und trink endlich ein Glas!‹

Das Ausspionieren war ein anstrengendes Geschäft, man verlor beinahe alles eigene Leben dabei. Nirgends durfte man verweilen, nirgends sich besinnen. Zur Hälfte lebte man mit Körper und Seele auch in einem anderen Menschen, man nahm schon beinahe seine Gedanken an! Beri lachte kurz auf, er wartete noch eine Weile, dann beschloß er, für diesen Abend darauf zu vertrauen, daß der Fremde sein Quartier nicht mehr verlassen würde. Er, Beri, hatte sich zwei, drei Gläser verdient und einen reichlich gefüllten Teller Makkaroni dazu!

7

An den darauffolgenden Tagen hielt sich der Fremde mit weiten Erkundungsgängen zurück. Das Wetter war häßlich geworden, der Scirocco durchwehte vor allem mittags die Stadt, fegte den Dreck zusammen und führte einen leisen, aber aufdringlichen Regen mit sich, der die kleinen Plätze unaufhörlich besprengte.

Beri hatte sich daran gemacht, die Mietverhältnisse im Quartier des Fremden genauer zu erforschen. Schon bald hatte er herausbekommen, daß im ersten Stock neben dem Fremden und Signore Tischbein zwei weitere deutsche Maler wohnten. Den einen nannten sie ›Giorgio‹ und mit Nachnamen ›Zicci‹, den anderen ›Federico‹ und mit Nachnamen ›Bir‹.

Das größte Hindernis, sich diesem Kreis zu nähern, waren die Wirtsleute: Serafino Collina, ein kauziger, meist schlecht ausgeschlafener Mann, lungerte beinahe den ganzen Tag in der Umgebung des Hauses herum. Mal setzte er sich auf einen Schemel in den Eingang, wo er sich einen Kaffee bringen ließ, mal lehnte er auch einfach mit dem Rücken gegen die Hauswand, spielte mit den Glaskugeln in seiner Rechten und sprach jeden Zweiten an, der an ihm vorbeiwollte. Aus den Fenstern der oberen Räume rief ihm seine Frau Piera manchmal ein paar Brocken zu, aber er antwortete meist nur mit einem Grunzen oder einem Fluch, um zu zeigen, daß ihm gerade diese Ansprache lästig war.

Die meiste Arbeit schien denn auch ihr Sohn Filippo zu tun, der alles für die Küche besorgte, mehrmals am Tag die Treppe fegte und auch sonst alle Botengänge ausführte, mit denen ihn die Malergesellschaft beauftragte.

Beri hatte schon daran gedacht, sich Filippo zu nähern, um ihn auszufragen; dann hatte er den Gedanken jedoch schnell wieder fallengelassen. Filippo Collina war ein Bursche von jener Sorte, die er, Beri, nicht mochte. Er paßte sich leicht den Fremden an, dienerte um sie herum, machte den halben Tag den Buckel krumm und rannte auch des geringsten Trinkgeldes wegen durch die halbe Stadt, um einem dieser Angereisten sein geliebtes Bier zu besorgen. Pah, und was machte er mit all seinen Trinkgeldern? Nie ließ er sich in einer Osteria sehen, nie kaufte er sich irgendwo eine Kleinigkeit, um viel-

36

leicht seine Liebste damit zu beglücken! Nein, Filippo Collina war kein echter Römer, er war weder stolz noch ein richtiger Mann, er war das Bübchen seiner Eltern und ein Fremden-liebling dazu!

Beri kniff verächtlich die Augen zusammen. So einen wie diesen Filippo Collina hätte er gerne einmal verprügelt, er mußte sich ja beinahe schon zurückhalten, es nicht wirk-lich zu tun! Ihm zwei, drei drübergeben, damit ihm sein Rückenkrümmen einmal richtig weh tat und Mamma Piera ihren Zögling nicht wiedererkannte! All das, was die frem-den Maler des Nachts in ihrem ersten Stockwerk besprachen, hätte dieser Filippo mitbekommen können, wenn er gelauscht hätte! Doch daran dachte der Kerl nicht mal im Traum, statt dessen kroch er die Treppe hinab und hinauf, brachte dem Pappa einen Teller Suppe, wenn der es befahl, und half der Mamma dabei, die schweren Eimer mit Putzwasser zu lee-ren!

Inmitten dieser Collinas aber, die sich kaum eine Minute aus den Augen zu lassen schienen und dabei noch unaufhör-lich um das Wohl der Fremden besorgt waren, strich eine Katze umher, ein schnelles, meist unsichtbar bleibendes We-sen, das jedoch immer dann auftauchte, wenn er, Beri, sich allzu sehr dem Haus näherte. Es war wie verhext! Kaum hatte der alte Collina einmal für Sekunden seinen Stammplatz ge-räumt, tauchte das Tier mit drohend gekrümmtem, häßlichem Schwanz in der Tür auf, fauchte, strich miauend an der Mauer entlang, duckte sich wie ein böser, sprungbereiter Geist auf den Boden und spielte im nächsten Moment, wenn der Kopf Piera Collinas oben in einem Fenster erschien, das schüch-terne, friedliche Tier, das sich die Pfoten leckte.

›Verdammtes Wesen‹, dachte Beri, ›auch Dich hat keine rö-mische Mamma geboren, denn die in Rom Geborenen erken-nen einander und fauchen sich niemals an! Wahrscheinlich

37

kommst Du irgendwoher aus der Campagna, aus einem stinkenden, armseligen Bauerngehöft, wo Du zu lahm warst für die Mäuse und zu feige, den Hühnern mal zuzusetzen. Biest! Du paßt ganz zu diesen Collinas, die mir das Leben schwermachen, Du hast Dich mit ihnen zusammengetan, Ihr seid von einem Stamme, dem Stamme der Duckmäuser, Aufjauler und Trinkgeldbewahrer!‹

Beri drohte dem Tier und begab sich auf die andere Straßenseite. Drei Tage hatte er gebraucht, die Lebensverhältnisse in dem Quartier des Fremden zu erforschen, aber jetzt wußte er genau Bescheid! So sehr die Collinas ihn auch behindert hatten, er, Beri, hatte sich nicht von seiner Aufgabe abbringen lassen. Wie er es nur schaffen könnte, das Haus unbemerkt zu betreten, um endlich herauszubekommen, worüber die Fremden sich Nacht für Nacht unterhielten?

Jeden Abend suchte er sich einen anderen Platz im Verborgenen, um zu den erleuchteten Fenstern im ersten Stock hinaufschauen zu können. Giorgio Zicci, Federico Bir, Signore Tischbein, Signore Miller – meist aßen sie abends zusammen, ließen sich von Filippo Collina frisches Bier bringen und verbrachten dann viele Stunden mit langen Gesprächen. Warum gingen sie in diesen schönen Nachtstunden, wenn der Regen nachließ, nicht hinaus? Warum nahmen sie sich nicht eine Kutsche, um wie viele andere abends vor die Porta del Popolo zu fahren, an den Villen und Landhäusern entlang?

Irgend etwas Wichtiges gab es dort oben zu besprechen, irgend etwas heckten sie aus. Und es kam ihm, Beri, so vor, als hielte der neu angekommene Fremde die Fäden der geheimen Sache zusammen. Daß er kein Maler war, wie er in der Locanda angegeben hatte, da glaubte Beri sich jetzt ganz sicher zu sein. Dieser Fremde redete viel, er gestikulierte wie ein Schauspieler, manchmal schien er sogar etwas zu rezitieren, wenn er oben, im ersten Stock, in einem Fenster mit den großen Gebärden seiner Rechten zu sehen war. All dieses Reden und Schwadronieren war nicht die Sache der Künstler; die meisten von ihnen waren schweigsame, nur an den Abenden beim Wein aufbrausende Leute. Diesem Fremden aber lag viel an den Worten.

Gott, er hatte ja ein unendliches Mitteilungsbedürfnis!

Wenn er nicht auf seine Malerfreunde einsprach (manchmal schien er beinahe zu unterrichten, aber was, was nur . . .), widmete er sich seinen Briefen. Beinahe täglich schrieb er gleich mehrere! Beri beobachtete ihn, wenn er in einem der Kaffeehäuser in der Nähe des Spanischen Platzes saß. Husch, husch – so sauste ihm die Feder über das Blatt! Keinen Moment nachgedacht, kein Sekündchen verweilt – der Fremde schien alles Erlebte sofort in wohlgesetzten Worten auf seine Blätter zu bringen. So schnell, so gekonnt formulierten nur Advokaten!

›Und in der Tat‹, dachte Beri, ›es scheint um irgendwelche Rechtshändel zu gehen, um Abmachungen, eine Bittschrift, ein Dekret, ein Gesuch – da könnte ich wetten! Einer wie der schreibt keine Liebesbriefe, und Briefe an gute Freunde scheinen es auch nicht zu sein, dazu ist er viel zu ernst und zu streng. Nein, er betreibt und verhandelt etwas, da bin ich mir sicher!‹

Solche Vermutungen ergänzte Beri durch die weiteren Beobachtungen, die er bei der Verfolgung des Fremden gemacht hatte. In Begleitung des Signore Tischbein hatte der Fremde sich nämlich an zwei aufeinanderfolgenden Tagen auf den Weg gemacht, den Heiligen Vater zu sehen. Beim ersten Mal hatten sie einer Messe in den vatikanischen Gemäuern beigewohnt, beim zweiten Mal einem Gottesdienst in der Hauskapelle Seiner Heiligkeit auf dem Quirinal.

Wie edel und würdig der Heilige Vater dort aufgetreten war, umgeben von seinen Kardinälen! Wie bescheiden und doch gebildet er dreingeschaut hatte, ohne viele Worte zu machen, getreu seinem Wahlspruch, das Reden sei eine Entweihung des Schweigens! Himmelsmusik war erklungen, leise murmelnd, die Gemeinschaft der Heiligen beschwörend, war der Heilige Vater um den Altar gekreist, sich bald nach dieser, bald nach jener Seite wendend, mit dem Ausdruck erhabenster Gesinnung!

Der Fremde jedoch – Beri hatte es voller Widerwillen bemerkt – hatte sich erlaubt, dazu allerhand Faxen zu machen. Selbst in der Hauskapelle des Heiligen Vaters hatte er sein Schwatzen und Wispern nicht unterdrücken können, unaufhörlich hatte er dem stilleren Signore Tischbein etwas ins Ohr gezischt, wahrscheinlich lauter Possen und Scherze, denn Signore Tischbein hatte sich mit der Zeit nicht mehr halten können, so schwer war es ihm gefallen, das Lachen zu unterdrücken!

Gelächter und Possenreißen – in Gegenwart des Heiligen Vaters! Doch nicht genug! Nach kaum zehn Minuten hatten beide die Kapelle verlassen, er, Beri, war ihnen voller Abscheu gefolgt und hatte sie beobachtet, wie sie sich draußen, in den Palasträumen Seiner Heiligkeit vor Lachen geschüttelt hatten. Der Fremde hatte damit begonnen, den Heiligen Vater zu imitieren, brummend, den Kopf wie ein altersblöder Greis hin und her wendend, war er durch die Gänge des Palastes geschlurft, und Signore Tischbein hatte so getan, als trüge er dem Heiligen Vater die Schleppe!

Sie hatten sich immerfort bekreuzigt und dabei allerhand Lateinisches geredet, sie hatten sogar die Himmelsmusik nachgeahmt, verquer, mit hohen, überkippenden Stimmen, ja, sie hatten sich betragen wie alberne Kinder, die es nicht wert waren, diesen Palast zu betreten!

›Das sind keine Gläubigen‹, hatte Beri gedacht, ›das sind Ketzer aus dem Norden, Klugscheißer, Besserwisser, die jedes Wort wenden und strecken, weil sie den einfachen, rechten Glauben verloren haben wie ihr Zuchtmeister Luther, der ihnen beigebracht hat, auf die Kanzeln zu klettern, um dort allerhand Gerede loszuwerden! Es fehlt nicht viel, dann werden sie auch dieses Gerede leid sein und sich ganz von den christlichen Lehren abwenden, denn so geht es meist mit den Ketzern aus dem Norden! Erst zweifeln sie, dann reden sie, dann studieren sie, und dann stehen sie im Dunkel der Nacht, gottlos und verlassen! Was wollen solche Existenzen in der Ewigen Stadt, man müßte ihnen hier den Teufel austreiben, man müßte sie bekehren, wie man es in den fernen Ländern mit den Primitiven und Unwissenden gemacht hat! Ich würde sie zur Fontana di Trevi bringen lassen, um sie dort ein zweites Mal zu taufen, tief müßten ihre nordischen, zweifelnden Köpfe untergetaucht werden in das sprühende Naß dieses herrlichen Brunnens! Hinab, den Kopf ins römische Wasser, auf daß ihr der Hölle noch einmal entkommt!‹

Beri schüttelte sich erleichtert, so sehr hatte ihn das Verhalten der Fremden in Rage gebracht. Vorsichtig war er ihnen durch die Säle des Palastes gefolgt. Allerhand Künstlervolk war an diesem Tag zugegen gewesen, in kleinen Gruppen hatte man den Palast durchwandert, die bedeutendsten Gemälde betrachtet und die Meisterstücke gewürdigt.

Da waren die Fremden denn plötzlich gar nicht mehr zu halten gewesen. Eine bischöfliche Gestalt, eine Heilige Jungfrau mit einer Palme in der Hand, Mönche, Kreuz und Lilie tragend, Engel mit goldenen Kränzen, hinauf und hinab schwebend – vor solchen Bildern waren sie in Lobrufe des Entzückens ausgebrochen, als seien all diese gemalten Gestalten ihnen ganz nahe! Immer wieder traten sie dicht an die Bilder heran, folgten anerkennend der Zeichnung, priesen das Kolorit, schilderten Szene und Ausdruck! Pah, waren diese Heiligen und Bischöfe also keine Zeugen des römischkatholischen Glaubens, waren es Schemen des Aberglaubens, von gläubigen Malern auf die Leinwand gebannt, um sie lächerlich zu machen?!

Beri wurde immer ungehaltener. Den Respekt, den die Fremden gegenüber dem Heiligen Vater hatten vermissen lassen, brachten sie nun in übergroßen Rationen für die gemalten Heiligen auf! Wie paßte das denn zusammen, wie konnte man den Heiligen Vater kränken und seine gemalten Heiligen derart schätzen?

›Sie haben das rechte Maß verloren, wie die meisten Kunstgecken aus dem Norden‹, dachte Beri. ›Sie knien vor den Bildern nieder, anstatt, was besser wäre, vor dem Heiligen Vater zu knien. All diese schönen Bilder können den rechten Glauben nicht ersetzen, den hat unsereiner im Leib, den hat unsereiner mit dem Tiberwasser getrunken, in saecula saeculorum.‹

Beri freute sich, solche lateinischen Wendungen im Kopf zu haben. ›Von Ewigkeit zu Ewigkeit...‹, so etwas würden die Fremden nicht einmal zu denken wagen, wahrscheinlich rechneten sie nur in Jahren, Monaten und Tagen. Er wollte sich gerade an weitere Wendungen der Meßfeier erinnern, um sie wie Zaubersprüche gegen das verdrehte Gebaren der Ungläubigen aufzubieten, als er bemerkte, daß immer mehr der in den Gemächern des Palastes versammelten Künstler sich dem Fremden vorstellen ließen. Sie schienen ja geradezu in seine Nähe zu drängen! Im Kreis umstanden sie ihn, sprachen auf ihn ein, schüttelten ihm die Hand, als hätten sie einen lieben Bekannten wiedergetroffen!

Was bedeutete das? Er, Beri, mußte näher heran, ganz nahe, der Fremde würde ihn schon nicht erkennen! Wenn er sie nur besser verstanden hätte! Immerhin hatte bisher niemand den Fremden mit jenem Namen angeredet, den er in der Locanda in das Gästebuch eingetragen hatte. Nein, einen Filippo Miller gab es hier nicht, keiner rief ›caro Filippo, caro Miller!‹ dieser Filippo Miller war, wie er, Beri, es von Anfang an gewußt hatte, eine bloße Erfindung!

Wie aber sprachen sie den Fremden an? Einer, Beri hörte es genau, und es durchfuhr ihn heiß, einer nannte ihn ›den Baron‹. Aha, auch diese Vermutung hatte sich also bestätigt, der Fremde war ein hoher Herr, gut verkleidet und maskiert, einer, der seinen Stand verbergen wollte! Wie ein Baron gebärdete er sich wahrhaftig, teilte Komplimente nach allen Seiten aus, zog das ganze Interesse der Künstlerscharen auf sich, schleppte sie hinter sich her, unaufhörlich redend und gestikulierend, wie es so seine Art war.

Und schon machten sich die ersten devoten Gesellen an ihn heran! Beri beobachtete einen kleinen, lange stumm gebliebenen Mann mit sehr schwacher Stimme, der sich bemühte, einen guten Platz neben dem voraneilenden Fremden zu finden. Endlich hatte er es geschafft. Die Künstlerschar hatte vor einem Bilde des heiligen Georg haltgemacht, der Fremde hatte mit seinen ausschweifenden Kommentaren begonnen, da hatte sich der stille mausgraue Kleine mit einigen Bemerkungen nach vorne gewagt. Wie der Fremde ihn für sein Gezwitscher belobigt hatte! Wie er ihn gleich am Arm genommen und ganz vertraulich einige Worte mit ihm gewechselt hatte!

Ekelhaft, Beri konnte nicht länger hinschauen. Diese Mauskreatur verhielt sich ja beinahe liebedienerisch. Immerfort verbeugte sie sich vor dem Fremden, stammelte aufgeregt einige Worte, lächelte spitz und verkrampft und bot ihm, wie deutlich zu hören war, seine Dienste an. »Ihnen«, wisperte das Männlein, und Beri zuckte plötzlich aufgeregt mit den Schultern, »Ihnen, Exzellenz, bin ich stets zu Diensten!«

Exzellenz! Beri murmelte das Zauberwort leise vor sich hin. Da hatte er einen kapitalen Braten im Ofen! Der Fremde war

43

Baron, war Exzellenz, eine hohe Figur der großen diplomatischen Welt! Wie klug ihn doch der Instinkt geleitet hatte! Oh, er würde Bericht erstatten und dem Padre einige Wunder ins Ohr läuten! Mit diesem Fremden war Staat zu machen, ein kleines Vermögen würde er an ihm verdienen, wenn er nur lange genug bliebe!

Beri suchte sich den Weg ins Freie. Sollten sie weiter vor all diesen Gemälden auf und ab marschieren, um sich wer weiß wie wichtig zu tun, er hatte jetzt Gewißheit. Der Fremde war von Adel, vielleicht sogar eine Berühmtheit! Warum suchten sonst alle seine Bekanntschaft? Gewiß war er auch vermögend, um so merkwürdiger, daß er sich mit einem so schlichten Quartier zufrieden gab!

Um einiges war das Geheimnis schon erhellt, doch es blieben noch manche Dunkelheiten. ›Gut‹, dachte Beri, ›gerade mit den Dunkelheiten ist ja Geld zu machen, viel Geld. Giovanni Beri wird sich an diesem Fremden ein neues Leben verdienen!‹

8

Nach einer Woche meldete er sich, wie es vereinbart worden war, in dem kleinen Weinausschank nahe der Kirche Il Gesù. Diesmal brauchte er nicht zu warten. Erneut nahm er in dem kleinen, kahlen Raum Platz und erneut stand auf dem Tisch eine gefüllte Karaffe mit Wein. Diesmal schenkte er sich, bevor das Gespräch begonnen hatte, einen Schluck ein. Er wollte kurz kosten, als sich die Tür hinter der Spanischen Wand öffnete. Beri lauschte, nein, das waren nicht nur die Schritte *eines* Mannes, sondern die Schritte mehrerer Männer, zwei mochten es sein, vielleicht auch drei. Sie rückten hinter der hoch und abweisend anfragenden Wand die Stühle, es war genau zu hören. ›Ein gutes Zeichen‹, dachte Beri, ›sie nehmen mich ernst.‹

Doch es verging eine kleine Weile, bevor sich die bekannte Stimme wieder hören ließ.

»Guten Abend, Giovanni! Nimm einen Schluck, du kannst es ja kaum noch erwarten!«

»Danke, Padre, meine Neugier hat mich verraten. Zu gern wüßte ich, ob es derselbe Wein ist wie vorige Woche!«

»Du hast eine gute Zunge, Giovanni. Trink, sie wird Dir alles verraten!«

Beri hob das Glas an die Lippen, schloß die Augen und kostete. Der Wein war noch besser als der vom letzten Mal, er bemerkte es sofort. Doch er wollte die kleine Szene genießen. Er setzte das Glas wieder ab, wischte sich über den Mund und nickte.

»Nun, Giovanni?«

»Padre, das ist ein sehr guter Wein!«

»Und?«

»Er ist dem Himmel noch um einige Sonnentage näher als der, den ich zuletzt kosten durfte.«

»Gut, Giovanni, dann sprich!«

Beri lehnte sich langsam zurück, wie er es bei Menschen gesehen hatte, die sich eine Freude daraus machten, etwas zu erzählen. Wie oft war er das, was er sagen wollte, durchgegangen, wie oft hatte er alles neu geordnet! Er durfte sich nicht, wie es ihm oft passierte, in seinen Geschichten verlieren, so daß am Ende nichts mehr zusammenpaßte, nein, er mußte seine Beobachtungen so auftischen, daß sie in jedem Augenblick Appetit machten auf mehr!

Er begann mit einigen präzis wirkenden Angaben, schilderte, wo der Fremde sich seit einer Woche aufhielt, kam auf seine Lebensumstände zu sprechen, erwähnte freundlich, ohne seinen Ärger zu verraten, die treue Fürsorge der Familie Collina, blendete die Katze ein, streifte die Aufenthaltsorte des Fremden und näherte sich langsam dem fernen Fluchtpunkt all dieser Linien, dem vor seinem inneren Auge in der Ferne immer deutlicher auftauchenden Bild Seiner Heiligkeit.

»Zweimal machte der Fremde sich auf den Weg, den Heiligen Vater zu sehen«, sagte Beri und rückte auf seinem Stuhl für einen Moment nach vorn. Er nahm einen kräftigen Schluck und fuhr mit etwas lauterer, eine leichte Empörung verratender Stimme fort: »Er hat sich über den Heiligen Vater lustig gemacht, er hat ihn nachgeahmt, mit kindischen Faxen. Und er hat andere angesteckt, ihm in diesen Späßen zu folgen.«

Hinter der Spanischen Wand lauerte das Schweigen. Beri schluckte.

»Hat der Fremde den Heiligen Vater auch mit Worten beleidigt, Giovanni?«

»Gewiß, Padre, er sprach sogar feurig und ausgelassen gegen Seine Heiligkeit!«

»Du hast seine Reden verstanden?«

»Sie waren nicht mißzuverstehen, denn aus den Späßen wurde bald ernst. Er drohte mit der Rechten, er beschimpfte den Heiligen Vater, er scheint... er scheint ihn beinahe zu verabscheuen.«

Hinter der Spanischen Wand wurde gehustet, zwei-, dreimal. Dann breitete sich wieder das Schweigen aus. Beri nahm noch einmal einen Schluck. Hatte er zu dick aufgetragen? Jetzt hörte er deutlich ein leises Flüstern, als berieten sich zwei über das weitere Vorgehen.

Beri wollte nicht warten.

»Der Fremde ist ein Ketzer, Padre«, sagte er scharf, als rührte der Satz seinen Haß auf, »das ist gewiß. Aber er ist nicht nur ein harmloser Ungläubiger, einer von den vielen, die aus dem Norden in unser geliebtes Rom kommen, um hier ihre unzüchtigen Reden zu halten, nein, er ist viel mehr...«

»Was ist er, sag es, Giovanni!«

»Padre...«, Beri schien die Stimme zu versagen, er nahm noch einen Schluck und flüsterte dann, den Kopf weit nach vorne gebeugt, als müßte er es jemandem direkt ins Ohr sagen: »Padre, er ist ein Aufwiegler!«

Jetzt war das zündelnde Wort endlich heraus, das er die ganze Zeit im Kopf gehabt hatte. Beri lehnte sich wieder langsam zurück, als wollte er seine Aufregung in den Griff bekommen.

»Inwiefern ist er ein Aufwiegler, Giovanni?«

»Oh, er hat bei vielen Gelegenheiten das führende Wort! Auf so einen wie ihn scheinen manche gewartet zu haben, sie laufen ihm ja geradezu nach, manchmal ist es gar so, als kennten sie ihn von früher oder als ginge ihm ein besonderer Ruf voraus. Wo er auch auftaucht, drängen sich die Maler und Künstler in seine Nähe, man lauscht seinen Sätzen, als seien es Offenbarungen, man nickt ernst, wenn es ihm einfällt, ernst zu nicken, und man lacht vorsichtig, wenn er vorsichtig lacht. So einer ist kein Maler, wie er behauptet hat, so einer ist ein ganz andres Leben gewohnt. Einige nennen ihn nur ›den Baron‹, und ein kleiner, übler, immerfort um ihn herum scharwenzelnder Bursche sagt ›Exzellenz‹ zu ihm!«

»Kennst Du die Namen dieser Leute, Giovanni?«

»Ich habe sie in Erfahrung gebracht, Padre! Der immer ›Baron‹ zu ihm sagt, ist ein russischer Hofrat mit Namen Reifsenrein, und der kleine Scharwenzel ist ein Schweizer, ›ich eisse Meiär‹, so stellt er sich vor. Der russische Hofrat ist ein würdiger, älterer Mann, der nicht lügt, der kleine Schweizer ist einer von denen, die gern übertreiben und anderen nach dem Mund reden. Ich glaube, sie wissen genau, wer der Fremde ist, sonst machten sie nicht soviel Wind.«

»Worüber reden sie, Giovanni, womit beschäftigen sie sich?«

»Sie besuchen antike Gebäude, Kirchen und Galerien. Und sie haben einen geheimen Gott, dem sie opfern!«

»Einen Gott, Giovanni, sagtest Du: einen Gott?«

»Das Wort kommt mir nicht leicht über die Lippen, Padre, aber ich habe darüber nachgedacht. Ihr Gott ist eine alte Statue, sie nennen ihn ›den schönen Apoll‹, er steht im Belvedere-Hof des Museums Seiner Heiligkeit.«

»Weiter, Giovanni!«

»Sie versammeln sich vor dem schönen Apoll, sie stoßen Schreie des Entzückens aus, sie knien vor ihm nieder, verneigen und verbeugen sich, sie laufen wie Sinnesverwirrte um ihn herum, und sie hören nicht auf, ihn zu loben, als sei er wie unser Heiland vom Himmel gekommen und führe wie unser Heiland bald wieder auf in den Himmel!«

»Giovanni!«

»Padre, das ist die Wahrheit. Manchmal nähern sie sich dem schönen Apoll auch so, wie wir Gläubige uns den Figuren der Heiligen nähern. Dann berühren sie ihren Apoll mit den Fingern und betrachten danach die Finger, als seien sie dadurch verzaubert. Einige zeichnen auch die Figur, und die anderen sagen zu jeder Zeichnung, das sei nichts, das sei nicht gut getroffen, die göttliche Schönheit könnte keiner recht treffen. So ist der schöne Apoll für sie das, was für uns der Gottessohn ist, nur daß er nicht sprechen kann, sondern stumm ist. Was haben sie, Padre, nur von einem Gott, der sie nicht einmal lehren kann, was sie tun sollen und was nicht?«

»Stell keine Fragen, Giovanni, wir stellen die Fragen!«

Beri fuhr sich mit der Hand über den Mund, als wollte er seine Worte wieder in sich hineinwürgen. Jetzt hatte er sich zu weit vorgewagt, er durfte sich nicht auf eine Stufe mit seinen

48

Auftraggebern stellen, niemals. Plötzlich begann er zu zittern, als hätte er Grund zu erschrecken.

»Warum zitterst Du, Giovanni?«

»Mir wird kalt und schlecht, Padre, wenn ich an den Unglauben dieser Menschen denke. Sie haben nichts Gutes im Sinn. Ich weiß noch nicht, was sie planen, die Planungen scheinen sie dem Fremden zu überlassen. Am liebsten würden sie ihren schönen Apoll in einer Prozession durch die Stadt tragen, vielleicht versuchen sie auch, seiner habhaft zu werden, um ihm in einem dunklen Verlies als ihrem Opfergott zu huldigen. Der Fremde scheint sich jedenfalls nach irgendeinem Orte umzusehen, so rastlos, wie er durch die Stadt streift. Keinen Augenblick darf man ihn aus den Augen lassen, so schnell hastet er durch die Straßen. Seit er hier ist, ist er kaum zur Ruhe gekommen, er gönnt sich nicht einmal einen Wirtshausbesuch!«

»Macht sich der Fremde Notizen, Giovanni?«

»Nein, Padre, das nicht, dafür hat er keinerlei Zeit. Er durchwühlt mit seinen Augen die Stadt, als suchte er einen Schatz. Und er schreibt Briefe, viele Briefe!«

»Viele?«

»Beinahe jeden Tag, Padre! Meist sitzt er im griechischen Kaffeehaus, wo sich die Künstler treffen, um an seinen Briefen zu schreiben. Er schreibt genauso ruhelos, wie er die Stadt durchläuft, er scheint nicht einmal zu atmen, als hielte er seitenlang die Luft an. Ich glaube, daß er an Seinesgleichen schreibt, an hohe Herren im Ausland, von denen er seine Aufträge und Weisungen erhält. Er berichtet ihnen vom neuesten Stand seiner Bemühungen und Herumsuchereien, ja, er hält sie auf dem Laufenden!«

»Hast Du herausbekommen, an wen er schreibt?«

»Ich war in großer Versuchung, Padre, ihm einen Brief zu entwenden. Er hatte seine Post für kurze Zeit auf einem Kaf-

feehaustisch liegengelassen, er war mit einem dieser Schwätzer ins Gespräch gekommen, die sich für Künstler halten, der
Bursche hatte ihn an den Nachbartisch gebeten, da wäre ein
günstiger Moment gewesen!«

»Du wirst keine Briefe stehlen, Giovanni!«

»Aber nein, Padre, niemals!«

»Der Heilige Vater würde es Dir nie verzeihen!«

»Ich weiß, niemals!«

»Etwas anderes allerdings wäre es...«

»Ja, Padre?«

»Niemand kann Dir verbieten, einen Blick auf den Umschlag eines solchen Briefes zu werfen, um herauszubekommen, wem der Fremde Bericht erstattet!«

»Das kann niemand verbieten, Padre!«

Beri lächelte, jetzt hatte er das Zittern wieder gemeistert. Ja,
er konnte sich beruhigen, sie würden seinen Auftrag verlängern, das war schon zu hören. Er nahm einen Schluck wie zur
Belohnung, und er versuchte, das leichte Lächeln zu halten,
als sei er glücklich über das Vertrauen, das sie ihm schenkten.

»Noch eins, Giovanni. Hat der Fremde einen Blick für die
Frauen unserer Stadt?«

Die Frage traf Beri ganz unvorbereitet, er beeilte sich zu
begreifen, was sie bedeutete. Wie sollte er antworten? Hinhaltend? Mit einigen Lügen, dem Fremden Ausschweifungen
andichtend? Oh, das war ein heikles Gebiet, in das er sich
nicht gern allzu weit vorwagte. Am besten, er blieb in einem
solchen Fall bei der Wahrheit.

»Einmal, Padre, ging der Fremde Arm in Arm mit einer
Dame spazieren, aber, wie soll ich sagen...«

»Sprich, Giovanni!«

»Es ist eine Dame von einigen Jahren, Padre...«

»Ist sie eine Dame unserer Stadt?«

»Nein, Padre, gewiß nicht, niemals. Sie ist eine Dame von vielen Jahren, Padre, ich hörte, es sei eine Malerin, mit Namen Kauffmann, sie ist mit einem unserer Landsleute verheiratet, einem sehr alten Mann namens Zucchi. Sie wohnen oberhalb der Spanischen Treppe in einem schönen, ansehnlichen Quartier, sie führen ein offenes Haus, Maler und Künstler gehen aus und ein und allerhand Herrschaften der hohen Welt aus allen Ländern der Erde!«

»Du wirst ungenau, Giovanni!«

»Die Zeit, Padre, die Zeit reichte noch nicht, mehr zu erfahren. Nur daß ich weiß, die Malerin Kauffmann steht nicht in näherer..., sie steht nicht in allzu enger Verbindung mit dem Fremden, Sie verstehen, Padre, sie ist wohl eine Art älterer Freundin, oder sie ist...«

»Wir haben verstanden, Giovanni! Trink die Karaffe leer, wir werden Dich einige Zeit warten lassen!«

Beri hörte, wie sie sich hinter der Spanischen Wand erhoben und den Raum verließen. Er wagte nicht aufzustehen, bestimmt beobachteten sie ihn heimlich. Gut, es konnte kein Fehler sein, von dem köstlichen Wein zu trinken! Irgendwie mußte er sich schließlich ablenken, das Stillsitzen fiel ihm sowieso schwer genug. Es juckte ihn schon überall vor Unruhe!

Zweimal schenkte er sich ein und trank das Glas, ohne zu unterbrechen, mit vielen, langsamen Schlucken aus. Dabei schloß er wieder die Augen, wie immer, wenn er etwas Einzigartiges kostete.

Sie kamen früher zurück, als er erwartet hatte. Er legte die Hände auf die Knie, um einen aufmerksamen Eindruck zu machen und nicht ins Schwanken zu geraten.

»Du wirst nicht nachlassen, Giovanni, bis Du den wahren Namen des Fremden herausbekommen hast, das ist das Erste! Du wirst versuchen herauszufinden, an wen er seine Botschaften richtet, das ist das Zweite! Und Du wirst genauer hinschauen, wenn er mit einer Schönen unterwegs ist, das ist das Dritte! Wiederhole, was wir Dir aufgetragen haben!«

Beri wiederholte die Sätze beinahe wörtlich. Dann erhielt er den Segen und eine Anzahlung für seine Dienste; er durfte den Raum verlassen. Jetzt war er sicher, den dicken Fisch an der Angel zu haben. Schon bald würde er klarer sehen, aber mit der Rückmeldung würde er sich Zeit lassen. Wenn er zu schnell vorstellig wurde, sah das nach einer einfachen Arbeit aus. ›Ist sär schwäre Arbeit‹, dachte er lächelnd, ›saufmaßig schwär!‹

9

Der Spätherbst blieb warm. Noch im November zog man an den Abenden draußen vor die Porta del Popolo und beobachtete die Spazierfahrt der Damen und Herren von Stand. Aus den Villen und Landhäusern zu beiden Seiten des Weges ertönte Musik, leise, angedeutete Klänge, ein halb erstickter Gesang. Auch in den Straßen und Gassen der Stadt hielt sich das Leben länger als sonst. In den Kaffeehäusern überschlugen sich schon am frühen Abend die Stimmen, und die Türen der Wirtshäuser standen bis Mitternacht weit geöffnet.

So schön diese Szenen auch waren – Giovanni Beri litt nur an all dieser Schönheit. Früher hatte er sich meist unter die Fremden gemischt, die sich schon am Mittag am Spanischen Platz einfanden, in kleinen Gruppen auf und ab gingen, die neuesten Meldungen austauschten, um dann den Mittagstisch aufzusuchen. Die meisten zogen zum Röslerschen Gasthaus in der Via Condotti, da gab es solide und kräftige Kost, und alle hatten sie ihr eigenes Speisezimmer, die Engländer, die Russen und auch die eitlen Franzosen! Manchmal war er von den fremden Herren dann eingeladen worden, er hatte ihnen erfundenes Zeug über die Sitten und Bräuche der Römer erzählt, auch Mordgeschichten, frisch vom Tag. Einigen hatte er besondere Dienste vermittelt, Gott, es gab so viele schöne Bürgersmädchen in Rom und so viele Familien, die von solcher Schönheit lebten!

Nach dem Essen im Röslerschen Gasthaus oder in der Trattoria baraccia (diese Broccoli, dieser Wein aus Orvieto!) hatte man die Kaffeehäuser aufgesucht, das vornehme englische am Spanischen Platz oder das kleinere griechische, wo vor allem die Deutschen verkehrten. Hier hatte die Konversation erst so recht begonnen, alle Geschichten des Tages waren erneut durchgenommen worden, und er, Beri, hatte mit Papstgeschichten geglänzt, den Lieblingserzählungen der nüchternen Ketzer. Wie viele Intrigen er sich hatte einfallen lassen, wieviele geheime Kämpfe im Kollegium der Kardinäle!

Mit offenem Mund hatten sie seinen Lügen gelauscht, diese ehrbaren und leicht zu täuschenden Herren. Die meisten hatten behauptet, Künstler zu sein, aber er hatte ihnen nur selten geglaubt. Sie hantierten mit allerhand Farben und Kreiden herum, manche führten sogar bemalte Blätter mit sich, um sie in freien Minuten zu vollenden, doch er, Beri, hatte ihre Reden und ihr Tun nur verachtet. Nein, das waren keine wahren Künstler! Die wahren Künstler zeigten ihr Können nicht auf der Straße, sie versuchten, es so lange wie möglich zu verbergen, sie hüteten ihre Bilder wie einen Schatz und gestatteten nur den Kennern, sie zu betrachten.

Die Kritzler, Schmierer und Kleckser aber freuten sich über ihr Tun wie die Kinder. Sie zeigten sich ihre Bilder, sie klatschten darüber, als würden sie durch all das Gerede klarer und heller, und hatten ihre Arbeit doch nach einigen Gläsern Wein beinahe schon wieder vergessen. Schlimm, wie sie dann ihre Künste verrieten, um sich aufzuspielen wie die Propheten, ›die neue Kunst‹ und ›das neue Zeitalter‹ ausrufend! Was wußten diese nordischen Krämer schon von der Kunst und was verstanden sie, deren Vorfahren zu einer Zeit, als das ewige Rom die Welt beherrscht hatte, noch in Lehmhütten gehaust hatten, schon von alten und neuen Zeitaltern?

Spät in der Nacht hatten sie das schöne Leben Roms besungen, das Licht, die Steine, die Natur und die Römerinnen, und hatten ihn, Beri, dann ausgeschickt, die besungenen Schönen beizubringen. Oh, er kannte die besten Adressen! Manche Mädchen lebten für diese Nachtstunden, verschliefen den ganzen Morgen, wurden von der Mutter stundenlang gekämmt, gebadet, mit Duftölen gesalbt, zur Nachmittagsruhe gebettet . . . – so hatten sie auf sein Erscheinen gewartet, schön gemacht, ganz zur Verführung gekleidet, waren sie ihm gefolgt!

Gott, die Schönsten und Reizendsten hatten nur von ihren Auftritten gelebt, von einigen Nachtstunden in den Armen eines gut bezahlenden Fremden in einem Kaffeehaus, schnell waren sie vor der nächtlichen Schließung gerade rechtzeitig wieder verschwunden, im Dunkel der Nacht, in seiner, Beris, stillen Begleitung! Einen Kuß hatte er von ihnen beim Abschied erhalten und eine Münze Belohnung, dann hatte er allein vor ihren Wohnungen gestanden und davonschleichen dürfen wie einer, auf den es nicht ankommt. Eitel waren sie, eingebildet und manche so affektiert, daß er sie nicht hatte ausstehen können, nicht ihre vor dem Spiegel geübten Griffe ins Haar, nicht ihre scheu tuenden Blicke, nicht ihre kleinen Ohnmachten, mit denen sie vorspielten, selbst den Weihrauch am Altar nicht zu ertragen.

Und doch! Jetzt vermißte er sie. Er vermißte nicht ihre Gegenwart, nicht ihr oft so leicht durchschaubares Spiel, all diese Gesten und sicher plazierten Worte, er vermißte nur ihren Anblick. In tiefer Nacht, auf dem Nachhauseweg, eilig in einen Mantel gehüllt, dicht an den dunklen Mauern entlang, da hatte er ihr Gesicht manchmal zu sehen bekommen, im Licht eines Madonnenwinkels. Müde zerfallende Gesichter hatte er gesehen, überspannt und oft vor Eile verzerrt – und gerade in diesen Momenten hatte sein versteckter Blick sie zu fassen bekommen, und er, Giovanni Beri, hatte sich empfunden wie ihr Meister. Denn manchmal war es ihm so vorgekommen, als eilten sie nicht der späten Stunde und der Gefahren wegen nach Hause, sondern, ja, seinetwegen! Scheinbar nur begleitete er sie, in Wahrheit aber waren sie gerade vor ihm auf der Flucht, gerade vor seinen weitausholenden Schritten, gerade vor seiner in diesen Augenblicken oft frei werdenden Lust...

Nein, aber nein, er hatte sie niemals berührt, nie hatte er diese Gesetze gebrochen, nein, doch er hatte von diesen Gesetzesbrüchen geträumt, immer wieder geträumt, nächtelang verzehrend und überanstrengt geträumt! Manchmal war er vor diesen Träumen sogar aus seinem Zimmer geflohen, meist war er dann an den Tiber geraten, er hatte sich entkleidet und dem Fluß überlassen, schwimmend, lange schwimmend hatte er sich zu verausgaben versucht und war schließlich gestrandet, an der Tiberinsel, irgendwo, wo noch einige Stimmen ihn lockten.

Wie dieses Leben ihm jetzt fehlte! Und schuld daran hatte einzig nur dieser Fremde! Mit den Tagen und Wochen begann er, Beri, ihn zu beschimpfen. Nie benahm er sich so, wie die anderen sich benahmen! Warum führte er nicht ein Leben wie alle Fremden, warum sah man ihn nicht an den Abenden in den Wirts- und Kaffeehäusern, warum schloß er sich nicht den Spaziergängen und Ausflügen der anderen Künstler an und warum hielt er sich im griechischen Kaffeehaus, wohin es ihn am Nachmittag zumindest für ein Stündchen zog, nur zum Briefeschreiben auf?

Er, Beri, wußte ja, daß der Fremde kein Künstler war, er tat nur so, als hätte er irgend etwas mit ihnen gemein. Wenn er aber zu den hohen Herren gehörte, darin sollte er eben in Gottes Namen in deren Kreisen verkehren! An den Nachmittagen gab es in vielen großen Häusern Gelegenheit zu einem feinen Gespräch, eingemachte oder gefrorene Früchte wurden gereicht, in kaum mehr als zwei Wochen hätte man die herrlichsten Bekanntschaften machen können!

Doch selbst zu solchen Konversationen, die das ganze Vergnügen der Herren von Stand ausmachten, zog es den Fremden nicht hin. Und die Frauen? Hatte er überhaupt ein Auge für sie? Hefteten seine Blicke sich nicht länger an den schönen Apoll oder an irgendein Kirchenbild, das in einer trüb-dunklen Seitenkapelle einer gottverlassenen Kirche unter einem Gewoge von Spinnennetzen vor sich hin schlummerte?

Manchmal versuchte Beri, den Fremden zu verstehen und sich, wenigstens für Minuten, hineinzuversetzen in diese alles abweisende Seele. Irgendein Rätsel war mit diesem Mann verbunden, denn irgendwie schien er nicht in die üblichen Welten zu passen. Immerzu wich er vor den Menschen zurück, und wenn er das Gespräch suchte, kamen nur seine Mitbewohner in Betracht oder der russische Hofrat oder die Malerin, hoch in den Jahren.

Wenn er so grübelte, kam es ihm so vor, als lebte der Fremde nur in seinem Kopf. Jawohl, nur in seinem Kopf! Sicher, er war oft tagelang unterwegs und durchlief auf diesen Märschen ein Viertel nach dem andern, sicher, er blieb oft stehen und starrte dann mit seinem seltsamen Minutenblick auf irgendeine Kleinigkeit, deren Bedeutung rätselhaft blieb, gewiß, man hätte glauben können, es gehe dem Fremden wahrhaftig um Rom, das römische Leben, die unvergleichliche Schönheit gerade dieser Stadt – und dennoch konnte er ihn, Beri, nicht täuschen.

Denn was machte er mit all seinen Beobachtungen? Er schien sie in seinem großen Kopf zu horten und in den Nächten darüber zu brüten. Er sammelte sie, aber er lebte nicht mit ihnen. Ängstlich, als könnte sie ihm einer stehlen, bewegte er sich meist allein durch die Stadt. Nein, dieser Fremde freute sich nicht, und das war das Schlimmste! Mühe gab er sich, ja, er tat so, als müßte er sich, ganz auf sich selbst gestellt, durch einen riesigen Berg wühlen, um als einziger endlich seine Mitte zu finden.

Was aber hätte er davon gehabt? Die meisten anderen Fremden suchten gemeinsam die Altertümer, Kirchen und Galerien auf. Sie unterhielten sich freundschaftlich, tauschten sich aus, halfen einander bei ihren Bemühungen. Und wenn sie genug gesehen hatten – nicht zuviel, nicht rund um die Uhr diese doch nur irritierenden Massen –, kehrten sie irgendwo ein und verbrachten einige Stunden im Gespräch, sich von der Mühe zu erholen.

Lebensart, ja, das war es! Dem Fremden fehlte es an Lebensart. Sein großer Kopf schien ihn ganz zu beherrschen, diese Nase, die sich wie ein gieriger Rüssel in jedes Mauseloch senkte, diese bei großen Anstrengungen überquellenden Augen, diese Hast, die seine von Tag zu Tag schmaler werdenden Wangen oft mit roten Flecken übersäte! In diesem Kopf wohnte ein Furor, eine gewaltige Unruhe, da war er, Beri, ganz sicher. Nur ein vom Furor Gepackter lief so durch Rom!

Dann war der Fremde wohl krank? Beri hatte auch diesen Gedanken schon mehrmals erwogen, an manchen Tagen sprach wahrhaftig einiges für eine Krankheit, die nordischen Herren hatten ja oft die seltsamsten Leiden, den tiefen Trübsinn zum Beispiel oder den hitzigen Wahn. Er schien auch oft wenig zu essen, das Schimpfen von Piera Collina war alle paar Tage zu hören, diese Enthaltsamkeit sprach vielleicht für eine

Erkrankung, wenn der Fremde nicht in den meisten Dingen derart enthaltsam gewesen wäre.

Selbst den starken Kaffee ließ er oft stehen, ganz zu schweigen vom Wein, dem guten Wein, dem Wein der Albaner Berge oder dem noch weitaus besseren aus dem nahen Frascati! Statt dessen ließ er sich oft ein Glas Wasser bringen, klares Wasser, Gott, das war wohl alles, was ihm hier schmeckte! Gut, das römische Wasser war das beste auf Erden, aber nur von diesem Wasser zu leben, das schickte sich nicht für einen von Rang, das schickte sich nicht einmal für die Ärmsten der Armen, die dafür sorgten, daß sie jeden Tag ihr Glas Wein hatten.

Kein Wein, kein Tabak, ganz zu schweigen von der Gegenwart schöner Frauen – der Fremde führte ein Knauser- und Hungerleben, enthaltsam und freudlos wie ein Mönch, der es übertrieb mit der Askese!

Manchmal hatte er, Beri, sich voller Abscheu von ihm abgewandt, ja, er hatte ihn im Stich gelassen und ihn seiner Wege ziehen lassen, dann war er zurückgeflohen zu den Orten, wo man sich traf, in die Nähe des Spanischen Platzes, in die Wirts- und Kaffeehäuser. Natürlich hatte er sich immer wieder, vorsichtig und unauffällig, nach dem Fremden erkundigt und auch etwas erfahren, schließlich liebten diese Künstler nur zu sehr das Gerede. Sie hatten ihn mit ihren Sprüchen und Auskünften überschüttet, doch er hatte jedes Mal etwas anderes zu hören bekommen, lauter Fabeln und Märchen, lauter seltsame Titel und Namen.

Einer hatte behauptet, der Fremde sei ein hoher Minister, wie hatte er das noch gesagt, ein Minister von Gotha, war es das gewesen, Gotha, ein Minister aus Gotha? Ein anderer hatte ernsthaft dagegen gewettet, der Fremde sei etwas Geheimes, ein Geheimnisrat oder dergleichen, also vielleicht ein Agent, ein Spion, der Anführer einer großen Behörde. Und ein dritter war ganz sicher gewesen, der Fremde sei so etwas wie ein großer Poet, einer der bedeutendsten aus den nordischen Ländern, eine ruhmreiche Größe, dessen Werke in den nordischen Ländern überall bekannt seien.

Alldem konnte er keinen Glauben schenken. Ein Minister war der Fremde gewiß nicht, ein Minister hätte sich zu den großen Gesellschaften begeben, jeder Minister tat das. Ein Dichter war der Fremde erst recht nicht, denn die Dichter wußten das Leben zu schätzen und auch zu genießen, ihre Dichtung lebte ja meist nur von diesem Genuß. Ein Spion, vielleicht, ja, das war nicht auszuschließen. Diese Hast, diese ewige Neugierde, diese Enthaltsamkeit, das waren Züge, wie sie zu Agenten und Spionen paßten, die nur ihre geheimen Ziele verfolgten und die Gegenwart der anderen scheuten.

10

Beri hatte erwartet, daß sich seine Liste mit den Bekanntschaften des Fremden schließlich doch einmal füllen werde, doch je länger er ihm nachspürte, um so mehr verdroß ihn, wie sehr sich der Fremde allem entzog. Nur einen einzigen neuen Namen hatte er nach einer Weile noch verzeichnet, und gerade dieser neue Name war ihm ein besonders verhaßter geworden, war es doch der Name eines Menschen, den er seit dem Augenblick, als er ihn zu Gesicht bekommen, nur mit äußerstem Widerwillen betrachtet hatte.

Den Mann, der sich Moritz nannte und nach diesmal glaubhaften Auskünften ein Professor aus Preußen, wohl aus Berlin, war, hatte Beri an einem Nachmittag im griechischen Kaffeehaus bemerkt. Nicht zu fassen, hatte er gleich gedacht, was für eine kleine, lächerliche, schwatzhafte Erscheinung! Unaufhörlich sprang der unruhige Geist von einem Tisch zum andern,

59

deklamierte laut irgendwelche Zeilen, tat, als sei ihm gerade ein blendender Einfall gekommen, notierte etwas in einen Haufen verschmutzter Blätter und wischte sich theatralisch den Schweiß von der Stirn, als habe das kurze Geschreibsel seinen Verstand schon in einige Verlegenheit gebracht!

Oh, das war ein deutscher Professor, wie von der Bühne gesprungen, ein zappeliger Gelehrter, den es nirgendwo hielt und der alles gleich kommentierte, indem er sein angelesenes Wissen kübelweise in die Welt goß! Und man verstand kaum ein Wort, so lang waren die Sätze und so ausgewählt die Wörter, schwierige, verbrockte Wörter, sicher irgendwelche Gelehrtenwörter, auf die er sich Gott weiß was einbildete, diese herumwuselnde Maus mit den flinken Äuglein und den kreisrunden Schneckenohren!

Und gerade dem, ausgerechnet, schenkte der Fremde seine Aufmerksamkeit. Beri faßte sich an die Stirn. Im griechischen Kaffeehaus hatten sie sich kennengelernt, die beiden, natürlich hatte Moritz den Anfang gemacht, er machte sich ja an jeden heran, tatschte ihm die Hände, buckelte, schwadronierte. Und der Fremde, der so etwas sonst nicht lange mitmachte, sondern bald wieder verschwand, hatte sich mit dieser Kreatur über eine Stunde, nein, fast zweieinhalb Stunden an einen Tisch gesetzt. Alle anderen Neugierigen hatte der Fremde fernzuhalten gewußt, ganz ins Gespräch vertieft, hatten sie einander gegenüber gesessen, Moritz hatte unermüdlich gesprochen und der Fremde dazu wissend genickt, ernst, sehr ernst, als erführe er da eine rührende, zu Herzen gehende Geschichte, während Moritzens hampeliges, aufgeregtes Gebaren doch nur ein Grund zum Lachen war!

Dieser Kauz, dieses aufgeblasene Leichtgewicht! Natürlich vertrug er den Wein nicht, natürlich mied er die römische Küche und ernährte sich meist fleischlos, von Kohl, Broccoli und anderem grünen Gemüse! Und wenn er rauchte, wurde er oft blaß im Gesicht, wie ein kleiner Junge, der es zum ersten oder zweiten Mal tat!

Warum wählte der Fremde sich so einen zum Begleiter? Da zogen sie los, die ungleichen Brüder, und machten einen Spaziergang zur Villa Pamphili! Moritz fuchtelte mit beiden Armen herum, deutete zum Himmel, schlug einen Kreis, blieb vor einer Zypresse stehen, betrachtete sie flink und hatte gleich ein paar Sätze dazu bereit, als lohnte es sich, über eine Zypresse viele Worte zu machen.

Und so ging es weiter: Zypressen, Pinien, Lorbeerhaine – alles tauchte dieser Mensch in den Brei seiner Worte, wühlte darin herum, notierte sich seine eigenen Sätze und äußerte immer wieder laut, so daß er, Beri, es noch in weiter Entfernung hören konnte: dies alles sei etwas Neues und Ungewohntes!

Den Fremden aber schien dieses Palavern nicht einmal zu stören. Er hörte zu, nickte, sagte ein paar begleitende Worte oder legte dem Aufgeregten die Hand auf die Schulter. Beinahe war es so, als wollte er ihn beruhigen, und manchmal lud er ihn sogar ein, sich auf eine Wiese zu setzen. Da kauerten sie dann nebeneinander, der Kleine aufrecht, nach allen Seiten Ausschau haltend und den Fernblick gleich wieder beschreibend, der Fremde schweigsam, sich bald auf den Rücken legend, mit geschlossenen Augen, als empfinde er ein tiefes Vergnügen an diesem ununterbrochenen Plappern!

Vielleicht nahm der Fremde den plappernden Gesellen mit, weil er die Einsamkeit leid war. ›Oh‹, dachte Beri, ›dann wäre es noch zu verstehen! Mußte es aber gerade diese Kreatur sein, so nichtswürdig wie unermüdlich! Um wieviel bessere Dienste hätte ich leisten können, ich, ein Sohn dieser Stadt, der nicht von Zypressen und Pinien geredet hätte, sondern von anderen, lebendigen Schönheiten!‹

Beri seufzte. Die ganze Geschichte war schwieriger, als er es

61

sich vorgestellt hatte. Es kam einfach kein Licht in das Dunkel, so daß es vorerst keinen Sinn machte, dem Padre Bericht zu erstatten. Wenn nur das kleine Plappermaul nicht gewesen wäre, der machte alles noch schlimmer! Tagelang heftete er sich an den Fremden und tat, als könnte er ihm nützlich sein auf seinen Gängen durch die Stadt! Er trug einen der üblichen Führer – »Roma antica e moderna« – unter dem Arm, den holte er in jedem Winkel heraus und las mit seiner schnarrenden Stimme daraus vor. Auf diese Weise ging es oft stundenlang, manchmal nur einige Schritte. »Verweilen wir!« ließ der Kleine sich hören, man hörte es noch in den Seitengassen, und dann standen sie, müde geduckt oder mit hoch gereckten Hälsen, nebeneinander, um zu verweilen.

Vielleicht war diese komische Kreatur ja auch ein Teil der geschickten Tarnung des Fremden! Vielleicht lenkte die Gegenwart dieses Redners die Aufmerksamkeit ab von geheimen Blicken und Absichten! ›Dieser elende Wicht, er muß weg‹, dachte Beri, ›ich wünsche ihm die Hölle, damit er dort die Teufel langweilt mit seinen Sprüchen. So einer ist eine Plage. Wenn ich das Sagen hätte, ließe ich ihn auf einer einsamen Insel zurück, dort müßte er die Palmen beschreiben, und zwar jede einzeln, und das Ganze dann auch noch schriftlich anfertigen, ›Beobachtungen eines Deutschen auf einem Eiland im Meere‹.‹

Beri lachte wutentbrannt in sich hinein. Jetzt waren sie wieder zusammen losgezogen, der Fremde mit Signore Tischbein im Wagen, der kleine Gelehrte auf dem Pferd hinterdrein. Anscheinend waren sie aufgebrochen zum Meer, nach Fiumicino, wo man den Führer »Roma antica e moderna« nicht würde hervorziehen können.

Was gab es dort schon zu sehen? Das Meer, die Mündung des Tiber, ein paar Fischerboote, einen verfallenen Turm und einige brüchige Häuser!

Aber selbst dort würde der Schwatzhafte schnell etwas finden. Ein paar Krebse und Muscheln, Seeigel, einige Spuren im Sand – das war doch etwas zum Nachdenken, man konnte die halbe Erdgeschichte erörtern, auch in Fiumicino ließ sich so gut »verweilen«, vor jedem noch so armseligen Boot.

Und er, Beri, wartete nun bis zum Abend. Bald würden sie wohl zurückkommen von ihrem Ausflug, und wieder war ein Tag nur vertan, weil dieser kleine Gelehrte sich in alles hineinmischte! Beri saß nahe dem Corso vor einem Weinausschank und musterte voller Verzweiflung die Herumflanierenden. Da kam ein schönes Kind vorbei, natürlich in Begleitung der Mutter! Ob es einmal zur Seite schaute, nur kurz, ganz unauffällig? Nein, es war ein folgsames, braves Kind, eine dumme, ängstliche, einfältige Schnepfe, die sich nichts traute!

Und diese Ältere da? Auch nichts zu machen, sie wurde von einem Bedienten begleitet, der sie von Tür zur Tür brachte, ohne daß sie ein einziges Wort verloren hätte, irgendwo auf dem Weg! Was für ein Theater! Was bildeten diese Frauen sich ein? Jeder konnte in Erfahrung bringen, mit wem sie heimlich verkehrten, viele hatten einen zweifelhaften Ruf, doch hier auf der Straße spielten sie die unschuldigen Lämmer! Nur geradeaus geschaut, den Blick auf den Boden! In Wahrheit waren sie mit einigen Münzen leicht zu haben, man mußte die Münzen nur klappern lassen, immer wieder, als sprudelte irgendwo eine Quelle!

Beri bemerkte, daß er sich sehnte. Er durfte sich auf solche Dinge nicht einlassen, zuerst mußte er seine Aufgabe bewältigen. Ohne Geld war sowieso nichts zu machen. Also gewartet, gesessen, tagelang, bis dieser Schwätzer vielleicht endlich verschwand.

Beri horchte auf, als er die noch schwachen Töne eines Pferdegetrappels hörte, die langsam markanter wurden. Da, da war er, der Schwätzer, schief saß er auf seinem Pferd und hielt sich kaum noch im Sattel. Der weite Weg steckte ihm in den Knochen. Gut, das hatte er nun von seinem Einfall, hinaus nach Fiumicino zu reiten, um in Betrachtung des Meeres stundenlang zu verweilen. Jetzt schwankte er beinahe durch die Gasse und konnte jederzeit vom Pferd rutschen.

Beri erhob sich langsam von seinem Stuhl, als er sah, daß das hier näher kam. Wo waren der Fremde und Signore Tischbein? Sicher kamen sie im Wagen hinterher und waren steckengeblieben, unten am Pantheon, wo die Wagen sich oft den Weg versperrten.

›Einsamer Professor! Macht Dein Pferd nicht mehr mit? So gib ihm die Sporen!‹

Beri beugte sich vor, als der Kleine auf dem Pferd ihn passierte, und gab dem Tier einen kräftigen Schlag auf die Flanke. Gut, ja, es bäumte sich auf, galoppierte einige Schritte voraus, verschwand wie toll um eine Straßenecke, dann hörte man ein jammervolles Schreien und ein schweres, dumpfes Poltern, als kegelte man eine große Last über das alte Pflaster.

Das Geschrei hallte so laut durch die Gassen, daß sich von allen Seiten sofort eine Menge Menschen aufmachte, nachzuschauen, was sich ereignet hatte. Beri hastete hinterher und mußte sein inneres Lachen unterdrücken, als er den kleinen Mann auf dem Pflaster sitzen sah. Stöhnend griff er sich immer wieder an den linken Oberarm, anscheinend war der Arm dort gebrochen. Immer mehr Menschen strömten herbei, fluchten bald auf das Pferd, bald auf das Pflaster, bald auf die elende Beleuchtung.

Jeder tat, als habe ihn plötzlich ein tiefes Mitleid gepackt. Der arme Mensch, was für ein grausames Schicksal, fern der Heimat vom Pferd zu fallen und sich so zu verletzen! Vorsichtig wurde der Kleine in einen Lehnstuhl gesetzt, und nun zog die ganze Prozession den Weg hinüber zu seiner Wohnung, nach der Strada del Babuino! Welch ein Händeringen, welch ein Schnattern und Schwatzen, als sei der Kleine gerade noch einmal dem Tod entronnen!

Ah, dort, vor seiner Wohnung, warteten auch schon der Fremde und Signore Tischbein. Jetzt durfte der Kleine endlich erzählen, ganz von vorn, unter Stöhnen und Jammern, jetzt hatte er seinen großen Auftritt, oh Gott, wie hatte das nur geschehen können, oh Gott, das antike Pflaster war wohl daran schuld, denn auf dem antiken, keineswegs aber auf dem modernen Pflaster war das Pferd ausgerutscht, das, oh Gott, ein so antikes Pflaster keineswegs gewohnt war!

Jetzt verschwanden sie mit dem Professor im Haus, der Fremde sagte der Menge sogar Dank, dann wurde die Tür verriegelt, die Menge zerstreute sich und oben, im Zimmer des Kleinen, wurde das Licht entzündet.

Beri rieb sich die Hände. Da hatte er einen glänzenden Einfall gehabt! Nun konnte der schwatzhafte Professor für Wochen nicht aus dem Haus. Ein großes Hindernis war mit einem einzigen kräftigen Schlag aus dem Weg geräumt. So gefühlvoll ging ein wahrer Römer mit Menschen um, die Rom nur mit Büchern in der Hand kennenlernten! Ein kleiner Schlag und das ganze Bücherwissen war über den Haufen geworfen! Und Wochen, nein, Monate würde es dauern, den gelehrten Bau erneut zu errichten.

11

Giovanni Beri hatte sich getäuscht. Hatte er erwartet, daß der Fremde nach dem Unfall von seinem schwatzhaften Begleiter ablassen werde, so mußte er nun erleben, daß er kaum einen Tag ausließ, ihn in seiner Wohnung aufzusuchen. Ja, sogar noch mehr, anscheinend war ein regelrechter Betreuungsdienst für den kleinen Professor eingerichtet worden. Schon am frühen Morgen fand sich einer der Künstlerfreunde ein, blieb für einige Stunden und wurde dann von einem anderen abgelöst. Auch nachts wurde das Licht niemals gelöscht, denn selbst in diesen Stunden schien der seltsame Gelehrte der Pflege zu bedürfen.

Oh, er konnte sich gut vorstellen, wie der Kleine sich in seinem Selbstmitleid einrichtete! Lamentieren würde er, sein ewiges Unglück bejammern und seine ganze Vergangenheit aufrollen, um jedes einzelne Jahr nach Schicksalsschlägen zu durchforschen! Menschen wie der fanden immer zum Pech. Sie brachen sich einen Arm, wo die Freunde heil zurückkamen, sie litten immerzu an einer anderen windigen Krankheit, ja sie waren schon als Verlierer auf die Welt gekommen, in irgendeinem Herrgottswinkel, armselig, kaum beachtet.

Beri schaute zu dem Fenster in der Strada del Babuino hinauf, unter dem er jetzt so oft verweilte, weil er den Fremden dort oben wußte. Mehr als alle anderen hielt der sich bei dem Unglücksmenschen auf, oft sogar die ganze Nacht. Für so einen wie den Schwätzer war ein Armbruch gerade das Rechte! Er wurde von allen besucht, hofiert, bedauert, und er konnte ihnen im Gegenzug seine Leidensgeschichte erzählen, haarklein, bis ins letzte Detail.

Manchmal sah Beri den Fremden, mit dem Rücken zur Straße gewandt, oben am Fenster stehen. Jetzt sprach er nur wenig, er konnte lange so stehen, anscheinend hörte er dem Leidgeprüften wahrhaftig angestrengt zu, unermüdlich, als linderte er durch sein Zuhören den gewaltigen Schmerz dieses gelehrten Titanen! Was steckte dahinter? Warum fühlte der Fremde sich gerade diesem aufdringlichen Menschen so verpflichtet?

Beri war mit den Tagen immer mehr ins Grübeln geraten. Besonders aber hatte ihm zu denken gegeben, daß nun von

Zeit zu Zeit größere Sendungen für den Fremden eintrafen, die der alte Collina mit lautem Palaver begrüßte. Es handelte sich um schwere Holzkisten, zwei Mann reichten oft nicht aus, sie von den Karren zu laden. Sie wurden ächzend über die Schwelle gezogen und dann die Treppe hinaufgestemmt, während der alte Collina hinterdreinschlurfte, den ganzen Transport mit warnenden Rufen begleitend.

Was steckte in diesen Kisten? Sie waren von unterschiedlichem Format, die erste, die Beri zu Gesicht bekommen hatte, war die größte gewesen, fast mannshoch, kaum durch den Eingang zu bekommen. Anscheinend hatten sie ein immenses Gewicht, die Handlanger fluchten immer wieder darüber, und es war ihnen anzusehen, daß sie nicht spielten. Außerdem aber war der Inhalt der Kisten wohl von großem Wert, der alte Collina ließ so etwas laufend verlauten, beinahe beschwörend redete er auf die Träger ein, das kostbare Gut nicht fallen zu lassen, nirgends damit anzustoßen, es vorsichtig abzusetzen.

Vielleicht hatten die Kisten mit dem Geheimnis des Fremden zu tun. Er versteckte ihren Inhalt in seiner Wohnung, er ließ niemanden heran an diese Schätze, die mit seinem langen Laufen und Suchen zu tun haben mochten. Gewiß, ja, so mußte es sein, in diesen Kisten verbargen sich Dinge, die der Fremde heimlich wegzuschaffen dachte!

Als Beri sich diese Zusammenhänge immer wieder vergegenwärtigt hatte (was hatte der Schwätzer damit zu tun, vielleicht war er ja eine Art von Vermittler, ein Experte in undurchsichtigen, seltenen Dingen, über irgendein nützliches Wissen mußte er verfügen, sonst hätte der Fremde ihn nicht derart mit seiner Aufmerksamkeit bedacht), wußte er bald, was er zu tun hatte. Wenn er in den nächsten Wochen nicht weiterkam, wenn ihn die halbe römische Künstlerwelt weiter zum Narren hielt und ihn über alles Wissenswerte im unklaren ließ, so mußte er sich anders Gewißheit verschaffen.

Natürlich, da half nur ein einziges Mittel, er mußte sich Zugang zum Zimmer des Fremden verschaffen, heimlich, er mußte sich umsehen in dieser Stube, langsam und gründlich, ohne daß seine Anwesenheit später bemerkt würde. Nichts durfte ihm dort oben entgehen, keine Einzelheit, vielleicht lagen sogar einige Briefe herum oder sonst etwas von dem vielen Geschriebenen, das der Fremde, wenn sich ihm jemand näherte im griechischen Kaffeehaus, sofort ängstlich in seinem Mantelsack versteckte.

Und er wußte auch schon, wann sich für diesen Besuch eine Gelegenheit bot: nachts, wenn der Fremde mal wieder zu einem Krankenbesuch bei dem Berliner Professor weilte, sehr spät nachts, in diesen ganz heimlichen Stunden war es am besten. Wenn nur die Collinas nicht gewesen wären, sie waren das größte Hindernis! Irgendwie mußte er versuchen, sich am frühen Abend in das Haus einzuschleichen, bevor die Tür verriegelt wurde. Irgendwo mußte er sich für einige Stunden verstecken, bis sie sich zu Bett legten. Filippo, ihr immer dicker werdender Sohn, war der erste, den man nicht mehr zu sehen bekam, der alte Collina schwatzte meist noch vor der Tür, bis sich die Straßen leerten, und die Alte, Piera, blieb wohl am längsten auf, wachsam wie eine Eule, jedenfalls hatte er sie manchmal noch oben in einem Fenster gesehen, diesen unruhigen Kopf, der auf jede Bewegung draußen antwortete. So eine hatte nur einen leichten Schlaf, so eine erwachte bei jedem Geräusch!

Ach was, er mußte sich eben vorsehen, leise, unhörbar wie eine Katze... oh verdammt, die Katze! Dem Biest war alles zuzutrauen! Vielleicht wachte es jede Nacht auf den obersten Stufen der Treppe! Vielleicht kauerte es sich vor das Zimmer des Fremden, wenn der es für eine Nacht unbewohnt ließ!

Auf dieses Biest mußte er besonders achten, wahrscheinlich steckte es mit der alten Piera im Bunde, zusammen bildeten sie so etwas wie die wachende Garde, die all die Kostbarkeiten und Schätze des Fremden hütete wie ihr Eigentum.

Trotzdem, er, Beri, mußte es notfalls wagen. Der Unfall des kleinen Professors hätte so seinen Zweck wenigstens erfüllt. Im Zimmer des Fremden liefen die Fäden zusammen, in den hölzernen Kisten schlummerten die Güter, die der Fremde beiseite schaffen wollte.

Von nun an lief Beri immer wieder zwischen den beiden Wohnungen, in denen sich der Fremde nachts aufhielt, hin und her. War er in der Strada del Babuino eingetroffen und sah er den Schatten des Fremden sich oben im Zimmer des Kranken bewegen, so machte er sich wenig später unverzüglich auf zurück zu dem unauffälligen Eckhaus am Corso, vor dem der alte Collina jetzt schwer, schon halb träumend, sein Essen verdaute.

Beri schloß die Augen, er stellte sich vor, wie es wäre, jetzt durch den Eingang hineinzuschlüpfen. Schon bei diesem Gedanken überlief ihn ein Schauder, doch mit der Zeit gewöhnte er sich an die Idee. Es handelte sich schließlich um keinen gewöhnlichen Einbruch, aber nein, er hatte nicht vor, etwas zu stehlen. Vielmehr handelte es sich um einen Einbruch in guter Absicht, solch gute Absichten segnete auch der Heilige Vater.

Beri malte sich aus, wie er niederkniete, um von Seiner Heiligkeit den Segen zu empfangen. »Mein Sohn, es wird Dir vergeben werden!« murmelte der Heilige Vater. ›Gut so‹, dachte Beri, ›gut, daß es die Beichte gibt, am besten aber ist die Beichte im voraus, die Beichte vor der Sünde! Wer so beichtet, lebt in dauernder Unschuld und Reinheit, so wie der Herr uns zu leben gelehrt hat!‹

12

Beri hatte sich vorgenommen, noch eine Woche zu warten, um sich in dieser Zeit ganz mit den Gewohnheiten der Collinas vertraut zu machen. Manchmal sah er die Katze das Haus umschleichen, er beobachtete sie genau, sie nahm sich kaum Zeit, das Terrain zu sondieren, vielmehr legte sie ihre Wege eilig zurück, als würde sie ihr Ziel nur zu genau kennen.

Wenn der alte Collina nicht in der Nähe war, versuchte er, sie abzulenken, indem er ihr eine Kleinigkeit in den Weg warf, einen Fischkopf, einen Fetzen Fleisch, doch das Tier tat, als ließe es sich durch solche Köder nicht von seinem Weg abbringen. Es zögerte einen Augenblick, streifte den Bissen mit einem Blick, schaute sich um und verschwand im Eingang, ohne die Leckerei genauer zu prüfen.

›Was soll ich Dir noch servieren, du Biest?‹ hatte Beri gedacht, bevor er sich zornig davongemacht hatte. Stark war seine Erregung gewesen, so stark, daß er mit einem Mann mittlerer Größe zusammengestoßen war, der sich in einem singenden, gebrochenen Italienisch entschuldigt hatte, wie Beri es noch nie zu Ohren gekommen war. ›Warum entschuldigt der sich‹, hatte Beri gedacht, ›warum, wo ich ihn doch gerempelt habe und wo ich mich doch hätte entschuldigen müssen? Und dann dieses seltsame Reden, wie ein feiner Wasserstrahl aus einem Hahn, den man nicht abstellen kann, mal stärker, mal schwächer!‹

Beri hatte sich noch einmal nach der Gestalt umgesehen, doch sie war längst in den Seitengassen verschwunden gewesen. Zwei Tage später hatte er in der Strada del Babuino im abendlichen Sonnenlicht an einer Hauswand gelehnt, als er sie bei einer Bewegung zur Seite – er hatte die Hand heben wollen, um sich gegen das blendende Licht zu schützen – erneut bemerkt hatte. Da war er ja wieder, dieser devote Geselle, der sich so ungeschickt bewegte und mit den Augen nicht recht auf der Straße war. Wie unruhig der durch die Gegend streifte, wie sein Kopf immer wieder nach der Seite schoß, als erwartete er von dort ein neues Ungemach!

Beri beschloß, der Gestalt einen Teil ihres Weges zu folgen, schließlich hatte er Zeit. Der Fremde hatte die Wohnung des kranken Professors vor kaum einer Stunde betreten, es war nicht damit zu rechnen, daß er sie so bald wieder verließ. Also konnte man sich diesem seltsamen Kauz widmen, der einem jetzt schon zum zweiten Mal über den Weg gelaufen war. Was war das für einer und wo strebte der hin?

Man mußte sich jedenfalls sputen, diesem Menschen zu folgen. Wie der nur lief! Wie ein von der Kutsche abgesprungenes Rad, das kaum merklich mal nach links, mal nach rechts taumelte und doch seine rasende Fahrt immer mehr beschleunigte! Das gab eine Bewegung! Beri lachte, als er bemerkte, wie er hinter dem Springer herhüpfte. Zehn rasche Schritte, dann wieder verlangsamt, die kleine Gasse beinahe schlendernd entlang, dann um die Ecke und in höchster Eile auf den nächsten Platz zu!

Endlich, jetzt hatte man den Corso erreicht. Hier hatte das sprunghafte Hasten ein Ende, jetzt verwandelte sich der Hüpfer in einen Spaziergänger, der sogar zu grüßen begann, oh ja! Und wie der grüßte! In der Tat, er grüßte beinahe unaufhörlich, als sei er mit der halben römischen Gesellschaft bekannt! Jetzt hörte er, Beri, wieder diesen Singsang der Laute, nicht hoch und nicht tief, aber zur Höhe hin ansteigend und unerwartet in die Tiefe hin abstürzend, ein schwindelmachendes Auf und Ab! Wo kam so einer her, der hatte ja gar keinen Sinn für ein Gleichgewicht, weder in seinem Laufen noch in seinen Worten!

Beri wollte stehenbleiben, um das delikate Problem zu

durchdenken: ob es Menschen gab, deren inneres Uhrwerk in manchen Momenten überdreht lief und dann plötzlich, ohne daß sie viel Einfluß darauf hatten, in sich zusammenschnurrte? Menschen, die sich ununterbrochen antrieben und deren Antriebskraft sich darüber so erhitzte, daß sie plötzlich vor innerem Taumel kaum noch etwas sahen und hörten?

Etwas Gespaltenes hatte der hastige Mensch jedenfalls. Jetzt machte er kaum noch einen Schritt nach dem andern, er streifte den Corso entlang, als trüge er ein schweres Gewicht. Und warum blieb er nun auch noch stehen, mitten im großen Verkehr der Kutschen, um sich, beinahe wie ein Blinder, den Blick nicht auf die Straße, sondern schräg hinauf zum ersten Stock eines Wohnhauses gerichtet, auf die andere Seite zu tasten?

Was gab's denn dort oben, daß diese Gestalt so lange mit ihren Blicken verweilte? Was?!

Beri spürte, wie ihn plötzlich eine starke Hitze durchfuhr. Das war kaum zu glauben, jetzt standen sie in der Nähe des bekannten Eckhauses am Corso, der alte Collina trat gerade aus der Tür und setzte sich ins Freie, auf den nur ihm vorbehaltenen Stuhl neben dem Eingang. Und der Hüpfer und Springer beobachtete alles genau! Unruhig, den Mund vor Anstrengung ein wenig verzerrt, starrte dieser Mensch immer wieder hinauf, ging ein paar Schritte den Corso hinab, wendete, schaute wieder hinauf, als könnte sich dort eine Schöne zeigen und als sei er ihr stummer Verehrer!

›So ist das also‹, dachte Beri und zog sich langsam zurück, ›jetzt hat Giovanni Beri einen Nebenbuhler! Und auch der will ran an den Fremden, auch der ist dabei, sich um dessen Geschichte zu bemühen! Gut, Fremder, nun sind zwei hinter Dir her, wollen wir sehen, wer Dein Geheimnis als erster herausbekommt: Giovanni Beri oder dieses taumelnde Etwas!‹

13

Beri wollte allein sein, die verhuschte Gestalt, die er ›den Nebenbuhler‹ nannte, ging ihm nicht mehr aus dem Kopf. Gut, daß der Kerl ihn noch nicht bemerkt hatte, so hatte er, Beri, einen kleinen Vorsprung vor ihm. Was der wohl schon von der Geschichte des Fremden aufgedeckt hatte und in wessen Auftrag der wohl herumschnüffelte?

Beri kannte keinen besseren Ort zum Alleinsein als sein kleines Zimmer, das zum Porto di Ripetta hinausging. War dies hier nicht die schönste Gegend der Stadt? Gab es einen unvergleichlicheren Ausblick als den aus seinem Fenster hinüber nach Sankt Peter, zur Engelsburg und hinunter auf den Tiber? Wie wenig die Fremden von Schönheit verstanden, zeigte sich schon daran, daß keiner von ihnen hier wohnte. Statt dessen zogen sie in das überlaufene Viertel am Spanischen Platz, wo sie sich gegenseitig auf den Füßen standen.

Auch hier, am Hafen, war etwas los, der Hafen war sogar eine der belebtesten Gegenden der Stadt. Hier wurden die Schiffe ausgeladen, die den Fluß hinuntergekommen waren, hier standen die großen Lastkarren, die von dieser Stelle aus in alle Richtungen ausschwirrten, hier trafen sich schon in der Frühe die Arbeiter mit den Schiffsbesatzungen, um das Tagwerk rasch hinter sich zu bringen.

Eine breite steinerne Treppe führte hinunter zum Wasser, in Beris Augen war es die schönste Treppe der Stadt, schöner noch als die Spanische drüben, von der die Fremden soviel Aufhebens machten. Die Hafentreppe nämlich schwang sich in einem weiten Bogen um einen niedrigen, turmartigen Ausblick, und ihre Stufen mündeten im Wasser, das sich, wenn der Fluß langsam über die Ufer wuchs, gierig schnappend die Stufen hinaufbewegte, oft bis hin zu den ersten Häusern.

Auf dieser Treppe hatte er seine Kindheit verbracht, mit dem Bruder spielend, in Unterhaltungen mit den Arbeitern und den Handwerkern, die mittags oft hierher kamen, um das Gebratene aus den Garküchen zu essen. Dicht gedrängt saßen sie dann auf den Stufen, schwatzten, machten sich über die Fremden lustig, und man bekam die besten Geschichten zu hören, von verlorener Ehre der Frauen, von betrogenen Ehemännern und vom verlockenden Blick junger Schöner. Wer sich auf diese Stufen setzte und zuhören konnte, erfuhr alles über die Stadt, ihr ganzes, aufregendes Leben, und wahrhaftig, das war ein anderes Leben als das, was die Fremden hier führten!

Ganz still und über die Maßen schön aber war das jenseitige Ufer des Flusses, lauter Wiesen, Gärten und Weinberge, und dazwischen die langen Reihen der dunkel drohenden Zypressen, die sich hinauf bis zum Monte Mario hinzogen. Hier und da sah man ein kleines Landhaus, meist ockerfarben, ein Hund sprang die lange Anfahrt entlang, Vogelschwärme drehten sich über dem Dach und fielen, schwer wie ein Splitterregen, ins Gebüsch.

Beri legte sich auf sein Bett, jetzt war von all diesen Schönheiten kaum noch etwas zu sehen. Es dunkelte, und auf den Balkonen der dicht gedrängten Häuser längs des Flusses saßen die Frauen und schwatzten. Wenn nur jemand da gewesen wäre, dem er sich hätte offenbaren und dem er von der verhuschten Gestalt hätte erzählen können!

Roberto, ja, Roberto, dem hätte er die ganze Geschichte erzählt, in kleinen Portionen, daß er Augen gemacht hätte! Wie hatte Roberto ihm das antun können: zu verschwinden, sich ohne eine einzige Nachricht aus dem Staub zu machen? Bis heute begriff er nicht, wie ein Römer es über das Herz bringen konnte, Rom zu verlassen. Nie, niemals hätte er diese Gegend aufgegeben, den Hafen, wo schon sein Vater gearbeitet hatte, die Barken und Schiffe, deren hölzerne Planken seine nackten Kinderfüße bis in die letzten Winkel ertastet hatten.

Ein wahrer Römer verließ das Viertel nie, in dem er aufgewachsen war, und selbst wenn er später vielleicht in einem anderen, besseren wohnte, so zog es ihn immer wieder dahin zurück. Einer, der sein Viertel für immer verließ, der wurde zu einem Fremden und den durchnagte mit der Zeit ein immer stärker werdender Kummer.

Nein, er, Giovanni, war gerade an diese Bilder und Szenen gebunden, festgebunden wie mit Stricken, das wußte er. Wenn er aus seinem Fenster schaute, sah er zur Linken die gewaltige Kuppel der Peterskirche. Dort, dort lebte die erste Gewalt, der er diente, von dort empfing er seine Befehle, die auf nicht zu durchschauende Weise aus den Gemächern und Zimmern des Vatikans durch die Stadt eilten und ihre Vollstrecker fanden. Und dort unten, dort unten strömte der Fluß, lehmgelb, braun und an den Rändern schilfgrün, das war die zweite Gewalt seines Lebens, das Wasser, sein Rauschen, Schwappen, Sprudeln und sein unheimlich andauerndes Fließen.

Beri stand auf, ging ans Fenster und schaute hinaus. Manchmal war es ihm, als säße dort unten noch sein Vater und würde ewig auf einen warten, der übergesetzt werden wollte. Die Barke wurde an einem über den Fluß gespannten Tau hinübergezogen, und wenn der Fluß reißend war, brauchte man starke sehnige Arme, wie sie sein Vater gehabt hatte. Und seine Mutter hatte an den kälteren Tagen Suppen gekocht für die Arbeiter, damit hatten sie eine Menge verdient.

Nichts, nichts war davon geblieben, er, Giovanni, war der letzte seiner Familie, und nur für ihn strömte der Fluß so schweigsam vorbei.

Beri durchwanderte sein Zimmer. Er wußte nicht, wie es weitergehen sollte. War es notwendig und möglich, gleich

75

zwei Menschen tagaus, tagein zu beobachten oder brauchte er sich weiter nur an den Fremden zu halten? Roberto, ja, vielleicht hätte der eine Antwort gewußt. Er war der stillere, aber auch der schnellere von ihnen beiden gewesen; vielleicht hätte er ihm sogar geholfen, zu zweit wäre es ein Leichtes gewesen, diese schwierige Arbeit zu meistern.

Nebenan, nebenan war Robertos Zimmer, es stand noch leer, als hätte er es gerade verlassen. Beri ging langsam hinüber. Nichts, nicht einmal ein Halstuch hatte Roberto zurückgelassen. Auf dem Tischkasten neben dem Bett stand noch eine niedergebrannte Kerze und in dem Kasten... Beri öffnete ihn einen Spalt und erschrak. In dem Kasten lagen eine Pistole und ein Stilett. Wie kam das hierher? Roberto hatte ihm nie von diesen Dingen erzählt.

Beri nahm die beiden Gegenstände langsam heraus, dann hielt er sie in seinen Händen, das Stilett in der Rechten, die Pistole in der Linken, als müßte er ihr Gewicht abwägen. Das alles, ja, das alles hatte Roberto ihm in die Hände gespielt, Roberto oder ein heiliger Wille, der auch die Macht über das Wasser besaß.

Zuletzt hatte er als Kind mit solchen Gegenständen gespielt. In jedem Haushalt hier hatte man eine Pistole zur Hand. Manchmal schlugen des Nachts Betrunkene gegen die Tür, manchmal waren sie nicht zur Vernunft zu bringen, und man fand kein anderes Mittel, um sie fernzuhalten. Und das Stilett? Beri strich mit dem Finger daran entlang. Oh, es lag gut in der Hand und es war gut zu verbergen, unter dem Hemd. Zweifellos, das Stilett hatte seine Vorzüge vor der Pistole, denn hinter dem Stilett steckte einfach ein anderer Ernst. Wer wollte seinen Feind schon gleich erschießen? Verletzen aber, empfindlich bedrohen und verletzen konnte man ihn mit einem Stilett.

Beri ließ die Pistole wieder in den Tischkasten gleiten und

schob ihn ins Fach zurück. Das Stilett nahm er an sich. Langsam, noch etwas unschlüssig, ging er in sein Zimmer zurück und legte sich erneut auf das Bett. Unten, unter dem geöffneten Fenster, wurde gesungen. Das war die hübsche Rosina, der die Fremden nachliefen. Ah, sie sang nicht einmal schlecht, und keine hatte so viele Lieder im Kopf!

›Sing, Rosina‹, dachte Beri und schloß die Augen, ›bring mich mit deinen Liedern auf den richtigen Weg, auf den Weg des Vaters und des Sohnes und des Heiligen Geistes. Die da leben in der Luft, der Erde und in den Wassern, und in den Wassern...‹

14

Zwei Tage lang verfolgte Giovanni Beri seinen Nebenbuhler durch die ganze Stadt. Er kümmerte sich nicht mehr um den Fremden, er hatte nur noch Augen für die eilende und sich manchmal in Luft auflösende Gestalt, die ihn kaum zu Atem kommen ließ. Es war, als hätte dieser Mensch wichtige Botschaften zu überbringen, so rasch durchlief er die Gassen, nahm die Treppen und verschwand im Innenhof irgendeines Palastes, um wenig später, unvermutet, scheu nach allen Seiten blickend, durch eine kaum beachtete Seitentür wieder das Weite zu suchen.

Beri hatte sich vorgenommen, den windigen Hüpfer so bald wie möglich zu stellen. Irgendwo würde sich eine Gelegenheit ergeben, irgendwo würde er ihn gewiß zu packen bekommen, um ihn so durchzuschütteln, daß ihm die Hampeleien vergingen. Tagsüber allerdings war an eine solche Attacke nicht einmal zu denken, nur die Nacht kam in Frage. Außerdem hatte Beri beschlossen, seinen Gegner nur an einem Ort zu stellen, an dem er, Beri, sich sicher fühlte. Es mußte ein ihm ganz vertrauter, naher Ort sein, ein Ort, den er so gut kannte, daß er um alle möglichen Zufälle wußte.

All diese Absichten machte der Hastige jedoch immer wieder zunichte. Mal war der Ort günstig, aber es war noch zu früh am Tag, mal erschien Beri der Ort nicht geeignet, obwohl es gerade dunkelte, schließlich hatte es sein Opfer wieder geschafft, sich in Luft aufzulösen. Zwei Abende hintereinander war ihm dieses Kunststück gelungen, auf unerforschliche Weise war er plötzlich im Gewirr der Gassen verschwunden, und Beri hatte das Nachsehen gehabt. Gott, er hatte nicht einmal herausbekommen, wo sein Nebenbuhler wohnte, nichts hatte er in Händen, nicht eine Andeutung! Dafür aber hatte er inzwischen seine Stimme im Ohr, dieses schlecht gesungene Italienisch, diese windigen Höhen und die trockenen Tiefen, um die herum er seine Näsellaute plazierte. Am dritten Abend suchte der Springer eine Osteria in der Nähe der Piazza Montanara auf. Der Platz lag nur wenige Schritte vom Tiber entfernt, die große Tiberinsel war auch nicht weit, Beri witterte, daß er diesmal mehr Glück haben könnte. Hier, in dieser Weinschenke, verkehrten recht viele Fremde, auch die windige Luftgestalt hatte gleich Bekannte getroffen, jedenfalls setzte sie sich an einen der größeren Tische, um sofort einen nach dem andern zu begrüßen, lange ausholend, lächelnd und doch beinahe verschämt, als sei jedes Wort zuviel.

Doch das alles hatte nicht viel zu bedeuten. Dieser Mensch kannte halb Rom und hatte anscheinend doch niemand so richtig zum Freund. Er lebte wie eine Fliege, die sich überallhin bewegte, wo Leben lockte, ohne daß sich jemand an seine Gegenwart erinnert hätte.

Jetzt trank er sogar einen großen Schluck! Beri schaute heimlich zu ihm hinüber, während er neben einem der großen Weinfässer im Dunkel der Stube lehnte. Auch er hielt ein Weinglas in Händen, doch der Wein, der nicht einmal schlecht war, wollte ihm nicht schmecken. Ja, er war zu aufgeregt, er gab es zu! So etwas hatte er noch niemals gemacht! Er hatte sich vor einigen Jahren mit seinesgleichen geprügelt, das schon, aber er hatte noch nie einen Menschen auf offener Straße überfallen. Dazu gehörte schon was! Dazu gehörten vielleicht Gaben, die er überhaupt nicht besaß!

Widerwillig stellte Beri sein Weinglas zur Seite. Das Stilett saß gut, es verrutschte auch bei schnellem Laufen nicht, dafür hatte er gesorgt. Jetzt erhob sich das windige Bürschchen, wahrhaftig, es ging eilig hinaus. Beri griff, ohne sich zu besinnen, kurz nach dem kleinen Dolch, ja, der war griffbereit, jetzt nichts wie hinaus!

Da hüpfte der Knabe zum Tiber hinunter, mit diesem seltsamen Taumelschritt, sicher wollte er sich dort unten entleeren, ja, das mußte es sein! Das war die beste Gelegenheit, einen besseren Ort hätte es nicht geben können. Denn dort unten war es stockdunkel, kein Licht reichte bis zu den Ufern des Tiber, und kaum einer geriet des Nachts dorthin, höchstens ein einsames Boot glitt noch manchmal vorbei. Beri wartete, bis sein Opfer sich seinen Platz gesucht hatte. Dort stand der Ahnungslose nun, nahe einem dichten Schilfstreifen, er knöpfte die Hose auf, man hörte einen mager rinnenden Strahl, ein läppisches Strählchen, von kleinen, peinlichen Pausen unterbrochen, in denen der Ahnungslose aufstöhnte, als erleichterte ihn schon die Abgabe dieser winzigen Mengen Urin.

›Pinkelbrüderchen, warte!‹ dachte Beri, und es war, als machten diese Worte ihm Mut. Jetzt, jetzt mußte er zupacken! Mit vier, fünf Schritten war er heran, jetzt das Stilett gezogen und ihm an die Kehle gesetzt! Er preßte sich fest gegen sein Opfer, er schnürte es ein, während er mit dem spitzen Dolch an seinem Hals entlangfuhr.

Ha, das war gelungen, eine Kleinigkeit war das gewesen, dieser Hampelmann wehrte sich ja nicht einmal! Irgendwel-

79

che Stammelworte entfuhren ihm, irgendein Bitten, Lallen und Flehen in seiner Muttersprache, vielleicht. Was war das aber für eine Sprache? Beri hatte keine Ahnung, gut so, dann kam er auch nicht ins Grübeln.

»Knie Dich hin!« herrschte Beri sein Opfer an. »Beide Arme nach hinten, tu, was ich sage!«

Sofort kniete das Männlein sich hin. Beri sah, wie es zitterte. Jetzt war es noch leichter, ihm den Dolch an die Kehle zu setzen, jetzt konnte er von oben zudrücken, wie ein Schlachter, der das Schlachtvieh bequem unter sich wußte.

»Ich bitte sehr«, setzte der Gedemütigte an.

»Du sagst kein Wort, Du beantwortest nur meine Fragen, und Du sagst die Wahrheit, sonst treibst Du in einer Stunde als Leiche im Schilf!«

»Ich bitte, ich stehe unter kaiserlichem Schutz!«

»Dann ruf ihn doch, deinen Kaiser! Hol ihn herbei, na, mach schon!«

»Ich bin der Kurier des Sekretärs des kaiserlichen Gesandten in Rom!«

»Was Du nicht sagst!«

»Bitte, der Herr, ich besitze wenig von Wert, eine Uhr, einen Ring aus dem Erbe meiner Familie, die sich in...«

»Was redest Du denn? Ich verstehe kein Wort! Was ist das für ein Geschnatter? Leg Deine Habe hier auf den Boden, alles, was Du dabei hast!«

Der Überraschte beeilte sich, seine Taschen zu leeren. Er zitterte noch stärker als zuvor, Beri begann, sich ein Vergnügen daraus zu machen, das Stilett anzusetzen. Manchmal drückte er etwas fester zu, und der Mann zuckte zusammen, als bedeutete der feine Stich schon sein Ende.

»Herr, ich bin ein hilfloser Fremder, meine Heimat ist Wien, ich bin jung, tun Sie mir nichts, ich habe noch wenig vom Leben erfahren!«

»Das ist kein Wunder, so wie Du durch die Stadt eilst!«

»Eilen, ich eilen? Der Herr meint, ich eilte durch Rom? Ich verstehe, der Herr muß mich beobachtet haben...«

»Still, sei sofort still! Ich habe Dich nicht beobachtet, man hat Dich beobachten lassen, damit Du das weißt!«

»Man? Also viele Gott im Himmel! Was habe ich bloß getan?«

»Du bist ein Spion, Du spionierst für Deinen fernen Kaiser in fremden Ländern, und da fragst Du noch, was Du getan hast?«

»Aber Herr, ich wurde dazu gezwungen. Wenn Sie nur wüßten! Meine Familie ist zu einem nicht unbeträchtlichen Teil...«

»Schweig, was geht mich das an? Du bist ein Feigling, alles an Dir stinkt nach einem Feigling, sag, daß Du ein Feigling bist!«

»Ich bin ein Feigling!«

»Siehst Du, Du bist so sehr ein Feigling, daß Du gleich zustimmst! Man sollte Dich in den Tiber schmeißen, das ist leicht zu erledigen, ich brauche nur einmal zu pfeifen, und schon sind meine Leute da!«

Beri drehte sich zur Seite, um zu schauen, ob niemand sie beobachtete. Da hatte er einen glänzenden Einfall gehabt, der Aufgeregte glaubte ihm ja jedes Wort! Solche Geschöpfe hatte er von jeher verabscheut, immerzu redeten sie in anderer Leute Namen, entschuldigten sich, drehten sich schnell nach dem Wind. Ja, sie waren der Fluch der Erde, haltlos, gemein, immerzu bereit zu einem Verrat.

Doch er mußte aufpassen! So einer kannte viele Kniffe, so einer war schnell entwischt! Beri packte ihn an den Haaren, stemmte ihm das Knie in den Rücken und setzte das Stilett an die Halsschlagader. Der Zitternde schrie auf.

»Du weißt, was mit Gestalten wie Dir geschieht?«

81

»Aber der Herr, daran wage ich nicht zu denken!«

»Sie werden abgestochen, nachts, irgendwo, man zertrennt ihre Leiche und verteilt die Glieder auf alle Viertel der Stadt!«

»Ich bitte...«

»Es ist ganz leicht, nach einem wie Dir fragt man nicht, einer wie Du hat gar keinen Namen, Du verschwindest spurlos!«

»Aber ich bitte, es muß eine Möglichkeit geben, es muß! Der Herr mag mir sagen, was ich tun kann, ich werde es tun, alles werde ich tun!«

»Man kann Dich am frühen Morgen aus einer belebten Straße abschleppen, man kann Dich herausholen aus einem vertraulichen Gespräch mit Deinem Gesandten, solange Du hier in Rom bist, bekommt man Dich jederzeit, überall zu fassen!«

»Überall denn doch nicht, der Herr, wenn ich das einwenden darf!«

»Nicht? Überall nicht?! Und wo solltest Du Schutz finden, Du Memme?«

»In den Kirchen, selbst den größten Verbrechern gewährt man dort Schutz!«

Beri lachte, fast hätte er sogar lauthals gelacht.

»Soll ich Dir etwas sagen, Du Bube? In den Kirchen würde man Dich... in heißem Wachs backen! Die Kirchen sind für einen wie Dich sogar der unsicherste Platz!«

Für einen Moment war es ganz still. Vom Fluß her schien ein kühler Windhauch zu wehen, Beri fröstelte, er mußte jetzt zur Sache kommen, sonst verwickelte ihn dieses Geschöpf noch in ein langes Geschwätz.

Kraftlos kniete er jetzt vor ihm, er hielt den Kopf nun gesenkt, nein, der leistete wohl keinen Widerstand mehr.

»Ich habe verstanden«, sagte er, und Beri spürte, wie er noch mehr einknickte.

»Du hast gar nichts verstanden! Du wirst mit niemandem reden über unsere Begegnung, hast Du *das* verstanden?«

»Ich werde mit niemandem reden, mit niemandem!«

»Also, los jetzt, machen wir's kurz! Hinter wem bist Du her? Und warum?«

»Gegenwärtig gehört es zu meinen vordringlichen Aufgaben, Beweise für die diplomatischen Obliegenheiten des Herrn von Goethe zu sammeln, der...«

»Sprich nicht so! Schnatter nicht so vor Dich hin! Wer hat Dir das beigebracht, dieses Schnattern? Sprich in einfachen Sätzen, sprich klar, sprich so wie ich!«

»Gewiß, der Herr, sofort! Ich beobachte Herrn von Goethe, Minister und Geheimer Rat des Herzogs von Sachsen-Weimar, Autor so unvergleichlicher Werke wie...«

»Mann, so geht es nicht! Gott hat uns die Sprache gegeben, damit wir die Welt benennen, ist Dir das klar?«

»Das ist mir klar!«

»Und Du? Du benutzt die Sprache, um die Welt zuverschleiern! Einfach! Sprich in einfachen Sätzen! Herr von Goethe also, was ist mit ihm? Er ist ein Minister und ist was...?«

»Geheimer Rat des Herzogs von Sachsen-Weimar und Autor so... und Dichter... Aber ich bitte, der Herr! Ich brauche Ihnen doch nicht zu erklären, daß der Herr von Goethe ein Dichter ist!«

»Was redet Er da?«

»Aber Er weiß doch, daß Herr von Goethe einer der bedeutendsten Dichter ist, die die Welt gegenwärtig beherbergt! Seine hiesigen Freunde haben ja bereits vor, ihn auf dem Kapitol mit dem Lorbeer zu krönen!«

»Was haben sie?!«

»Ja, seine deutschen Freunde haben vor...«

Beri lockerte seinen Griff. Das war nicht zu fassen! So etwas Komisches hatte er lange nicht mehr gehört! Ein hergelaufener Fremder sollte in Rom zum Dichter gekrönt werden, auf dem Kapitol, mit dein Lorbeer?! Er spürte, wie ein gewaltiges Lachen in ihm aufstieg. Spielten diese Fremden denn ununterbrochen Theater? Und dieser unauffällige, Zitternde hier, war er nicht eine ganz und gar lächerliche Gestalt, die einem höchstens leid tun konnte?

Aber halt, er mußte sich beherrschen, das Ganze war komisch, aber es hatte vielleicht noch eine andere, ernste Seite. Und was bedeutete es, daß dieser Goethe, dessen Namen er nun endlich erfahren hatte, ein Minister war? Waren in Deutschland die Dichter zuweilen Minister? Zuzutrauen wäre es diesen verschlossenen, merkwürdigen Menschen, aber er hatte noch nie etwas von solchen Bräuchen gehört.

»Was ist er also, dieser Goethe, ist er Minister oder ein Dichter?«

»Das fragen wir uns selbst, der Herr, wir fragen uns schon seit Wochen, in welcher Funktion Herr von Goethe also in Rom weilt, ob als Geheimer Rat und Diplomat des Herzogs von Sachsen-Weimar oder als Autor so ewiger Werke wie ...«

»Bah, jetzt fängst Du wieder damit an! ›Autor so ewiger Werke wie ...‹ – verstehst Du etwas davon, verstehst Du etwas von Poesie?«

»Ich habe einige seiner Werke gelesen, wer hat sie nicht gelesen?«

»Halts Maul! Nichts verstehst Du davon! Gar nichts!«

»Mag sein, der Herr, daß ich nicht alle Feinheiten verstehe, nicht alle Nuancen, aber doch dies und das ...«

»Nichts, nicht eine Zeile verstehst Du! So einer wie Du spricht nur nach, was die anderen reden!«

»Ich erlaube mir ...«

»Still! Sag mir lieber, was es Deinen Gesandten aus Wien angeht, was Herr von Goethe hier treibt.... als Minister oder als Dichter!?«

»Oh, die Sache ist delikat!«

»Das ist sie nicht, sie ist einfach, man kann ganz einfach darüber sprechen!«

»Ganz einfach, gewiß! Also: Der Herzog von Sachsen-Weimar betreibt in den nördlichen Ländern eine Politik gegen Wien, gegen das kaiserliche Haus! Er sammelt Verbündete, er plant eine Art Bündnis gegen den Kaiser! Und Herr von Goethe könnte im Auftrag seines Herzogs hier weilen, um für dieses Bündnis zu werben...«

»Was heißt das: er ›könnte‹ ... Du willst sagen, Ihr wißt es noch nicht genau?«

»Herr, ich lüge nicht, wir wissen es nicht, wir wissen es nicht genau!«

»Und was wißt Ihr genau?«

»Daß er danach trachtet, unbekannt zu bleiben, daß er sich Miller nennt, daß er nur wenige Gesellschaften besucht und sehr heimlich tut, daß er bei einem Maler namens Tischbein und seinen Freunden wohnt, daß er sich sehr mit den Künsten, den Altertümern und Galerien beschäftigt, daß er die Bekanntschaft des Berliner Professors Moritz gemacht hat...«

»Warte, was hat der mit ihm zu tun?«

»Wir wissen es nicht.«

»Weiter!«

»Daß er bald in die hiesige Arkadische Versammlung eingeführt und als ihr Mitglied öffentlich ausgerufen werden soll...«

»Eine Versammlung? Was für eine Versammlung?«

»Die Arkadische, eine Versammlung der größten Poeten der Stadt, zu denen so große Geister gehören wie...«

»Halts Maul! Was soll das? Warum will er sich öffentlich..., wie sagst Du, ›ausrufen‹ lassen?«

»Er kann es wohl nicht vermeiden, daß man ihn ausruft!«

»Und dann wird er auf dem Kapitol gekrönt?«

»Das hat er sich verbeten!«

»Und weiter?«

»Das ist alles, der Herr. Ich schwöre, daß mein Wissen hier aufhört.«

»Wissen nennst Du dieses Gerede? Dein ganzes Wissen besteht ja nur aus Vermutungen! Dein ganzes Wissen ist nichts als ein lächerliches Halbwissen!«

»Gewiß, der Herr! Ich kann mir denken, daß man in Ihren Kreisen über ein ganz anderes Wissen verfügt!«

»Still! Du kannst Dir gar nichts denken, sage ich. Du kratzt jetzt Dein lächerliches Wissen zusammen und machst Dich davon. Wir behalten Dich schon im Auge. Wenn es uns gefällt, werden wir Dich noch einmal herbeizitieren. Dann wirst Du uns den Rest erzählen, den Rest der Geschichte, hast Du verstanden?«

»Es wird mir eine Ehre sein, der Herr, Sie an den Fortschritten meiner Erkenntnisse teilhaben zu lassen...«

»Ah, wieder dieses Gerede! Einer wie Du zerreibt die Worte wie andere den Tabak! Es ist nicht zu ertragen. Hau ab! Und zu niemandem ein Wort!«

Beri zog den Knienden hoch und stieß ihn von sich weg. Er stolperte nach vorn und fiel erneut auf die Knie. Es war nicht zum Anschauen, wie dieser Mensch sich fürchtete, nein, er, Beri, konnte nicht länger hinschauen. So leicht war diesen Typen also Eindruck zu machen, ein kleines Stilett genügte, eine harte Hand und eine eindeutige Sprache, mehr nicht!

Sollte er weiter hier liegen und sein Los bedauern! Er, Beri, mußte so schnell wie möglich von hier fort. Er drehte sich ab, steckte sein Stilett ein und lief in schnellen Sprüngen wieder hinauf zu den Häusern. Niemand! Anscheinend hatte sie niemand gesehen!

Beri betrat die Osteria, in der er vor wenigen Minuten an sich gezweifelt hatte. Sein Glas stand noch dort, wo er es abgestellt hatte. Er nahm es, trat aus dem Dunkel hervor und setzte sich zu den anderen an einen Tisch. Jetzt wollte er trinken, gleich eine Karaffe bestellt!

Herr von Goethe, so hieß er also, Goethe, nicht Gotha! Der Herr Minister, der Herr Geheimrat, ein Dichter! Was so einer wohl geschrieben haben mochte? Verse, Reime, Romane oder gar Stücke? Sicher lauter Gelehrtes, sicher kein einziges hübsches Gedicht, das man sich hätte merken und das man hätte aufsagen können!

Goethe also, das wußte er nun. Die erste Aufgabe hatte er endlich gelöst. Beri reckte sich glücklich und schenkte sich das Glas voll. Gut, nein, blendend hatte er seine Sache gemacht, und gleich beim ersten Mal! Seine Heiligkeit würde zufrieden mit ihm sein, ach was, Seine Heiligkeit würde ihn erheben über all die anderen Handlanger, die sich nichts trauten! Er, Beri, hatte sich nicht gescheut! Zugegriffen hatte er, genau zum richtigen Zeitpunkt!

Als nächstes mußte er herausbekommen, auf was es diesem Goethe hier ankam: auf die geheimen, diplomatischen Wege oder doch nur auf den Lorbeer? Beri nickte. Ja, er war jetzt soweit. Wer einmal so zugegriffen hatte, brauchte sich auch vor einem Einbruch nicht zu scheuen. Er würde dem Zimmer des Herrn von Goethe einen Besuch abstatten, heimlich, er wollte herausfinden, was dieser seltsame Mensch so geschickt vor allen verbarg.

15

Weihnachten kam, und der Fremde, der sich sonst so ketzerisch gegeben hatte, schien Spuren von Rührung und Anteilnahme zu zeigen. Kaum eine Feierlichkeit in den Kirchen der Stadt ließ er aus, ja er hatte sogar einen Wagen gemietet, um sich rasch von einer zur andern bewegen zu können, ohne viel zu versäumen.

Sankt Peter war nur schwach mit Lichtern und Fackeln erleuchtet, so daß die ungeheuren Maße des Baus noch stärker beeindruckten als sonst, in St. Maria Maggiore zog eine Prozession umher, man zeigte ein silbernes Kindlein in einer silbernen Wiege, während in den meisten Kirchen der Stadt eine Musik die andere ablöste, nächtelang, so daß die große Stadt in der weihnachtlichen Dunkelheit von Gesängen, Liedern und Orgeln summte, als wollte sie die Helligkeit des Morgens herbeiflehen.

Beri begleitete den Fremden mal hierhin, mal dorthin, doch als er sah, daß er manchmal stundenlang den Darbietungen lauschte, ohne sich einmal zu rühren, gab er auf. Nein, das war nichts für ihn, ein paar Kirchenlieder, gewiß, ja, das schon, und ein kurzes Stück auf der Orgel, gut, das ließ sich hören, lieber waren ihm dann aber doch die Lieder der Straße, die munteren Stücke, die Rosina vor sich hinsang, oder die Trinklieder, die man abends in den Osterien hörte.

Auch sonst war mit dem Fremden in diesen Tagen wenig anzufangen, er besuchte seinen kranken Freund Moritz, doch mit weiteren Gängen durch die Stadt hielt er sich auffällig zurück. Sogar das Briefeschreiben war seltener geworden, dafür saß er jetzt manchmal allein im weiten Gelände der Villa Borghese und skizzierte lange auf einem Blatt.

›Spiel nur weiter den Künstler‹, dachte Beri, ›ich weiß, daß Du nicht zeichnen kannst, Du nicht! Das werden jämmerliche Blätter sein, die Du nach Hause bringst, lauter mißglückte Versuche! Die richtigen Maler setzen sich erst gar nicht ins Freie, die haben die Welt im Kopf, jeden Baum, und brauchen ihn nicht mit eigenen Augen zu sehen!‹

Auch was das Dichten betraf, war Beri sich keineswegs sicher. Gut, der kleine Wiener Spion hatte von diesem Goe-

88

the wie von einem bedeutenden, großen Poeten gesprochen, doch das konnte auch übertrieben sein. Irgendwie traute man diesem Menschen ein großes Dichten nicht zu; großes Reden, das ja, vielleicht, großes Debattieren, bestimmt, großes Schauspielern, auch, aber großes Dichten, das nicht.

Er, Beri, stellte sich die großen Dichter ganz anders vor, nicht so beflissen und eifrig, nicht so unermüdlich hinter den Altertümern und Kunstwerken her, träumerischer, freier und vor allem leidenschaftlicher. Ein wahrer Dichter gab sich nicht mit so einem ruhigen Dasein zufrieden, ein wahrer Dichter lebte abwechslungsreicher, liebte die Menschen, studierte sie in den Nächten und erfand neue Worte für all das, was geschah. Ein wahrer Dichter hatte Liebschaften, unbedingt, eine große, besungene, und wenn es dazu nicht reichte, kleine, die sein Wohlbefinden vermehrten. Ein wahrer Dichter kam nicht aus, ohne zu trinken; denn ohne den Wein blieben die Nächte klar und arm, man wurde müde, schließlich fiel einem nichts Neues mehr ein, wohingegen der Wein unaufhörlich lauter Geschichten und Lügen gebar.

Herr von Goethe jedoch verschmähte anscheinend all diese Freuden. Wie aber ließ sich dichten, mit einer Katze im Zimmer, drei Künstlergesellen zu Nachbarn, den Collinas täglich vor Augen? Kamen einem dabei große Gedanken und wollte er darüber dichten, ein Katzengedicht, Katzenstrophen, so etwas Alltägliches, ohne Größe und Feuer?

Beri nutzte die Zeit, um sich nach dem Dichter Goethe zu erkundigen. Wer kannte ihn überhaupt und wer wußte etwas Zuverlässiges über seine Werke? Im Hafen, nein, da kannte ihn niemand, natürlich nicht, selbst die Schiffer, die viel herumkamen und einiges erfuhren, hatten seinen Namen noch nie gehört. Ein deutscher Dichter? Bah, gab es denn so was? Dichter in Deutschland, in diesem unfreundlichen Land nördlich der Alpen, wo es das halbe Jahr regnete und die Menschen in kleinen, merkwürdigen Holzhäusern wohnten, mit dunklen Balken, schwer und unbequem?

So hatte man im Hafen gespottet, und Beri hatte diesen Spott gut verstanden, obwohl er ihm nicht gefallen hatte, denn dieser Spott kratzte auch am Ernst seiner geheimen Aufgabe. Also weiter, hinüber zu den Künstlern am Spanischen Platz, die gaben vor, die Schriften des Herrn von Goethe zu kennen, sie hätten es ihm, Beri, ja schon immer gesagt, der Fremde sei ein bedeutender Mann, ein großer Geist, allerdings eitel und von oben herab. Früher, ja, da habe er für Gesprächsstoff gesorgt, einen Roman, gute Gedichte und vor Kraft strotzende Dramen geschrieben, das aber sei längst vorbei. Seit vielen Jahren schon buckle er in den Diensten des Herzogs von Weimar, der habe ihm das Dichten und Singen austreiben lassen und ihn statt dessen zum Minister ernannt. Jetzt leite er Kommissionen und plage sich mit den Ämtern herum, das geschehe ihm recht, für viel Geld habe er sein Genie eingetauscht, so daß er nichts Bemerkenswertes mehr zustande bringe, lauter Bruchstücke, lauter kraftloses, halbgares Zeug, das er, wie er behaupte, bald fertigstellen werde. Einer wie der aber stelle niemals mehr etwas fertig; wer seit fast einem Jahrzehnt nichts mehr geschrieben, der könne reden, wie er wolle, der habe alles verschenkt und lebe nur noch von den glimmenden Kohlen.

Immer wieder hatte Beri diese Geschichte zu hören bekommen, er hatte gut zugehört, und allmählich hatte er sie zu glauben begonnen. Jedenfalls paßte diese Geschichte endlich einmal zu dem Mann, den er jetzt schon über zwei Monate verfolgte. Ja, er hatte etwas Ausgebranntes, ja, es war, als triebe ihn eine große Unruhe durch die Stadt. Vielleicht regten sich die Dichterstimmen wieder in ihm, vielleicht lief er deshalb so angestrengt von Hügel zu Hügel. Und die vielen Briefe, richtig, ja, die schrieb er gewiß in amtlichen Dingen, die gingen nach Hause und waren bestimmt für den Herzog oder für andere Standespersonen. So etwas hatte er, Beri, die ganze Zeit schon vermutet, die Briefe, das waren wohl Dokumente, das war die tägliche Arbeit, und die Kunst, das Zeichnen, das Visitieren der Stadt, das war die Erholung von dieser Fron.

Gut, allmählich verstand er, Beri, immer mehr, immer näher rückte er an den Geheimnisvollen heran, obwohl er nicht behaupten konnte, ihn wirklich durchschaut zu haben. Das nicht, nein, davon war er gewiß weit entfernt, und vielleicht würde man so einen, der sein Glück allein suchte und sich niemandem anvertraute, niemals durchschauen können. Aber näherkommen, immer näherkommen, das war gewiß möglich!

Beri ließ nicht nach. Er machte sich auf den Weg zu den Buchhändlern und fragte auch dort, Goethe, Herr von Goethe, ja, den kannte man. Seine Schriften? Moment, nein, es gab keine Schriften, es gab nur einen kleinen Roman, irgendwo, dort, in den oberen Reihen vielleicht. Schaute man dann aber nach, fand sich in den oberen Reihen nichts, und es war, als habe man nur so in die Luft geredet, von einem Phantom oder von einem, den es längst nicht mehr gab.

Der kleine Roman sollte ein großer Erfolg gewesen sein, doch, gewiß, vor Jahren hatte die halbe Welt ihn angeblich gelesen, jetzt war das vorbei, eine Mode, nichts von Dauer. Es sei eine dunkle Geschichte gewesen, etwas von Liebe und Mord, sehr deutsch, ganz voller Tränen, eine Armeleutegeschichte, nichts Abenteuerliches, eher sentimental, die Frauen hätten es gerne gelesen.

Beri bedankte sich für die Auskünfte und streifte weiter. Ein kleiner Roman also, so etwas hatte dieser Goethe immerhin zustande gebracht. Liebe, Mord, Tränen, nein, das hatte er ihm nicht zugetraut, so entschlossen, männlich und amtlich gebärdete er sich hier. Vielleicht hatte er das in seiner

Jugend geschrieben, vor langer Zeit, vielleicht hatte er da ein ganz anderes Leben geführt, ein sehnsüchtiges, verschwenderisches, obwohl ihm das nicht zuzutrauen war.

Wenn er, Beri, noch größere Klarheit darüber erhalten wollte, was dieser Goethe alles geschrieben hatte, so gab es nur einen, den er hätte fragen können: Alberto, den Sekretär und Bibliothekar der Herren Borghese, für den er früher Botengänge hatte machen dürfen. Alberto war zu trauen, Alberto neidete diesem Goethe nicht seine früheren Erfolge, und er sprach auch nicht höhnisch von Werken, in denen geweint wurde. Alberto nämlich war ein Liebhaber der Literatur, ein Mann mit Passionen. Er war mehr als ein Leser, mehr als ein Kenner, er war ein von den Büchern begeisterter Mensch, jemand, der seine Nächte mit den Büchern verbrachte, wie andere Menschen sie mit anderen Menschen verbrachten.

Beri ließ ihm eine Nachricht zukommen, worin er um den Gefallen bat, ihn für ein kurzes Gespräch aufsuchen zu dürfen. Er wußte, daß er, Beri, im Palazzo der Borghese nicht mehr geduldet war, deshalb konnte das Gespräch dort nicht stattfinden. Sie trafen sich am Hafen und gingen eine Weile am Tiber entlang, Beri fragte, und Alberto enttäuschte ihn nicht.

Goethe, ja, oh ja, das war einer der Großen. Gewiß, ja, man hatte lange nichts Neues von ihm gelesen, doch das bedeutete nichts. Eine Mode? Auch, ja, aber mehr eine Seuche, sein Roman hatte in ganz Europa wie eine Seuche gewirkt. Es hatte geheißen, die Menschen seien dieser Lektüre verfallen, einige hätten sich dieser Lektüre wegen sogar angeblich umgebracht. Gedichte? Auch, ja, einige wenige, sehr gute, nein, wunderbare! Dramen, sicher, das auch, letztlich aber der Rede nicht wert. Dieser Goethe sei ein, wie sollte man es nennen, ein Pathetiker, wenn er verstehe, was gemeint sei, ein Dichter der Leidenschaften und des grenzenlosen, nicht zu bändigenden Gefühls.

Beri schluckte, damit hatte er nach all seinen Recherchen nicht gerechnet. Alberto wollte noch wissen, warum einer wie Beri sich nach den Werken dieses deutschen Dichters erkundigte; Beri antwortete, es handle sich um eine Wette, die er mit einigen Künstlern am Spanischen Platz eingegangen sei. Sie trennten sich freundlich, Alberto fragte, ob er ihm ein Werk dieses Pathetikers schicken solle, für einige Tage, dann könne er sich selbst überzeugen? Beri lehnte ab, nein, das sei nicht mehr nötig, nun wisse er genug, Zeit zu lesen habe er nicht.

Hatte er sich also doch in einer so wichtigen Frage wie der Leidenschaft geirrt? Dieser Goethe verstand also etwas von den großen Gefühlen! Beri empfand einen seltsamen Stolz, als er daran dachte, daß sich einige Menschen nach Lektüre dieser Bücher umgebracht haben sollten. War so etwas möglich? Sich umzubringen wegen eines Buches? Und dieser geheimnisvolle Mensch verfügte also über jene Kräfte und jene Magien, die die Menschen um den Verstand bringen konnten?

Beri schwindelte es. In solchen Dingen kannte er sich nicht aus, das gab er zu. Aber etwas davon hatte er mitbekommen, eine winzige Spur dieses Zaubers, damals, auf der Piazza del Popolo, bei der Ankunft des Fremden! Doch, ja, er hatte etwas gespürt, eine Kraft, und es hatte ihn hingezogen zu dieser Gestalt!

Nicht zu fassen, an wen er da nun geraten war! Einen Minister und einen Großen der Dichtung dazu! Bevor er ihn heimsuchen würde, war es Zeit, endlich wieder den Padre aufzusuchen. Dem Padre würde es die Sprache verschlagen, bald würde man Seiner Heiligkeit Bericht erstatten, was sich zugetragen in seiner Ewigen Stadt, und bald würde auch sein Name, der Name Giovanni Beris, etwas vom Glanz des Ereignisses abbekommen. Er, Beri, war Goethes Spion, nein, er war mehr: er war Goethes römischer Geist, der sich mit dem fremden Wesen auf unerklärliche Weise verband und es von nun an nicht mehr loslassen wollte.

16

»Guten Tag, Giovanni! Hast Du Deinen Bruder endlich gefunden?«

Beri zuckte zusammen, das Gespräch, um das er gebeten hatte, begann ganz anders als erwartet.

»Nein, Padre, ich habe ihn noch immer nicht gefunden!«

»Dann ist das Zimmer neben Deinem noch leer?«

»Ich verstehe nicht, Padre!«

»Das Zimmer Deines Bruders Roberto... – ist es noch leer?«

Beri überlegte. Was fragte man ihn nach Roberto, und woher wußten sie sogar, daß er neben ihm gewohnt hatte? Vielleicht hatten sie Erkundigungen eingezogen, um ganz sicher zu gehen, wen sie vor sich hatten.

»Ja, Padre, das Zimmer ist leer.«

»Hast Du das Zimmer in letzter Zeit betreten?«

»Nein, Padre, ich sagte schon, das Zimmer ist leer. Was sollte ich in einem leeren Zimmer?«

»Woher hast Du dann das Stilett, das Du seit einiger Zeit mit Dir trägst?«

Beri rührte sich nicht. Das war allerhand, sie wußten also sogar, daß er das Stilett an sich genommen hatte! Wie hatten sie davon erfahren? Wußten sie am Ende auch von dem kleinen kaiserlichen Spion? Und wußten sie vielleicht längst, daß es sich bei dem Fremden um Herrn von Goethe handelte?

»Das Stilett, Padre, richtig. Das Stilett fand ich im Zimmer meines Bruders, ich vergaß, es zu erwähnen.«

»Hast Du ein schlechtes Gedächtnis, Giovanni? Kannst Du Dir Dinge nicht merken, die erst vor kurzem geschahen?«

»Aber nein, Padre, ich habe sogar ein sehr gutes Gedächtnis. Die Sache mit dem Stilett erschien mir nicht von Bedeutung.«

»Seltsam, Giovanni. Du weißt, wir verlassen uns auf Dich, auch auf Dein Gedächtnis.«

»Padre, ich weiß. Doch darf ich endlich berichten, um Euch zu überzeugen, wie gut ich meine Arbeit tue?«

»Sprich, Giovanni!«

Beri lehnte sich wieder zurück, wie er es gerne tat, wenn er langsam ausholen wollte. Anscheinend hatte sich die Stimme hinter der Spanischen Wand wieder beruhigt. Um einige Grade tiefer war sie jetzt geworden, Beri versuchte, wieder gleichmäßig zu atmen, vielleicht hatte er sich grundlos aufgeregt.

»Ich habe alle Mühe daran gesetzt, Padre, die drei Aufgaben, die mir gestellt wurden, zu lösen. Erstens: der Fremde ist ein Herr von Goethe, besser gesagt, er ist der in den nordischen Ländern überall bekannte Dichter Goethe, von dessen Werken Ihr schon viel gehört haben werdet.«

Beri wartete auf ein Räuspern, eine Bestätigung, einen Ruf des Erstaunens, irgendeine Antwort. Doch statt dessen hatte er mit einem Schweigen zu kämpfen. Wie verhielt man sich angesichts solchen Schweigens? Schwieg man zurück, erkundigte man sich, ob das Gesagte verstanden worden sei?

»Einige dieser Werke sind, wie Ihr wissen werdet, Padre, sehr gefährlich. Nach ihrer Lektüre haben Menschen freiwillig den Tod gesucht. Es sind pathetische, leidenschaftliche Werke, von einem Feuer, daß es einem...«

»Schweig, Giovanni!«

»Verzeihen Sie, Padre, wenn ich mich gehenließ!«

»Hast Du in diesen Werken gelesen?«

»Nein, Padre.«

»Du hast davon gehört, Du kennst sie vom Hörensagen, nicht wahr?«

»Ja, Padre.«

»Behaupte nichts, was Du nicht mit eigenen Augen geprüft hast, Giovanni, das ist eine der wichtigsten Regeln für Deine Arbeit.«

»Richtig, Padre, ich hätte diese Bücher nicht erwähnen dürfen.«

»Sprich weiter: Was ist mit diesem Herrn von Goethe?«

»Er ist nicht nur ein Dichter, Padre, er ist Minister des Herzogs von Weimar.«

»Das ist schon besser, Giovanni!«

Beri nagte an seiner Lippe. Hatten sie also wirklich längst von diesem Goethe gewußt? Hatten sie ihn, Beri, wochenlang über ihn im ungewissen gelassen?

»Als Minister des Herzogs von Weimar ist Herr von Goethe in Rom, Padre. Er arbeitet im Untergrund. Er hat die Aufgabe, hier in Rom gegen den Kaiser zu intrigieren, denn der Herzog von Weimar beabsichtigt, gegen den Kaiser ein Bündnis zu schmieden.«

»Woher weißt Du das?«

›Ah‹, dachte Beri, ›jetzt habe ich Euch. Von diesem Goethe habt Ihr vielleicht schon gewußt, aber das nicht, die Sache mit dem Kaiser noch nicht. Die rauhe Stimme hat sich verraten, auch die Hast, jetzt koche ich mein Süppchen mit Euch.‹

»Ich weiß es, Padre, weil ich dieses Geheimnis einem kaiserlichen Spion, der Herrn von Goethe ebenfalls verfolgte, abgekämpft habe.«

»Abgekämpft? Wie abgekämpft?«

»Unter Benutzung des besagten Stiletts, Padre!«

»Giovanni!«

»Padre?«

»Der Heilige Vater verabscheut jede Form von Gewalt!«

»Ich auch, Padre, ich auch.«

»Hast Du diesen Kaiserlichen verletzt?«

»Aber nein, Padre. Ich habe ihn nur eine Weile am dunklen Tiberufer... behandelt.«

»Ärztlich, gewissermaßen, wie einen Kranken?«

»Genau so, Padre, bis die bösen Worte seinen Körper verlassen hatten.«

»Wir schweigen davon, Giovanni, hast Du verstanden?«

»Ich habe mit niemandem darüber gesprochen, Padre. Darf ich weiter berichten?«

»Mach weiter, mein Sohn!«

Beri entspannte sich wieder. Er hatte sie mit diesen Neuigkeiten also doch überrascht, anders war die Zuwendung nicht zu erklären, die man ihm nun zuteil werden ließ.

»Zweitens, Padre, habe ich feststellen können, daß die zahlreichen Briefe, die Herr von Goethe schreibt, an den Weimarer Hof gerichtet sind. Sie enthalten Nachrichten über den Stand seiner Bemühungen und resümieren, was hier in Rom gegenwärtig vor sich geht.«

»Hast Du diese Briefe gelesen, Giovanni?«

Beri nahm einen kleinen Schluck Wein, jetzt mußte er lügen, ganz dreist, schließlich handelte es sich um einen fetten Köder.

»Ich habe zufällig einen Blick hinein werfen können, als der Fremde seinen Tisch im griechischen Kaffeehaus kurz verließ.«

»Nachrichten stehen darin, sagst Du?«

»Herr von Goethe scheint über alles Bescheid zu wissen, was in Rom geschieht und gesprochen wird.«

»Und wie ist er an diese Meldungen gekommen?«

»Ich vermute, Padre, er unterhält ein ganzes Netz von Zuträgern!«

»Du vermutest, Giovanni!«

»Ja, Padre, ich gebe zu, das zu wissen..., diese Aufgabe habe ich noch nicht gelöst.«

»Und drittens, Giovanni?«

»Richtig, drittens, Padre. Die Frauen unserer Stadt! Herr von Goethe verschmäht sie, über die Frauen kommen wir jedenfalls nicht an ihn heran. Es tut mir leid, ich hatte auch daran gedacht, es wäre der einfachste Weg gewesen, aber er zeigt sich niemals in Gesellschaft einer Frau, sie kommen in seinem Leben einfach nicht vor.«

»Kommen Männer darin vor, Giovanni?«

»Künstler, Gelehrte, nur solche Gesellen, Padre. Er braucht sie um sich, weil er unerkannt bleiben will. Mit ihrer Hilfe spielt er hier selbst den Künstler, er hat sogar zu zeichnen begonnen!«

»Zu zeichnen?!«

»Kindisches Zeug, Padre. Ein paar Bäume, eine verfallene Mauer... – aber er kann gar nicht zeichnen!«

»Wo hat er gezeichnet?«

»Hier und da.«

»Giovanni! Wo hat er gezeichnet?«

»Vor allem im Gelände der Villa Borghese, Padre.«

»Hat er vielleicht auch die Stadt gezeichnet, Giovanni?«

»Vielleicht, Padre.«

»Kann es sein, daß er die Stadt auch aus anderen Gründen als bloß künstlerischen gezeichnet hat, Giovanni? Hast Du jemals daran gedacht?«

Beri rutschte nach vorn. Verdammt, nein, daran hatte er nicht gedacht. Natürlich, vielleicht hatte dieser Goethe auch Ansichten von Rom gezeichnet, weil in diesen Bildern wichtige Hinweise unterzubringen waren.

»Ich habe nicht daran gedacht, Padre. Aber ich werde dem nachgehen.«

Gott, jetzt drohten all seine Neuigkeiten an Bedeutung zu verlieren, nur weil er eine kleine Unachtsamkeit begangen hatte. Er hatte das Zeichnen gering geachtet, er hatte es nicht auf seinen Sinn hin befragt. Das sollte ihm eine Lehre sein! Von nun an durfte es nichts Selbstverständliches mehr geben, alles, was dieser Goethe anstellte, mußte er auf einen möglichen zweiten Sinn hin befragen!

»Giovanni, Du hast gute Arbeit geleistet, sehr gute sogar!«

Beri atmete auf und schloß für einen Moment die Augen wie immer, wenn er einen Genuß ganz auskosten wollte.

»Du wirst Dich von nun an keiner anderen Sache, keinem anderen Menschen, keiner anderen Angelegenheit widmen, sondern nur noch dem Minister von Goethe! Du wirst Deine Berichte schriftlich verfassen und sie hier abgeben, wenn sie wert sind, abgegeben zu werden! Du wirst den Heiligen Vater über alles in Kenntnis setzen, was dieser Minister plant! Schwöre, Giovanni, schwöre, daß Du dem Heiligen Vater dienen wirst, ohne Ansehung Deiner Person!«

Beri erschrak ein wenig über den Ernst, der plötzlich den Raum beherrschte. Er stand auf, reckte sich, versuchte, ganz ruhig zu bleiben, und ließ die Stimme ein wenig leiser werden. So war es feierlicher, so machten es die Priester auch während der Messe,

»Ich schwöre es, Padre. Ich werde dem Heiligen Vater dienen, jeden Tag, jede Nacht.«

Beri hörte ein leises Murmeln, rasch kniete er nieder. Der Segen wurde gesprochen, darin öffnete sich die Tür hinter der Spanischen Wand, und er war allein.

Er strich sich mit beiden Händen durchs Gesicht. Das war nicht leicht gewesen, viel schwerer, als er erwartet hatte. Sie ließen einen immer im unklaren darüber, wieviel sie wußten. Irgendwie hatten sie es geschafft, auch über ihn etwas zu erfahren. Das Stilett..., das Stilett! Er trug es jetzt immer bei

99

sich, vielleicht war es manchmal zu sehen, wenn sein Hemd sich öffnete. Ja, so mußte es sein! Hatte ihn nicht Rosina auf das Stilett angesprochen? Rosina? Aber nein, die spionierte nicht hinter ihm her. Und wenn doch? Ach was, sie konnte ihm nicht gefährlich werden, die nicht!

Er wollte das Zimmer verlassen, als der Schankwirt herein-kam. Er schwenkte drei Flaschen, er drückte sie ihm in die Hand.

»Das ist für Dich, Giovanni. Ich soll sie dir geben.«

»Danke. Was ist es? Ist es guter Wein?«

»Nein, Giovanni, kein guter. Es ist der beste, den wir hier haben!«

Beri grinste. Er packte die drei Flaschen unter den Arm, dann eilte er hinaus. Draußen aber begann er zu laufen, er lief unermüdlich, immer schneller, und er wußte nicht, ob er aus Freude lief oder aus Angst.

17

Die Genesung des Berliner Professors machte Fortschritte. An manchen Abenden sah Beri den Kranken schon am Fenster seines Zimmers in der Strada del Babuino, den Arm in der Binde, ein Buch in der Rechten, unruhig hinausschauend, weil er auf den Pfleger wartete. Seit seinem Sturz hatten sich im-mer mehr Freunde und ferne Bekannte eingefunden, kein Tag verging, ohne daß man sich an seinem Krankenbett ablöste, ihm Erfrischungen brachte oder Bücher heranschleppte, die er anscheinend bestellt hatte.

Am häufigsten aber ließ sich nach wie vor der Minister Goe-the bei ihm sehen, täglich war er zur Stelle, meist mehrere Stunden am frühen Abend, bevor es dunkelte. Beri begriff noch immer nicht, was die beiden ungleichen Freunde miteinander verband, dieses Rätsel wollte gelöst sein, und da es zu den einfacheren Rätseln zählte, durfte man nicht länger zögern, sondern mußte unverzüglich zur Tat schreiten.

Das Wohnhaus des Professors in der Strada del Babuino hatte sich mit der Zeit in einen solchen Taubenschlag verwandelt, daß es nicht schwer war hineinzukommen. Zwar saß auch hier neben dem Eingang ein älterer Mann, der im Haus nach dem Rechten schaute und allerhand kleine Dienste versah, doch er blickte längst nicht mehr auf, wenn einer an ihm vorbeiging, die schmale Stiege hinauf, dem Kranken einen Besuch abzustatten.

Und so zögerte Beri denn auch nicht, an einem Abend sein Glück zu versuchen, als er Goethe im Zimmer des kleinen Gelehrten wußte. Mit großen Schritten näherte er sich dem Eingang, grüßte den stummen und nur kurz nickenden Wächter und ging rasch, als würde er den Weg genau kennen, hinauf. Dort war das Zimmer, jetzt hörte er bereits ihre Stimmen!

Beri kauerte sich auf den Boden, dicht gegen die Tür gepreßt. Das Gespräch war nicht gut zu verstehen, nur wenn eine der beiden Stimmen etwas lauter wurde, bekam er einige Worte mit. Er lauschte angestrengt, am liebsten wäre ihm gewesen, er hätte die Augen schließen können, um nicht mehr durch sein Sehen abgelenkt zu werden, doch er hütete sich, eine so gefährliche Unachtsamkeit zu begehen.

Die beiden sprachen abwechselnd, Moritz meist länger, ausholend, immer kräftiger werdend, Goethe anscheinend fragend, wiederholend, oft auch mit knappen Ausrufen den Redestrom des kleinen Gelehrten unterbrechend. Manchmal hörte es sich an, als werde ein bereits fertiger Text vorgelesen, es schien sich um lange Verse zu handeln, ruhig fließende, dem Ohr angenehme Verse, die mit der Zeit eine leicht einschläfernde Wirkung ausübten.

Seltsam war nur, daß die beiden um die Betonung der Wör-

101

ter zu streiten schienen. Mal sprach Goethe einen Vers vor, und Moritz sprach ihn ganz anders nach, dann hielten sie inne, Goethe folgte Moritzens Betonung und wiederholte die eigene Version, die Moritz erneut zu verbessern begann. Beri schüttelte den Kopf. Wieso waren sie sich darin nicht einig, sprachen sie nicht dieselbe Sprache, und mußte es daher nicht ein Leichtes sein, das Richtige vom Falschen zu unterscheiden?

An jedem Vers hatte dieser Gelehrte anscheinend etwas zu bemängeln. Allmählich hörte man die oft wiederholten Worte heraus, es waren Worte wie ›lang‹ und ›kurz‹, ›schwer‹ und ›leicht‹, Worte, wie man sie im kindlichen Sprachunterricht vielleicht benutzte, um die Kleinen auf offensichtliche Fehler aufmerksam zu machen. Was sollten diese Worte aber hier, was machten sie für einen Sinn unter Männern, die die deutsche Sprache beherrschten?

Beri klopfte mit den Fingern der Rechten leicht auf den Boden: ta-tam, ta-tam, ta-tam... – wie fernes Pferdegetrappel, das sich irgendwo verlief, hörte es sich an. Immer derselbe Rhythmus, ununterbrochen, eine recht monotone Musik, so wie die Verse jetzt vorgetragen wurden! Worum es wohl gehen mochte in diesen Versen? Um Leidenschaften gewiß nicht! Nein, sie hörten sich an wie Nachtgesänge und Schlummerlieder, und genau so flüsterte der Minister sie auch, so vorsichtig und zurückhaltend, als könnten sie auf dem Weg von der Lippe ins Zimmer zerfallen.

›So redet doch lauter‹, dachte Beri, ›dieses Gesäusel ist ja nicht zu ertragen!‹ Die Ministerstimme schien jetzt vollends zu versiegen, noch leiser wurden die letzten Verse gehaucht, doch plötzlich übernahm sein Gegenüber den Vortrag, bis es schließlich hin und her ging, immer wieder, wie bei einem Wechselgesang.

Beri richtete sich auf. ›Mein Gott‹, dachte er, ›nein, das ist kein Gesang, die beiden reden jetzt wie im Theater, richtig,

sie sprechen aufeinander ein, sie lesen zwei Rollen, das ist
es!‹ Stolz, daß ihm diese Lösung eingefallen war, ließ er die
Finger über den Boden hüpfen, ta-ta-ta-ta, so hätte er, Beri,
gedichtet, rasche, muntere Verse, wie Katzensprünge und Vo-
gellaute, kein Pferdegetrappel. ›Ein Drama!‹ dachte er weiter,
›so weit mußte es kommen mit diesem Minister! Er versucht
sich an einer Gattung, die er nach Meinung der Kenner am
wenigsten beherrscht! Warum beginnt er gleich wieder mit
dem Schwierigsten, nach so vielen Jahren der Erschöpfung?
Ein paar Lieder, einige innige Gedichte hätten es zunächst
wohl auch getan!‹

Beri zuckte zusammen. Plötzlich verstand er, was den Minister zu diesem kleinen Gelehrten hinzog. Daß er nicht früher darauf gekommen war! Jetzt war es eindeutig, und es war
eine Schande! ›Natürlich‹, dachte Beri, ›das ist es, er traut sich
nicht, er holt sich Rat bei diesem Schwätzer, er läßt sich Unterricht geben! Daß es so weit mit ihm gekommen ist! Ich
hätte vermutet, sein Stolz ließe so etwas nicht zu! Vielleicht
aber kann er einfach nicht weiter, vielleicht stehen ihm die Bilder, die Worte, die Phantasien nicht mehr zu Gebot! So hört
es sich jedenfalls an, ja, es hört sich an, als müßte er ganz von
vorne beginnen, bei den einfachsten Regeln! Und, oh Gott,
dieser Moritz wird sie gewiß aus den Büchern haben, die Regeln, staubtrockene, längst überholte Regeln werden es sein,
Regeln von gestern! Blättert er nicht laufend in diesen Büchern, hört man ihn nicht rascheln mit seinem Gelehrtenpa-
pier? Oh, welche Fehlgeburt der Poesie, am liebsten spränge
ich hinein und entführte diesen Minister, damit er sich von
diesem Stubenkranken nicht anstecken ließe!‹

Beri stand auf, er spürte, wie sein Herz vor Aufregung
schlug. Seit Wochen verdarb dieser Mensch vielleicht schon
die ersten, zarten Wendungen des Neuen, die sich beim Minister aus Weimar wieder eingestellt hatten. Und er, Beri, war

daran nicht schuldlos! Hatte er nicht den Unfall dieses Silbenzählers durch einen leichten Schlag auf die Flanke seines Pferdes herbeigeführt? Und waren der Sturz und der Armbruch nicht die alleinige Ursache dafür, daß Minister Goethe mit dem Berliner Professor täglich zusammenhockte?

»Ich bin Dir was schuldig!« sagte Beri und nickte dazu, als sei er zu einer tiefen Einsicht gekommen. Dann tastete er sich durch den dunklen Gang zur Stiege vor. Rasch fort von diesem finsteren Ort, der einen an eine Schule erinnerte! Den ganzen Abend würden sie jetzt so verbringen, einander verbessernd, jedes Wort abwägend, als sei große Dichtung eine Schwergeburt! Die beiden sprachen so eindringlich und unermüdlich miteinander, als wollten sie die Kunst mit aller Macht zwingen. Vielleicht ließen sie auch nicht nach, weil es galt, etwas fertigzustellen, oder vielleicht bereitete dieser Moritz den Minister aus Weimar auf seinen bevorstehenden Auftritt in der Arkadischen Versammlung vor, vielleicht probten sie deshalb so kleinlich und so genau die Aussprache der Worte und ihre Melodie!

Beri schloß für einen Moment die Augen, als er sich diesen Auftritt vorzustellen versuchte. War dieser Goethe in der Lage, das Publikum für sich einzunehmen? Beeindruckte er nicht nur seine Freunde, sondern würde ihm das auch bei den Römern gelingen? Allzulange würde er nicht Deutsch sprechen dürfen, höchstens einige Worte, wenige Zeilen; dann aber würde man sein holpriges Italienisch zu hören bekommen, nun gut, so etwas verziehen die Römer den Fremden, wenn die sich nur eifrig bemühten!

Unten saß der Alte, längst eingeschlummert. Als Beri an ihm vorbei wollte, rührte er sich.

»Sie arbeiten«, sagte Beri gönnerhaft, als könnte er in dem Alten für einen Moment einen Vertrauten finden, »sie wollen mich nicht dabei haben.«

»Für diese Deutschen ist alles Arbeit, selbst das Versemachen«, sagte der Alte und sackte wieder in sich zusammen.

Beri schaute kurz zu ihm zurück, als er davonging. Was ahnte dieser Schwätzer schon von den Geburtswehen, die der großen Dichtung vorausgingen? Er, Beri, hatte davon etwas mitbekommen, einen ersten Eindruck. Dieser Minister ging es freilich falsch an, da war er sicher. Bestimmt litt er Qualen an seinem Unvermögen, bestimmt wünschte er sich nichts mehr, als endlich wieder dichten zu können, ta-ta-ta-ta, etwa so, leicht wie ein Vogelgesang und einprägsam wie die Verse, von denen Rosina so viele beherrschte ...

Rosina, die hätte diesem Minister etwas Besseres lehren können als Moritz, der Schattenkünstler! Rosina, ja, die hätte ihn so manches gelehrt!

Beri lächelte bei diesen Gedanken. Sie hatten etwas Verführerisches, ja, sie enthielten ein Element der Verführung. ›Das müßte man Dir einflößen‹, dachte Beri, ›langsam, in kleinen Portionen. Ich wette, Du würdest gesund!‹

<u>18</u>

Wenige Tage später saß er in einer der hinteren Stuhlreihen des großen Saals nahe der Fontana di Trevi, in den sich an diesem frühen Abend die Arkadier versammelten, um dem Minister Goethe zu ihrem Mitglied zu ernennen. Beri wunderte sich, daß diesem erlesenen Dichterzirkel nur lauter ältere Männer anzugehören schienen. Kein junges, neugieriges Gesicht, nur diese in sich zusammengesunkenen, ermüdeten Mienen!

Langsam füllte sich der Saal, nach und nach trafen auch Goethes Freunde ein, richtig, das war die Malerin Kaufann, hoch in den Jahren, und dort der russische Hofrat, und natürlich die Zimmernachbarn, Signore Tischbein und die beiden anderen Deutschen, deren Namen so fremd und kurios klangen. Auch von den Künstlerkreisen des griechischen Kaffeehauses waren viele gekommen, hier fanden sie Stoff für ihr Reden und Klatschen, sie stritten sich schon um die besten Plätze weit vorn und taten, als geschähe dies alles nur ihretwegen.

Dabei kam nach seiner, Giovanni Beris, Meinung doch alles nur darauf an, wie dieser Goethe die nun ebenfalls herbeiströmenden Römer zu beeindrucken wußte! Wie würdevoll und gemessen sie den Saal betraten, ganz anders als diese Fremden, die nur herumgackerten und kaum ein Auge für die Schönheiten der Wände und der fein ausgemalten Decke hatten! Ein Römer von Rang wußte immer, wo er sich aufhielt, auf uraltem, von den Jahrtausenden geadeltem Boden! Schon dieses Bewußtsein verlieh ihm etwas von Strenge und Einsicht, er gab acht auf die Umgebung, er bewegte sich so, als müßte er seinen Ahnen jederzeit den gehörigen Respekt erweisen.

Ah, jetzt erschien auch der Minister aus Weimar in kleiner Begleitung. Doch, er hatte sich für diese Zusammenkunft angemessen gekleidet, der grüne Rock, den er am Abend seiner römischen Ankunft getragen hatte, stand ihm noch besser als damals. Ja, er war schlanker und schneller geworden, kein Wunder nach den fast täglichen Fußmärschen durch die halbe Stadt! Das Schlanke und Schnelle verlieh ihm eine schöne Leichtigkeit, jetzt, wo er an der vorderen Stuhlreihe entlangging, um seine Verbeugungen zu machen. Fast hätte man denken können, es mit einem Römer zu tun zu haben, so höflich, freundlich und durchaus beredsam gab er sich! Wenn er nur nicht alles durch seinen Auftritt verdarb, wenn in diesem Auftritt nur nicht zuviel an jenen Moritz erinnerte, der in seiner Studierstube nun wahrscheinlich mitzitterte.

Man nahm Platz, allmählich versickerte das Gemurmel, die Ansprachen wurden gehalten, Begrüßungen, Ehrbezeugungen, dann eine Rede, die Beri so gewunden und steif vorkam, daß er begann, an etwas anderes zu denken. Warum drückten sich gerade die, die das Reden beherrschten, oft so umständlich und mühsam aus? Sicher, weil sie noch immer darum bemüht waren, sich selbst zu gefallen, und sicher, weil sie glaubten, auch anderen dieses Bemühen vorführen zu müssen! Den anderen aber war das alles keineswegs ein Vergnügen, niemand erfreute sich gerne an solchen unvollkommenen Kunststücken, zumal alle wußten, daß die vollkommenen Auftritte wie etwa die des Heiligen Vaters ganz ohne Eitelkeit auskamen.

Einige ältere Mitglieder der Dichterakademie in den vorderen Reihen hatten den Kopf auch schon bedenklich schräg gelegt, dieses lange Palavern verführte zum weichen Träumen, und das Träumen zog die lauernde Müdigkeit nach sich, und die Müdigkeit drückte wie ein schwerer, reibender Stein auf das nachgiebige Hirn, und das Hirn ließ die Augen zufallen, erst einmal, ein zweites Mal dann... Was?!

Was? Oh, jetzt kam endlich die Poesie zu ihrem Recht! Das waren Gedichte, zweifellos, jetzt wurden Gedichte vorgetragen, einige Poeten ließen sich hören, immerhin, das war zumindest erträglich, etwas von Rosen und Blüte, etwas von Musen, Musiken und kühlfeuchten Mündern! Bis ins Letzte war auch das nicht zu begreifen, diese Poeten wußten einen immer zu blenden, und obwohl man im Grunde jedes Wort durchaus verstand, blieben die Worte in ihrer Folge undeutlich, als bedeuteten sie dann doch etwas ganz anderes!

Das war eben die Kunst, die einfachen Worte, denen dann dieser Zauber entstieg, ein wenig Klang, eine überraschende Wendung, ein nie gehörter Gedanke, Hut ab! Ta-ta-ta-ta...
– ach was, so klang's ja nur auf den Straßen, so sang Ro-

sina, und so hätte er, Beri, gerne auch einmal gesungen oder gedichtet! Er, Beri, ein Dichter?! Gott, diese Versammlung brachte ihn auf die seltsamsten, fernsten Gedanken, so etwas hätte er vor Monaten nicht einmal im Traum zu denken gewagt! Jetzt aber, jetzt... – sein Vergnügen an diesen Dingen hatte mit dem Fremden, hatte mit Goethe zu tun, der hatte etwas in ihm geweckt, keine Kunst, kein Talent, aber doch eine Spur von Interesse!

Nun wurde es ernst, der Minister aus Weimar trat vor, und der Vorsitzende begann, ihn im Kreise der Auserwählten zu begrüßen. Der Zufall, niemand sonst als der Zufall habe einen der größten Geister, die in Deutschland jetzt blühten, an die Ufer des Tiber geführt! Bescheiden und maßvoll habe der Große seine Geburt, seine hohe Stellung und Tüchtigkeit vor allen verheimlicht! Jetzt aber, wo er in dieser öffentlichen Sitzung erscheine, sei allen kundgetan, daß der berühmte und gelehrte Herr von Goethe, Minister des Herzogs von Sachsen-Weimar, die Ewige Stadt mit seinem Besuch beehre, ein neuer Stern am fremden Himmel!

Beifall unterbrach die hohe Rede, erst zögernd, dann stärker werdend, anhaltend, auch Beri begann, in die Hände zu klatschen, vorsichtig, als dürfte er sich nicht verraten.

Unter aufrichtigstem Jubel, wie gerade vernommen, werde der Geehrte nun unter dem Namen ›Megalio‹ in die Gemeinschaft der Arkadier aufgenommen, man verneige sich vor ihm und überreiche ihm diese Urkunde als Zeichen der höchsten Achtung!

›Megalio...‹, dachte Beri, ›jetzt hast Du noch einen Namen, einen gelehrten, römischen, was willst Du mehr? Und wie soll ich Dich anreden in Zukunft: Minister, Poet, Arkadier? Mir wäre am liebsten, Du machtest mir meine Aufgabe leicht und wärest nichts anderes als der, der Du warst: ein großer Dichter, der die Herzen der Menschen bewegt!‹

Goethe stand nun ganz vorn, am Katheder, er hatte einen Blick auf die Urkunde geworfen, kurz nur, aber doch aufmerksam, als erfaßte er alles mit einem Blick. Er hatte dem Lobredner freundlich die Hand geschüttelt, er hatte sich angesichts des auflodernden Beifalls verneigt, nun schaute er in die Weite des Saals, es wurde still, er mußte sprechen, ein paar Worte, den Dank.

Beri beugte sich vor, diese Pause war ja kaum zu ertragen. Worauf wartete er noch? Hatte er gar vergessen, was er sagen wollte? ›Großer Gott, hilf ihm‹, dachte Beri, ›und laß es nicht peinlich werden, das hat er doch nicht verdient, er hat sich schließlich bemüht, die Poesie wiederzufinden, wenn auch mit Hilfe des falschen Lehrers!‹

Endlich, jetzt fing er an, sehr leise, das war Deutsch, doch wohl, aber was für ein Deutsch, war das ein Deutsch? Wo waren die harten, knarrenden Laute, wo war das Dunkle, das in den Kehlen dieser Nordmenschen steckte und ihre Worte so breit machte und schwer? Oh, es war ein Gesang, ja, es war ein Singen mit Worten, aber so, als werde ein Bogen ganz schwach und behutsam über die Saiten geführt! Ü... ö... ä... ä... – ü... o... o – schade, daß er, Beri, diesen Gesang nicht verstand, das war allerhand, das wirkte, als habe einer gerade die Sprache wiedergefunden und spräche sich leise und vorsichtig los von einer großen Bedrohung! ›Goldene Tische‹, immerhin, das war zu verstehen, und wiederum ›an goldenen Tischen‹! Waren es die Tische Roms, diese ›goldenen Tische‹, und was war mit dem ›Verbannten‹, dem ›Verbannten in nächtlichen Höhlen‹, war das er, der Minister aus Weimar, war er am Ende ein Ausgestoßener, der sich von seiner Heimat losgesagt hatte?

Ach, Unsinn, davon hätten all die Künstler, die sich etwas darauf einbildeten, ihn zu kennen, längst etwas gewußt! Nein, dieser schöne Gesang, der den deutschen Klang so kunstvoll verbarg, war nur ein Lied, das von den Göttern handelte und von den hilflosen Menschen! Vielleicht hatte es etwas mit dem eigenartigen Glauben dieser Nordmenschen zu tun, vielleicht spielte es in ihren verborgenen Kulten eine Rolle und wurde dem schönen Apoll zu Ehren gesungen!

Jedenfalls machte es Eindruck. Wie still es plötzlich war, selbst die älteren Herren in den vorderen Reihen schienen gespannt und neugierig zu lauschen, als verstünden sie diesen Singsang, dieses verführerische Gemurmel! Jetzt nur nicht zu lange davon!

Gut, es war zu Ende, nicht länger als zwei, drei Minuten hatte es wohl gedauert, das war zu ertragen, nun sprach er Italienisch, und . . .: Oh, er hatte sein Italienisch gewaltig verbessert, das Holprige, Scharfe war nun beinahe weg, die Silben glatt und geschmeidig, der Ton gefällig, ein fast mühelos fließender Strom, ja, ein Fließen, aber was sprach er, was sagte er überhaupt?

Rom, ja, er sprach wahrhaftig von Rom, diesem ›paradiso‹ des Geistes, er dankte dafür, diese Stadt erleben zu dürfen, er schilderte sie wie einen immensen, überwältigenden Garten und malte die schönsten Bilder von ihren Ansichten, als habe er sich in all den Monaten wie ein Müßiggänger durch sie bewegt! Jetzt fiel es ihm leicht, mit den Worten zu zaubern, die Wendungen sprudelten nur so aus ihm heraus, er hatte beide Hände erhoben und unterstrich mit kleinen Gesten die Rede, das gelang immer leichter und freier, so daß man ihm beinahe gewünscht hätte, er bediente sich auch in seinem Dichten dieser ihm fremden Sprache, sie stand ihm gut und paßte zu seinem jetzigen Äußeren sogar besser als das kunstvoll herabgedämpfte Deutsch seines gerade gehörten Gesangs!

In den vorderen Reihen schien man sich ja schon fast in diesem Wohllaut zu wiegen, den er von seinem Katheder ergoß, die Herren fühlten sich geehrt und geschmeichelt, jetzt sagte er ihnen sogar einzeln lauter lobende, anerkennende Dinge, im ganzen Saal schien eine Art Wollust auszubrechen, eine Wortheiterkeit, hier wurde gelacht, dort genickt, einige taten sogar so, als faßten sie sich vor Vergnügen ans Herz! Immer rascher und unbekümmerter sprach er, jetzt kam er zum Schluß, noch einmal schien er auffliegen zu wollen, um herab auf das unvergängliche und, wie er sagte, bleibende Rom zu blicken..., als Beri bemerkte, daß ihn diese Rede gerührt hatte.

Eh, Giovanni Beri, war das zu fassen?! Ja, er spürte es, ihm rann eine einzelne Träne die rechte Wange herunter. Eine Träne, ihm eine Träne?! Er überlegte hastig, ob er sie wegwischen sollte, doch er unterließ es, aus Angst, daß eine solche Geste leicht bemerkt werden konnte. Nein, er mußte sie laufen lassen, oder besser gesagt: rinnen, denn sie schlängelte sich stockend die Wange herab, schwer und zögernd wie das Wasser des Tiber. Das war unglaublich! Seit dem Tod seiner Mutter hatte er keine Träne mehr vergossen, und nun brachte ihn dieser hergelaufene Fremde zum Weinen?!

›Hüte Dich, Beri!‹ dachte er fassungslos und bemühte sich, die in der Nähe des Mundes eintreffende Träne mit der Zungenspitze wegzufangen. ›Rührung und Deine Aufgabe passen nicht zusammen! Was würde der Heilige Vater sagen, wenn er diese Träne sähe! Müßte er nicht mißtrauisch werden? Müßte er nicht argwöhnen, daß Du geheime Sympathie für diesen Minister empfindest? Warum aber Sympathie? Und steht es einem Spion Seiner Heiligkeit zu, für einen nordischen Ketzer, der Gott weiß was im Schilde führt, Sympathie zu empfinden?‹

Jetzt brandete der Beifall auf, die Zeremonie war beendet, von allen Seiten strömten sie herbei, dem Geehrten zu gratulieren, Beri bemerkte, daß es ihn inmitten eines Pulks junger

Landsleute nach vorne trieb. Was sollte er machen? Sollte er versuchen, rasch das Weite zu suchen? So eine Geste konnte hier nur unfreundlich wirken, außerdem mußte sie auffallen, wo doch niemand den Raum zu verlassen schien, der dem neuen Mitglied der Akademie nicht die Hand geschüttelt hatte.

Gleich war er an der Reihe, es sollte so sein, er konnte sich nicht sträuben, nicht mehr, nicht: er verbeugte sich und griff nach der Hand des Geehrten. Einen Augenblick berührten ihre Hände sich, und Beri bemerkte, wie sich auch Goethe verbeugte.

Gott, er hatte sich vor ihm, Beri, verbeugt! Ohne Umschweife hatte er ihm die Hand gegeben, nicht ahnend, daß er diese Hand einem Verfolger reichte! Beri murmelte einige Worte und ging dann rasch hinaus.

Draußen atmete er tief durch und wischte sich, als müßte er noch eine Spur beseitigen, kurz und entschlossen über die Wange.

19

Der kurze Aufenthalt in der Strada del Babuino und die Begegnung mit ›Megalio‹ in der Versammlung der Arkadier waren wie eine Probe gewesen. Kurze Zeit später wagte sich Giovanni Beri an sein Meisterstück, das ihm alle Gewißheit über das Leben jenes Mannes verschaffen sollte, den er jetzt schon so gut zu kennen glaubte.

Er näherte sich dem Eckhaus am Corso bei einbrechender Dunkelheit, nachdem er sich zuvor überzeugt hatte, daß Goethe wieder zu Moritz aufgebrochen war. Nun mußte er nur noch warten, bis sich eine Gelegenheit zum Hineinschlüpfen ergab. Der alte Collina saß nicht mehr auf seinem Stuhl, er war einige Schritte die kleine Gasse entlangspaziert, an die das Haus grenzte. Dort unten war der Laden des Barbiers, Serafino Collina blieb stehen, schaute hinein und versuchte, ein Gespräch anzuknüpfen. Irgend etwas wollte er loswerden, irgendeine kleine Geschichte, das würde dauern!

Beri zögerte nicht, sondern eilte sofort zum Eingang, sprang rasch die Stufen der Stiege hinauf und betrat, ohne anzuklopfen, das Zimmer, das der Minister aus Weimar bewohnte. Zum Glück war es nicht dunkel! Eine kleine Kerze brannte vielmehr gegenüber dem Bett, neben...

Gott, was war das?! Das leicht flackernde Licht erhellte den Kopf eines älteren Mannes, eines Mannes mit langem, herabhängendem Haar, mit starkem Bart und sinnlichen Lippen. Der Mund war leicht geöffnet, der Blick richtete sich gerade auf ihn, Beri, der nun mit dem Rücken zum Bett stand, erschrocken, als beobachtete ihn wahrhaftig ein Lebender!

Warum zitterte er so? Dieser Kopf war aus Gips, aus Gips, nur aus Gips, er mußte sich mit diesen Einflüsterungen beruhigen, so unerwartet hatte ihn dieses Mienenspiel überfallen. Und nicht nur das, dort, dort, dort, überall im Zimmer verstreut standen diese Kopfzeugen aus Gips, gewaltige Augen und Münder, erstarrt, weit aufgerissen, als drohten sie dem Eindringling, sich nicht von dieser Stätte zu entfernen. Und gleich vor ihm, dort, unterhalb des mächtigen Männerkopfes, kauerte auch noch die Katze, das gefürchtete Biest, dem er nie getraut hatte. Was wollte sie von ihm? Was hatte sie vor?

Beri beruhigte sich, als er sah, daß das Tier ihn überhaupt nicht beachtete. Es hatte sich an die halb entblößte Brust des gipsernen Gottes geschmiegt, es fuhr mit dem Schwanz durch sein Gesicht und schnurrte dabei so ergriffen, als werde es von der toten Materie belebt. Nur manchmal richtete sich der Kopf etwas auf, aber nicht hinüber zu ihm, Beri, sondern als überprüfte das leicht schlummernde Tier, ob sein naher Freund noch anwesend sei. Das war zu seltsam! Es war, als habe das Tier sich in diesen mächtigen Kopf hinübergeträumt, um sich in den vom wilden Haarwuchs umrahmten Zügen ganz zu verlieren.

›Gut‹, dachte Beri, ›das Biest ist verhext! Entweder hat dieser Alte aus Gips hier magische Kräfte oder der Minister aus Weimar! Noch nie habe ich eine Katze so zwischen Wachen und Träumen gesehen! Sie sieht mich, und sie sieht mich doch nicht! Sie schaut durch mich hindurch, sie hat nur diesen alten Esel im Kopf, wer immer es sein mag!‹

Die anderen Köpfe aber waren Köpfe von Frauen, Beri ging die ganze Reihe ab, als wanderte er durch ein Museum. Eine große, zwei kleinere, alle ähnelten sich so sehr, als handelte es sich um Gesichtszüge *einer* Person. ›Das also sind seine Geliebten‹, dachte Beri, ›diese drei Grazien aus Gips! Denen weiht er seine Gedichte und Verse, kein Wunder, daß die nichts werden und er damit zu diesem Silbendoktor laufen muß!‹

Beri fuhr mit den Fingern der Rechten an der Wange der Großen entlang. Kalt, glatt und etwas stumpf fühlte sich das an, als zerriebe man sehr feine Körner zwischen den Fingern! Die Haare waren schön gewellt und hinten zusammengebunden. Von der Seite betrachtet, sah sie nicht einmal übel aus, etwas steif, etwas zu vornehm, von vorne aber war sie beinahe unerträglich, wie eine zu groß geratene Mutter, streng, fern, eine Last.

Und dort drüben, natürlich, dort gab es den Kopf des schönen Apoll, der durfte nicht fehlen, denn der paßte zu dieser zu groß geratenen Mutter, als wäre er ihr liebster Zögling, ihr verhätschelter Junge, der es immer gut haben sollte im Leben und der sich mit niemandem prügeln durfte!

Dann mußte dieser Alte vor dem Bett, den die Katze verehrte, wohl der Vater sein, genau, das war der Vater! Beri lachte und drehte sich im Kreis, nicht übel, wie schnell er darauf gekommen war: Vater, Mutter und Sohn, wie die Heilige Familie, nur daß es die Mutter gleich in drei Ausführungen gab, groß, mittelgroß, klein, für jedes Lebensalter eine!

Das also war in den Holzkisten gewesen, die man mit so großem Aufwand ins Haus geschafft hatte, diese Göttin mit ihren hilflosen, ihr ergebenen Männern! Vielleicht waren es die Idole der fremden Religion, der der Minister aus Weimar und seine Freunde angehörten, gipserne Gestalten eines Geheimkults, zu dem man sich an vielen Abenden versammelte, dunkle Verse murmelnd.

Beri schwankte vor Überanstrengung, er mußte sich ja höllisch zusammennehmen, um all die Rätsel zu verstehen, die dieses Zimmer ihm aufgab! Wenn nur das Fenster offen gewesen wäre, die Luft hier drin war ja entsetzlich, so modrig und bitter, als durchdringe der Geruch von Katzenurin einen Haufen von Leichenerde! Richtig, dort neben dem Bett standen auch einige Kübel mit Erde, ah, die Erde war sogar feucht, als habe man sie noch am Nachmittag begossen! Warum das? Was hatte der Minister aus Weimar mit einigen Eimern glatt gestrichener Erde im Sinn, vielleicht war etwas darin verborgen, vielleicht hütete man in den nordischen Ländern in feuchter Erde seine Schätze?

Was nun? Beri scharrte etwas Erde von der Oberfläche und häufte sie auf den Tisch. Langsam, er mußte sich langsam hineinwühlen, bis er irgendwo etwas zu fassen bekam. Ah, dieser feuchte Dreck klebte jetzt an seinen Fingern, den wurde er so schnell nicht los, hier nicht, also weiter, weiter ..., ah, jetzt hatte er etwas zu fassen bekommen. Er hielt es zwischen Daumen und Zeigefinger, es war ein kleines glitschiges Stück, was war es, was konnte es sein, doch nicht, doch wohl: ein Dattelkern!

Beri schaute verekelt auf die winzige, zusammengeschrumpelte Erscheinung, die er aus der Tiefe des Kübels hervorgezogen hatte. Seltsame Sitten hatten diese Menschen im Norden! Stellten sich faulende Erde neben das Bett, um Dattelbäume zu züchten, die es überall zu kaufen gab! Vielleicht rochen sie vor dem Einschlafen an dieser Erde, vielleicht betäubte sie dieser Moder und erinnerte sie an die Zimmer der Heimat, die so dunkel und eng sein sollten und in denen es Kamine zum Heizen gab, die alle Räume mit stinkendem Rauch versorgten!

Sollte er diesen Kern mit sich nehmen? Oder sollte er ihn zurückstecken, nein, er wollte nichts stehlen, das hatte er dem Heiligen Vater gelobt, nichts stehlen, nicht einmal eine Kleinigkeit! Beri drückte den Kern wieder in die Vertiefung und schüttete die beiseite gehäufte Erde wieder darüber. Noch etwas andrücken und glattstreichen, so, jetzt war nichts zu bemerken! Nur daß seine Hände jetzt so aussahen, als habe er sich an irgend etwas vergriffen! Wie sollte er damit die vielen Papiere berühren, die auf dem großen Tisch an der Seite lagen, er mußte sehr vorsichtig sein, um keine auffälligen Flecken zu machen!

Erst wollte er sich einen Überblick verschaffen. Dort unten, unterhalb der drei Schönen, standen die Bücher, eine lange Reihe, die mußte er sich anschauen! Hier, ja, hier im Tischkasten befanden sich die Zeichnungen und einige Briefe, anscheinend nicht zu Ende gebracht! Und dort auf dem Tisch, ja, das waren Verse, lauter Verse, Gott, Hunderte von Versen, eng aneinandergefügt, wie ein Dickicht, das verdrehte einem ja beinahe die Augen! Am besten, man fing mit den Büchern an, das war noch das Einfachste!

Beri setzte sich seitwärts auf das große Bett und nahm einen Band nach dem anderen vor. Nein, das war nichts Politisches, es waren lateinische Werke, mit lauter Bleistiftbemerkungen am Rande, als übte sich dieser Goethe wie ein Schuljunge noch einmal im Übersetzen! Und diese Bücher da, das waren bebilderte Werke der Kunst, alte Statuen und Büsten kamen in großer Zahl darin vor, und die vielen Worte beschrieben und sortierten sie, damit jede einen Namen erhielt, wie eine Pflanze. Nichts Juristisches, nichts über Staatskunst und Diplomatie, das gab zu denken, das deutete vielleicht in eine gewisse, von ihm, Beri, schon vermutete Richtung...

Doch weiter, zu den Zeichnungen! Gott, das waren ja armselige Blätter! Kaum Farben, statt dessen ein mattes Gekrakel über deutlich erkennbaren Bleistiftspuren! Hier, das war ein Gebäude, irgendein Landhaus im Mondschein, schlecht, ja erbärmlich getroffen. Und dort, wieder eine Villa neben einer mächtigen Mauer, die Fenster windschief, nicht einmal die Proportionen stimmten! So etwas hatte er, Beri, befürchtet, dieser Goethe konnte nicht zeichnen, er mühte sich zwar über Stunden damit, doch es kamen nur diese kindlichen Blätter dabei heraus, unbeholfene Linien, schwache Farben, vorsichtige Andeutungen! Da, ja, das war eine römische Szene, ein Blick auf San Carlo, die große Kuppel war immerhin zu erkennen, auch ein Brunnen im Vordergrund mit einem ebenso hilflosen wie lächerlichen Strahl! Das Ganze sah aus wie mit dem Zirkel gezeichnet, so leblos und steif! Und die Blätter der Bäume – so künstlich wie ein Wolkengebräu! Nein, solche Skizzen hielten nichts fest, sie waren nicht in der Absicht gemacht, andere über Rom zu belehren oder über etwas Bestimmtes in Kenntnis zu setzen! Es war ja beinahe nichts darauf zu erkennen, höchstens vage Federstriche, als bestünde Rom nur aus Geometrie!

Gut, auch diese Skizzen verstärkten nur die Vermutung. Jetzt noch zu den Briefen! An wen schrieb dieser Goethe? Hier war ein Brief an den Herzog, hier einer an die Freunde in Weimar. Beri setzte sich wieder auf das Bett und versuchte, so viel wie möglich zu begreifen. Langsam sprach er sich die

117

Worte vor, es war nicht leicht, sich vom Inhalt ein Bild zu machen, zuviele Worte blieben ihm fremd. Was er mit der Zeit jedoch begriff, war, daß auch all diese Briefe die Politik mit kaum einer Silbe berührten. Hier eine Schilderung des angenehmen Klimas, dort die Bekanntschaft mit einer Statue – so plauderte dieser Goethe von Rom, als verlangte man nichts anderes von ihm, als tagelang spazierenzugehen und es sich wohl sein zu lassen!

Und wie er sich bei denen zu Hause bedankte! Daß sie ihm nicht gram waren, weil er nach Rom gegangen sei, daß sie ihn lieben sollten wie bisher, weil er ihrer Fernliebe bedürfe, daß sie sich erfreuen sollten an seinem Wohlergehen, weil dieses Wohlergehen ihnen nach seiner Rückkehr zugute kommen werde!

Beri lachte. Dieser Goethe machte es richtig, und er hatte eine hohe Meinung von sich! Anscheinend hatte er sich in Weimar aus dem Staub gemacht, und jetzt wollte er gerade dafür gelobt und sogar geliebt werden. So etwas war dreist, und es verriet einen männlichen, beinahe römischen Stolz. Vielleicht war er seines Ministeramtes überdrüssig geworden, vielleicht versuchte er hier in Rom, die deutschen Worte schöner und klangvoller wiederzufinden! Eben diese Vermutung hatte er, Giovanni Beri, seit kurzer Zeit schon gehabt. Herr von Goethe war in Rom ein Minister ohne Amt, er wollte dichten und schreiben, nichts sonst, das Zeichnen betrieb er wohl nur, um zu Ruhe und Muße zu finden.

Außerdem stand in den Briefen, daß sein Gemüt beginne, sich zu erheitern, daß es offener, teilnehmender und mitteilender werde, ja, daß es insgesamt anfange, nun zu gesunden. ›Ja‹, dachte Beri, ›ich habe mich doch nicht getäuscht. Ich ahnte doch, er war krank, es muß eine schlimme, zehrende Krankheit gewesen sein, etwas nahe am Tod. Und jetzt traut er sich wieder einiges zu, er wagt sich hinaus in die Welt,

118

deshalb hat er sich bei den Arkadiern gezeigt, öffentlich, als ein Dichter, mit dem wieder zu rechnen sein wird!‹

Beri frohlockte, wie sich seine Vermutungen bestätigten. So etwas machte ihm keiner nach, diese genauen Beobachtungen, dieses feinfühlige Durchschauen eines anderen, schwierigen Menschen, der alle Kraft daran gesetzt hatte, sich zu verbergen!

Zum Schluß wollte er noch einen Blick auf die Dichtungen werfen. Da lag ein einzelnes, schönes Blatt, ohne Verbesserungen, offenbar war es ein Gedicht. Nein, so etwas konnte er, Beri, nicht übersetzen, dazu fehlten ihm einfach die Worte. Höchstens hier, diese *eine* Zeile, ja, die war zu verstehen, obwohl ihr Sinn vielleicht eher doch ein geheimer war: »Das Maultier sucht im Nebel seinen Weg...«

Ein Maultier suchte seinen Weg, und das im Nebel? Sprach dieser Goethe etwa hier von sich selbst? Sprach er von dem richtigen Pfad, der ihm aus den Augen geraten war, wegen des Nebels? Vielleicht war diese merkwürdige Zeile ja eine Art Gleichnis, so wie es Gleichnisse in der Bibel gab, in den vielen Reden Jesu Christi und in denen seiner Apostel. Ja, das war möglich, dieser Goethe sprach von sich in Rätseln und Gleichnissen, auch seine Briefe waren voll von diesen Vergleichen, anscheinend hatte er die Bibel aufmerksam studiert, um immerhin für sein Schreiben daraus zu lernen.

Die anderen Blätter aber, neben dem schönen mit dem einzelnen, unverbesserten Gedicht, die zeigten, wie es wahrhaftig um ihn stand. Jede Zeile durchgestrichen, schräg, quer, als sei die Feder kratzend und scharrend darüber weggefahren! Auf manchen Seiten war auf diese Weise nichts mehr übrig geblieben, nicht ein unbescholtenes, erhaltenes Wort! Die Verse waren vielmehr in einem Dickicht von Strichen und Linien verschwunden, ja das Dickicht hatte sich wie eine undurchdringliche Hecke vor all die Worte geschoben!

›Das sind die Nebel‹, dachte Beri, ›die Nebel, in denen er noch herumstochert. Nein, er hat nirgends ein Ufer gefunden, er sucht, sucht, sucht! Die Worte gehorchen ihm nicht, sie schwirren durch dieses Dickicht wie kleine Vögel, die man nicht zu fassen bekommt! Und er hat Angst, ganz deutlich! Hat er einen Vers sauber hingeschrieben, streicht er ihn durch und schreibt ihn kaum verändert noch einmal! Er ist verzweifelt, das ist zu sehen, und diese Verzweiflung ist nicht gespielt, sie ist wahr!‹

Beri zuckte zusammen, als sich die Katze plötzlich von ihrem Lieblingssitz löste und auf den Boden sprang. Sie streckte und dehnte den Leib, leckte sich kurz die vordere rechte Pfote und kam dann, als suchte sie nach neuer Unterhaltung, auf ihn zu. Er blieb ruhig sitzen, auf dem Bett, wo er einige Blätter ausgebreitet hatte, um dieses Buchstabengewirr schaudernd zu genießen. Das Tier sprang hinauf und legte sich ihm in den Schoß. Er wagte nicht, sich zu regen, jetzt schnurrte dieses Biest, als fände es an dieser Position auch noch Gefallen. Vielleicht verwechselte es ihn mit dem Dichter, vielleicht hielt diese Katze ihn, Giovanni Beri, ja für Goethe!

Welch feinen Instinkt solche Tiere doch hatten! Sie witterten die Begabung, den Intellekt, die Verwandtschaft der Seelen! Denn, richtig, ja, in einem ganz unbestimmten Sinn fühlte er, Beri, sich mit diesem Goethe verwandt! Nein, erklären konnte er so etwas nicht, denn natürlich konnte er weder dichten noch reden, ganz zu schweigen von den gelehrten Büchern, von deren Inhalt er überhaupt nichts verstand. Doch darauf kam es nicht an. Irgendwo in der Tiefe des . . ., wie hatte dieser Goethe geschrieben, in der Tiefe des ›Gemüts‹ waren sie beide miteinander verwandt, irgendwo in dieser Tiefe gab es eine Kraft, die sie beide anzog und gleichzeitig verband, irgendwo in dieser Tiefe lauerte ihr gemeinsames, dunkles Geheimnis!

Und um dieses Geheimnisses wegen verfolgte er, Giovanni Beri, also den seltsamen, fremd tuenden Mann. Jetzt wußte er es, jetzt hatten sich die Nebel für ihn gelichtet! Was den Heiligen Vater betraf, so stand nun außerdem fest, daß dieser Minister aus Weimar keine Gefahr bedeutete! Der ein Spion, der ein Intrigant, der ein Diplomat, der für seinen Herzog Verbindungen knüpfte? Niemals! Dieser Goethe kümmerte sich nicht um Staatskunst und Politik, der übersetzte Latein, studierte die Kunst, zeichnete brav wie ein Kind und verzweifelte an seiner Dichtung!

Das war die Wahrheit, nur konnte man diese Wahrheit dem Heiligen Vater so nicht übermitteln. Was wäre geschehen? Man hätte ihn, Beri, wegen Unfähigkeit seines Amtes entbunden, all das Geld, das er für seine Dienste zu erwarten hatte, wäre verloren gewesen, so daß er sich wieder hätte einreihen müssen in die Handlanger am Hafen! Nein, dorthin wollte er nicht zurück. Er verdiente ein besseres Leben, denn auch er besaß Gaben, die ihr Geld wert waren, Gaben der Einfühlung und der Menschenkenntnis, wie sie keiner von den Trunkenbolden je besitzen würde, die sich im Hafen verdingten!

Was aber dann? Oh, es war einfach. Er würde gute, ausführliche Berichte für den Heiligen Vater verfassen! Der Padre glaubte gewiß, daß dieser Goethe in Rom seinen Ministerpflichten nachging, jeder glaubte das, der den Fall so von außen betrachtete, ohne genauere Kenntnis, ohne Spurensuche, ohne das Spürnasenwissen von den Details! Also würde er, Beri, Herrn von Goethe ein abwechslungsreiches Leben verschaffen, auf dem Papier! Er würde ihn seine geheimen Kontakte knüpfen lassen, er würde ihn darstellen als meisterhaften Intriganten und einen Könner im Einfädeln von Bündnissen, vielleicht konnte er sich zu diesem Zweck ja des kleinen Wiener Spions bedienen, als Zeuge war der vielleicht zu gebrauchen!

121

Es war wirklich ganz einfach, nur daß es nicht leicht fiel, den Heiligen Vater so dreist zu belügen. Denn es waren Lügen, ja es waren sogar gewaltige Lügen, die er, Beri, ihm auftischen würde. Allerdings, allerdings waren es Lügen der Not, der leiblichen wie der seelischen Not. Dieser Fall des Herrn von Goethe war sein, Giovanni Beris, Fall! Die Bewältigung dieses Falles würde sein Leben verändern, in diese oder in jene Richtung, das war gewiß! Mußte der Heilige Vater da nicht einen Gefallen daran finden, wenn er, Beri, die schönere Richtung wählte, Geld, Wohlbefinden, die Erlösung von langem Elend? Und würde ihn diese Erlösung nicht verwandeln für das ganze weitere Leben?

Doch, gewiß, und deshalb waren die Notlügen möglich, ja sogar notwendig! Sie führten ihn, Beri, zu einem besseren Leben, sie erleichterten seinen Aufstieg, sie machten aus ihm einen zufriedenen, ehrbaren Menschen. Später, nach einigen Jahren, würde er sie beichten, und er würde sich aufmachen zum Heiligtum nach Loreto, um dort als Pilger einen Tag, nein, zwei Tage Buße zu tun. Das versprach er! Eine umständliche, lange, anstrengende Reise, zwei Tage Buße, Heilige Madonna, bitte für uns!

Beri war jetzt mit sich im reinen. Er kraulte die Katze noch einige Zeit hinter den Ohren, solange, bis sie eingeschlafen war. Dann legte er die Papiere und Blätter zurück und brachte sie in die alte Unordnung. Er stand auf, prägte sich das Bild des Zimmers noch einmal ein und verschwand die Stiege hinunter, lautlos und glücklich.

20

Und als wollte der Himmel das Unternehmen Giovanni Beris fördern und sein Glück noch vollkommener machen, begann die schöne, hellere Zeit in diesem Jahr so früh wie selten zuvor. Rasch wurde es wärmer, nur wenige Tage verdarben den Aufflug der Elemente, schon blühten die Mandelbäume, die Maßliebchen drängten aus dem Boden hervor, Krokusse leuchteten, und die dunkelgrünen Eichen beugten sich schwer und satt, als hätten sie fette Farbe getrunken.

Abends schwebte über der Erde ein seltsamer Duft, der Rauch der letzten, kleinen Feuer mischte sich mit den neuen, frischen Gerüchen, alles erkaltete, starb und starrte am Morgen dem gereinigten Himmel entgegen, der sich erdwärts hinunterschlang wie ein feiner, hellblauer Taft.

Beri frohlockte, jetzt konnte die Genesung des Fremden beginnen, jetzt zeigte Rom sich am schönsten, im glänzenden Aufbruch, in allmählich erstarkenden, aufreizenden Farben! Das mußte auch den Minister aus Weimar verführen, das mußte seine Sinne wohl locken und ihn hinaustreiben aus der dunklen und muffigen Stube, in der er sich mit lauter Mumien umgeben hatte.

Doch statt des Fremden erschien eines Morgens eine andere, Beri wohlbekannte Gestalt auf dem Corso. Sie ging langsam, gebückt, sie stützte sich mit der Rechten gegen ein Stück Mauer und blickte doch zuweilen triumphierend nach allen Seiten, als müßte die Welt zur Kenntnis nehmen, wer sich ihr da präsentierte.

Ja, da war er wieder, der Berliner Professor, mit den Gesten des Wiederauferstandenen, als sei er dem Tode entkommen und sollte nun berichten von den Schrecken der Finsternis. Da wurde dem Barbier ausführlich berichtet, wie es stand um

123

den Arm, da wurde die Gelenkigkeit der Finger vorgeführt, als sei jeder einzelne gebrochen gewesen. Kaum ein Geschäft auf der Straße ließ er aus, und da, wo er nicht genug auf sich aufmerksam gemacht hatte, kam man ihm schließlich gutwillig entgegen: Ah, der Professore, welch ein Wunder, von den Qualen befreit!

Im griechischen Kaffeehaus versammelten sich die deutschen Künstler um ihn und stimmten ein Lied auf ihn an; er stand auf, schwankte ergriffen und leerte mit hochrotem Kopf ein Glas Wein. Sie jubelten, als hätte er eine herkulische Tat vollbracht, der Wein machte ihn noch gesprächiger als sonst, und so erfuhr man vom Verlauf seiner Krankheit, eingehend, als habe Gott an Herrn Moritz ein Wunder vollbracht.

Beri spürte einen großen Zorn in sich aufsteigen. Diesmal würde er nicht mehr leicht zuschlagen, um dem Pferd eins auf die Flanke zu geben, diesmal würde er sich diesen Berliner Professor wenn nötig selbst vornehmen, in einer nächtlichen Stunde, ritschratsch! Er würde ihm alle Vokabeln einzeln einschlagen, lange und kurze, schwere und leichte, so daß es vorerst aus wäre mit dem Gemurmel und der Belehrung. Nicht den Arm, sondern den Kopf mußte man diesen Stubengelehrten verbinden, um ihnen ihr Kostbarstes und Geschändetes, die Sprache, zu nehmen! Nur so würde er den Minister aus Weimar mit seinen Verszählereien verschonen, nur so hätte der Zeit, sich ausgelassen diesen herrlichen Tagen im Freien zu widmen.

Noch immer war Beri nicht mit ihm zufrieden. Er hatte gehofft, ihn jetzt, wo man in Rom wußte, wer er war, häufiger unter Menschen zu finden, den Bürgern der Stadt zugetan, ihrem Wohlleben und ihren Vergnügungen. Längst hatte die Karnevalszeit begonnen, die Theater hatten wieder geöffnet, der Corso wurde geschmückt, und nachts zogen die Maskierten in Scharen durch die Seitenstraßen des Corso. Gerade

hier, entlang dieser langen, prachtvollen Straße, versammelte
sich ja das ganze Karnevalstreiben, und gerade hier fand es
seinen Höhepunkt mit dem Wettlauf der Pferde von der Piazza del Popolo hinunter zur Piazza Venezia! Herr von Goethe brauchte sich nur aus dem Fenster zu beugen, schon hörte
er die neuesten Lieder, aus dem Stegreif erfunden! Man blieb
stehen, um diesen Liedern zu lauschen, man lachte über die
frechen Verse und ihren Spott, den ganzen Tag über herrschte
in den Gassen ein munteres Klingen, als bräche die Musik sich
endlich überall Bahn und drängte durch jede Ritze, in jedes
Haus!

Doch nein, Herrn von Goethe schien dieses Tönen überhaupt nicht zu behagen! Immer häufiger blieben nun auch
tagsüber die Läden oben vor seinem Fenster verschlossen,
und wenn man ihn aus dem Haus eilen sah, sah man ihn beinahe rennen, als suchte er nichts als die Weite, fort, fort von
diesen lästigen Aufdringlichkeiten!

›Ein Dichter, der keinen Sinn hat für das alles, ist kein richtiger Dichter‹, dachte Beri, ›mag er schreiben, ausstreichen
und immer wieder von vorne beginnen, ihm fehlt der einfache Ton, ihm fehlt diese Straßenmusik. Seine Verse, die sollen
klingen, doch er hat gar kein Ohr für das Helle, Weite, das der
Frühling uns eingibt!‹

Und wohin zog es Herrn von Goethe statt dessen? In die
Gärten der Villa Borghese! Beinahe jeden Tag verbrachte er
dort, irgendwo in einem einsamen Winkel, allein, in seine
Zeichnungen vertieft. Noch immer fuhrwerkte er mit dem
Bleistift herum, strichelte, tüpfelte, doch anscheinend hatte
er jetzt immerhin so etwas wie Farben entdeckt, denn er bemühte sich, das Bleistiftgewebe mit Aquarelltönen zu über-
ziehen.

›Vergeblich, das ist doch vergeblich‹, wollte Beri ihn unterbrechen, aber er wußte nicht, wie er sich ihm nähern sollte.

125

Am liebsten hätte er sich als bedeutender Maler vor diesen Minister aus Weimar gestellt und ihm eine Predigt gehalten: ›Mann, schauen Sie nur, das taugt nichts, das ist nichts als ein Kindergewisch! Wie alt ist Er?! So alt schon und widmet sich noch immer diesen Anfängerflausen?! Komm, geh Er mit mir in die Stadt auf ein Glas, ich werde Ihm erzählen von der Meisterschaft und dem Lebensweg, den es braucht, sie zu erlangen!‹

Was war nur so anziehend an dieser Allee alter Laubbäume, daß man sich tagelang in ihre steife Ordnung vertiefte? Dieser Goethe schritt Baum für Baum ab, kniete sich nieder und maß den Schatten, als könnte man ihn einpacken in ein Papier! Und diese Erde, das mußte wohl eine ganz besondere sein, zum Beispiel hier, diese Wasserspuren im Sand, die waren wohl einzigartig, jeder Tropfen mußte begutachtet werden!

Und die Menschen?! Dem war zuzutrauen, daß er Bilder malte ohne ein menschliches Antlitz und ohne ein menschliches Haus! Am liebsten hätte er wohl die Erde von den Menschen gereinigt, um sie als dunkle Insel wiedergebären zu lassen, voller Laubbäume, Pinien und Zypressen. Jawohl, er hatte einen Narren an diesem Dunkel gefressen, deshalb igelte er sich ein in sein Zimmer, sperrte die Läden vor und machte mit seinen Freunden die Nacht zum Tage! Dann konnten sie hocken und reden, um ihren stummen Göttinnen und Göttern zu huldigen, die ja alle so aussahen, als hätten sie dieses Dunkel gezeugt! Und am Tage dann hinaus, nein, nicht ins sonnige Leben, sondern rasch wieder ins Dunkel, in die vom Winter ausgekühlten Kirchen, in Galerien und Museen, wo das Licht noch kaum reichte, etwas genauer zu erkennen!

Diese Nordmenschen lebten ja wie die Höhlenbewohner, außerdem verehrten sie anscheinend die Natur ganz übertrieben. Manchmal kam es einem sogar so vor, als hielten sie diese

Natur noch für verhext, so seltsam starrten sie auf die einfachsten Dinge, ein paar Bäume, eine Lichtung, eine unauffällige Blume! Gott hatte die Erde in sieben Tagen geschaffen, das wollte diesen Nordmenschen wohl nicht in den Kopf, sie taten jedenfalls so, als habe er sein ganzes Leben dazu gebraucht und sei noch immer nicht fertig! Außerdem kam es darauf an, etwas Eigenes zu leisten, statt die Pflanzen und Bäume zu zählen und zu bewundern!

Beri beobachtete Goethe von ferne. Vom Corso drang das Stimmengewirr hinauf, es wurde gefeiert, gesungen, getrunken! Und dieser Mensch hatte sich dort oben ein Lager gebaut und damit begonnen, seine Ohren mit Wachs zu verstopfen, um das Singen nicht hören zu müssen. Manchmal kam Signore Tischbein vorbei und brachte ihm etwas zu essen, ach was, etwas zu kauen. Sie tunkten ein Stück Brot in ein Gläschen voll Wein, sie nagten an einem Eck Käse, vielleicht sprachen sie Mäuselatein!

Und dann war des Redens und Beratens kein Ende! Ob diese Schatten gut getroffen, ob dieses Gelb ganz frisch, ob die Astlinien im Hintergrund auch matter seien als die dort vorn... – es war nicht zu ertragen! Dabei gab sich Signore Tischbein, der doch ein anständiger Maler war und ein Mann von Verstand, beinahe so, als habe er hier einen Meisterschüler zu betreuen! Und dieser Goethe blickte dann zu ihm auf, als kämen seine Worte von ganz oben, aus den blauen Höhen des Firmaments!

›Warte nur, Signore Tischbein‹, dachte Beri, ›auch Dich bekomme ich eines Tages zu packen! Du erteilst ihm diese Stunden, weil er Dich sicher königlich bezahlt und Dein Mauseloch am Corso vielleicht noch dazu! Deshalb machst Du ihn glauben, er könnte dieses Fach einmal beherrschen, wo doch jeder Esel beim ersten, kurzen Blick auf seine Blätter begreift, daß nie, nie, nie etwas daraus werden wird! Oh, ihr Gelehrten, oh, ihr falschen Lehrer, wie Ihr Euch heranmacht an diesen Naiven, der nichts so sucht wie die Sprache und ein paar Takte Klang! Ihr aber wollt ihn verderben, Ihr nehmt ihn aus für Eure leicht zu durchschauenden Zwecke!‹

Ta-ta-ta-ta... – jetzt sprang die Musik ganz leicht hinauf und verlor sich in den Weiten der Gärten. Wenn Signore Tischbein sich verabschiedet hatte, würde Herr von Goethe noch einige Zeit in Betrachtung des Geleisteten nachzusinnen geruhen. Er würde das Wachs wieder in die Ohrmuscheln einführen und auf seinen tristen Blättern suchen nach der Wärme des Südens!

Beri bekreuzigte sich. Man mußte dankbar sein, nicht als Nordmensch zur Welt gekommen zu sein. Die Nordmenschen hatten die Schöpfung verschlafen, einfach verschlafen! Deshalb wachten sie nachts und suchten das Dunkel am Tage. Sie verstanden das Licht nicht, das war es, sie verstanden nicht einmal den einfachsten Satz, ›es werde Licht!‹ nein, nicht einmal das!

Dieses Licht, das war die erste Lektion, die man ihnen beibringen mußte. Man mußte sie lehren, das Licht zu sehen. Genau, das war es!

Beri stand auf und machte sich auf den Weg hinunter zum Corso. Den Karneval würde er noch abwarten, dann aber mußte er etwas unternehmen. Das Leben des Herrn von Goethe sollte sich ändern!

21

Und so verstrichen die ausgelassenen Tage, ohne daß Giovanni Beri vorerst etwas unternahm. Er hatte sich viel mehr einer Gruppe von Gleichaltrigen aus der Hafengegend angeschlossen, um den Karneval wenigstens so zu genießen.

Mochte dieser Goethe sich immer wieder davonstehlen, er, Beri, ließ ihn gewähren, in dieser wilden Zeit wollten die Römer im Grunde sowieso unter sich sein und achteten kaum auf die Fremden, die dem Treiben doch meist nur mißtrauisch begegneten.

Beri traf sich mit seinen Kumpanen in der Nähe des Corso, man zog einige Straßen entlang und beobachtete das Straßenspiel der Verkleideten. Viele überraschten das Publikum hier mit kleinen, theatralischen Szenen, so etwas ergab sich plötzlich und unerwartet, man hörte die schrillen, keifenden Stimmen und eilte hin, um aus der Nähe mitzubekommen, wie drei sich stritten, zwei sich prügelten oder einer seinem Leben aus Liebeskummer ein Ende machen wollte.

Weiter, nur weiter! Aus einer Osteria tönte ein lauter, jammervoller Gesang, das war etwas, man trank einige Gläser Wein und machte sich erneut auf den Weg, endlich hinein in das Getümmel auf dem Corso, wo gegen Abend das Gedränge immer heftiger wurde. Zu beiden Seiten der Straße waren Stuhlreihen aufgestellt und aus den Fenstern der anliegenden Häuser schauten die Gaffer auf das Treiben hinab, während in den Kutschen, die sich schon lange kaum noch vorwärts bewegten, die schönsten Masken um die Gunst der Betrachter stritten.

Beri hatte versucht, sich am Wein zu berauschen, doch der Wein schmeckte ihm nicht. Irgend etwas verdarb ihm den Geschmack und die Freude an diesem Fest, das war ungewohnt, denn in früheren Jahren hatten diese Tage ihn fortgerissen in einen einzigen Taumel. Die Kumpane, die hatten noch ihren Spaß, die waren hinter den vielversprechendsten Masken her und fanden hier und da ihr Vergnügen. Und hatte er es nicht sonst auch so gemacht, wenn ihm eine Schöne gefallen hatte?

In diesem Jahr war alles anders, er mußte es zugeben. Seine

gute Laune war hin, er dachte zuviel nach, ja, er fühlte sich beschwert mit lauter Ideen, die auch durch den Wein nicht fortzubekommen waren. So erging es also den hohen Herren, die bedeutende Ämter hatten, sie konnten ihre Ämter nicht mehr vergessen, die Ämter ließen sie unruhig werden und beschäftigten sie selbst noch in der Nacht!

›Alles wäre anders‹, dachte Beri, ›wenn ich eine Schöne an meiner Seite hätte. Die Schönheit vertreibt solchen Kummer, das weiß ich, die Schönheit ist eine große, unwiderstehliche Macht!‹

Auch Herrn von Goethe hätte er jetzt etwas von dieser leiblichen Schönheit zur Seite gewünscht, das ließ sich leicht arrangieren, denn in den Ateliers der Maler warteten viele Modelle doch nur darauf, angesprochen und eingeladen zu werden. Ja, die waren ein anregender Umgang, wenn man sie nur gut bezahlte und dafür sorgte, daß ihre Launen nicht allzu ernst genommen wurden.

Am liebsten..., Beri gestand es sich heimlich, als müßte er sich selbst etwas beichten, am liebsten hätte er mit diesem Goethe und einigen Mädchen die Karnevalstage verbracht, er, Beri, hätte ihnen allen die ausgelassensten Freuden verschafft, die muntersten Osterien, den besten Wein, während der Minister aus Weimar für die Konversation gesorgt hätte, so leicht und betörend, wie der sprechen konnte! Ja, er hätte etwas darum gegeben, diesem Goethe zuhören zu können, denn im Grunde mochte er seine Stimme, ihren verführerischen Klang, ihren Hang zur Musik. Und die Mädchen, die machte solch ein Klang doch gleich schwach, und erst recht das begeisterte Reden, dieser Glanz der Worte, den Herr von Goethe doch durchaus herauszuputzen verstand, wenn ihn niemand zwang, diesen Glanz mit der Feder zu suchen!

Doch jetzt kamen Beri die Späße seiner Kumpane abgeschmackt vor. Mein Gott, so war er in den früheren Jahren auch herumgelaufen, hatte anderen die Zunge herausgestreckt, den Schönen für Sekunden den Arm um die Taille gelegt, hier einen Kuß abgenötigt und dort ein Glas Wein vergossen! Ungebildet waren sie und lebten nur für den Tag! Am schlimmsten aber war ihr Geschwätz zu ertragen, man hätte sich Goethes Wachs leihen mögen, um es nicht mehr hören zu müssen! Sie merkten nicht einmal, was sie redeten, sie öffneten nur eben zufällig den Mund, pa-pa-pa-pa, und hätten nicht einmal zu wiederholen gewußt, was sie gerade gesagt! Wer von ihnen hatte je nachgedacht über das Sprechen, über die Worte und gar über den Klang, der aus ihnen hervorzulocken war?

Nein, die verstanden von so etwas nichts, und sie würden nur große Mäuler machen, wenn man mit ihnen von so etwas sprach. Deshalb gab er es auf, in einem unbeobachteten Moment trennte Beri sich von ihnen, streifte seine Maske ab, schenkte sie dem Erstbesten, der ihn ungläubig anschaute, und setzte seinen Weg allein fort, unruhig und ungeduldig, weil mit diesem Karneval nichts mehr anzufangen war.

Er vertrudelte seine Zeit in den Seitenstraßen des Corso, da hörte man von dem wilden Treiben aus einer angenehmeren Ferne, und er wanderte von einer Osteria in die andere, als sei er auf der Suche nach einem guten Bekannten.

Aber nein, Goethe zeigte sich nicht. Wahrscheinlich zeichnete er noch immer und versuchte sich daran, den Schatten auf Laubbäume zu malen, damit sie ihren nordischen Schimmer bekamen. Gut, dann mußte er, Giovanni Beri, ihn für einige Tage einfach vergessen. Nur in diesem Vergessen war das alles noch zu ertragen.

So begann Giovanni Beri zu trinken. Er legte sich nicht mehr zur Nacht, er pilgerte von einem Weinfaß zum andern, stützte den schweren Kopf in die Hand, fiel manchmal in sich zusammen, rüttelte sich wieder auf, schlug sich ermunternd auf beide Wangen und trank. Er trank mehrere Tage, längst hatte er kein Empfinden mehr für die Zeit, er verwechselte Morgen und Mittag, nichts paßte in seinem Kopf noch zusammen, aber er spürte, wie der angestaute Kummer erträglicher wurde, auch unscheinbarer und schließlich davonglitt wie eine schwere Last auf einer alles fortreißenden Woge.

Selbst Aschermittwoch hatte er noch mit den Nachwehen dieses Trinkens verbracht, langsam nur hatte er wieder heraufgefunden in das spröde, sich ordnende Leben, hatte den Abbau der großen Holzgerüste am Corso verfolgt, die Reinigung der langen Straße von dem Unrat von Tagen, das Ausschütteln der Teppiche, die aus den Fenstern gehangen hatten, und die müde gewordenen Gespräche der Anwohner, die zänkisch versuchten, einander die schönsten Erlebnisse streitig zu machen.

Gut, das war endlich vorbei, jetzt konnte man sich wieder dem Minister aus Weimar zuwenden! Beri beschloß, gleich einen Anfang des neuen Ernstes zu machen und Goethes Wohnhaus einen Besuch abzustatten. Vor der geöffneten Tür stand früh am Morgen der alte Collina, natürlich, der hatte die letzten Tage kaum ein Glas angerührt, und sein Söhnchen, Filippo, der sprang auch schon herum, das brave, unausstehliche Kerlchen! Auch Piera war auf ihren kurzen Beinen schon bereit, was machten sie sich denn alle zu schaffen?

Beri schmerzten die Augen, das Morgensonnenlicht war nur schwer zu ertragen. All diese Bewegung, all das Hasten, und dazu noch das laute Geschrei der Alten, die ihren Serafino und ihren Filippo anhielt, sich zu beeilen! Wozu denn beeilen? Was keifte die denn? Und was schleppten die beiden denn dort durch die Tür?

Koffer, ja, das waren Koffer! Zwei große standen schon auf der Straße, jetzt der dritte, kleinere! Und warum stand die zweisitzige Chaise so nah dort am Eingang? Ah, jetzt wurden die Koffer hinaufgeladen, wem die wohl gehörten, was das nun bedeutete, in dieser mörderischen Frühe, wo selbst die Fleißigsten noch kaum einen Fuß auf die Erde gebracht hatten?

Beri schüttelte sich. Er mußte bald nach Hause, um noch einige Stunden zu ruhen. In diesem Zustand war nichts anzufangen mit ihm. Der Wein hatte sich in seinem Hirn festgesetzt und lähmte alle Gedanken. Nichts regte sich, als befände sich dort drinnen nur noch eine einzige schwerfällige Masse!

Nur aus weiter Ferne hörte er jetzt eine Stimme, hoch, höher als sonst, es war eine angespannte, treibende Stimme, ja, da vibrierte ein Ton in der Luft, kam näher und ruhte sich kurz aus an seiner Schläfe. Weg, weg! Oh, das schmerzte, das preßte ja gewaltig, als riebe man mit kaltem Eisen über die erhitzten Nerven! Und wieder, wieder die Stimme, jetzt tremolierend, auf und ab, das riß einem die Augenlider fort und schlich in die Ohren, als wollte es in einen hineinkriechen.

Fast hätte Beri geschrien, doch sein Erschrecken verhinderte das, als er sah, daß Goethe dabei war, dem Kutscher Anweisungen zu erteilen. Mit großen Gesten malte er den Morgen, deutete in den Himmel und sprach von diesem Tag, als müßte man ihn festhalten für die Annalen. Er hielt den Reisehut in der Rechten und hatte den langen Mantel um sich geschlungen. Jetzt sah er aus wie ein Wanderer, der sich aufmachen wollte zu einer nicht endenden Reise.

›Das ist nicht wahr‹, dachte Beri, ›Gott, laß es nicht wahr sein!‹ Doch er sah jetzt nur zu deutlich, wie Goethe sich von den Collinas verabschiedete, auch hier schöne Worte fand, wie Signore Tischbein ebenfalls das Haus verließ, um Goethe gegenüber Platz zu nehmen in der Chaise, wie sie beide dann winkten, wie alles zu winken begann, wie die Häuser tanzten auf der langen Linie des Corso…, als wären sie nur aus

133

Konfetti, wie die längst verklungenen Lieder plötzlich wieder erstanden, laute, rauschende Klänge und ihm, Beri, schwarz wurde vor Augen...

Er hielt sich fest an einer Mauer, er schluckte, der Schweiß stand ihm auf der Stirn. Es war ihm, als hätte man ihn in die Hölle gebeten, für immer.

Er ging langsam auf den alten Collina zu, der noch allein vor der Tür stand und etwas Dreck mit dem Besen fortwischte.

»Ich möchte zu Herrn von Goethe«, sagte Beri.

»Den kenne ich nicht«, sagte der alte Collina.

»Ich möchte zu dem Minister aus Weimar«, sagte Beri.

»Es gibt hier keinen Minister aus Weimar.«

»Ich habe eine wichtige, nur persönlich zu überbringende Botschaft«, sagte Beri.

Der alte Collina schaute auf und musterte Beri, dann lächelte er.

»Du hast keine wichtige Botschaft, Du bist nur betrunken.«

»Ich will Dir was sagen«, murmelte Beri und schaute sich um, »ich will Dir sagen, daß ich Dich auf der Stelle umbringe, wenn Du mir nicht sagst, wo er ist.«

Serafino Collina ließ den Besen fallen und wollte zur Tür eilen, doch Beri bekam ihn zu packen. Er zog sein Stilett und preßte es ihm gegen die Brust.

»Also, Herr von Goethe ist abgereist, nicht wahr? Sag es schon, sag endlich die Wahrheit!«

»Er ist abgereist.«

»Und wohin?«

»Nach Neapel.«

»Wohin?!«

»Nach Neapel.«

»Was will er denn in Neapel?«

»Er studiert den Vesuv.«

»Soll das ein Scherz sein?«

»Ich scherze nicht, Herr, er studiert den Vulkan, die Pflanzen, das Meer, so hat er gesagt.«

»Und Signore Tischbein?«

»Der lehrt ihn das Zeichnen!«

»Das Zeichnen?! Will er den Vesuv etwa zeichnen?«

»Gewiß, Herr!«

Beri steckte das Stilett wieder ein, ein schwerer Husten
schüttelte ihn. So etwas Lächerliches, dieser Goethe wollte
den Vesuv zeichnen, das sah ihm ähnlich! Der Vesuv war
nichts anderes als schwarze Lava, was gab es denn da zu
zeichnen? Das bißchen Feuer? Das bißchen Licht?! War es
das, was er suchte?!

»Wann kommt er wieder?«

»In einigen Wochen.«

»Wann genau?«

»Ich weiß es nicht, Herr.«

»Und wer wohnt nun in seinem Zimmer?«

»Niemand, Herr, wir halten es für ihn frei.«

»Also kommt er gewiß zurück?«

»Ganz gewiß, der Herr!«

»Wieso bist Du Dir da so sicher?«

»Weil er sich so schwer trennen konnte!«

»Trennen?! Du meinst, von Euch Lumpenpack konnte Herr
von Goethe sich nicht trennen?!«

»Nein, Herr, von uns schon, aber er hängt an diesen Schönen oben in seinem Zimmer, drei Schöne sind es, ich könnte
sie Ihm zeigen, wenn der Herr es verlangt!«

Die meinte er also, die große Mutter, die mittelgroße, die
kleine! Von denen konnte dieser Goethe sich nicht trennen?
Ja, das war schon glaubhafter. Jedenfalls würde er sie nicht
zurücklassen, wenn er für immer verschwunden wäre. Neapel
also, dahin zog es ihn jetzt, den Vesuv zeichnen, das Meer
und, natürlich, die Pflanzen!

Beri spuckte aus. Er strich sich durchs Haar und begann, seine Kleidung zu richten. Wahrscheinlich sah er furchterregend aus, nach diesen langen, sehr langen Tagen. Er hatte sich gehenlassen, das war ein Fehler gewesen, er durfte es sich mit diesem Collina nicht verderben.

»Ich war etwas unbeherrscht«, sagte er und bemerkte, wie Serafinos Miene sich plötzlich entspannte. »Verzeih, Alter, ich bin ein guter Freund des Herrn von Goethe, wir lernten uns kennen im schönen Venedig, auf seiner Reise von Norden hierher. Ich habe eine Botschaft für ihn, eine wichtige Botschaft. Doch jetzt bin ich zu spät.«

»Ja, Herr«, sagte der alte Collina, »Sie sind zu spät!«

Beri zog eine Münze aus seiner Tasche und steckte sie Serafino zu; dann verbeugte er sich und machte sich davon. Er traute sich nicht, noch einmal zurückzuschauen, er wollte überhaupt nichts mehr sehen. Langsam schlich er zum Hafen.

Er war allein.

Zweiter Teil

22

Seit Goethe Rom verlassen hatte, fand Giovanni Beri keine Ruhe mehr. Er hatte versucht, die Karnevalstage in seinem Bett zu vergessen, er hatte sich Zeit gelassen bei seinen täglichen Streifzügen durch die Stadt, doch war er mit den Tagen nur unduldsamer und erregter geworden, ein Mensch, der seine Aufgabe verloren hatte und sich damit zu quälen begann, die Stunden herumzubringen.

Früher, als er den Minister noch nicht gekannt hatte, war ihm so etwas nie widerfahren. Immer hatte er ja eine kleine Tätigkeit gefunden, einen Handlangerdienst, eine kurzfristige Anstellung, das alles erschien ihm jetzt aber als ein untergeordnetes Dienen, für das er seine besonderen und inzwischen entwickelten Fähigkeiten nicht einsetzen wollte.

Nun war er dazu verurteilt, ein ereignisloses Leben zu führen. Schlimmer aber war noch, daß nichts ihn zu locken vermochte. An den Zerstreuungen der Kameraden nahm er längst nicht mehr teil, das Zusammenleben der Künstler erschien ihm abgeschmackt und lächerlich, und die ruhigen Mittagsstunden am Hafen, in denen er sich früher so gerne mit den Handwerkern und Arbeitern unterhalten hatte, waren nichts als vertane Stunden, in denen das Geschwätz einem das genauere Denken austrieb.

Manchmal kam es ihm sogar so vor, als sei er abgrundtief

traurig. Irgendein Loch hatte sich tief drinnen in seinem Herzen aufgetan, ein verschlingendes, anziehendes Loch, das oft an den Rändern zu lodern schien. Beri hatte sich angewöhnt, dieses Loch seinen »Vesuv« zu nennen, denn er glaubte, seine neuen Gefühle hätten mit einem inneren Brennen zu tun, das überging in graue, dann dunkle Asche, so jedenfalls hatte er dafür ein Bild gefunden, und es war ihm beinahe ein Trost gewesen, daß es ihn an den Wanderer erinnerte, der aufgebrochen war in die Ferne.

Andererseits hatte er sich gesagt, daß die Traurigkeit doch unmöglich vom Verschwinden des Ministers aus Weimar herrühren konnte, eher war es schon möglich, daß ihm der Tod seiner Mutter erneut zu schaffen machte oder das Fernbleiben des Bruders – aber all diese Gedankenspiele hatten ihn nicht weitergebracht, sondern nur noch langsamer und schwerfälliger werden lassen; immer wieder begann er, vor sich hinzubrüten.

Bald vermutete er, er habe eine seltsame, furchtbare Krankheit, für die er sich einen Namen noch ausdenken mußte. Es war so etwas wie wuchernde Fäulnis, in seinen Eingeweiden rumorte es, zum Essen und Trinken mußte er sich zwingen, eine aufreizende Lustlosigkeit bekam ihn immer wieder zu packen, sogar mitten in einer Tätigkeit, die er in solchen Momenten auch gleich unterbrach, resignierend, als ließe sich alles verschieben.

Warum fiel ihm plötzlich nur alles so schwer? Und warum mußte er bei jedem Griff die Gedanken anstrengen? Früher hatte er gar nicht nachzudenken brauchen, alles war ihm leicht und einfach von der Hand gegangen, und jetzt gab es lauter Hindernisse, die er manchmal wie Gitter in seinem Kopf auftauchen sah, eine lange Flucht von Stangen und Balken, die sich immer aufs neue verhedderten.

Hinzu kam, daß er mit niemandem über sein Befinden

sprechen konnte. Überall gab es Lauscher, Verräter, und ein kranker Spion Seiner Heiligkeit war kein guter Spion und wurde gewiß von seinen Pflichten entbunden. Zu befürchten war nur, daß man ihm seinen schlechten Zustand anmerkte, schließlich konnten sein schleppender Gang und seine gebeugte Haltung niemandem verborgen bleiben. Am besten war es, auf dem Zimmer zu bleiben, oder man verschwand am Morgen in ein anderes Viertel der Stadt, irgendwohin, wo man nicht laufend angesprochen und um die neuesten Nachrichten angegangen wurde.

Doch so weit weg gelang es ihm selten zu fliehen. Er bummelte am Tiber entlang, ließ sich übersetzen und lagerte sich gleich wieder ans Ufer, als hätte ihn dieser Aufbruch unendlich ermattet. So kraftlos gaben sich sonst nur die Fremden, die immer nach Gelegenheiten Ausschau hielten, lange zu liegen, überall streckten sie ihre Glieder in die Sonne, schliefen am hellichten Tag oder taten, als hätten sie Gründe gefunden, etwas zu trinken.

Das Trinken! Am Anfang hatte Beri noch geglaubt, durch ein paar Gläser Ruhe zu finden, die besten Flaschen hatte er auf seinem Zimmer geöffnet, um sich zu betäuben, doch mit jedem Schluck schien sich der Wein immer mehr in Wasser zu verwandeln, wobei es wie durch einen Zauber auch in seinem Kopf immer klarer wurde, so daß er am Ende hellwach auf seinem Bett saß wie einer, der bereit war, die schwierigsten Aufgaben zu lösen.

Nein, das alles half nichts, mit solchen Tricks hatte er sich früher abgegeben, jetzt aber mußte er zu anderen, noch nicht erprobten Hilfsmitteln greifen. Nur kannte er diese Hilfsmittel nicht, er wußte nicht, wie man die Trauer beseitigte, die Schwerfälligkeit bekämpfte und den lustlosen Körper verführte, so etwas konnten vielleicht die hohen und feinen Herren, er aber hatte damit keine Erfahrung.

Und so verließ Beri sein Zimmer nicht mehr, hörte auf, sich zu waschen, trank nur noch Wasser, lag den ganzen Tag auf seinem Bett und starrte aus dem geöffneten Fenster, durch das die Frühlingsdüfte vom anderen Ufer des Tiber herüberwehten. Wenn ihm alles zuwider war, studierte er die Holzmaserungen der Decke, seltsame Ländereien fanden sich dort oben, in denen die Phantasie sich bewegen konnte, langsam und monoton, bis sie den Übergang in die Traumwelt gefunden hatte.

Das Schlafen, ja, das war noch am besten. Anfangs hatte er auch dazu nicht gefunden, dann jedoch war sein Körper immer schwächer geworden, so schwach, daß die Anziehungskräfte des Schlafs beinahe pausenlos zu spüren gewesen waren, er hätte den Kopf gegen jede Straßenmauer legen können und die Beine zusammenpacken wie ein Gestell.

Manchmal stellte er sich vor, er tropfe aus wie ein riesiges Faß, das schleichend die Flüssigkeit verlor. Seine Lippen brannten, seine Augen fieberten, und nur in den Träumen schäumten noch kleine Seen öliger Saucen über den früher geliebten Makkaroni, die brennend einliefen und zusammenschnurrten zu dunkelbraunen Bindfäden.

Es war, als habe der heiße Sommer schon angefangen, dabei begann man am Hafen gerade mit dem Frühjahrsputz der Schiffe, alles bereitete sich vor auf die schönsten Zeiten des Jahres, und er fühlte sich, als müßte er sterben.

So etwas hatte er sich nicht träumen lassen, und schuld daran war nur der Fremde, der ihn allein gelassen hatte! Ja, wenn er es sich nur gestand, so mußte er zugeben, daß er mit dem Fremden seinen Mut verloren hatte, sogar seine Träume, ja auch seine Hoffnungen! Blinzelnd wie eine Katze, lichtscheu, sich kratzend und wund reibend lag er in seinem Bett, bis eine Erlösung käme, segensreich, von irgendwoher.

An einem Mittag wurde Giovanni Beri ganz unverhofft

diese Erlösung zuteil, er hörte ein Rascheln und Knistern, und als er schon vermutete, etwas habe Funken gefangen und zu brennen begonnen, sah er mit einem ängstlichen, seitlichen Blick von seinem Lager aus, daß ein Stück beschriebenes Papier unter der Tür seines Zimmers durchgeschoben wurde.

Er ließ sich aus dem Bett fallen, schwer wie ein Sack, auf allen Vieren kroch er auf den Zettel zu. Er mußte sich die Haare erst aus dem Gesicht streifen, nahm den Zettel, rutschte zum Bett zurück und goß sich etwas Wasser über den Kopf. Dann versuchte er zu lesen, was man ihm mitzuteilen hatte.

Auf dem Zettel stand nichts als eine Adresse. Es handelte sich, wie Beri sofort erkannte, um die Adresse einer bekannten Weinschenke in der Nähe der Kirche Il Gesù.

23

Diesmal mußte er in dem kleinen Raum länger warten als jemals zuvor. Er saß fröstelnd auf seinem Stuhl und wagte nicht, sich viel zu bewegen, aus Furcht, ihm könnte schwindlig werden. Wie lange hatte er nichts Gescheites mehr gegessen, diese Nachlässigkeiten machten sich jetzt bemerkbar. Warum man ihn bloß so lange ausharren ließ? Ah, wahrscheinlich kam es sowieso nicht mehr darauf an, wahrscheinlich war dieser Goethe irgendwo im Süden verschwunden, und man würde ihm, Beri, nun mitteilen, daß seine Aufgabe beendet sei. Auszahlen würde man ihn, ein paar Taler hätte er schon noch zu bekommen, doch dann könnte er sich endgültig zurückziehen in sein Zimmer am Hafen, um dort zu verfaulen. Ein paar Wochen hatte er vom großen Glück träumen dürfen, jetzt aber hatte ihn das schwarze Unglück befallen, heimtückisch und gnadenlos.

Beri versuchte, sich aufzurecken, als er Schritte hinter der

Spanischen Wand hörte, doch seine Anstrengung reichte nur zu einem kurzen Heben des Kopfes. Dann hörte er die vertraute Stimme des Padre, das sonore, dunkle Raunen, das ihn sonst so beruhigt hatte und das auch diesmal seine Wirkung nicht verfehlte, erinnerte es ihn doch an Zeiten, als er noch geglaubt hatte, etwas Kühnes und Draufgängerisches zu haben.

»Schlecht siehst Du aus, Giovanni, sehr schlecht!«

»Ich weiß, Padre, ich habe mir den Magen verdorben.«

»Hast Du Dich der Völlerei hingegeben?«

»Im Gegenteil, Padre, es muß eine einzige, winzige Auster gewesen sein, die ich aus lauter Neugierde kostete.«

»Du wirst bald genesen, Giovanni, denn der Segen des Heiligen Vaters begleitet Dich.«

»Der Segen, Padre, begleitet?«

»Der Heilige Vater ist mit Dir sehr zufrieden, denn Du hast ihn durch Deinen Scharfsinn und Deine gute Beobachtungsgabe auf Dinge aufmerksam gemacht, die uns sonst entgangen wären.«

Beri glaubte, nicht recht zu hören. Er starrte die Wand vor sich an, dumpf, mit leicht geöffnetem Mund, als müßte man ihm alles zweimal sagen. Dann schüttelte er vorsichtig den Kopf, als könnte er den Spuk so leicht vertreiben.

»Du bist erstaunt, Giovanni, weil Du glaubst, Du hättest einen Tadel verdient, nicht wahr?«

»Ja, Padre, ich weiß, Ihr erwartet meinen Bericht, und ich hätte ja gewiß auch einiges zu schreiben, doch...«

»Doch Du glaubst, es lohnt sich nicht mehr zu berichten, da Herr von Goethe nach Neapel abgereist ist, stimmt das?«

»Das wißt Ihr, Padre, Ihr wißt, daß er Rom längst verlassen hat?«

»Wir wissen es, Giovanni, wir wissen es genau, allerdings wissen wir es nicht von Dir, das ist wahr. Und zunächst hat es uns auch sehr erzürnt, von Dir nicht rechtzeitig erfahren zu haben, wohin Herr von Goethe sich verabschiedet hatte.«

»Ich hätte es gleich melden müssen, Padre, aber die Ereignisse überschlugen sich plötzlich, und dann kam die kleine Auster dazwischen, ein Teufelsding...«

»Schweig vom Teufel, Giovanni! Und lüge nicht länger! Du hast geschwiegen, weil Du Angst hattest, Deinen Dienst zu verlieren!«

Beri senkte den Kopf. Es war ein übles Spiel, das sie hier mit ihm spielten, er kam sich vor wie ein Gejagter, der mal in die Hitze, mal in die Kälte getrieben wurde. Sie tadelten ihn, sie gaben sich zornig, und doch sollte er ihnen irgendwie nützlich gewesen sein. Am besten war es, jetzt einfach zu schweigen.

»Wir haben aus Neapel Meldungen bekommen, Giovanni, daß Herr von Goethe seine politischen Aktivitäten ausgedehnt hat. Er hat Kontakt zum englischen Gesandten aufgenommen, er hat vor, auch den preußischen Gesandten zu treffen, und außerdem paktiert er mit dem neapolitanischen Hof!«

»Das..., das überrascht mich... nicht, Padre!«

»Aber uns hat es überrascht, Giovanni! Wir waren, wir geben es jetzt gerne zu, skeptisch gegen Deine Berichte über den Minister aus Weimar, der hier für seinen Herzog gegen den Kaiser intrigieren soll, wie Du behauptet hast. Wir haben Deine Nachrichten überprüft, und wir konnten kaum einen Hinweis finden, so raffiniert gelang es wohl diesem Goethe, sich in seinen Künstlerkreisen zu verstecken. Nun aber entpuppt er sich als der Mittelpunkt einer höchst bedeutsamen diplomatischen Verschwörung, von der der Heilige Vater gerade noch rechtzeitig Mitteilung bekommen hat. Die Kaiserlichen hatten wahrhaftig Grund, ihn zu beschatten, wo er so gegen sie arbeitete!«

145

»Ich habe nur meine Pflicht getan, Padre!«

»Aber nein, Giovanni, diesen Unsinn reden nur die kleinen Talente, die läppisch herumspionieren! Sag so etwas nicht! Du hast Dich aus eigener Kraft, ohne jeden Hinweis von außen, im Grunde nur ausgestattet mit der Kraft Deiner Augen und Hände, dem Licht der Wahrheit genähert!«

Beri schluckte. Was hatte er? Wollte man sich über ihn lustig machen? Vom Licht der Wahrheit hatte er keine Ahnung, er hatte sich auf seine guten Augen verlassen und auf seinen Spürsinn, der ihn nur selten betrogen hatte. Der Heilige Vater mochte das größer und bedeutender sehen, ihm, Beri, war das aber peinlich, denn er konnte mit so hohen und gottesdienstlichen Worten nichts anfangen.

»Ich werde mich sofort hinsetzen, meinen Bericht zu schreiben, Padre!«

»Das ist jetzt nicht nötig, Giovanni! Wir wissen ja alles, was wir wissen wollen, und wir haben, da kannst Du sicher sein, in Neapel ausgezeichnete Leute!«

»Dann verstehe ich nicht, Padre...«

»Wir haben Dich herbestellt, Giovanni, damit Du Dich auf die Rückkehr des Ministers aus Weimar gewissenhaft vorbereitest. In wenigen Wochen wird er zurück sein, er wird sich lange Zeit hier aufhalten, vielleicht sehr lange Zeit. Du wirst Dein Deutsch verbessern, Du wirst inzwischen weiter so viele Erkundigungen über ihn einziehen, wie Dir nur zugänglich sind. Sprich mit seinen Freunden, misch Dich unter seine Bekannten! Von heute an hast Du allein freie Hand, und wir werden Dir nun voll vertrauen!«

Beri durchfuhr ein Stoß, als habe ihn eine Donnerstimme aus seinem Grabesschlummer geweckt. Er hob die Schultern und ließ sie sofort wieder fallen, ja, gut, er war bereit. Wie hatte er sich nur so gehenlassen können! Tage und Wochen hatte er mit Nichtstun zugebracht, eine Schande, wie er sich

146

hatte treiben lassen, ziellos, ohne Ideen, als bedeutete das plötzliche Verschwinden dieses Ministers schon den Ruin!

Genau das Gegenteil hatte es zu bedeuten, denn durch die geheimen Berichte aus dem fernen Neapel hatte sich seine, Beris, Glaubwürdigkeit ja erhöht! Jetzt war er der Meisterspion, der allein, ganz auf sich gestellt, die schwierigsten Geheimnisse aufdeckte! Mein Gott, das war nicht zu fassen, man hätte beten können vor Freude, wenn dazu hier die Gelegenheit gewesen wäre!

Was dieser Goethe wohl in Neapel so trieb? Er, Beri, konnte sich nicht vorstellen, daß ihn viel anderes beschäftigte als der Vesuv, die Pflanzen, das Meer. Aber warum traf er sich dann mit diesen Gesandten und fand Gefallen am neapolitanischen Königshaus? Ach, er würde das schon erfahren, nach Goethes Rückkehr, ganz ohne Mühe, schließlich verstand er sich auf das Ausspionieren.

»Padre, ich danke dem Heiligen Vater für sein Wohlwollen!«

»Der Heilige Vater hat Dich aufgenommen in sein Gebet, Giovanni! Und zum Zeichen seines Vertrauens erfreut er Dich heute mit einer stattlichen Summe, die Du für Dich verwenden kannst. Sei sparsam, gib das Geld nicht sofort aus!«

»Gewiß nicht, Padre!«

»Außerdem erhältst Du nun einen Betrag, der Dich in die Lage versetzt, die notwendigen Auslagen zu begleichen.«

»Welche Auslagen, Padre?«

»Du wirst Dich neu kleiden müssen, Giovanni, kauf Dir das Passende und lauf nicht weiter herum wie ein Budenverkäufer! Du wirst diesen und jenen einladen müssen zu Tisch, um dies und jenes zu erfahren, auch da sei nicht geizig und mach Dir die Menschen gefügig! Von nun an wirst Du ein neues Leben führen, Giovanni, der Heilige Vater wird Dir eine Pension aussetzen, wenn Du ihn nicht enttäuschst!«

Beri wäre am liebsten auf die Knie gefallen, so schwach und glücklich fühlte er sich plötzlich. Als er hörte, wie man hinter der Spanischen Wand aufstand, konnte er sich nicht länger beherrschen. Er sackte nach vorn, beugte den Kopf zum Boden und begann, einige Gebete zu murmeln.

Und als hätte man hinter der geheimnistuerischen Wand genau damit gerechnet, übersprühte ihn von dort ein Guß Weihwasser, einmal, zweimal, mehrmals, so daß ihm die Tropfen schon den Nacken herunterkollerten. ›Das war es‹, dachte Beri, ›Sie haben mich noch einmal getauft, Sie haben mich zurückgeholt in die Reihen der Erlösten, die einst das Hosiannah singen werden, am Tage des Gerichts! Der Herr sei mit mir... und mit meinem Geiste!‹

24

Und so wurde Giovanni Beri wiedergeboren. Er begab sich zurück in sein karges Quartier, riß die Fenster auf und begann, alles herauszuräumen, was ihm nicht mehr gefiel. Die alten Kleidungsstücke warf er auf einen Haufen, um sie später irgendwo zu verbrennen, Tassen und Teller, viele mit einem Sprung und vom langen Gebrauch blaß und unscheinbar geworden, stapelte er und verschenkte sie an die Nachbarn. Er rückte die Möbel an die Wand und fegte den Boden, dann goß er Eimer auf Eimer über die steinernen Fliesen und schrubbte so kräftig, als wollte er das längst matt gewordene Rot noch einmal zum Leuchten bringen. Den Schrank rückte er an seine frühere Stelle zurück, einen kleinen Tisch ließ er ebenfalls stehen, doch die anderen Sachen fanden sein Gefallen nicht mehr, so daß er auch sie nach draußen schaffte, wo sie bald von einigen Gaffern fortgetragen wurden.

»Was ist Giovanni? Was tust Du?« rief die schwarzhaarige

Rosina, doch Giovanni Beri ließ sich nicht lange unterbrechen, sondern murmelte nur, er habe zu tun und werde ihr
später alles erklären. Zufrieden streckte er sich aus dem Fenster seiner Zimmer, zwei waren es jetzt, zwei beinahe leer-
stehende, gut gesäuberte Zimmer, deren Wände er streichen
würde, weiß, ockergelb und dunkelrot, in den drei Farben,
die er am meisten liebte. Schon am nächsten Morgen begann
er damit. Unten im Hafen hörte man seine wiedererstandene
Stimme, ein heiseres, gutgelauntes Singen und Pfeifen, man
blieb stehen, schaute hinauf und sagte dem Nächstbesten, das
sei die Stimme des jungen Beri, den die Arbeitswut gepackt
habe und eine unerklärliche Laune, das Alte gegen das Neue
zu tauschen.

Nur daß er sich Zeit ließ mit all dem Neuen! Erst richtete er
seine Zimmer, schlief zwei Nächte darin, stellte die wenigen
Möbel immer wieder um und kaufte sich einige größere Vasen, in die er malerische Blumensträuße steckte, so vielfarbig
und schön, daß man hätte denken können, es handelte sich
um Stilleben großer Meister.

Beri betrachtete diese Vasen denn auch wie Bilder, er legte
sich auf sein schmales Bett, das er bald ebenfalls austauschen
wollte, sang in die leeren Räume hinein, sog den Duft der
Blumen ein wie eine Nahrung und nahm sich vor, aus diesen
zwei Zimmern Räume zu machen, die jeden überraschten, der
sie betrat. Luftig und leicht sollten diese Räume erscheinen,
hell, freundlich und so voller Farben, daß der Gast von diesem Eindruck betört wurde. Denn ja, natürlich, sein neuer
Stand verlangte von ihm, so zu wohnen, daß er jederzeit besucht werden konnte. Später einmal würde er vielleicht noch
die zwei darunterliegenden Räume hinzumieten, und wieder
später die zwei Räume im Erdgeschoß, dann bewohnte er das
ganze Haus, aus dem er einen kleinen Palast machen würde!
Es war herrlich, so planen zu können! Endlich mußte er

nicht mehr für das Notwendigste sorgen, endlich hatte er genug Geld, um sich das Beste leisten zu können! Und das alles war doch nur der Anfang! Als Meisterspion würde er Prinzen und Fürsten beschatten, so daß er in wenigen Jahren eine achtbare Pension erhalten würde, die ihm, ja, vielleicht sogar erlaubte zu heiraten!

Und er würde sich die Richtige lange aussuchen, das war wohl sicher! Bald würde sich sein Reichtum herumsprechen, die Mütter würden ihre schönsten Töchter nach ihm ausschicken, und er würde sie alle an sich vorbeiziehen lassen, langsam, nacheinander, eine aufgeregte Prozession junger Schönheiten, die nur darauf warteten, mit ihm das Lager zu teilen!

Beri schlug das Kreuz, um die heißen Gedanken zu vertreiben. Er durfte sich nicht übereilen, erst mußte er seine Arbeit tun, gewissenhaft, konzentriert und perfekt. Er hatte begonnen, die Person des Ministers aus Weimar Spur für Spur auseinanderzunehmen, und er war noch lange nicht damit am Ende! Jetzt aber hatte er ganz andere Mittel zur Hand als früher, jetzt war er nicht mehr der kleine Spion, der Makkaroni in sich hineinschlang und den Mund mit billigem Wein ausspülte! Er war aufgestiegen in die höhere, nein, in die höchste Klasse des Spionagewesens, ganz aus eigener Kraft, es war ihm erlaubt, Helfershelfer einzustellen oder größere Ausgaben zu machen, wenn sein Auftrag das erforderte.

Langsam, Stufe um Stufe, näherte er sich seinem Opfer. Er hatte es betastet, berochen, er hatte ihm aufgespürt und seine Wohnung durchstöbert, jetzt aber begann er, Ernst mit diesem Goethe zu machen. Er wollte ihn nicht weiter nur umkreisen, er wollte ihn durchschauen, ganz so, wie es sich für einen der Besten gehörte, der für Seine Heiligkeit arbeitete! Die anderen, bequemeren Spione gaben sich mit viel weniger zufrieden, mit ein paar Nachrichten, mit eilig aufgeschnappten Meldungen, er, Beri, aber wollte das Meisterwerk schreiben, »Goethes römischer Aufenthalt«, ein Bericht von Giovanni Beri, die nicht zu übertreffende Studie des berühmtesten Spions Seiner Heiligkeit, das Vorbild für alle Spionageschulen und Nachahmer.

Beri schwitzte, jetzt würde ihn niemand mehr aufhalten können. Wenn Goethe aus dem Süden zurückkam, würde er ihn mit allen Mitteln seiner Künste erwarten, er würde ihn verstricken in ein undurchschaubares Netz, bis er ihm sein Geheimnis abgenötigt hatte, das Geheimnis seines Rom-Aufenthalts, etwas, was dieser Goethe sich vielleicht selbst noch nicht klargemacht hatte, etwas wie..., wie die Seele, die diese Nordmenschen, wie man oft hörte, ja manchmal sogar dem Teufel verschrieben. ›Komm her!‹ murmelte Beri, ›ich bin besser als all diese Teufel im Norden, ich bin Dein guter, römischer Geist!‹

Dann aber ermahnte er sich, von derlei Redensarten zu lassen, wieder vernünftig zu werden und alle großen Gedanken vorerst zu unterdrücken. Am besten, er wurde wieder nüchtern, indem er sich vornahm zu lernen!

Und so beschaffte sich Giovanni Beri ein Wörterbuch der schwierigen deutschen Sprache, schlug es irgendwo auf und begann, diese seltsamen Worte so zu grunzen, wie er sie aus dem Mund der fremden Künstler gehört hatte. Damit ihn niemand belauschte, schloß er die Fenster. Mein Gott, das war keine Sprache, nichts Klingendes, Rauschendes, sondern etwas zum Spucken, Fluchen und Krachen! Die Backen schlotterten mit, wenn einem diese Laute entfuhren, die Worte stießen gegen die Zähne, und die Zunge riß sich wund oder drehte sich beinahe auf der Stelle, als müßte sie die Worte umwirbeln oder von unten betrachten! ›Sie schleudern sich die Worte zu‹, dachte Beri, ›jeder sitzt da, kaut sie durch, schlingt sie herunter und speit sie wieder aus. Dazu lassen sie die Augen hervortreten, als machte das Sprechen sie heiß.‹

Er brauchte einen Spiegel, um sich besser beobachten zu können. Richtig, ein Spiegel war das Wichtigste für einen Meisterspion! Beri schleppte ihn die vielen Stufen bis zu seinen Zimmern selbst hinauf, er wanderte mit ihm durch seine Räume, stellte ihn hier und dort auf und postierte ihn schließlich neben dem Bett. So konnte er auch liegend hineinschauen und versuchen, die Zunge auf nordische Weise zu bewegen.

Es würde genügen, viele Wendungen zu kennen, kurze, prägnante und weltmännische Wendungen, etwas wie ›das sagt sich leicht‹ oder ›das hör ich gern‹, solche Wortfolgen gefielen ihm, sie wirkten abrundend, und man verhaspelte sich nicht. Nun kam es darauf an, diese Vokabeln aus dem Wörterbuch herauszuschreiben und sie nach Anlässen zu ordnen. So würde er Listen anlegen: Wendungen für Spaziergänge, Wendungen für die Kunstbetrachtung, Wendungen fürs Essen, Wendungen für die Politik. Mit Hunderten solcher Wendungen würde er den Tag schon herumbringen, damit ließ sich Eindruck machen, und er brauchte sich nicht um den Bau neuer Sätze zu sorgen. Er benutzte einfach immer dieselben Sätze, gut gebaute, vorbereitete Bruchstücke, so daß er sich nie Gedanken machen mußte, sondern sich nur noch zu erinnern brauchte!

Nach einer Weile beherrschte er einen erstaunlichen Vorrat von Worten, er brachte sie selbst nachts beim Erwachen zusammen, als müßte er jederzeit welche aufbieten können. Um sich zu üben, stellte er sich Gelegenheiten vor, in denen er diese Worte gebrauchen könnte, er fing sogar an, mit seinem Tisch zu sprechen, denn auch der Umgang mit wortkargen Geschöpfen wollte gelernt sein. Endlich mischten die fremden Worte sich auch in seine Träume, sie gingen ihm jetzt ganz leicht über die Lippen, ohne daß er sich lange gefragt hätte, was sie bedeuteten. Auf solche Einzelheiten kam es nicht an, wichtiger war, daß er den Klang der fremden Sprache gut genug kopieren konnte, allein schon der Klang betörte die meisten, das wußte er aus eigener Erfahrung.

Und so glaubte er sich gut vorbereitet, sich der wichtigsten Quelle seiner neuen Recherchen zu nähern, den literarischen Werken des Ministers aus Weimar. Er nahm noch einmal Kontakt zu Alberto auf und bat ihn um eine gute italienische Übersetzung des romanhaften Hauptwerkes. Zwei Tage später hielt er den schmalen Lederband in Händen. Das war also das leidenschaftliche Werk, das angeblich so viele junge Kerle das Leben gekostet hatte, erstaunlich, daß ein so unauffälliges Ding wie dieses Büchlein derartige Wirkungen entfalten konnte!

Beri legte sich auf sein Bett, wartete, bis es dunkelte, entzündete zwei Kerzen, füllte ein neu erworbenes Glas mit rotem Wein und begann langsam zu lesen. Langsam, ja, langsam, das Lesen sollte ein Genuß sein, und außerdem sollte ihm nichts entgehen, kein Wink, kein Detail, das für seine Arbeit von Bedeutung sein konnte!

Es ging also um einen gewissen Werther, der sich gleich auf den ersten Seiten vorstellte, laut, aufdringlich und schwärmerisch. Mein Gott, wie leicht war dieser Mensch zu erregen! Alles beunruhigte ihn, die Natur, das Leben in der Stadt, die Menschen – und alles war ein Grund zur Klage und Sorge! Warum war dieser Bursche bloß so überheblich? Wie es schien, verstand er von nichts so richtig etwas, er war ein eitler Schwätzer und Redner, der alle mit seinen verdrehten Meinungen bestürmte, selbst die, die auch gut ohne ihn zurechtkamen. Er aber wußte alles anscheinend besser, als wäre er schon ein alter und erfahrener Mensch, während er doch noch ein junger Mann war, ahnungslos und ohne Beruf.

Beri schüttelte den Kopf, er konnte sich diese Lektüre nicht allzu lange antun, sie machte ihn mißmutig und erinnerte ihn manchmal sogar an seine kaum vergangenen, schwächeren Tage. Etwas Niederziehendes, Trauriges war in diesem Werther, etwas, das einem die gute Laune erheblich verdarb, so daß man gegen das Gelesene ankämpfen mußte, mit ein paar Gläsern Wein!

Am besten, er schloß das Buch zunächst einmal ein, ja, solche Bücher mußte man einsperren und sich rasch von ihnen entfernen, damit sie nicht mächtiger wurden, als einem lieb war. Beri verließ sein Quartier und streunte durch die Stadt, er hatte schließlich noch anderes zu tun, als zu lesen, neue Möbel wollte er sich kaufen und neue Kleidung, das erforderte einen guten und frischen Blick.

Und so begann Giovanni Beri, sich abzulenken, er ließ einen schönen Tisch und sechs kleine Stühle hinaufschaffen in seine Zimmer, und er kaufte sich einen blauen Rock, gute Hemden aus Seide, eine dunkelrote Schärpe und graue Beinkleider, so weich und kostbar, daß man nur mit einem Schaudern an ihrem Stoff entlangstreichen konnte.

Inzwischen hatte er sich daran gewöhnt, den unten wartenden Kindern aus seinen Fenstern dann und wann eine Münze zuzuwerfen. Sie schwärmten aus, holten ihm Blumen, Wein und Obst oder brachten ihm das frisch Gesottene und Gebratene all die Stufen hinauf, so daß er nicht einmal ausgehen brauchte, um sich von den besten Speisen der Garküchen zu ernähren. So hatte er das Gefühl, alle Wünsche würden ihm sofort erfüllt, und er schlug sich manchmal vor Übermut selbst ins Gesicht, als müßte er sich mäßigen, um nicht lauthals zu lachen.

Die Lektüre des schmalen Romans setzte er fort, aber er versuchte, die Rationen zu begrenzen. Denn er spürte bald, daß von diesem Buch etwas Bitteres ausging, ja, er hatte sofort geahnt, daß es schlimm enden würde, sehr schlimm, und wenn er etwas haßte, dann waren es Bücher, denen dieses schlimme Ende auf den ersten Seiten schon anzumerken war. Die Nordmenschen liebten anscheinend solche Bücher, gleich zu Beginn hielt man die Luft an, und während man las, wurde die Luft immer knapper, bis es endlich eine Leichenluft war, stickig und nicht zu ertragen.

Er, Beri, hätte sich lieber eine richtige Handlung gewünscht, einen heftigen, schonungslosen Streit, etwas Männliches, Strenges, doch dieser Werther war keine männliche Natur, er war ein Herumschleicher, weich und gefühlig, in dessen Gegenwart man keinen einzigen Tag hätte verbringen wollen. ›Beherrsch Dich!‹ raunte Beri ihm zu und verstand nicht, wie sich dieser Mensch immer wieder so gehenlassen konnte. Alle Augenblicke kamen dem die Tränen, schon der Anblick von ein paar Kindern genügte, um ihn weinen zu lassen.

Und nun hatte er sich auch noch verliebt! Seine große Liebe hieß Lotte, und es war weiß Gott nicht zu begreifen, was diese Lotte so auszeichnen sollte. Daß sie gut Brot schneiden konnte für ihre kleinen Geschwister? Daß sie nicht schlecht war im Tanzen? Und warum spielte es überhaupt eine Rolle, daß diese Lotte verlobt war? Verlobt hin oder her, wenn dieser Werther sie wollte, so gab es nichts zu seufzen und nichts zu schmachten, er mußte sie nehmen, rasch, sie würde schon wollen!

Der aber vertat seine Zeit mit allerhand Reden, sich zeigen! Was stellte er sich denn bloß so an? Einmal beherzt zugegriffen, einmal die Liebe herausgeschrien und elegant geworben – das hätte dieser Lotte doch Eindruck machen müssen, zumal ihr Verlobter ein ausgesprochener Esel und Langweiler zu sein schien, ein Nichts von einem Mann, eine Amtsstubengestalt, etwas widerlich Kleinkrämerhaftes!

Beri spuckte aus und packte das Büchlein wieder zur Seite.

Wie unruhig einen dieses Lesen machte, es war oft kaum zu ertragen! So einfach wäre er diesem Werther zur Seite gesprungen und hätte ihn auf den richtigen Weg gebracht! Es war eine Schande, daß man nicht in die Bücher hineinspringen konnte, um das schlimme Ende noch abzuwenden. Ihm wäre so etwas gelungen, denn er hätte aus diesem Werther einen Römer gemacht, einen wirklich leidenschaftlichen Menschen, der seine Leidenschaften nicht bloß spielte oder verheimlichte und sich scheute, sie der Geliebten zu bekennen! Was machten Leidenschaften überhaupt für einen Sinn, wenn man sie für sich behielt? Oh, diese Nordmenschen litten einfach zuviel, und außerdem liebten sie falsch!

Er lief eine Weile am Tiber entlang, um sich zu beruhigen. Immer, wenn ihm dieser Werther in den Sinn kam, erinnerte er ihn an den Minister aus Weimar, ja, irgendwie konnte er sich Werther nicht vorstellen, ohne sich Goethe vorzustellen. Die beiden ergänzten einander, nein, im Grunde waren sie ja eine Gestalt, auch dieser Goethe hatte etwas Überhebliches, Schwärmerisches, und anscheinend behielt auch er alle Leidenschaften für sich, jedenfalls hatte er, Beri, noch keine einzige an ihm entdeckt, mit der er sich ins Freie, nach draußen, gewagt hätte. Höchstens das Reden, ja, das Reden war so etwas wie Goethes Leidenschaft, aber er betrieb es im kleinen Kreis, unter seinen Freunden, oder in Gegenwart des Berliner Professors, den er damit benebelte.

Konnte Goethe denn überhaupt lieben? Hatte er einmal geliebt? War es ihm am Ende so ähnlich ergangen wie diesem Werther?

Beri blieb stehen, plötzlich glaubte er diesem fernen Menschen ganz nahe zu sein, er sah sein Bild nun ganz deutlich, den weiten Reisemantel, den großen Hut, und in all diesen Verkleidungen verbarg sich vielleicht eine schwache, hilflose Natur, die sich alle Leidenschaften versagte.

Dieser Goethe war krank, das glaubte er, Beri, gewiß. Und diese Krankheit hatte etwas zu tun mit den langen Jahren als Minister in Weimar und mit dem Ende des Dichtens. Vielleicht steckte dahinter aber noch mehr, vielleicht hatte dieser arme Mensch einmal geliebt, hatte sich schlimm in der Liebe getäuscht und war bitter geworden und scheu! Vielleicht blieb er deshalb so fern von allen Menschen und suchte die Schönheit in stummen, gipsernen Wesen, zu denen in den Nächten höchstens die Katzen aufblickten!

Beri setzte sich ans Ufer. Was hatte diesen Menschen so krank gemacht? Mußte es nicht etwas Furchtbares, Finsteres sein? Die Flamme einer nicht erwiderten, nicht erfüllten Liebe, die jahrelang in ihm brannte, bis sie all sein Dichten und Trachten zerstört hatte? Ach, auf solche Fragen hätte er zu gern eine Antwort gewußt, doch vorerst mußte er lesen.

Er warf einen Ast ins Wasser und schaute, wie er davontrieb. Jetzt verstand er, warum dieses Buch die Nordmenschen so unglücklich machte. Es verführte sie durch Mitleid mit diesem schwachen, haltlosen Schwätzer, es ließ sie miterleben, wie ein junger Mensch sehenden Auges zugrunde ging!

Beri riß sich von dem Anblick des davontreibenden Astes los und stand eilig auf. Immer wieder geriet er ins Schwitzen, wenn er an diesen Werther dachte. Ein Teufelszeug war dieses Buch, aber ihm konnte es nichts anhaben, ihm nicht!

Am besten, er mischte sich jetzt unter Menschen. Unter dem Einfluß dieses Goethe hatte er ja schon beinahe begonnen, ein einzelgängerisches Leben zu führen. Weiter unten, da hörte man die Stimmen aus der schönen Osteria nahe dem Tiber! Dort wollte er einen Wein trinken, auch zwei, und er würde erzählen, wie sich die Nordmenschen die Liebe dachten und wie sie alles daran setzten, durch die Liebe das Unglück zu finden.

25

Giovanni Beri betrat die Osteria gegen neun Uhr am Abend, die Tische waren gut besetzt, irgendwer hielt ihn fest, um ihn zu sich zu bitten, doch Beri ging erst langsam durch die niedrigen Räume, um sich einen bequemen Platz zu suchen. In einer eher schwächer beleuchteten Ecke waren noch einige Stühle frei, das war ihm recht, denn er wollte sich Zeit lassen und nicht gleich ins Gespräch gezogen werden.

Nach zwei Gläsern Wein fühlte er sich kräftig, jetzt ging es ihm gut, das leidige Buch war schon beinahe vergessen, und außerdem saßen jetzt neben ihm zwei Diener des Hauses Borghese, die er aus früheren Zeiten kannte und mit denen sich nicht einmal schlecht plaudern ließ. Diese Burschen hatten immerhin einiges zu erzählen, sie wußten von den großen Empfängen zu berichten und hatten sogar Neuigkeiten über den Heiligen Vater erfahren, da hörte er, Beri, besonders genau hin.

Er wollte sich gerade ein drittes Glas Wein bestellen, als von der großen Theke, dort, wo die schweren Fässer untergebracht waren, ein schwaches Geschrei hertönte, Beri glaubte nicht richtig zu hören, das war ja ein Kindergeschrei. Wahrhaftig erkannte er im Kerzenlicht auch das Gesicht eines noch kleinen Jungen, der mit der winzigen Faust gegen eine Wand trommelte, um sich etwas zu erbetteln.

Beri brachte die Szene zum Grinsen, das Kind bestand wie ein Erwachsener auf seinem Willen, so heftig schlug es gegen die weiß gekalkte Wand. ›Der weiß, was er will‹, dachte Beri, ›das wird einmal ein ganzer Kerl!‹

Die heftige Bewegung des Knaben ließ aber sofort nach, als er sich wieder zur Theke umdrehte, wo man ihn ganz offensichtlich beschwichtigte, nicht weiter zu lärmen. Beri reckte sich etwas zur Seite, damit er gewahr werden konnte, was das tobende Kind so plötzlich beruhigte, doch er sah, den Kopf weit über die Tischkante hinausstreckend, nur einen Laib Brot, von dem ein kräftiges Messer jetzt eine starke Scheibe abschnitt. Der Knabe nahm sie sich denn auch gierig, brach Stücke davon ab und steckte sie sich sofort so zahlreich in den weit geöffneten Mund, als habe er seit langem nichts zu essen bekommen.

Beri drehte sein leeres Glas auf der großen Tischplatte, er schob es hin und her und zog es wieder zu sich heran. Dieses Brot, was war nur mit diesem Brot? Er wollte sich an etwas erinnern, aber der Wein hatte ihn müde gemacht, so daß sich die Erinnerung nicht einstellte, die richtigen Bilder wollten einfach nicht mehr erscheinen.

Und da er über diesem Sinnieren immer unruhiger wurde, stand er auf, bog um die Ecke und ging hinüber zur Theke, wo das Kind sich inzwischen den ganzen Laib gerafft hatte, als wollte es ihn an diesem Abend Scheibe für Scheibe verschlingen. Das kräftige Messer lag auch noch neben dem Laib, Beri nahm es mit einem raschen Griff fort, damit der Knabe es sich nicht packte. In der Linken hielt er sein leeres Glas, in der Rechten das scharfe Messer, für einen Augenblick kam ihm diese Haltung selbst merkwürdig vor, als ihm zwei Hände, die er aus dem Dunkel zur Seite plötzlich auftauchen sah, beides abnahmen, beinahe mit einem einzigen Griff.

Beri stolperte einen kleinen Schritt nach vorn, er kam sich nackt vor, so aller Dinge entledigt. Da aber sah er, daß eine junge Frau, anscheinend die Mutter des Jungen, ihm beides aus den Händen genommen hatte. Sie lächelte ihn an, bedankte sich, daß er den Knaben vor dem Messer bewahrt, fragte ihn nach dem Wein, den er getrunken hatte, und füllte ihm das Glas, das sie ihm, wie sie sagte, nicht verrechnen werde.

Sie trug ein langes, rotes Kleid, das von einem breiten, schwarzen Gürtel um die Taille gerafft wurde. Die braunen Haare waren hochgesteckt, sie glänzten jetzt ein wenig im Schein der vielen Kerzen, die die Theke erleuchteten. Es war heiß hier vorne, Beri wollte etwas dergleichen sagen, aber er hielt das Glas, stammelte etwas Unverständliches und zog sich langsam, mit einigen Wacklern, zu seinem Platz zurück.

Er setzte sich und nahm sofort einen gierigen Schluck. Irgend etwas war gerade mit ihm geschehen, und wieder hatte er kein Wort dafür. Erinnerte ihn auch diese Frau an etwas Vergangenes, nein, das konnte nicht sein, er hatte sie, da hätte er schwören können, noch niemals gesehen. Jetzt konnte er sie von der Seite ganz unauffällig betrachten: das rote Kleid, den Gürtel, immer wieder das Rot und das Schwarz, oben und unten, als hüpften ihm die Augen und hätten zu tanzen begonnen!

Und wie sorgfältig sie die Haare zusammengeschlungen hatte! Der Nacken lag frei, nur wenige Strähnen drehten sich noch unterhalb des Haaransatzes, kleine, etwas hellere Strähnen, die das Licht durchschimmerte, so daß sie wirkten wie kunstvoll gemalt! Die starken Brauen über den Augen, beinahe schwarz, und die Augen selbst, dunkle, große Schatten, er hatte lange nichts Schöneres mehr gesehen!

Beri rückte auf seinem Stuhl hin und her, am liebsten hätte er sich näher zur Theke gesetzt, um dieses Bild noch genauer zu studieren, doch von hier, aus dem Nebenraum, war es unbemerkt zu betrachten, bis in jede Einzelheit. Der Knabe hatte eine zweite Scheibe Brot bekommen, er kauerte sich neben ein Faß und versuchte, an dem Faß hochzuturnen, von wo ihn die Mutter mit einem Griff herunterzog.

Sie hatte aber nicht viel Zeit, sich dem Kind länger zu widmen, und so streunte der kleine Knabe bald durch die Räume. Beri beobachtete ihn. Er schien sich hier auszukennen, einige

160

Gäste wollten ihn an die Tische holen, doch er ließ sich nirgends nieder, sondern nahm immer wieder den Weg zur Mutter zurück.

Das vierte Glas! Beri holte es sich eigenhändig, nachdem er das dritte in wenigen Zügen geleert hatte. Da stand sie, direkt vor ihm, als hätte sie nur darauf gewartet, daß er erneut erschien. Ja, sie erkannte ihn gleich, sie lächelte wie noch vor Minuten, nein, sie lächelte schöner und vor allem länger, und sie füllte das Glas so voll, als wollte sie ihm besonders viel geben, verschwenderisch, freigebig.

Er bedankte sich und versuchte, ihr Lächeln zu erwidern, doch irgend etwas ließ ihn die Gesichtszüge anspannen, so daß nicht mehr als wieder nur ein Grinsen dabei herauskam, ein dummes, in sich gekehrtes Grinsen, wo er doch lieber etwas Galantes gesagt hätte. Und jetzt sagte er wahrhaftig etwas, was wollte er ihr denn sagen, »das ist fein«, sagte er, aber warum sprach er Deutsch, warum redete er plötzlich diese schlimme, knarrende Sprache, was war bloß in ihn gefahren?

Sie schaute ihn auch sehr erstaunt an, sie musterte ihn von oben bis unten, so daß er sich schämte, daß er nicht seine neuen Prunkstücke trug, den blauen Rock, die grauen Beinkleider, die hätten jetzt Eindruck gemacht! »Sie sind fremd hier?« fragte sie ihn, da erst gewann er Leben zurück, er schüttelte den Kopf und bat um Verzeihung, natürlich sei er ein Römer, Giovanni Beri, ein Römer seit über zwanzig nachweisbaren Generationen, aufgewachsen nicht weit von hier, am Porto di Ripetta! Den ganzen Tag habe er einen deutschen Fürsten durch Rom geführt, er, Beri, sei ein beliebter Fremdenführer und Sachverständiger der Kunst, da seien ihm diese häßlichen Laute entfahren, wofür er um Verzeihung bitte.

Sie antwortete ihm, daß er sich nicht zu entschuldigen brauche, sie höre die deutschen Worte sehr gern, ja, sie bewundere alle, die diese schwierige Sprache zu sprechen verstünden. »Oh«, sagte Beri auf deutsch, »das macht mich glücklich.«

Sie nickte ihm zu und verschwand mit einem Krug wieder zu den Tischen, so daß er Zeit hatte, sich zurecht zu finden und den Weg zu seinen Weinkumpanen einzuschlagen. »Kennt Ihr sie?« fragte er und tat, als habe er sich über etwas geärgert. »Was ist, hat sie Dir die Meinung gesagt?« fragte einer. »Sie ist stolz, sie läßt sich nichts sagen und sich nicht befehlen.«

»Und wer ist sie?« fragte Beri.

»Sie ist eine Tochter des Alten, dem diese Schenke gehört!«

»Wie heißt sie?«

»Faustina, sie ist verwitwet, ihr Mann war einer von drüben, aus Trastevere, sie waren nur ein halbes Jahr zusammen!«

»Und von dem hat sie den Jungen?« fragte Beri.

»Was weiß man?«

»Und nun lebt sie allein?«

»Geh, Giovanni, die ist nicht zu haben, die nicht, nicht für einen wie Dich, schlag Dir das aus dem Kopf!«

»Bewahre, die wollte ich um keinen Preis«, rief Beri, während er spürte, daß ihn diese Nachrichten seltsam erregt hatten, »die wäre mir viel zu stolz und auch zu eitel!«

Er versuchte denn auch rasch, das Gespräch wieder auf ein anderes Thema zu lenken. Den ganzen Abend sprach man über das Haus Borghese, Beri hielt das Gespräch in Gang, er fragte nach, tat interessiert und erkundigte sich nach früheren Freunden. Zweimal spendete er den Kumpanen auch eine Runde, und es war ihm ganz recht, daß die junge Faustina, die, wie er noch herausbekommen hatte, nur wenige Monate älter als er war, ihnen den Wein brachte. Er glaubte, daß sie ihn freundlicher anschaute als die vielen Gecken an den anderen Tischen, ja, er war sich schon beinahe sicher, daß sie ihn mit besonderer Freundlichkeit bediente.

Beim Hinausgehen tief in der Nacht winkte er ihr noch einmal zu. Seine Kumpane waren ihm schon einige Schritte voraus, er verließ als letzter das Lokal und schaute zurück. Da sah er, wie sie, an der Theke stehend und die Gläser in Reih und Glied ordnend, ebenfalls zu ihm herüberschaute und lächelte. Sie lächelte anscheinend nur so vor sich hin, sie lächelte in das Kerzenglimmen der Gläser hinein, das ihr Gesicht wie ein warmes Leuchten von unten erhellte, doch Giovanni Beri sagte sich, daß dieses Lächeln niemand anderem als ihm gegolten hatte, ihm, der an diesem Abend darüber nachzudenken begann, wie man es anstellte, durch die Liebe das Glück zu finden.

26

Noch in derselben Nacht nahm er sich Goethes »Werther« erneut zur Lektüre vor. Er hatte nur ein wenig darin lesen wollen, nur ein paar Seiten, doch diesmal biß er an, ja, es war ihm, als müßte er sich einen Kampf mit dem Buch liefern, so empörte es ihn und so sehr brachte es ihn an die Grenzen der Zurückhaltung. Etwas Ähnliches hatte er noch nie beim Lesen eines Buches erlebt: er zitterte, fluchte, spürte, wie ihm der Zorn den Nacken hinaufstieg, er spuckte aus vor Verachtung, schloß die Augen mitleidend, rieb sich die Hände und feuerte Werther an, als wäre er sein Schützling und gehorchte ihm aufs Wort.

Doch je länger er las, desto bitterer wurde er enttäuscht. Dieses Buch handelte nicht von der Liebe, sondern, wie der Titel verriet, von Werthers Leiden. All die Liebe zu Lotte war nur ein Vorwand für dieses Leiden, so daß das Buch immer mehr dunkle Stellen enthielt und in ein wahres Gejammer abglitt. Mein Gott, der Kerl wagte nichts, selbst nach Lottes Heirat machte er sich nicht davon, sondern schlich weiter um sie herum, beschwatzte sie, fiel ihr lästig, tauchte zu den unpassendsten Gelegenheiten auf und wollte einfach nicht begreifen, daß es zu spät war! Er war eben kein Römer!

Aber auch diese Lotte hatte nichts von einer Römerin! Eine Römerin nämlich hätte sich eine Heirat nicht so zu Herzen genommen, im Gegenteil. Sie hätte ihren braven Albert geheiratet und heimlich den feurigen Werther empfangen, eine passende, kluge Teilung der Gefühle, die beide ahnungslos gelassen und eine schöne Frau zufriedengestellt hätte. Gab es das in Rom überhaupt, treue Frauen, die eines einzigen Mannes wegen im Haus blieben und es sich untersagten, auch anderen Männern weiter zu gefallen?

Nein, eine schöne Frau war nicht nur für einen Mann bestimmt, sie war die Herrscherin, sie hatte zu entscheiden, mit wievielen sie ihr Leben verbrachte, nur geschickt mußte sie es anstellen und so, daß die Männer nichts davon erfuhren.

Nun aber Lotte! Sie mußte doch ahnen, wie schlimm ein Leben mit diesem Albert werden würde, wie trocken, langweilig und einfallslos! Was ließ sie denn bei diesem Menschen bleiben, warum hing sie mit soviel Hingabe an dieser Amtskreatur? Eine Frau, die sich derart nach dem einfachen Leben sehnte, war es nicht wert, so geliebt zu werden! Das hätte Werther erkennen, er hätte es ihr ins Gesicht schreien müssen!

Doch anstatt sich zu erklären, schrieb Werther alles nur auf Dieses Briefe- und Tagebuchschreiben war seine Manie, davon kam er nicht los. Vielleicht hätte es Lotte erfreut, von seinen Gefühlen einmal mehr zu erfahren als ein paar Seufzer, vielleicht hätte sich die langweilige Gans einmal mitreißen lassen und hätte Leidenschaften in sich entdeckt, die der kreuzdumme Albert ihr gewiß nicht entlockt hatte!

Ach, diese Menschen lebten einfach verdreht! Sie waren nicht füreinander da, sondern standen einander im Wege, jeder trat dem andern auf die Füße, und das Ganze nannten sie dann »Schicksal« oder »Notwendigkeit«. Sie hielten sich zu lange an irgendwelche Ordnungen, sie machten nicht richtig ernst mit dem Leben, sie setzten nicht alles aufs Spiel, das war es!

Beri kam nicht mehr weiter, er schleuderte das Buch in das Tischfach zurück, irgendwann würde er sich mit diesem Goethe darüber unterhalten, das war er sich schuldig! Und er würde ihm ganz deutlich sagen, was daran nicht stimmte!

Viel besser noch: er würde ihm zeigen, wie man es besser machte, er würde diesem Goethe Unterricht erteilen in der Kunst der Menschenführung!

Und so trieb es Giovanni Beri auch an den folgenden Abenden in die schöne Osteria nahe dem Tiber. Er zögerte nicht lange, er setzte sich immer näher heran an die Theke, spielte mit dem Knaben, bestellte Wein, schenkte sich selbst nach aus dem Krug und ließ die Augen nicht von der rot gekleideten Faustina, die all seine Sinne beschäftigte.

Nein, er hatte nichts zu verbergen, er wollte ihr zeigen, daß er sich nichts mehr gewünscht hätte, als mit ihr nach draußen zu verschwinden, den Tiber entlang, hinauf in die beiden inzwischen gut eingerichteten, blumengeschmückten Stuben, in denen auf einen kurzen Wink hin die besten Speisen erschienen wären, wie durch Zauberhand. Sie sollte spüren, woran er dachte, deshalb rückte er ihr von Abend zu Abend näher, streifte ihr Kleid, packte sie einmal am Arm, lachte, als mache er nur einen Scherz, und brachte die Kumpane gegen sich auf, die lästerten, Faustina habe ihm wohl den Kopf verdreht. Ausgelassen war er und laut, doch sie schien ihm nichts zu verbieten, jeder Gast sah, daß die beiden sich immer häufiger suchten, berührten, einander ins Wort fielen, es schien nur noch eines winzigen Anstoßes zu bedürfen, daß sie einander ganz fanden.

Beri aber spürte, daß er stärker wurde und stärker. Der Feind aber, das Gegenbild, das Gegenüber krümmte sich immer mehr. Er warf sich vor Lotte auf die Knie, er aß nicht und trank nicht, er wurde schwächer und winselte um Vergebung und Gnade, er las in zerfahrenen Büchern, er schlitterte nur noch durchs Leben, unwürdig, ein in die Ecke Gedrängter..., bis er, Beri hatte es längst kommen sehen, nicht mehr ein noch aus wußte und sich erschoß...

›Schön‹, dachte Beri, ›das hast Du Dir redlich verdient! Der Tod war das Einzige, wozu Du noch gut genug warst! Und immerhin, Du bist ihm nicht ausgewichen, so feige warst Du denn doch nicht! Mag man viel gegen Dich sagen, mag man Dich einen Schwächling nennen und einen Herumtreiber, einmal wolltest Du wenigstens zeigen, wie Dich dieses Leben empörte, peng, mehr hattest Du im Grunde auch nicht dazu zu sagen, mehr nicht! Hättest Du Dir nur alles andere geschenkt, all diese Briefe, all dieses Wehleid, peng, Du hättest gleich Schluß machen sollen, dann hätte dieser Knall noch mehr gewirkt, wie ein Fanal, wie eine große leidenschaftliche Geste! So aber hast Du nichts anderes gemacht, als Dir das Licht auszublasen!‹

Beri lachte laut, irgendwie glaubte er auch dazu beigetragen zu haben, daß sich dieser Werther umgebracht hatte! Es war ein seltsamer, abwegiger Gedanke, und doch kam es ihm so vor, als wäre Werther auch an seiner, Beris, Stärke zugrunde gegangen. Nein, er, Beri, war wahrhaftig kein Werther, er ließ sich nicht so in den Hintergrund drängen und vor allem erwählte er nicht blindlings die Falsche! Er hatte Geschmack, er studierte die Liebe, er plante, organisierte und bereitete alles vor, um dann zuzuschlagen!

Im Grunde war er ganz anders, er war der, der Werther vielleicht gerne geworden wäre, er war einer, der mit den Sitten der Nordmenschen nichts zu tun hatte, sondern frei lebte und entschlossen.

Um sich seinen Triumph auch sichtbar zu beweisen, nahm Beri sich vor, einen Gedanken zu verwirklichen, an den er schon häufig gedacht hatte. Er wollte seinen Sieg über den armen Werther dadurch feiern, daß er sich dessen Kleider beschaffte. Den blauen Rock besaß er bereits, was ihm fehlte, war nur noch die gelbe, auffällige Weste! Die war leicht zu bekommen, sie machte ihn auch sichtbar zu Werthers Widersacher!

Und so ließ er sich eine gelbe Weste nähen, innen mit Seide gefüttert, zwölf perlmuttene Knöpfe hielten sie dicht an seinem immer schmaler werdenden Körper, jetzt fühlte er sich so stark wie selten in seinem Leben, jetzt mußte er nur noch den entscheidenden Schritt tun: er mußte Faustina erobern, wagemutig, ohne noch länger zu zögern, er mußte dem toten Werther beweisen, wie ein Mann handelte, der sich von einer Frau nicht beschämen lassen wollte!

Beri ließ sich am frühen Nachmittag etwas Geflügel bringen und Obst, er tafelte ausgiebig, trank zwei Gläser besten Weins aus Frascati, streckte sich auf sein Bett und blätterte den kleinen Roman noch einmal durch. Das Lausebuch, die Posse, der ehrlose Abgang, niemals mehr würde er so etwas lesen!

Er schlummerte kurz, schlief aber nicht ein, sondern lauschte den Stimmen draußen im Hafen. Niemand ahnte, was er an diesem Abend plante, niemand von all diesen armseligen Wichten würde begreifen, daß er dabei war, sein Leben gegen ein Buch zu setzen, um dieses Buch ein für allemal zu vernichten! Nie mehr würde ein junger Mensch sich umbringen, wenn gelungen wäre, was er sich vorgenommen hatte, nie mehr würde dieses Buch Macht über andere gewin-

167

nen, denn er, Beri, würde seine Macht brechen, durch sein Verlangen, durch seinen Willen, durch die Liebe zu dieser Faustina!

Gegen acht Uhr kleidete er sich an. Er streifte ein weißes, offenes Hemd über und schlüpfte in die feinen, grauen Beinkleider. Dann bürstete er sich das Haar und festigte es mit einer Pomade, die nach Veilchen duftete. Darauf kam die gelbe Weste dran, eng geknöpft, so daß der weite, geraffte Kragen des Hemdes daraus wie ein heller Blütenregen hervortrat. Schließlich der blaue Rock, offen, an den Armrändern mit dunklen Spitzen besetzt. Beri drehte sich vor dem Spiegel, er durchlief seine Zimmer, schnalzte aufgeregt mit der Zunge und trank ein letztes Glas, bevor er die vielen Stufen singend heruntersprang.

Unten begegnete er Rosina, sie machte einen Satz zurück, denn sie hatte ihn auf den ersten Blick nicht erkannt. »Giovanni, Du hast Dich verkleidet!« rief sie und deutete mit der Rechten auf ihn, als könnte sie dieser Erscheinung nicht trauen. Alles war still, die Arbeiter blickten zu Beri herüber, aus einem nahen Boot kam ein Pfeifen, als wollte ihn da einer necken. »Damit habt Ihr wohl nicht gerechnet?« lachte Beri und rieb sich die Hände, »Gott meint es gut mit seinen frommen Dienern!«

Er ließ sie alle stehen und eilte davon. Ein Schwarm von Kindern hastete noch ein kleines Stück Wegs hinter ihm her, dann hatte er auch sie abgehängt. Nichts konnte ihn noch aufhalten, er hatte nur noch die Osteria im Sinn. Diesen Abend wollte er die schöne Faustina stellen. Er würde ihr sagen, was er für sie empfand, und er würde sich nicht abspeisen lassen! Oh, wie einzigartig wäre es, sich mit einer solchen Frau verbunden zu wissen. Gut, daß sie schon verheiratet gewesen war, da hatte sie bereits von den Freuden der Liebe gekostet und dachte gewiß sehnsüchtig an noch wonnevollere Fortset-

168

zungen! Er, Beri, würde sie beglücken, er würde alles tun, sie dem Himmel näher zu bringen!

Gegen neun Uhr betrat Beri die Osteria. Er sah gleich, wie das rote Kleid bei seinem Anblick in Bewegung geriet. Das Kind war an diesem Abend anscheinend nicht da, das war günstig. Faustina kam sofort zu ihm und brachte ihm ein Glas, sie schaute ihn länger an als sonst, fragte aber nicht, warum er sich so prachtvoll gekleidet hatte. »Ah, bin ich durstig«, sagte Beri und berührte sie an der Taille, als wollte er sie zu sich ziehen. »Komm, setz Dich zu mir, ich will Dir erzählen, mit wem ich heute durch Rom zog!«

Faustina aber machte sich von ihm los. Sie schien in einer besonders guten Stimmung zu sein, den ganzen Abend hörte er sie reden und lachen, beinahe ausgelassen. Ihm war, als habe sie vor seinen Augen begonnen zu tanzen und als zeigte sie sich ihm in den wunderbarsten, heftigsten Gesten.

Wie es in ihm warm und wärmer wurde! Und wie er sich beinahe nicht mehr zurückhalten konnte vor Verlangen! Am liebsten hätte er all diese Gläser gegen die Wände geschmettert, nur um etwas Kraftvolles zu tun! Schlagen hätte er sich jetzt können, raufen, sein ganzer Körper war ja bereit zu den größten Anstrengungen! Hätte man ihn gebeten, eine Statue wie den schweren Herkules zu schultern, er hätte es ohne Mühe geschafft! Und den kleinen Apoll, den die Fremden so schwatzhaft verehrten, den hätte er noch obendrauf gepackt!

So gesund und kräftig hatte er sich noch nie in seinem Leben gefühlt! Und es war, als bekäme Faustina auch aus der Entfernung etwas von seinem Begehren mit! Warum schaute sie sonst so oft zu ihm herüber, warum strich sie sich laufend die Haare aus der Stirn und faßte nach der dunklen Spange, um sie immer wieder fester zu stecken? Sie öffnete ihr Haar für einen Moment, und der dichte Bau brach auf wie ein schönes Blumengebinde. Sie spielte mit ihm, sie tat ja beinahe so, als sei sie bereit, sich zu entkleiden!

Beri konnte sich nur schlecht unterhalten. Er rutschte auf seinem Sitz hin und her, er saß da mit geöffnetem Mund, als sei er Zeuge eines unglaublichen Schauspiels. Hier aber war es besser als im Theater, hier wurde gesprochen, gesungen, gelacht, und das alles geschah nur für ihn! Er war der einzige Zuschauer, nur für ihn drehte dieses verführerische Geschöpf seine Runden!

Gegen Mitternacht gingen die letzten Gäste. Beri zahlte und machte einen Scherz, auf deutsch, so daß Faustina noch einmal auflachte. Aber dieses Lachen klang anders als das Lachen des Abends, eine Spur noch erregter, beinahe heiser. Sie schaute ihn an, sie schien auf eine Geste zu warten. Sie standen einander gegenüber, und Beri spürte, daß seine Finger zu zittern begannen. Er ging mit den anderen hinaus, am Tiber wartete er noch einige Minuten. Es war jetzt ganz still, er hörte aus der Osteria das Klirren der leeren Flaschen.

Beri bekreuzigte sich. Er fuhr sich mit beiden Händen zugleich durchs Haar, um es noch einmal zu glätten, und ging wieder hinauf. Die Tür stand noch offen. Er trat ein, leise, und verschloß sie von innen. Dann waren sie beide allein.

27

Es war ein warmer, sonniger Frühlingsmorgen. Die Stadt war erfüllt vom Duft der vielen Gärten, Blüten regneten von den Balkonen, und auf dem Tiber kreisten die kleinen Barken. Die Sonne leuchtete bis tief in die Schluchten der Gassen, und die kleinen, flüchtigen Wolken zogen so schnell durch das Blau, als seien sie allesamt auf großem Weg in die Ferne.

Wer von Sankt Peter herkam und am Tiber entlangging,

der hörte schon von weitem die kräftige, laut aufwirbelnde Stimme. Auch am Hafen hielten die Handwerker inne, um diesem Jubeln zu lauschen, immer höher sich windenden Tönen, die den Fluß übersprangen und hinüberschallten zum anderen Ufer. Dort in den Weinbergen blickten die Arbeiter auf, das hörte sich an, als wäre da einer ganz außer sich. Aus den Läden am Fluß traten die Frauen, um nach dem Klingen Ausschau zu halten, und selbst in die kühle Stille des Innenraums der nahen portugiesischen Kirche drangen diese hoch hinaufgurrenden Seufzer.

Giovanni Beri eilte am Fluß entlang. Er trug den blauen Rock über dem rechten, angewinkelten Arm, die gelbe Weste schlotterte offen um seinen Leib, nur die grauen Beinkleider schienen die Form noch zu wahren. Beri sang, nein, er brüllte. Er schlug mit der Faust seiner Linken gegen jeden Widerstand, alles schien er mitreißen und mit hineinziehen zu wollen in sein Glück. Er konnte es nicht für sich behalten, es mußte heraus. Die Bäume sollten sich biegen und sich vor ihm bücken, das Wasser des Flusses sollte geschwinder strömen, und das Himmelsblau sollte herabschießen, um sich als Teppich vor seine Füße zu legen.

Er wirbelte den Rock wie eine Fahne durch die Luft, alles sollte sich rühren und in Bewegung geraten, er hätte die Welt umfassen können, um sie an den vibrierenden Leib zu pressen, damit sie zerspränge.

Am Hafen angekommen, winkte er den Fährleuten, er packte Rosina an den Haaren und küßte sie links und rechts, er sprang die Treppen hinauf, öffnete die Fenster seines Zimmers und ließ die vielen Blumen hinabregnen, so daß sie die schmale Straße bald füllten. Er riß sich die Kleider vom Leib, eilte nackt durch die beiden Räume, drehte sich erneut vor dem Spiegel, brachte sich mit einigen obszönen Gesten zum Lachen und übergoß seinen Körper mit Rosenwasser. Ach, das tat gut, das linderte erst die brennende Hitze, die seit Stunden in ihm wütete und nicht nachlassen wollte!

Dann zog er das kleine Buch aus dem Tischfach, er hielt es, als müßte er einen Teufel austreiben, weit von sich weg, zum Lachen war dieses Buch, ja, er wollte es lauthals verlachen, um ihm allen Ernst und alles Leiden zu nehmen! Und so stolzierte er mit dem Lederbändchen nackt durch die Zimmer, er trug es herum wie einen Götzen und als müßte er seine Schmach jeder Ecke beweisen.

Schluß, aus, nichts wie hinaus! Keine Minute hatte er geschlafen, nein, das war nicht möglich gewesen, schlafen mochten die Armseligen, Glücklosen, doch er war noch längst nicht müde. Jetzt wollte er durch die Stadt ziehen, er wollte sein Glück wie die Priester das Weihwasser versprengten, in hohem Bogen!

Und so streifte er sich rasch ein neues Hemd über, schlüpfte wieder in die grauen Beinkleider und gürtete seine Taille mit der roten Schärpe. Ah, dieses Rot, wie es ihn erinnerte an die endlose, traumschöne Nacht, am liebsten hätte er jede Minute gepackt, um sie zu halten, und sich mit seinem starken Rücken gegen das Morgenrot gestemmt, um es hinter die Berge zu wälzen.

Hinaus also! Was für ein Morgen! Die ganze Stadt schien sich im Sonnenflackern zu aalen, die Häuser machten sich breit und blätterten ihre Farben dem Himmel entgegen. Er lief los, mit jedem Schritt schien er einzudringen in diesen weichen, betäubenden Körper, der jetzt all seine Düfte entströmte, frisches, gerade lackiertes Holz, bitteren, säuerlichen Kalk, faulendes Obst und gärendes, weiches Gemüse, nun strenger Katzenurin, und jetzt ein Hauch von Kaffee, hinter dem sich der scharfe Bratengeruch auftat.

Er stand vor dem Pantheon, ja, die Garküchen begannen gerade mit ihrer Arbeit, er lief zu ihnen hinüber und trieb sie zur Eile, dort schüttelte man nur den Kopf über den Wilden, der sich gebärdete, als hätte man ihm alle Wünsche erfüllt, der die Kinder mit kleinen Münzen versorgte, Blumen kaufte und sie sofort wieder verschenkte, den vor einem Weinausschank wartenden Alten einen Liter spendierte und singend weiterzog wie ein Fürst.

So zog er durch die Stadt, blieb nirgends stehen, verausgabte sich immer mehr und zog schließlich eine Schar von Neugierigen hinter sich her, die wissen und mitanschauen wollten, was dieser Verrückte noch anstellen würde.

An der Piazza Navona wurde es ihm beinahe zuviel, da sah er den großen Strömebrunnen Berninis, und die mächtigen steinernen Flußgestalten duckten sich in der flirrenden Sonne ins kühle Wasser. Sofort stürzte er sich hinein. Er kletterte hoch hinauf, und während sich um den Brunnen eine große Menschenmenge versammelte, turnte Giovanni Beri auf den Köpfen der Flußgottheiten herum, reckte sich auf der Spitze des großen Blocks und rief: »Römer, diese Stadt wurde gebaut, mich glücklich zu machen!«

Man jubelte ihm zu, er sprang hinunter und warf sich übermütig ins Wasser, man zog ihn heraus und trug ihn im Triumph über die Piazza. Plötzlich schien es, als hätte sein Fieber viele erfaßt, denn der Zug setzte sich in Bewegung, wurde größer und schwankte wie ein sich immer gieriger mästendes Tier durch die Stadt. Wohin nur, wohin?

Beri lachte, brüllte, sang und lenkte den Zug. Nein, sie sollten nicht nachlassen, das war sein Triumphzug, er dirigierte und brachte sie alle voran, jetzt zur Piazza Venezia und dann aufs Kapitol, dort sollten sie ihn feiern!

Vor dem Senatorenpalast erst hielten sie ein und trugen ihn die alte steile Treppe hinauf, oben drehte er sich im Kreis, breitete die Arme aus und feuerte sie an, sie begannen mit ihm zu singen, Liebeslieder, Lieder der Nacht...

Als sie ihn um weitere Gaben anbettelten, sprang er mit wenigen Sätzen herab, duckte sich und verschwand, einen kleinen Vorsprung bedenkenlos nutzend. Er hatte genug von ihnen, das Fest war gelaufen, er hatte nicht vor, sich zu ihrem Gespött zu machen.

Er lief schnell, ganz außer Atem erreichte er wieder den Fluß. Er legte sich hin und versuchte, die Augen zu schließen. Die nächtlichen Bilder waren einfach zu stark, sie sprengten alles andere fort aus dem Kopf! Dieser Goethe hatte ihm, ohne es zu ahnen, das größte Geschenk seines Lebens gemacht! Hätte er sein Buch nicht gelesen, wäre er vielleicht nie derart in Furor geraten! Ausgeschlürft hatte er die mageren Zeilen, er hatte den »Werther« wohl auf den Kopf gestellt, wie eine Flasche, um die letzten, erlesenen Tropfen eines alten, kostbaren Weins zu kosten.

Bald würde der Minister zurück sein, bald würden seine mühsamen römischen Tage wieder beginnen. Doch diesmal würde er, Beri, nicht tatenlos zuschauen. Wie Goethe ihn verwandelt hatte, so würde er Goethe verwandeln, mit allen Mitteln, die ihm zu Gebote standen! Nur brauchte er vorher noch eine letzte Gewißheit. Er wollte erfahren, ob seine Vermutungen stimmten, ob das Leiden dieses Werther auch noch in dem Minister aus Weimar steckte.

Darüber aber würde ihn nur einer in Rom aufklären können, einer, der Goethes ganzes Vertrauen besaß, der kleine Berliner Professor, der mit ihm wochenlang getuschelt hatte und gewiß alles über ihn wußte.

Beri streckte sich in der Sonne. Er würde sich mit diesem Professor unterhalten, und er wußte auch schon, wie er vorgehen würde.

Den heutigen Tag aber wollte er genießen. In San Luigi del Francesi würde er ein Ave-Maria beten und Gott bitten, ihn nicht fallenzulassen. Er stand jetzt ganz nah an der Sonne,

174

dort, wo auf den Himmelsbildern die Engelschöre summten und bliesen. Und genau dort wollte er bleiben, Arm in Arm mit der Gestalt der rotgekleideten Hoffnung.

28

Von nun an sah man Giovanni Beri alle paar Abende in der schönen Osteria am Tiber. Manchmal machte er sich auch schon früh auf den Rückweg, erleuchtete seine Zimmer und wartete auf seinen Besuch. Dann brannten die vielen Kerzen die halbe Nacht, und man sah allerhand dienstbare Geister die Treppen hinauf- und hinabeilen, um das Paar zu bewirten.

Beri war stolz. Überall zeigte er sich mit einem sicheren, früher an ihm nie feststellbaren Gebaren. Er sprach lauter als sonst, forderte dreist, was er benötigte, gab sich verschwenderisch und ausgelassen und machte auf alle den Eindruck eines Menschen, der sich innerhalb weniger Tage völlig verwandelt hatte.

Die meisten versuchten, von seiner neuen Freigebigkeit zu profitieren. Sie boten ihm ihre Dienste an, schmeichelten ihm, nannten ihn ›den schönen Giovanni‹ und ließen keine Gelegenheit aus, ihn der guten Wendung seines Lebensgeschicks wegen zu beglückwünschen. Er tat das meist lächelnd ab, aber alle bemerkten, wie sehr er sich damit brüstete, den großen Herrn spielte, sich in Positur warf und auftrat, als sei er gewohnt, daß alle anderen hinter ihm dreinschauten. Wenn er gefragt wurde, gab er an, das Amt eines Fremdenführers für einige hochgestellte Personen angetreten zu haben; außerdem habe sein lange vermißter Bruder Roberto, der im Norden eine ausgezeichnete Stelle an einem toskanischen Hof bekleide, ihm einen stattlichen Betrag zukommen lassen.

Niemand glaubte ihm. Alle ahnten, daß er etwas vor ihnen verbarg, doch da man ihn nie bei irgendeiner Arbeit ertappte, blieben die Ursachen des neuen Lebenswandels im dunkeln. Nur daß die junge Faustina das Werben Giovanni Beris erhört hatte, das war gewiß. Aber auch diese Veränderung schoben die Lästermäuler auf Giovannis seltsamen Reichtum. Es war verständlich, daß die schöne Witwe es sich gutgehen ließ, außerdem kümmerte sich Giovanni liebevoll um ihren kleinen Sohn. Warum also sich länger Gedanken machen? Am besten war es, Giovanni zu loben und zu hätscheln, dann bekam man auch selbst etwas ab von seinem frischen Vermögen!

Nach einiger Zeit hatte Beri sich wieder etwas beruhigt. Doch er liebte Faustina so sehr, daß er nicht einmal ihren Namen aussprechen konnte, ohne zu erröten. Überhaupt fiel ihm kein vernünftiges Wort über sie ein. Es war ihm peinlich, wenn die anderen sie erwähnten, ja er hätte ihnen am liebsten den Mund verboten, damit sie sich nicht mit ihren dummen Redensarten über so etwas Einzigartiges wie seine Liebe hermachten. Jetzt endlich begriff er die Liebeslieder der Dichter, die voll waren vom Preis der Zweisamkeit. Jeder Dritte störte den innigen Bund, selbst fremde Worte kamen den zauberhaften Gefühlen, die man empfand, viel zu nahe. Zur Liebe gehörte das Schweigen, das Schweigen nach außen; mit Faustina aber hätte er am liebsten nächtelang nur geflüstert.

Er wunderte sich, was ihm dabei einfiel, denn er war beredter geworden. Manchmal sagte er Dinge, die er noch nie so gesagt, ja nicht einmal gedacht hatte! Es war, als lockerte die Gegenwart der Geliebten seinen Verstand. Oft war ihm das sogar peinlich, besonders wenn er bemerkte, daß er beinahe sprach wie ein Kind. Dann lallte, stammelte und zischte er vor sich hin, als wäre er der Laute nicht mächtig. All dieses Gesäusel wurde angeregt durch seine Lust, das sinnliche Verlangen schien den Mund zum Plappern zu bringen, ja die

Lippen paßten sich dieser Erregung des Körpers an, so daß alle festeren Laute verfehlt zu sein schienen.

Verdutzt hörte er sich zu und beruhigte sich nur dadurch, daß Faustina ihm mit ähnlichen Lauten antwortete. Sie, die sonst so stolz und eigen erschien, seufzte plötzlich in seinen Armen, ergab sich seinen Annäherungen wie ein junges, kindliches Ding und behandelte ihn so, als wäre sie für jeden seiner gestammelten Laute dankbar.

Und so hatte er oft das Gefühl, sie paßten auf, wie sollte man sagen..., auf verteufelte Weise zusammen, ja sie hatten sich nur einmal zu berühren brauchen, um von da an die Welt ringsum ganz zu vergessen. So angenehm und verlockend dies alles war, es erschien ihm auch gefährlich. Denn er spürte, wie ihn die Liebe von seinen Aufgaben fortzog. Er durfte den Minister aus Weimar, der längst in Rom zurückerwartet wurde, nicht vergessen. Denn schließlich war dieser Minister die Quelle seines neuen, reichen Glücks, das noch lange andauern sollte.

Beri hatte den Berliner Professor eine Weile nicht beachtet, jetzt aber näherte er sich ihm wieder. An den Nachmittagen sah man das Männchen im griechischen Kaffeehaus sitzen, auch er hatte sich angewöhnt, dort zu schreiben, wahrscheinlich verfaßte er einige abgestandene Anmerkungen über das römische Leben, so etwas war ihm zuzutrauen. Beri spürte, daß er sich überwinden mußte, mit ihm ein Gespräch anzuknüpfen, doch es war nicht zu vermeiden, diesem elenden Silbenzähler freundlich zu begegnen, am besten man sagte ihm gleich, was für ein Gelehrtenwunder er war.

An einem Mainachmittag machte sich Beri langsam, aber entschlossen an ihn heran. Er räusperte sich, beugte sich ein wenig hinab und flüsterte geheimnistuerisch, als dürfte niemand ihn hören: »Professore, darf ich Sie für einige Minuten abhalten von Ihrer wichtigen Tätigkeit?«

Moritz blickte schräg zu ihm hinauf Er hatte seine Haare vernachlässigt, sie hingen ihm in dichten Rudeln über den Augen. Jetzt mußte er sie beiseite wischen, um überhaupt etwas sehen zu können.

»Wer sind Sie? Ich kenne Sie nicht.«

»Aber ich kenne Sie, Professore. Ein großer Ruf geht Ihnen voraus, durch halb Europa, ich bin ihm gefolgt.«

»Wem sind Sie gefolgt?«

»Darf ich mich setzen?«

»Ungern, ich habe immens zu tun.«

»Sie arbeiten an einem großen Werk über Rom, seine Altertümer, seine Geschichte?«

»Woher wissen Sie das?«

»Ich ahnte es, Professore. Die gebildete Welt wartet auf ein solches Werk von Ihrer Hand, in Deutschland spricht man schon andeutungsweise davon...«

»In Deutschland, sagten Sie: Deutschland?«

»Darf ich mich jetzt setzen, Professore?«

»Nehmen Sie Platz!«

Beri setzte sich und schlug ein Bein über das andere. Er winkte einen Bedienten herbei und bestellte zwei Gläser Wein.

»Ich darf Sie einladen, Professore?«

»Ich trinke am Tage keinen Wein.«

»Sie würden mir einen Herzenswunsch erfüllen. Ich könnte mich rühmen, mit einem der großen Geister Europas ein Glas getrunken zu haben. Gestatten Sie, daß ich mich vorstelle, mein Name ist Giovanni Rudolfo, Römer von Geburt, Zeichner und Maler. Doch jetzt komme ich direkt aus Weimar.«

»Aus Weimar?«

Beri bemerkte, wie dieses Wort einschlug. Der kleine Professor legte die Feder beiseite und starrte ihn an, als habe er

178

gerade ein Zauberwort geflüstert. Der Bediente brachte die beiden Gläser, Beri schob seinem Gegenüber eins hin.

»Trinken wir auf Weimar, Professore. Schließlich habe ich gute Nachrichten von dort.«

»Nachrichten? Sie meinen, Nachrichten für mich?«

»Trinken wir zuerst, Professore!«

Moritz nahm sein Glas, drehte es kurz in der Sonne, betrachtete es wie ein fremdes, noch abstoßendes Ding und setzte es dann vorsichtig an die Lippen, als könnte er sich verbrennen.

»Ich danke Ihnen, Professore, daß Sie mir die Freude machen. Ich werde diese Stunde gewiß nie vergessen!«

»Erzählen Sie, bitte! Was haben Sie aus Weimar zu melden?«

»Ich hole ein wenig aus, Professore, tadeln Sie mich deshalb nicht! Wie ihr Nordländer in unser schönes Italien reist, um Euch an unseren Künsten zu erfreuen, so zog es mich in diesem Jahr nach Norden. Ich wollte Deutschland kennenlernen, seine Städte und Landschaften, seine herzlichen Menschen, seine kräftige, nahrhafte Küche, seine lieblichen Lieder und...«

»Aber ich bitte Sie, kommen Sie auf Weimar zurück!«

»Gut, Professore, ich gehorche! Auf meinen Reisen suchte ich auch Weimar auf, in der Absicht, dort dem größten Dichter der Deutschen zu begegnen, dem Verfasser des ›Werther‹, den ich mit soviel Hingabe immer wieder gelesen habe. Und wie groß war dann meine Enttäuschung, als ich hörte, Herr von Goethe sei nach Italien gereist und er weile, ja, wo, ja, er weile, nun, er weile...«

»In Rom!«

»Sie sagen es, Professore: In Rom! Der große Goethe in Rom! Der Verfasser des ›Werther‹ in der Stadt der Cäsaren! Der über die Maßen berühmte Dichter...«

»Ja, gut, ich habe begriffen, Sie waren erstaunt!«

»Erstaunt, Professore? Nur erstaunt? Mir kamen die Tränen! Da glaubte ich mich in Weimar am Ziel meiner Träume und mußte erfahren, daß nicht ich zu Goethe, sondern daß Goethe zu mir gereist war, in meine Heimat, mein Rom, die Stadt, in der ich geboren wurde, um dort glücklich zu werden!«

»Gut also, Ihnen kamen die Tränen!«

Beri nahm ein Schnupftuch zur Hand und fuhr sich kurz übers Gesicht. Er hustete, als müßte er sich Mühe geben, seine Rührung zu vertreiben. Mit einem flüchtigen Blick erkannte er, daß auch diese Gesten ihre Wirkung nicht verfehlten.

»Die Tränen, Sie sagen es, Professore! Noch betrübter aber wurde ich, als ich hörte, daß er Weimar ganz heimlich verlassen hatte, daß niemand von seinem Aufbruch gewußt, ja daß er um seine Reise ein großes Geheimnis gemacht. Ich erfuhr, daß er nicht im Frieden geschieden, sondern im Streit, ja ich hörte, daß er zuletzt wohl krank gewesen sei, krank im... Gemüt!«

»Wer hat davon gesprochen?«

»Das ist mein Geheimnis, Professore, vorerst. Jedenfalls hat mich eine Herrn von Goethe sehr nahestehende Person mit einer mündlichen Botschaft beauftragt...«

»Sie meinen, eine weibliche Person?«

»Das wäre möglich, Professore...«

»Bitte, warum sprechen Sie nicht deutlich mit mir?«

»Erlauben Sie noch einige Worte! Ich traf vor drei Tagen wieder hier ein, ich erkundigte mich nach dem Aufenthaltsort des großen Dichters, doch man sagte mir, daß er unerkannt und versteckt lebe. Er habe nur einen einzigen Freund, Sie, Professore!«

»Das hat man gesagt?«

»Ja, Professore. Es heißt, nur Sie genügten den hohen Ansprüchen des berühmten Mannes, der seine kostbare Zeit nicht mit allerlei Gerede verbringen wolle, sondern nur mit den erlesensten Konversationen!«

»Soso, das hat man gesagt.«

»Aber ja, Sie können mir glauben. Nicht nur in Weimar weiß man längst, daß Herr von Goethe vorhat, Ihnen dort eine bedeutende Stelle zu verschaffen.«

»Was? Eine Stelle, eine bedeutende?«

»Eine sehr hohe Stelle, Ihrem Ruf angemessen...«

»Woher wissen Sie das?«

»Herr von Goethe hat es nach Weimar gemeldet, in seinen Briefen!«

»Das hat er gemeldet?«

»Es steht so gut wie fest!«

»Ach!«

Beri gab dem Bedienten ein Zeichen, denn Moritz hatte sein Glas ausgetrunken. Plötzlich schien er Beri ganz zu vertrauen, er lächelte ihn an, als hätten sie gerade Freundschaft geschlossen. Beri nickte kurz und versuchte, seinen Widerwillen noch eine Weile zu unterdrücken.

»Trinken Sie ruhig, Professore, das ist Ihr Freudentag. Ich bin glücklich, daß es mir gelungen ist, Sie ausfindig zu machen. Ich hörte, daß Herr von Goethe sich noch für eine Welle im Süden aufhält, da glaubte ich, mich an seinen besten Freund, seinen intimsten Vertrauten, seinen hochgelehrten Begleiter...«

»Ja, es ist schon recht, ich danke Ihnen.«

»Ich glaubte, Ihnen sagen zu müssen, wie sehr man sich in Weimar auf Ihr Erscheinen freut! Ganz Weimar wird Ihnen zu Füßen liegen!«

»Sie meinen?«

»Jeder wird hören wollen, wie Sie mit Herrn von Goethe durch Rom gestreift...«

»Ach!«

»Man wird Sie nicht zur Ruhe kommen lassen. Sie werden Vorlesungen halten: ›Goethe in Rom‹!«

»Aber nein!«

»Nein, nicht? Sie wollen gar nicht nach Weimar?«

»Doch, schon, Sie haben mich mißverstanden. Ich werde andere Vorlesungen halten.«

»Halten Sie, Professore, halten Sie nur, man wird Ihnen jedes Wort von den Lippen ablesen. Aber jetzt..., doch trinken wir zuerst!«

Beri hob sein Glas, er erkannte zufrieden, daß Moritz sehr angeregt war. Er zitterte leicht mit dem Kopf wie Menschen, die gerade etwas Rührendes oder Schmeichelhaftes erfahren hatten. ›Jetzt wirst Du Schattengewächs mir verraten, was Du weißt‹, dachte Beri, ›jetzt bist Du reif, nach all diesen süßen Meldungen!‹

»Aber sagen Sie, Professore, ganz im geheimen: Ist Herr von Goethe... inzwischen genesen?«

»Genesen?«

»Nun ja, ich erfuhr in Weimar, was ihn zuletzt bewegte. Hat sich der Schmerz..., Sie wissen, hat das, was die weibliche Person ihm angetan, hat... es sich behoben?«

Plötzlich starrte Moritz vor sich hin auf den kleinen, wackligen Tisch. Es kam Beri so vor, als wäre er in sich zusammengesunken. Er ließ den Kopf auf die Brust fallen wie einer, der nichts mehr sehen und hören will. Beri räusperte sich, hatte er einen Fehler gemacht?

»Professore?«

Beri zögerte, doch dann hörte er, wie Moritz etwas zu murmeln begann.

»Nein, nein... Ich denke, die Angelegenheit ist nicht behoben, sie ist nur erstarrt...«

»Erstarrt!«

»Ja, erstarrt!«

»Mein Gott, erstarrt!«

Beri schluckte, nun hatte sich also bestätigt, was er schon lange vermutet hatte. Dieser Goethe litt auch hier in Rom noch wie sein eigenes Geschöpf, wie der armselige Werther! Anscheinend hatte er irgendein weibliches Wesen im Kopf, das ihn nicht zur Ruhe kommen ließ, eine Gestalt, die seine ganze Liebe aufgezehrt hatte, eine verheiratete Frau, die ihr Leben mit irgendeinem Amtsrat verbrachte...

»Und von dieser...«, sagte Moritz in die Stille hinein, »und von dieser Person haben Sie also eine Botschaft für Herrn von Goethe?«

»Ja, Professore...«

»Sie will, daß er zurückkommt, nicht wahr?«

»Woher wissen Sie das, Professore?«

»Das will sie doch, sagen Sie es!«

»Ich schweige, Professore.«

»Aber ich sehe Ihnen ja an, was Sie verheimlichen!«

»Das kann ich nicht, verhindern, Professore.«

»Hören Sie zu, ich bitte Sie inständig...«

»Ich höre, Professore!«

»Zeigen Sie sich Herrn von Goethe nicht! Glauben Sie mir, Ihre Botschaft würde ihm schaden, ach was, sie würde jetzt alles verderben!«

»Sie meinen, sie würde alte Wunden aufreißen?«

»Sie würde... seine Genesung gefährden!«

»Mein Gott, das konnte ich aber nicht ahnen, Professore! Wie gut, daß wir einander gefunden! Was Frauen anrichten im Leben, was die wunderbare Liebe vermag, was glühende Herzen...«

»Ich freue mich, daß Sie mich verstanden haben. Ich danke Ihnen, die deutsche Literatur schuldet Ihnen Dank.«

»Und was soll ich jetzt tun, Professore?«

183

»Nichts, am besten nichts. Sie haben Herrn von Goethe in Rom nicht angetroffen. Ihre Botschaft hat das Ziel verfehlt.«

»Gut, ja, Professore, da sind wir uns einig.«

»Und worin sind wir uns nicht einig?«

»Ich möchte Herrn von Goethe zu gern einmal sprechen. Ich möchte, bitte halten Sie mich nicht für unbescheiden, ich möchte ihn kennenlernen, ich möchte ihm meine Verehrung ausdrücken.«

»Dem steht nichts im Wege...«

»Sie meinen, Professore, Sie werden das arrangieren? Sie werden mich einführen bei Herrn von Goethe?«

»Ich werde Ihnen diesen Dienst tun, wenn Sie mir versprechen, Ihre Botschaft ganz zu vergessen. Sie haben nie gehört, was die gewisse Dame gesagt hat in Weimar...«

»Ich habe es vollständig vergessen, Professore. Ich danke Ihnen. Ich bin glücklich. Ich bin der glücklichste Mensch hier in Rom. Ach, noch viel mehr: ich bin außer mir...«

»Gut, es freut mich, Ihnen helfen zu können.«

»Sie versetzen mich in den Olymp, Professore. Dorthin, wo die größten Geister tafeln und lieben...«

Beri leerte sein Glas, stand auf, verneigte sich, sagte, daß er nach Goethes Rückkehr wieder hier vorsprechen werde, zahlte und verschwand. Aus einem Versteck in der Ferne betrachtete er noch eine Weile den kleinen Professor. Er sah, wie sich Moritz den Schweiß von der Stirn wischte, einmal, mehrmals. Dann griff er instinktiv zu seiner Feder, doch das Schreiben schien nicht zu gelingen. Er versuchte es tapfer, aber er brach zweimal ab, als fielen die Worte vor seinen Augen kraftlos in sich zusammen.

Er schüttelte den Kopf, klemmte seine Blätter unter den Arm, zog sich hoch, blickte scheu um sich und machte sich mit langsamen Schritten davon.

Beri sah, daß er schwankte.

29

Seit dieser Begegnung bereitete sich Giovanni Beri auf die Rückkehr Goethes nach Rom vor. Er kaufte sich helle und leuchtende Kleidung aus besten Stoffen, er richtete die beiden Zimmer vollständig ein und stellte eine große Staffelei auf. Dann schmückte er die Räume erneut mit Blumen und kostbaren Bruchstücken aus Marmor, sie sollten den Eindruck eines malerischen Ateliers machen, in dem dennoch nichts an Fleiß und Arbeit erinnerte.

Das schwierigste Vorhaben war die Einbeziehung Rosinas in seine Pläne. Beri ließ sie zu sich kommen, er erklärte ihr, daß er hohen Besuch erwarte und daß dieser Besuch weiblicher Unterhaltung bedürfe. Mit niemandem dürfe sie davon reden, und sie müsse versprechen, den hohen Gast nur ›Filippo‹ zu nennen und nicht erkennen zu lassen, daß sie um seine herausragende Stellung wisse. Der Fremde wolle unerkannt bleiben, er halte sich in Rom aus privaten Gründen verborgen, und es liege ihm viel daran, die Römerinnen und Römer genau kennenzulernen.

Rosina schlug in die Hände vor Freude. Sie versprach, dem Fremden alles nur erdenklich Gute zu tun, doch Beri wußte, wie leicht sie ins Plappern geriet. Man mußte sie auf die Begegnung mit Goethe vorbereiten, ganz gezielt, man mußte ihr beibringen, wie sie mit ihm umzugehen hatte und wodurch sie seine Aufmerksamkeit gewann.

Zuerst brauchte sie neue Kleider, einfache, aber nicht unauffällige, die ihre schmale Gestalt vorteilhaft betonten, dann mußte sie lernen, ihren Überschwang, der bei jeder Gelegenheit durchbrach, zu beherrschen. Beri spazierte mit ihr durch die Zimmer und beobachtete sie. Natürlich und doch lebendig sollte sie gehen, nicht springen, nicht eilen, nicht so ungestüm mit den Händen gestikulieren! Die erste Berührung des Fremden hinauszögern, ihm aber jederzeit zeigen, daß sie willens sei, auf all seine Wünsche einzugehen!

Rosina versuchte, Beri zu begreifen. Sie befolgte seine Anweisungen, freute sich über die schönen Kleider und sang ihm ihre Lieder vor, eins nach dem andern, getragen und wehmütig, als sehnte sie sich nach ihrem Schatz. Beri grübelte: Solche Lieder fanden gewiß das Interesse des Ministers aus Weimar, doch sie gingen zu Herzen. War es gescheit, Goethe mit solchen Melodien zu rühren, erinnerten ihn solche Gesänge vielleicht am Ende an seine gescheiterte Liebe?

Ach was, man durfte nicht zu vorsichtig sein. Am besten, Rosina gab sich ungezwungen und ehrlich, eben so, wie sie sich im Hafen unter ihresgleichen bewegte. An guten Tagen machte sie Eindruck auf jeden Mann, selbst ihm, Beri, hatte sie ja zuweilen gefallen, nur daß sie sich einfach schon zu lange kannten, um ganz zueinander zu finden. Er hatte schon als Kind mit Rosina gespielt, er war mit ihr in die Barken geklettert und hatte sie auf dem Rücken durch das niedrige Wasser getragen; nach so langer Zeit verlor sich jedes intime Gefühl, sie waren nur sehr gute Freunde.

Deshalb fiel es nicht schwer, Rosina passende Ratschläge zu erteilen. Beri unterrichtete sie beinahe täglich. Er gewöhnte sie daran, Wein zu trinken, er brachte ihr einige galante Redensarten bei, er zog sie vor den Spiegel, damit sie lernte, ihr Mienenspiel noch ausdrucksvoller zu gestalten. Nicht lauthals lachen! Keine Albernheiten! Nicht in die Hände klatschen! Nicht mit der Zunge an den Lippen entlangfahren! Beim Essen nicht gierig zugreifen, manche Speisen zurückweisen!

So wurde Rosina zu Beris Verbündeter. Er versprach ihr eine ordentliche Belohnung, wenn sie zu seiner Zufriedenheit auftreten werde. Wann immer sie mit dem hohen Herrn zusammengekommen sei, müsse sie ihm Bericht erstatten; über jede noch so unbedeutende Einzelheit wolle er Bescheid wissen. Er, Beri, werde sie mit dem Fremden bekannt machen, alles andere liege bei ihr. Sie solle versuchen, den Gast an sich zu binden und sich so oft wie möglich mit ihm zu treffen.

Dann nahm Beri die tägliche Beobachtung von Goethes Wohnung wieder auf. Noch immer saß der alte Collina draußen neben der Tür, nur, wie es schien, müder und langsamer als früher. Jetzt kam Piera häufiger hinunter zu ihm, um ihm einen Kaffee zu bringen. Sie schwatzten eine Weile miteinander, und man sah ihnen an, daß sie gute Unterhaltung vermißten.

Der Berliner Professor kreiste indessen weiter durch Rom. Er bestieg das Kapitol, zog sich für Stunden ins Kolosseum zurück und machte sich unentwegt Notizen. Beri sah, wie er sich sogar über das römische Pflaster beugte und mit den Fingern an den alten Lavasteinen entlangstrich. Abends verschwand er in sein Gelehrtenzimmer in der Strada del Babuino, nie hielt er sich lange unter Menschen auf, vielleicht arbeitete er im Geist schon an seinen Vorlesungen über römische Altertümer.

So schien die Zeit stillzustehen, nur Rom blühte auf, von Tag zu Tag schöner. Die Balkone waren jetzt überall mit Blumen geschmückt, die Weinberge jenseits des Flusses standen in kräftigem Grün, und aus den Kuppeln der Kirchen tönte das Glockengeläut immer heller, als sollte dieses nur andeutende Klingen sich schließlich ganz verlieren in der reinen Bläue des Himmels.

Das Leben hatte sich ganz auf die Straßen verlagert, auf vielen Plätzen wurden schon in der Frühe Marktstände aufgeschlagen, und gegen Mittag waren die Holzbuden der Garküchen von großen Menschentrauben umringt. Im Glanz der Sonne lagerte sich alles auf Stufen und Mauern, und am späten Nachmittag begann hier und da ein leises Singen, das immer mächtiger und stimmenreicher wurde, bis es sich am Abend mischte mit dem Chorgesang aus den Kirchen, der durch die weit geöffneten Portale in die Straßen schwebte, ein warmer, schwärmerischer Teppich aus Tonfolgen und Klängen, der manchen Vorübereilenden für Augenblicke stillstehen ließ.

Beri hatte sich noch nie so wohl gefühlt wie in diesen Tagen. Alles an ihm war gespannt und erregt. Rosina hatte sich als gute Schülerin erwiesen, und auch die anderen Gehilfen im Hafen wußten genau, was sie zu tun hatten. Die Zimmer glänzten, jeder, der sie betrat, gab zu, so etwas Schönes lange nicht gesehen zu haben. So war Rom bereit, den Fremden ein zweites Mal zu empfangen.

›Diesmal‹, dachte Beri, ›diesmal wird es ein anderer Aufenthalt, das verspreche ich Dir! Du hast mir mit Deinem ›Werther‹ geholfen, jetzt werde ich Dir helfen, daß Du ihn loswirst, Deinen ›Werther‹! Wir werden einen anderen Menschen aus Dir machen, einen freundlichen, herzlichen, glücklichen! Du wirst Deine nordischen Grübeleien ablegen und lernen, so zu leben wie wir! Und ich, Giovanni Beri, werde Dein Lehrmeister sein!‹

Die Tage vergingen. Der Minister aus Weimar schien sich vom Süden nicht trennen zu können, während Signore Tischbein schon längst wieder in Rom eingetroffen war. Beri lief unruhig die längst vertrauten Wege, vom Hafen hinüber zum Corso, vom Corso zum Spanischen Platz, vom Spanischen Platz zum griechischen Kaffeehaus, Goethe war nicht zu sehen, nur der kleine Professor fand sich täglich an seinem Kaffeehaustisch ein, ein Blatt nach dem anderen beschreibend, einsam und sprachlos.

Dann kamen die ersten heißen Tage. Die Sonne drückte sich schwer in das Gemäuer der Häuser, als wollte sie es auflösen wie Wachs. An den Kirchenfassaden schienen die großen Figuren aus Stein aufzustöhnen vor Hitze. Alles drängte zu den Brunnen und Wasserstellen, erst am Abend, wenn der kühlende Wind vom Meer her wehte, füllten sich die Plätze und Straßen.

Beri lauerte weiter wie eine Katze in ihrem Versteck. Seine Nächte gehörten der Liebe, an den Tagen war er mit seinen Plänen beschäftigt. Er hatte alles bedacht, er glaubte sich so gut vorbereitet wie nur irgend möglich. Da sah er an einem Morgen, wie die alte Piera begann, die Fenster von Goethes Zimmer zu putzen. Sie beugte sich weit hinaus, sie säuberte sogar die kleinen Holzläden, sorgfältig und langsam.

Beri schloß die Augen, sein Herz schlug heftig. ›Freund, komm!‹ sagte er laut, ›noch nie hat Dich jemand so ungeduldig erwartet!‹

Dritter Teil

30

Am Fronleichnamsabend kauerte Giovanni Beri auf einer der oberen Stufen der Spanischen Treppe. Der Tag hatte ihn ermüdet. In der Frühe hatte er an einer Prozession teilgenommen, am Nachmittag mit einigen Kumpanen im Hafen Karten gespielt. Er hatte sich vorgenommen, bald einen kurzen Bericht über Goethes Freunde in Rom zu verfassen, aber es gefiel ihm nicht, daß er so wenig zu melden hatte. Ein solcher Bericht mußte glänzen, und er hätte nichts anderes mitteilen können, als daß man sich in den Zimmern am Corso anscheinend auf die Rückkehr des Ministers vorbereitete. Warum ließ er auch so lange auf sich warten? Was lockte ihn so an diesem südlichen Leben, wo ihm doch jeder Römer hätte sagen können, daß die Neapolitaner ein nichtsnutziges, haltloses Volk waren, ängstlich und aufrührerisch, von jedem geringfügigen Stimmungsumschwung gepackt?

Beri war mißmutig, allmählich wurde es Zeit, daß all seine Pläne ausgeführt würden, selbst Rosina verlor am Ende jede Geduld. Er stand auf, nahm die letzten Stufen und ging auf der Höhe entlang. Der Abendsonnenschein lag jetzt wie ein goldenes Netz auf den Dächern der Stadt, aus der Tiefe drangen die ersten Lieder herauf, es war die schönste Stunde des Tages, nicht Tag und nicht Nacht, ein kurzes Verlangsamen, ein Sich-Dehnen und Ausatmen, bevor die Sonne schließlich

193

unterging und die Kuppeln der Kirchen in der Dunkelheit versanken.

Dort unten lag die Piazza del Popolo, dort hatte er vor vielen Monaten den seltsamen Fremden begrüßt, mit der merkwürdigen Ahnung, daß das Leben dieses Fremden mit seinem eigenen eine Verbindung eingehen könnte; mit der Zeit hatte sich diese Verbindung verstärkt, und jetzt gehörten sie auf noch immer undurchsichtige Weise zusammen, wie zwei lange voneinander getrennte Freunde, die irgendwann einmal zusammenfinden würden.

Beri schaute hinüber zu den Gärten und Wiesen des Geländes der Villa Borghese, von dort eilten die Spaziergänger jetzt auf der Flucht vor der Dunkelheit hinab ins Tal. Auch er würde hier oben nicht mehr allzu lange verweilen, obwohl man sich von dem Anblick der ausglühenden Stadt nur schwer losreißen konnte. Dort drüben hatte sich sogar jemand zur Ruhe gelegt, nein, er hatte sich nur auf beide Knie fallen gelassen, während er mit den Händen die Erde durchwühlte, sehr seltsam.

Beri schloß die Augen für einen Moment und versuchte, das nahe Bild ruhig auf sich wirken zu lassen. Hatte er sich getäuscht? Sah er jetzt schon, was er unbedingt sehen wollte? Er öffnete die Augen und hielt den Kopf so still, wie er konnte. Dieses Bild war wie eine Erscheinung. In der einbrechenden Dunkelheit kniete ein Mann auf dem Boden, damit beschäftigt, einige Pflanzen, Blätter und Schoten in einen hölzernen Kasten zu betten. Er tat das so langsam, als könnten die kleinen Blüten schon unter der kleinsten Bewegung stark leiden. Der Mann hatte aber anscheinend eine grenzenlose Geduld, er beugte sich über die Erde wie ein Kind, das sich von nichts anderem beirren oder abbringen ließ. Beri glaubte, wegschauen zu müssen, als könnte sein aufdringlicher Blick die Ruhe des Bildes zerstören.

Aber er konnte nicht wegschauen, denn auf dieses unverhoffte, seltene Bild hatte er seit Monaten gewartet. Goethe war wieder in Rom! Und als gebe es nichts Wichtigeres nach seiner zweiten Ankunft zu tun, kniete er in der einbrechenden Dunkelheit in einem verlorenen Waldstück der Villa Borghese, um Piniennadeln zu sammeln! Man hätte denken können, einen Verstörten vor sich zu haben, so blöde und geistesabwesend war der Ausdruck seines Gesichts. Aber ihn, Beri, konnte dieser Anblick nicht täuschen. Der Herr Minister setzte seine botanischen Studien anscheinend fort, wahrscheinlich durchwühlte er den Boden nach seltsamen Kernen, Wurzeln und Gräschen, die er in modriger Erde in seinem Zimmer bestatten wollte!

Beri spürte, wie es ihn hinzog zu diesem Menschen. Am liebsten wäre er sofort zu ihm gelaufen, um ihm zu berichten, wieviel er über ihn wußte, welche Gedanken er sich gemacht hatte und welche Pläne er mit ihm hatte. Er konnte sich kaum beherrschen und einfach nur dastehen, die Luft anhalten und diesen arglosen, unwissenden Menschen bei dieser lächerlichen Tätigkeit beobachten. Ein Minister auf beiden Knien, Grashalme aus der Erde zupfend!

Aber nein, das war natürlich nicht möglich, noch eine kleine Weile mußte er sich vor ihm verstecken, ihm nur aus der Ferne folgen, Nachrichten einholen oder abwarten, bis ihm die passenden Nachrichten einfielen. Denn anscheinend hatte dieser Goethe sich kaum verändert. Den beschäftigten noch immer die Gräser und Wurzeln mehr als die Menschen, wahrscheinlich gab er keine Ruhe, bis er die Gärten Roms in seinem Zimmer nachgebaut hatte, mit lauter vertrockneten Pflanzen und schiefen, unansehnlichen Steinen!

Noch schmaler war er geworden, das allerdings, und seine Haut war jetzt beinahe braun, so daß man ihn schon hätte für einen Einheimischen halten können. Aber das war ja unmöglich: ein Römer kniete nicht am frühen Abend im Gelände der Villa Borghese, ein Römer fiel überhaupt nicht vor der Natur, sondern höchstens vor Gott auf die Knie! Jetzt stand er auf, da, die große Nase, ja, die war jetzt gut zu erkennen! Aber bewegte er sich nicht langsamer und gesetzter als früher, wie einer, der mehr Zeit hatte und sich nicht zu hasten brauchte?

Wahrhaftig, der Minister schlenderte ja beinahe hinüber zur Spanischen Treppe. Und jetzt blieb er stehen und schaute hinab auf die Stadt. Da war er wieder, der lange, durchdringende Blick, wahrscheinlich hätte er das alles jetzt gerne gemalt und wahrscheinlich spürte er schmerzhaft, daß er das alles nie würde malen können. ›Mein Name ist Giovanni Rudolfo‹, dachte Beri, ›ich bin Maler und Zeichner. Ich werde Sie gern davon überzeugen, daß Sie die Finger von der Malerei lassen sollten. Statt dessen rate ich Ihnen, sich wieder der Dichtkunst zu widmen!‹

Beri lachte und fuhr sich gleich mit der Hand über den Mund. Jetzt erst, nachdem er das fremde Bild ganz in sich aufgenommen hatte, spürte er, wie aufgeregt er war. Keinen Fehler durfte er machen, bald würde er die Geister Roms aufbieten, diesem Ahnungslosen die Geheimnisse der Stadt näherzubringen! Er hätte jubeln können, daß die lange Wartezeit endlich vorbei war.

Langsam ging Goethe die Spanische Treppe hinab, den kleinen Holzkasten in der Rechten. Man hätte denken können, er brächte seiner Liebsten kostbaren Schmuck, dabei trug er nur einige Brocken Erde in sein karges Quartier. Er, Beri, wollte ihn noch bis dorthin begleiten, er wollte sehen, wie die Bilder seiner Phantasie sich zusammenfügten und sich endlich beruhigten. Gott, so schleppend hatte er sich früher nie vorwärts bewegt, man mußte sich ja beinahe hüten, ihm nicht auf die Fersen zu treten. Und überall blieb er stehen, schaute an den Balkonen hinauf, horchte den Gesängen in einer Kirche und blickte sogar den Kindern nach, als könnte deren Spiel ihm etwas sagen.

Jetzt noch die kleine Gasse entlang, dort drüben, vor dem Eingang, wartete schon der alte Collina auf ihn. Nun sprachen sie miteinander, was, nicht zu fassen, dieser Goethe legte den Arm um die faule Kreatur und zeigte ihm den kleinen Kasten und seine darin verborgenen Schätze! Sie lachten beide, sie lachten laut wie zwei alberne Kinder, die einen Spaß ausgeheckt hatten.

Nun ging er die schmale Treppe hinauf, Beri konnte sich genau vorstellen, wie er jetzt sein Zimmer betrat, den Kasten auf den Tisch stellte, mit einem flüchtigen Blick die Galerie der Gipsköpfe begrüßte. Vorsicht, nein, er lehnte sich ja sogar aus dem Fenster! Auch das hatte er in früheren Zeiten nur selten getan. Er stützte sich mit beiden Armen auf den Rahmen wie ein Weib, das es sich in diesem Ausguck bequem machen will. Was gab es denn jetzt zu sehen? Was streckte er denn seinen Kopf so gelassen heraus wie ein Paradiesvogel, der sich aus seinem Käfig hinauslehnt?

Beri kauerte sich in einen Eingang. Er wagte sich nicht zu rühren, aus Furcht, Aufmerksamkeit zu erregen. Noch mußte er ganz im Dunkeln verschwinden, noch war er nichts als eine Schattengestalt! Doch das würde sich ändern! Er horchte... War das möglich? Nun mußte er doch den Kopf ein wenig hervorstrecken, um ganz sicher zu gehen. Ja, es war genau zu hören, der Herr Minister hatte begonnen, ein Liedchen zu pfeifen. Gut pfiff er, wie einer, der sich einer Abendlaune hingab, sehr gut, wie einer, der sich freute, wieder zu Hause zu sein!

31

Beri nahm sich vor, nichts zu übereilen. Er wollte ganz sicher gehen und den rechten Kontakt zu dem Heimkehrer erst wieder finden. Hatte Goethe sich verändert, suchte er andere, neue Begleiter?

Beri bemerkte, daß er sich mehr Zeit ließ, sonst aber einen Tag wie den andren verbrachte. In der Frühe machte er einen kleinen Spaziergang, hinaus vor die Porta del Popolo, wo er sich an einem Sauerbrunnen erfrischte. Dann hielt er sich mehrere Stunden in seinem Zimmer auf, anscheinend hatte er das Zeichnen nicht aufgegeben, denn manchmal sah man ihn mit einem Pinsel im Fenster. Die schönsten Morgenstunden des Tages verbrachte dieser Mensch damit, verwässerte Farben auf ein Stück Papier zu klecksen, es war nicht zu fassen! Natürlich tauchte Moritz erneut bei ihm auf. Sie sahen sich noch immer beinahe täglich, doch diesmal war der kleine Professor meist der Besucher, der gesetzt, mit einem Buch unter dem Arm erschien, sich die Treppe hinaufquälte und oben mit lauten Begrüßungsrufen empfangen wurde. Kurz darauf wurde das Fenster geschlossen, anscheinend war für diese ernsten Debatten selbst die warme Sommerluft eine Störung. Erst Stunden später traten die beiden dann aus der Tür, sichtbar müde geredet, Goethe manchmal sogar mit einem unterdrückten Gähnen, das er den stolzen Gelehrten jedoch nicht sehen ließ.

Nur Signore Tischbein tauchte nicht mehr so häufig an der Seite des Ministers auf wie früher, als sie sich alle paar Tage aufgemacht hatten, die Kunstschätze der Stadt zu betrachten. Irgend etwas war vorgefallen zwischen Signore Tischbein und Goethe – das spürte Beri sofort, irgendeine Meinungsverschiedenheit, irgendein Streit. Vielleicht war Tischbein deshalb auch früher aus Neapel zurückgekehrt, sie schienen sich jedenfalls nicht mehr viel zu sagen zu haben.

Statt dessen ergänzte ein anderer Maler die Runde, ein Mann namens Hackert, der Goethe, wie Beri verdrießlich feststellen mußte, sogar für einige Tage ins nahe gelegene Tivoli entführte. In Hackert hatte Goethe anscheinend einen neuen Zeichenlehrer gefunden, der als ein großer Tüftler und Blätterzähler galt, einige, die es genau wissen mußten, behaupteten sogar recht spöttisch, Signore Hackerts einziges Metier sei das Zeichnen von Bäumen und Gräsern, die alle so ordentlich aussähen, als hätte Signore Hackert sie durchnumeriert.

Beri ärgerte sich, mit welchen seltsamen Gestalten sich der unglückliche Dichter umgab. Es waren allesamt Handwerker, die mit ihrem geringen Fachwissen auftrumpften, Stubenhocker, die sich in der Stadt schlecht auskannten, Menschen, die ihrer Einseitigkeit wegen doch kaum zu ertragen sein mußten. Und außer der Malerin Kauffmann, hoch in den Jahren, die Goethe auch weiterhin sonntags zu einem Mittagsmahl einlud, war darunter keine einzige Frau!

Es war höchste Zeit, Rosina ins Spiel zu bringen! Beri nahm sie an der Hand und ließ sie Goethe zunächst aus der Ferne bewundern. Der da, der Große mit dem schleppenden Gang, der sich immerzu aufreckte, um die fernsten Dinge genau zu erkennen, der war es! Rosina musterte ihn erst noch verstohlen, als sei es nicht statthaft, einem Mann so lange nachzuschauen. Sie fand ihn zwar steif, unbeholfen und langsam, doch seine große Gestalt begann ihr bald zu gefallen. Manchmal hörte sie aus der Ferne sogar schon seine Stimme, die mochte sie besonders, denn sie war warm und melodisch, als spräche einer die zu Herzen gehendsten Dinge sehr rührend aus.

Und wie alt war dieser Filippo? Rosina schätzte ihn auf etwa Dreißig, und Beri ließ sie in dem Glauben. In Wahrheit war er natürlich ein wenig älter, doch Rosina hielt Männer nahe den Vierzig schon für zu alt, um das ungeheuchelte Interesse von Frauen zu finden. Filippo war nicht verheiratet, nein? Und er hatte auch niemals daran gedacht, sich zu verheiraten? Doch?! Und warum hatte er dann nicht geheiratet? Weil er sich in eine schon verheiratete Frau verliebt hatte? Dann war er ein Esel.

Beri erklärte ihr, daß die Nordmenschen die Ehe sehr ernst nähmen. Wenn sich dort zwei miteinander verbanden, hatte alles sonstige Lieben ein Ende. Rosina wollte davon nichts hören. »Schau ihn Dir an, den Filippo«, sagte sie, »er sieht ja beinahe wie so ein Verheirateter aus! Vielleicht hat er seiner eselhaften Liebe die Treue gehalten und ist wie ein Verheirateter darüber einsam geworden!«

Beri wunderte sich, wie genau sie die Lage erfaßte, doch er zuckte nur mit den Schultern. Schon oft hatte er sich darüber gewundert, wie schlau Rosina werden konnte, wenn es darum ging, Liebe und Treue genau zu unterscheiden. In den letzten Jahren hatte er sie mit vielen Liebhabern anbändeln sehen, aber verliebt hatte sie sich wohl in keinen von ihnen. Jedenfalls hatte sie von all ihren Männern immer nur voller Hochmut erzählt, als befänden sich diese Männer vor ihr auf dem Prüfstand und müßten sich mühen, von ihr zugelassen zu werden.

Ja, Rosina war ein seltsames Ding! Meist hatte sie einen Liebsten, der sie mit kleinen Geschenken verwöhnte, so daß es ihr gutging und sie darüber hinaus noch ein kleines Einkommen hatte. Mehr wollte sie nicht, vorerst nicht! Sie hatte oft davon gesprochen, daß sie einmal aus Rom fortziehen werde, doch das war nur so dahingesagt, aus Rom zog eine Römerin wie Rosina nicht fort! Ihr Traum war eine kleine Osteria am Fluß. Sie wünschte sich, dort die Wirtin zu sein, unabhängig, nicht von einem strengen und mürrischen Mann gescheucht. Kinder, doch, die wollte sie haben, zwei sogar oder drei, aber jedes von einem anderen Mann, damit sie einander nicht ähnelten und für Abwechslung sorgten! Nichts schlimmer als Langeweile und Wiederholung!

Beri ließ sie so reden, er hatte ganz andres im Sinn. Seit er sich mit Faustina traf, konnte er Frauen wie Rosina nicht lange zuhören. Er brachte einfach kein Interesse mehr dafür auf, wovon eine Frau wie sie träumte und was sie verabscheute. Wenn man selbst liebte, erhielt das Vergnügen an anderen mit der Zeit natürliche Grenzen, das erfuhr er jetzt deutlich, doch er dachte darüber nicht lange nach. Hauptsache, Rosina würde sich mit Filippo verstehen, sie hatte etwas Frisches und Unbekümmertes, und sie konnte die Männer mit ihren klugen Frechheiten durchaus unterhalten. Diesem Goethe würde es guttun, wenn ihm endlich jemand die Augen öffnete, keine Frau konnte das besser als die muntere und erfahrene Rosina!

Und so hielt Beri die Zeit für gekommen, sich dem unglücklichen Dichter aus Weimar zu nähern. Das große Fest von Sankt Peter und Paul war der richtige Zeitpunkt. An diesem hohen römischen Feiertag wurde Sankt Peter erleuchtet und vom nahen Kastell der Engelsburg regnete ein Feuerwerk über den Fluß. Beri machte sich wieder an den Berliner Professor heran und schlug ihm vor, am Abend dieses bedeutsamen Tages mit seinem Gefährten, dem Dichter des »Werther«, bei ihm, Giovanni Rudolfo, zu erscheinen. Er, Rudolfo, schätze sich glücklich, sie beide bei sich zu bewirten. Moritz versprach, sein Bestes zu tun, um die Zustimmung Goethes zu erhalten, unter der Bedingung, daß er, Beri, Goethe nur ein einziges Mal auf den »Werther« anspreche, aber kurz und nur zu Beginn ihres Treffens.

Beri versprach es. Jetzt hatte er damit zu tun, den Abend bis in jedes Detail zu planen und vorzubereiten. Es sollte ein

Abend werden, der Goethe im Gedächtnis blieb und ihn nicht mehr losließ.

Mitten in den Vorbereitungen setzte er sich hin, um im besten Schwung seines Planens eine lästige, aber notwendige Pflicht abzutragen. Er trank zwei Gläser Piemonter Wein, nahm sich ein Blatt und schrieb:

»Herr von Goethe, Minister aus Weimar, ist wieder in Rom eingetroffen. Freunden gegenüber hat er erklärt, er wolle sich seinen Aufgaben jetzt noch passionierter widmen als vorher. Beinahe täglich trifft sich in seiner Wohnung ein kleiner Kreis von klug ausgewählten Männern, einige, der Täuschung halber, Künstler, andere von Rang und Würden. Unter ihnen konnte auch der preußische Gesandte gesichtet werden, der mit dem Herzog von Weimar eng gegen den Kaiser paktiert. Herr von Goethe hat mehrfach geäußert, daß die Zeiten von Papst und Kaiser vorbei seien, die römischen Regierungsgeschäfte würden miserabel geführt. In Neapel hat er viele Kontakte geknüpft. Aus dem Süden hat er die Angewohnheit mitgebracht, im Flusse zu baden. Seit einigen Tagen durchschwimmt er morgens den Tiber mit großer Vorsicht. Noch ist nicht festzustellen, was er damit beabsichtigt. Da er aber nichts ganz unschuldig zu machen scheint, geht man nicht falsch in dem Glauben, daß er mit diesen Bädern einen anderen Zweck verfolgt als den, sich zu erfrischen. Weitere Aufklärung folgt.«

Beri lachte, als er das Schriftstück durchlas. So etwas machte Hunger auf mehr: ein wenig Privates, ein wenig Politik, genau die richtige Masse an Klatsch, um auf solche Leute wie den Padre Eindruck zu machen.

Jetzt war alles gerichtet! Wenn es nach ihm ging, würde sich Goethes Leben bald wirklich zum Tiber hin verlagern. Herr Moritz hatte gemeldet, man nehme die Einladung dankbar und neugierig an. Das Feuerwerk konnte beginnen!

Beri trug seinen blauen Rock und die rote Schärpe, als er seine beiden Gäste am Hafen begrüßte. Er gab Goethe mit einer tiefen Verbeugung die Hand und vergaß nicht zu erwähnen, daß er ein großer Bewunderer des »Werther« sei; weiter ging er aber nicht auf dessen Dichtertum ein, vielmehr tat er so, als habe er vor allem den Ehrgeiz, den Fremden aus dem Norden Rom von seiner schönsten Seite zu zeigen.

Man stieg die Treppe zu Beris Zimmern hinauf, die Tür öffnete sich, und sie standen zu dritt in den mit vielen Kerzen erleuchteten Räumen. Goethe eilte ans Fenster und pries sofort die Aussicht, während Moritz sich erschöpft in einem Stuhl niederließ, um sich den Schweiß von der Stirne zu tupfen.

»Signore Rudolfo ist ein Künstler, nicht wahr, ich verstand Sie doch recht?« begann Moritz die Unterhaltung.

»Ich bin ein Zeichner und Maler, Professore«, beeilte sich Beri zu antworten. »Doch suchen Sie bei mir vergebens Bilder und Skizzen. Sie wissen ja, die großen Künstler offenbaren sich nicht.«

»Was meinen Sie?« fragte Moritz.

»Man zeigt nicht, womit man sich gerade beschäftigt. Das ist eine goldene Regel unter uns Künstlern in Rom. Nur das Vollendete, Fertige darf vor die Augen der Betrachter.«

»Welche Sujets bevorzugen Sie?« setzte Moritz nach.

»Auch darüber wollen wir nicht lange plaudern, Professore«, lachte Beri. »Die Kunst ist gut zur Betrachtung, langes Reden taugt da nicht viel.«

Beri bemerkte, daß Moritz etwas antworten wollte, sich aber ein weiteres Wort untersagte. Er blickte zweifelnd hinüber zu Goethe, der noch immer am Fenster stand und das

Treiben am Hafen beobachtete. ›Ich hoffe, Du hast mich verstanden‹, dachte Beri, doch es war nicht genau zu erkennen, ob Goethe ihnen zugehört hatte.

Nun wandte er sich um und ging langsam durch die beiden Zimmer, stumm, aber mit dem Ausdruck großen Vergnügens.

»Sie haben es schön hier, Signore Rudolfo«, hörte Beri ihn sagen.

»Schön? Nun ja, Herr Baron«, antwortete Beri und beobachtete genau, ob Goethe diese Anrede gefiel, »ein Römer wird wissen, wo er in seiner geliebten Stadt sein Quartier sucht, erst recht, wenn er sich einbildet, ein Künstler zu sein. Gewiß nicht in der Nähe des Spanischen Platzes, wohin es die Fremden verschlägt, gewiß dort, wo das Leben farbig ist, heiter, und die nahen Gärten und Weinberge jenseits des Flusses einen bezaubernden Ausblick bieten.«

»Stört Sie nicht der alltägliche Lärm?« fragte Moritz, der sich noch immer den Schweiß wischte. »Mich stört der alltägliche Lärm nämlich beträchtlich, ich kann Ihnen gar nicht sagen, *wie* sehr er mich stört. Der Lärm der Kutschen, der Lärm der Straßenverkäufer, vor allem aber der Lärm der Hunde. Ich habe den Eindruck, in Rom kommen die Hunde niemals zur Ruhe.«

»Ich nehme am Leben des Volkes auf seinen Straßen regen Anteil, Professore«, antwortete Beri. »Wie sollte mich stören, was ich selbst mit gestalte?«

»Aber Lärm gestaltet doch nichts«, wandte Moritz ein und schaute wieder beifallheischend zu Goethe hinüber.

»Bloßer Lärm nicht, Professore. Aber vielleicht ist Ihnen die Musik entgangen, die Musik des Lärms, vielleicht haben Sie kein Ohr für die verborgenen Töne. Hören Sie nur!«

Beri neigte sich aus dem Fenster, und wie auf ein Zeichen hin hörte man von unten ein leises Singen. Zunächst war es nur eine helle, weibliche, lockende Stimme, dann fielen einige männliche Stimmen ein, bis ein Chor, sehr gemischt, die Melodien fortführte.

Goethe eilte sofort wieder ans Fenster, während Moritz die Augen zusammenkniff, als könnte er so auch seine Ohren anhalten, aufmerksamer zu hören. Beri ließ die beiden den Klängen lauschen und öffnete währenddessen die Tür. Schon brachten die Helfer die silbernen Platten mit den vorbereiteten Speisen, gegrillte Fische, in Öl gedünstetes Fleisch und Gemüse, dazu Karaffen mit weißem und rotem Wein, helles, duftendes Brot in kleinen Körben, Schalen mit Obst, und das alles so schnell, als dürften sie nicht in Erscheinung treten. Als Goethe sich umschaute, waren sie schon wieder verschwunden.

»Meine Herren«, sagte Beri, sich ein wenig verbeugend, »ich habe für Sie gesorgt. Wir wollen es uns schmecken lassen!«

»Das ist ja nicht zu fassen, Signore Rudolfo«, sagte Moritz und stand auf. »Ich bin eine derartige Völlerei gar nicht gewöhnt.«

»Noch haben Sie nichts gegessen, Professore«, sagte Beri mit einem Grinsen. »In Rom sagt man: wen es nicht nach Gottes Früchten gelüstet, der soll des Teufels Braten kosten.«

Beri sah, wie Goethe ihn plötzlich aufmerksam musterte. Hatte er etwas Falsches gesagt? Er ging auf ihn zu und machte einige einladende Gesten, die Fremden sollten sich eifrig bedienen.

»Sagt man das?« fragte Goethe ihn da, »wer sagt das und wo sagt man das?«

»Man sagt es dort, wo man ordentlich tafelt, Herr Baron«, antwortete Beri erleichtert, »die meisten dieser alten Redensarten hören Sie drüben, auf der anderen Seite des Flusses, im schönen Trastevere.«

»Dort?« ließ Moritz sich hören, der begonnen hatte, an einem Hähnchenflügel zu nagen. »Es ist keine gute Gegend, es ist sogar eine gefährliche Gegend.«

»Aber Professore«, lachte Beri laut auf, »glauben Sie den Unsinn, den die schlauen Römer Ihnen erzählen, damit sie unter sich sind, in ihrem Trastevere? Dieses Viertel dort drüben beheimatet zwar keinen Apoll, dafür aber die wortreichsten Schandmäuler Roms! Sie werden sich davon überzeugt haben, Herr Baron, Sie werden mir zustimmen, nicht wahr?«

Beri bemerkte wieder, daß Goethe ihn eindringlich betrachtete. Sagte er so etwas Besonderes, daß er eines solchen Blickes wert war? Jetzt spürte er am eigenen Leib, wie dieser Mensch schaute. Noch nie hatte er solche Augen gesehen. Sie schienen sich festzuheften an seinen Zügen, sie schienen darauf so lange zu ruhen, bis sie durchforscht waren bis in die letzte Falte. Er, Beri, spürte diesen Blick seit Goethes Anwesenheit in seinen Zimmern. Etwas Scharfes, Unruhiges ging davon aus, als müßte man jederzeit auf der Hut sein oder als müßte man sich beeilen, die nächsten Dinge noch einmal zu säubern oder sie passender umzugruppieren! Und außerdem hatte dieser Mensch ein nicht angenehmes Schweigen! Er fragte einen kurz und scharf, aber er ließ sich selbst nicht dazu herab, unterhaltend zu werden. Durch sein Schweigen hatte man aber den Eindruck, daß ihm unendlich viel durch den Kopf gehe, so viel, daß er erst warten müsse, bis sich alles geordnet hatte. Und schon fing man selbst an, einige Momente zu schweigen, wie aus Furcht, ihn in seinen Gedanken zu stören. Dabei hatte er, Beri, sich doch vorgenommen, wie ein Römer zu sprechen: klar, stolz, unterhaltend, ohne Übertreibung! Doch dieser Goethe machte einem das Reden schwer, so sehr verstand er es, einen mit seinem Schweigen zurückzudrängen. Beri nahm sich vor, sich nicht einschüchtern zu lassen.

»Mißfällt Ihnen der Lärm?« fragte er Moritz und deutete mit dem Kopf zum Fenster hinaus. Die Stimmen waren lauter geworden, der Chor und einige Soli wechselten ab, eine einzelne Frauenstimme hörte man wieder heraus, sie schien frei zu den Gesängen zu improvisieren.

»Nein, nein«, antwortete Moritz, »diese Musik ist sehr gefällig.«

›Ich zieh Dir das Fell ab, Du gefälliger Buchstabendrescher‹, dachte Beri und konnte sich kaum beherrschen, etwas Spitzes zu antworten, als er Goethes Stimme hörte, sehr tief und ruhig, völlig anders, als er zuvor noch gesprochen hatte.

»Kennen Sie die Sängerin? Sie fiel mir eben schon auf, als ich hinunterschaute. Sie hat eine ganz außerordentliche Stimme.«

»Die hat sie, Herr Baron«, sagte Beri, der sich bemühte, ebenfalls ruhig zu bleiben. »Wenn Sie gestatten, gebe ich meiner Schwester einen Wink, zu uns hinaufzukommen.«

»Sie könnten mir keine größere Freude machen«, antwortete Goethe.

›Ich hab Dich, jetzt hab ich Dich‹, dachte Beri, ›dachte ich mir doch, daß die Musik Dich betört. Wer das Schweigen und die Einsamkeit liebt, der macht sich auch etwas aus der Musik, und wer wie Du schon mit Worten zu singen versteht, den müssen Töne begeistern!‹

Er lehnte sich aus dem Fenster, rief nach Rosina und gab den anderen ein Zeichen, den Gesang nicht zu beenden. Er sah, wie Rosina sich durchs Haar strich, sie schaute zweifelnd zu ihm herauf, als wollte sie ihn fragen, ob sie Erfolg gehabt hatte.

»Rosina, Schönste«, rief Beri, »komm bitte herauf! Die Herren wollen Dich nicht nur hören, sondern auch sehen!«

Er nahm einen kleinen Teller, belegte ihn mit gegrillten Sardinen, streute etwas Salz darüber und reichte ihn Goethe.

»Kosten Sie das zu dem Wein, den Sie trinken, Herr Baron, Sie werden sehen, es ist unvergleichlich.«

Goethe bedankte sich mit einer kurzen Geste, schaute aber sofort auf, als Rosina den Raum betrat. Sie trug eines der langen, ärmellosen Kleider, das Beri ihr geschenkt hatte. Ihr Gesicht glänzte ein wenig, ein paar Haarsträhnen fielen ihr in die Augen.

»Komm her, Schwesterchen«, sagte Beri, »das sind die klugen Herren aus Deutschland. Sie wollen die Bekanntschaft einer schönen römischen Sängerin machen.«

»Guten Abend, meine Herren«, sagte Rosina, und Beri fiel sofort auf, wie ungewöhnlich schüchtern sie sich noch benahm, »ich will nicht stören, die Herren haben gewiß viel zu bereden.«

»Sie stören uns nicht, Signorina«, ging Goethe ihr entgegen, um ihr die Hand zu geben, »Ihr Gesang hat all diese herrlichen Szenen dort draußen sehr vorteilhaft begleitet.«

»Meine Schwester ist mit den Liedern des Volkes vertraut wie kaum eine andere«, sagte Beri, bemerkte aber sofort, daß Rosina ihn scharf anschaute.

»Wer von Ihnen ist denn der Dichter?« fragte sie, als wollte sie das Thema schnell wechseln.

»Dies hier ist der Herr Baron...«, setzte Beri an.

»Nennen Sie mich Filippo, Signorina, ganz einfach: Filippo«, unterbrach ihn Goethe.

»Sie haben ein recht hübsches Buch geschrieben, nicht wahr?« fragte Rosina, und Beri biß sich kurz auf die Lippen.

»Vergessen wir dieses Buch, Signorina«, sagte Goethe, »ich schrieb es vor vielen Jahren. Jetzt steht vor Ihnen ein anderer, ein Filippo, der noch mehr Ihrer Lieder hören will. Und vergessen wir nicht den Professore, auch er liebt die Musik.«

»Signorina singt sehr gefällig«, sagte Moritz und lächelte gequält. Er hatte sich einen zweiten Hähnchenflügel geholt und leckte das von den Mundwinkeln herabtropfende Öl mit der Zunge fort. »Signore Rudolfo, ich habe lange nicht mehr so gut gegessen, auch der Wein ist vorzüglich.«

»Professore, das freut mich. In Rom sagt man: Auch die Klügsten bedürfen, um dicke Eier legen zu können, des besten Futters.«

Beri schenkte Moritz eifrig nach. Wieder hatte Goethe kurz zu ihm herübergeschaut, er, Beri, hatte schon mit diesem Blick gerechnet. Er blieb jetzt in der Nähe des kleinen Gelehrten, so war Goethe gezwungen, sich mit Rosina zu unterhalten. Der zögerte auch keinen Moment, sondern führte sie wieder zum Fenster. Sie unterhielten sich leise, anscheinend wollte er mehr über das Hafenleben wissen.

Moritz aber hatte keine Augen für das alles. Immer schwerer und gelassener saß er auf seinem kleinen Stuhl, aß emsig und ließ sich auch den Wein reichlich schmecken. Beri erläuterte ihm den Verlauf des Abends, sprach von der Erleuchtung der Peterskirche und dem zu erwartenden Feuerwerk, hatte aber die ganze Zeit das Gefühl, daß der Professore ihm nicht recht zuhörte.

Sie hatten sich etwa eine Stunde in Beris Räumen aufgehalten, als Beri zum Aufbruch drängte. Es dunkelte bereits, bald würde das Spektakel beginnen. Man eilte die Treppen hinunter, unten warteten zwei Barken. Beri erklärte, daß man sich alles vom Fluß aus ansehen werde, das sei ein besonderes Vergnügen. Er habe alles arrangiert, in jeder Barke befinde sich Wein aus Frascati, gut gekühlt, und zwei Ruderer seien ebenfalls zur Stelle. Er schlage vor, der Herr Baron..., nein, Filippo besteige mit Rosina die eine, er mit dem Professore die andere Barke. Sei das so genehm?

Goethe willigte sofort ein und pries Beris Planungen mit einigen gut gelaunten Bemerkungen. ›Allmählich taut er auf‹, dachte Beri, ›er spricht schon in längeren Sätzen, vielleicht ist es der Wein, vielleicht fühlt er sich aber auch durch das alles geschmeichelt!‹ Nur dem kleinen Professor schien die Aufteilung gar nicht zu gefallen. Schweigend ließ er sich in die Barke fallen, starrte unbeweglich aufs Wasser und schaute nicht einmal hinüber zu Goethe, der Rosina gerade die Hand gereicht hatte, um sie in das Boot springen zu lassen.

»Es geht los, Professore«, sagte Beri still vergnügt, »ich verspreche Ihnen ein einmaliges Erlebnis.«

Schon hatten von vielen Seiten Barken und größere Schiffe losgemacht, die jetzt den Fluß hinabtrieben. Auch die Ufer waren bereits voll von Menschen, die hinüber nach Sankt Peter drängten. Als die Barke sich der Engelsburg näherte, waren die erleuchteten Umrisse der Kirche gut zu erkennen.

»Sehen Sie, Professore«, sagte Beri und versuchte, Moritzens Aufmerksamkeit ganz zu fesseln. »Die Fackeln und Laternen sind ein kleines Wunder...«

Moritz hielt ein gefülltes Glas in der Rechten, an dem er jedoch nur kurz nippte, um rasch nach einem Bleistift zu kramen. »Verzeihen Sie, Signore Rudolfo«, sagte er, »ich muß mir das ganz knapp notieren.«

»Ich hatte nichts anderes erwartet, Professore«, antwortete Beri, »Sie müssen diesen Eindruck für Ihre Freunde und das gesamte gelehrte Deutschland festhalten.«

Moritz setzte den Stift an, hielt aber sofort wieder inne und schaute entgeistert zur Peterskirche hinüber.

»Diese Beleuchtung der Kuppel ist die einzige ihrer Art?«

»Das ist sie, Professore.«

»Sie ist also wohl in der Welt unnachahmlich...«

»Da es keine zweite Peterskirche gibt, Professore, ist sie unnachahmlich, gewiß.«

»Man müßte erst eine Peterskirche mit ihrer Kuppel untersetzen, um etwas Ähnliches in der Luft hervorzubringen, nicht wahr?«

Beri hatte noch selten etwas derart Umständliches und Unsinniges gehört, aber er bemühte sich, gelassen zu bleiben. Hauptsache, der Professore bemerkte nicht, daß sich die Barke allmählich von Goethes Barke entfernte. ›Rosina, Rosina‹, dachte Beri, ›Du hast ihn für Dich allein, Rosina, Rosina!‹

»Sie sagen es, Professore!«

»Jetzt, wo es dämmert, treten die Umrisse immer schärfer hervor...«

»Allerdings...«

»Das Ganze ähnelt... es ähnelt...«

»Einem Zauberwerk, Professore.«

»So könnte man sagen, ja: einem Zauberwerk!«

Beri atmete kaum hörbar durch. Der kleine Professor schrieb diesen Unsinn anscheinend noch auf. Er setzte einige Worte aufs Papier, nippte wieder an seinem Glas, schrieb, schaute auf, dauernd schien er den Faden zu verlieren.

»Wenn man sich diese Erleuchtung nach ihrem *Umfange* vorstellt, Signore Rudolfo, dann...«

»Ja, Professore?«

»Dann..., dann, sagen wir, dann... verliert sich alles ins Ungeheure!«

»Das ist vortrefflich gesagt, Professore«, sagte Beri und schaute heimlich weiter nach der anderen Barke, die sich jedoch schon zwischen den vielen anderen Schiffen verloren hatte. »Sie haben es ganz exakt beschrieben.«

»Ja, ich denke, das habe ich wirklich«, sagte Moritz, steckte den Stift wieder weg und griff, als habe er sich etwas von der Seele geschrieben, wieder nach seinem Glas Wein.

»Salute, Professore, stürzen wir den guten Tropfen herunter!« rief Beri recht laut, und Moritz lachte kurz auf, als habe ihn ein seltener Übermut gepackt.

»Gleich wird es regnen, Professore!«

»Regnen, wie kommen Sie darauf?« schrie Moritz zurück und setzte sich aufrecht, als müßte er wirklich auf Regentropfen gefaßt sein.

»Schauen Sie hinauf zum Kastell, schauen Sie nur!«

Moritz blickte hinauf zu dem dunklen Gebäude, erneut kniff er die Augen zusammen, als könnte er so den Regen abwehren, als das Feuerwerk von den höchsten Zinnen des Baus aus begann. Wie auf ein Kommando schwirrten Hunderte von Raketen in den Abendhimmel, das sirrende, hohe Geräusch schien wie ein gewaltiger Pfiff durch den Himmel zu schneiden, bis sich der Donner endlich entlud, ein Krachen, Platzen und Knattern, das die ganze Stadt wie ein großer Blitz für einige Augenblicke erhellte. Dann war es vollständig dunkel, und die Kuppel der Peterskirche tauchte aus dem Nebel hervor wie eine gewaltige Libelle, die über der Erde schwebte.

»Mein Gott«, sagte Moritz, der sich geduckt hatte, als könnte er von einer herabfallenden Rakete getroffen werden.

»Jetzt kommen die Feuerräder«, sagte Beri und deutete wieder hinauf.

Moritz schaute auch andächtig zu dem Leuchtwerk auf dem Kastell, er schien sich längst nicht mehr an seinen Begleiter zu erinnern. ›Rosina, Rosina‹, dachte Beri, ›jetzt legt er Dir vielleicht den Arm um die Schultern.‹

Die Feuerräder verglühten, zum zweiten Mal schoß der ungeheure Lichtstoß der Raketen hinauf in den Himmel, entzündete sich und fraß sich wie ein sich öffnender Rachen aus unendlich vielen gleißenden Farben durch die Nacht. »Das war es«, sagte Beri und schenkte seinem Begleiter erneut ein. »Ich hoffe, das Spektakel hat Sie erheitert.«

»Erheitert?« antwortete Moritz unwillig. »Es hat einen unauslöschlichen Eindruck hinterlassen.«

»Wie schön«, sagte Beri, bestätigend nickend. »Wie schön,

Professore, daß ich Ihnen derart meinen Dank abstatten konnte, dafür, daß Sie mich Herrn von Goethe vorgestellt haben.«

»Ich...«, wollte Moritz antworten, blickte sich aber plötzlich nach der zweiten Barke um. »Aber wo ist er denn?«

»Die beiden sind nicht mehr in Sichtweite«, sagte Beri.

»Gott, es wird doch nichts Schlimmes geschehen sein?« fragte Moritz.

»Aber Professore, wo denken Sie hin? Genießen Sie nur den Wein, wir werden langsam zurückkehren zum Hafen, dort werden sich auch die Vermißten bald einfinden.«

Beri gab dem rudernden Burschen einen kurzen Befehl und lehnte sich dann zurück. Der Fluß war jetzt überfüllt mit Schiffen und Barken, es würde einige Zeit dauern, bis man zurückgefunden hatte. ›Rosina, Rosina‹, dachte Beri und fuhr sich mit der rechten Hand den Hals entlang, ›was macht er jetzt wohl mit Dir, was, was?‹

Moritz hatte seine Papiere wieder hervorgeholt und notierte erneut. Immer wenn er nicht zügig vorankam, setzte er das Glas an die Lippen. ›Nur berauscht wird er die Einfalt ertragen, die er da aufs Papier bringt‹, dachte Beri. ›Es ist gar nicht zu fassen, wie sich diese Nordmenschen abmühen, alles in Worte zu fassen. Immer meinen sie, sie müßten etwas Besonderes, Einzigartiges sagen, wenn sie aber den Mund aufmachen, hört sich das Besondere an, als hätte sich ein Kind vergeblich große Mühe gegeben. Man muß lachen und am Ende verzeiht man, weil man Kindern nichts nachsagen will.‹

Allmählich lösten sich die Verbände der Schiffe auf. An den Ufern hatten es sich die Menschen jetzt in der Dunkelheit bequem gemacht. Überall lagerten kleine Gruppen, mit dem Blick hinüber nach Sankt Peter. Das Reden und Rufen war leiser geworden, ruhiges Murmeln war an seine Stelle getreten, das Ganze hörte sich an, als wollten die vielen Stimmen die Laternen und Fackeln ganz langsam auslöschen.

Die Barke legte am Hafen an, Beri half Moritz hinaus.

»Kommen Sie noch einmal mit hinauf?« fragte Beri.

»Nein, mein Freund«, antwortete Moritz, der sichtlich Mühe hatte, das Gleichgewicht zu halten. »Es ist genug. Ich werde mich auf den Weg machen, ganz zweifellos. Das werde ich. Nur wollte ich Ihnen noch sagen...«

»Ja, Professore?«

»Was wollte ich...?«

»Sie wollten mir sagen...«

»Richtig, das wollte ich. Ihnen sagen, daß ich Ihnen danke, und zwar, weil Sie Wort gehalten haben. Sie haben Weimar mit keinem Wort erwähnt...«

»Mit keinem Wort, Professore...«

»Und diese Frau, dieses schreckliche... Weib...«

»Mit keinem Wort, Professore!«

Beri sah, wie Moritz sich zu sammeln versuchte. Irgend etwas stand ihm noch bevor. Er wollte einen Schritt zurückgehen, als er die Finger des kleinen Professors an seiner Schärpe entlangnesteln spürte. Moritz reckte und zog sich an ihm empor. Jetzt griff er mit beiden Händen nach seinem Kopf und zog ihn zu sich herunter. Ein Kuß! Dieser Mensch hatte ihn wahrhaftig geküßt!

»Professore, ich bin gerührt«, sagte Beri und verbeugte sich.

»Sie haben es verdient, mein Freund«, antwortete Moritz und machte sich auf den Heimweg.

»Ich hoffe, wir haben uns nicht zum letzten Mal gesehen«, rief Beri noch.

»Gewiß nicht, gewiß nicht«, murmelte Moritz, langsam und vorsichtig das Weite suchend und mit der Rechten ausholend, als suchte er laufend nach einem Stock, auf den er sich hätte stützen können.

214

Beri lachte. Anscheinend war es ihm gelungen, diesen Menschen für sich einzunehmen. Das konnte noch von Nutzen sein. Doch wichtiger war, was in der anderen Barke geschehen war. ›Rosina, Rosina‹, dachte er beschwörend, ›jetzt hat er Dich dreimal geküßt!‹

Dann ging er hinauf in seine Zimmer, um dort zu warten.

33

»Giovanni!« rief Rosina und warf die Tür ungestüm hinter sich zu.

»Da bist Du ja endlich«, antwortete Beri, fast ebenso laut, »wo ist er?«

»Ach Giovanni...«

»Wo ist er? Sag endlich, wo er jetzt ist...«

»Er ist nach Hause gegangen...«

»War er zufrieden? Was hat er gesagt?«

»Ach Giovanni, ich glaube...«

»Rosina, ich will jetzt nicht wissen, was Du glaubst. Was hat er gesagt? Was ist passiert?«

»Schrei mich nicht so an, Giovanni! Wenn Du so schreist, geh ich sofort!«

»Rosina, Du Engel! Du hast mich lange warten lassen, zwei Stunden laufe ich auf und ab in diesen Zimmern. Kannst Du nicht begreifen, daß ich wissen möchte, was passiert ist?«

»Setz Dich, Giovanni, gib mir ein Glas Wein, ich werde Dir alles erzählen.«

»Das ist gut, Rosina, ich werde schweigen, Du wirst mir erzählen.«

Beri schenkte ihr ein Glas ein und überreichte es ihr mit einer gespielten Verbeugung. Sie kostete, lächelte, nahm seufzend Platz und strich sich wieder durchs Haar.

»Wir stiegen in die Barke, er zuerst. Er gab mir die Hand, ich sprang hinter ihm hinein...«

»Rosina, Engel, spann mich nicht auf die Folter!«

»Wir legten ab, wir verloren Euch aus den Augen, aber es war ihm recht, und auch mir war es recht.«

»Gut, mein Engel, es war so geplant... Sprich weiter!«

»Dann sah er die Erleuchtung der Kuppel. Er war ganz außer sich über die Laternen und Fackeln. Er sagte, es sei wie ein Märchen...«

»Aber nicht doch...«

»Doch, ich habe mir alles gemerkt, wie Du gesagt hast. Er sagte, es sei wie ein Märchen.«

»Nichts sonst? Das ist alles?«

»Wie ein Märchen, zweimal. Dann sagte er, er habe auf seiner Reise schon viele große Schauspiele gesehen, doch dieses gehöre zu den ersten.«

»Herrgott, diese Nordmenschen hole der Teufel!«

»Aber nein, Giovanni, ich muß Dir sagen, ich glaube...«

»Rosina, Engel, was ist weiter passiert?«

»Wir trieben am Ufer entlang. Er ließ halten. Er wollte den Anblick, wie er sagte, in Ruhe genießen. Er sagte, der Anblick sei einzig und herrlich.«

»Verdammt, er hatte wahrhaftig keinen großen Tag. Was will er sein, ein Dichter? Warum redet er dann solches Zeug? Da wäre mir mehr eingefallen!«

»Einzig und herrlich, zweimal. Und dann sagte er, daß etwas Ähnliches in der Welt wohl nicht mehr sein könne...«

»Ich weiß...«

»Was weißt Du? Hast Du uns belauscht, Giovanni?«

»Aber nein. Etwas Ähnliches kann in der Welt nicht sein, weil es in der Welt keine zweite Peterskirche gibt. Hat er das etwa auch noch gesagt?«

»So ungefähr hat er sich ausgedrückt.«

»Mein Gott, dann hat dieser Professor ihn wahrhaftig schon ein wenig verhext.«

»Was meinst Du, Giovanni?«

»Nichts, mein Engel. Ich hoffe, er hat nicht weiter diesen Tiefsinn geredet.«

»Er sagte, ich solle mir den Mond anschauen, der Mond gefiel ihm wohl sehr...«

»Ich weiß, es war Vollmond.«

»Er sagte, bei Vollmond sei der Anblick der Kuppel groß und reizend, besonders bei Vollmond...«

»Ich halte es nicht mehr aus. Rosina, was ist passiert? Hat er die ganze Zeit über den Mond gesprochen?«

»Er hat viel über den Mond gesprochen, Giovanni. Ich habe nicht alles verstanden. Wir haben Wein getrunken, und er hat immer mehr gesprochen, sehr schön, eigens für mich. Es kam mir so vor, als spräche er eigens für mich...«

»Sehr schön, mein Engel. Du hast Dich in seine Arme geschmiegt, Du hast ihm zu erkennen gegeben...«

»Aber nein, Giovanni, aber nein!«

»Rosina, wir haben es Hunderte Male besprochen, geprobt. Willst Du mir jetzt sagen, daß Du ihm zugehört hast, wie er den Mond anbellte?«

»Ich habe ihm gelauscht, Giovanni...«

»Rosina!«

»Ich habe mich ganz leise an seine Seite gelehnt...«

»Sehr gut, Rosina, wunderbar, und... was ist passiert?«

»Nichts. Er hat weiter gesprochen, sehr feierlich.«

»Aber was denn? Was hat er gesagt?«

»Daß der Himmel so rein und hell sei, so schön und klar...«

»Rosina, hat er Gedichte aufgesagt, meinst Du das?«

»Nein, es waren keine Gedichte. Er hat nur beschrieben, was wir gesehen haben, immer wieder hat er es beschrieben, aber es fielen ihm immer nur dieselben Worte dazu ein.«

»Er hat Dich geküßt! Er hat Dich endlich geküßt! Sag es, Rosina!«

»Ich muß Dir etwas sagen, Giovanni. Ich glaube...«

»Rosina! Nein! Er hat Dich geküßt, dreimal, dreißigmal, dreihundertmal!«

»Giovanni, sei still!«

»Dreitausendmal!«

»Giovanni...: ich habe mich in ihn verliebt!«

Beri sackte in sich zusammen. Mit einem Mal war seine ganze Erregung verschwunden. Das konnte nicht wahr sein, er hatte wohl nicht richtig gehört! Er stand auf, ging durch die Zimmer und versuchte, ruhig zu bleiben. Die Sache nahm eine Wende, die er nicht vorhergesehen hatte. Was redete sie? Hatte sie zuviel getrunken? Sie saß gerade und aufrecht auf ihrem Stuhl wie eine Prinzessin, die der Königssohn endlich erlöst hat.

»Rosina, mein herrlicher Engel! Ich habe nicht gehört, was Du gesagt hast. Sicher hast Du etwas unbedachtsam gesprochen. Vergessen wir es! Tu mir den Gefallen und erzähle mir, wie ihr voneinander Abschied genommen...«

»Giovanni, ich sagte, ich habe mich in diesen Goethe verliebt.«

Beri zitterte, einen Augenblick spürte er den Wunsch, diese Frau hinauszuwerfen.

»Ich liebe ihn, ich weiß es genau. Er ist ein wunderbarer Mensch, Giovanni. Er ist der erste höfliche und liebenswürdige Mann meines Lebens...«

»Rosina...! Sag, daß es nicht wahr ist!«

»Für einen kurzen Augenblick hat er meine Hand gehalten, Giovanni.«

»Oh! Ich habe es nicht mehr zu hoffen gewagt, Rosina!«

»Er *hat*, Giovanni, er *hat!* Es durchfuhr mich, wie es mich noch nie durchfahren hat! Dann hat er weiter gesprochen,

218

ich habe nichts mehr verstanden, ich habe nur versucht, seine Berührung auszukosten.«

»Ja, Rosina, wie schön, ich verstehe...«

»Du mußt es verstehen, Giovanni...«

»Ich verstehe, Rosina.«

»Du verstehst.«

»Ja.«

Beri war jetzt so erschöpft wie seit Wochen nicht mehr. Er hatte das Gefühl, daß seine Planungen sich gleich beim ersten Anlauf völlig verfangen hatten. Wenn Liebe im Spiel war, konnte man nicht weiter mit der Vernunft vorgehen. Oder war es ein Vorteil, wenn Rosina diesen Mondanbeter liebte?

»Ihr habt als Freunde Abschied genommen..., Rosina?«

»Das haben wir, Giovanni.«

»Werdet Ihr Euch wiedersehen?«

»Ich muß ihn wiedersehen, Giovanni.«

»Hat er etwas gesagt? Hat er Dich eingeladen?«

»Er hat sich bedankt, Giovanni. Er hat mich auf die Fingerspitzen geküßt...«

»Auf die... Fingerspitzen?«

»Hierhin, auf die Spitzen des zweiten und dritten Fingers, an beiden Händen...«

»An beiden Händen..., unglaublich!«

»Nicht wahr, Giovanni? Noch nie hat mich ein Mann auf die Fingerspitzen geküßt...«

»Und noch nie an beiden Händen, Rosina, nicht wahr?«

»Giovanni! Du Ekel! Jetzt machst Du Dich über mich lustig! Ich will das nicht! Wenn Du so weitermachst, spreche ich nicht mehr mit Dir. Auf Dein Geld kannst Du verzichten! Ich weiß jetzt, was ich will!«

»Rosina, werdet Ihr Euch wiedersehen?«

»Ich verrate Dir etwas, Giovanni! Ich verrate es Dir, wenn Du nicht weiter spottest!«

»Ich werde ernst sein wie ein Nordmensch, Rosina, völlig ernst.«

»Dann verrate ich Dir, daß er beim Abschied gesagt hat: Wir sehen uns wieder, Signorina Rosina!«

»Das hat er gesagt?«

»Zweimal!«

Beri hätte beinahe losgelacht, so komisch kam ihm dieser Goethe vor. Anscheinend benahm sich dieser Mann ja noch wie ein Kind! Wie konnte man neben Rosina in einer Barke sitzen, ohne sie anzurühren? Wie konnte man eine junge, betörte und willige Frau auf die Fingerspitzen küssen? Dieser Mann beherrschte nicht einmal die Liebeskunst, dieser Mann benahm sich ja geradeso wie sein Werther, schwärmerisch, vorsichtig, hilflos und steif! Gott, es würde schwieriger werden, als er sich vorgestellt hatte, diesem Goethe etwas Leben einzuhauchen.

»Rosina, Du warst wunderbar, glänzend, Du hast alles übertroffen, was ich zu hoffen gewagt!«

»Habe ich das, Giovanni?«

»Du hast es, so wahr ich Giovanni Beri heiße!«

Beri nahm sie am Arm, geleitete sie zur Tür, verbeugte sich, küßte sie auf die Fingerspitzen des zweiten und dritten Fingers, an beiden Händen, winkte ihr nach, wartete, bis sie nicht mehr zu sehen war, und schloß die Tür.

34

Rosina gab keine Ruhe. Seit der denkwürdigen Nacht tauchte sie alle paar Stunden in Beris Zimmern auf. Sie wußte nicht, wie sie es anstellen sollte, sich erneut mit Goethe zu treffen, rastlos machte sie Vorschläge, verwarf sie, kämmte sich immer wieder das Haar, zog sich um, warf sich auf Beris Bett, eilte hinaus. Dann kauerte sie wieder am Hafen, stumm, lange aufs Wasser schauend, als plagten sie schwere Gedanken.

Anfangs wartete sie noch auf ein Zeichen. Er konnte sie doch nicht einfach vergessen haben, er mußte sich doch an diese einzigartigen Stunden erinnern! Als das erwartete Zeichen aber ausblieb, durchstreifte sie die Stadt, kaufte sich von dem Geld, das Beri ihr gegeben hatte, Haarspangen, Broschen und Kleider und wagte doch nicht, das neu Erworbene auch schon zu tragen. Sie zeigte es vielmehr Beri, sie tat, als sei sie ganz sicher, bald gerufen zu werden, doch Beri merkte, daß es ihr von Tag zu Tag schwerer fiel, ihre Unruhe zu zügeln.

Er zeigte Verständnis. Ja, er konnte sich vorstellen, wie es in ihr aussah, etwas Ähnliches hatte er schließlich selbst vor kurzem erlebt. Durch die Liebe wurde man ein anderer Mensch, ein launisches, unberechenbares, getriebenes Wesen, in dessen Augen die Welt sich verengte auf ein einziges Thema: gefalle ich ihr? Nächtelang trieben solche Fragen einen dann um, man kam sich seltsam ungeschickt vor und fand viel an sich auszusetzen, ja, man bekam einen skeptischen Blick und hätte sich vom Schöpfer der Dinge gern ein ganz andres Aussehen gewünscht. Dann fing man an, sich herauszuputzen, man verbrachte lange Zeit vor dem Spiegel, man musterte und betrachtete sich wie einen Fremden und schaute sich in den geöffneten Mund wie ein Arzt, auf der Suche nach faulen Zähnen. Ja, man wurde sich lästig, am liebsten wäre man zu der Geliebten gelaufen, um ihr alles laut zu gestehen, doch dafür war noch nicht die Zeit, man fühlte sich einfach zu schwach, zu jünglingshaft und zu unvorbereitet. Also tat man alles, Leib und Seele zusammenzustimmen, irgendwie sollte die Liebe den Leib schließlich formen, er mußte drahtiger werden, beweglicher, er sollte leicht werden, eine Feder, doch der Leib bäumte sich immer wieder auf gegen das heiße Gefühl, dann geriet man ins Schwitzen, fühlte sich müde, so müde, und stellte fest, daß einem nichts mehr schmeckte, selbst nicht der Wein...

Auch Rosina hatte längst begonnen zu hungern. Statt zu essen kaute, sie nun an ihren Nägeln, drehte lange den vollen Teller, schob ihn beiseite, nippte an einem Glas, tauchte den Finger hinein. Nein, sie hielt es wohl nicht mehr aus, sie konnte dieses Warten nicht länger ertragen, irgend etwas mußte geschehen.

»Giovanni, ich denke viel über ihn nach.«

»Das ist gut, mein Engel, das hilft.«

»Ist er ein sehr ernster Mensch?«

»Oh ja, das ist er. Ich habe ihn fast niemals lachen sehen.«

»Meinst Du, ich könnte einem so ernsten Menschen gefallen?«

»Unbedingt, Rosina! Gerade weil er so ernst ist, machst Du Eindruck auf ihn.«

»Aber ich verstehe nichts von der Literatur!«

»Um so mehr Eindruck wirst Du wohl auf ihn machen! Meinst Du, er will sich mit Dir über Literatur unterhalten? Aber nein! Für so etwas hat er seinen kleinen Professor! Du solltest Dich darum nicht kümmern. Spazier mit ihm durch Rom, sei einfach an seiner Seite, plaudre, heitre ihn auf, das wird ihm gefallen!«

»Aber warum meldet er sich denn nicht?«

»Er hat zu tun, er hat immer zu tun.«

»Aber was?«

»Rosina, diese Nordmenschen machen sich das Leben zur Qual. Sie vertun ihre Zeit mit lauter langweiligen, endlosen Tätigkeiten, als lebten sie hundert Jahre.«

»Ich möchte wissen, was er jetzt tut.«

»Dann geh hin, geh und frag ihn.«

»Das mag ich nicht. Er soll mich besuchen.«

Beri wartete, bis ihr Stolz schwächer wurde. Er redete ihr

gut zu, er versuchte ihr zu erklären, daß man in der Liebe nicht zaghaft und ängstlich sein dürfe, doch er hatte nicht damit gerechnet, wie stark Rosina einem Traum nachhing: sie wollte gerufen, gelockt werden, sie wollte sich ein wenig zeigen, dann mehr, sie wollte eine Verführung erleben, so kunstvoll und aufwendig, wie es der Rang dieses Dichters verhieß.

Schließlich aber war ihr Stolz endgültig gebrochen. Sie gestand Beri, daß sie beschlossen habe, sich Goethe zu zeigen, ganz zufällig. Sie wollte in der Nähe des Hauses am Corso auf ihn warten, sie wollte ihm über den Weg laufen und so tun, als hätte sie mit allem gerechnet, nur nicht mit ihm. Die Sache mußte sich doch entscheiden, so oder so, sie wollte ihn sehen und zwingen, sich zu erklären.

Beri gab sich einsichtig und begleitete sie auf ihrem Weg. Er redete ruhig mit ihr, doch ihre Aufregung stieg so sehr, daß sie vor lauter Unruhe zu singen begann. Der Gesang erleichterte sie ein wenig, doch kaum war sie verstummt, sackte sie in sich zusammen. Dann erklärte sie, daß sie zurückgehen wolle, sie habe sich zuviel vorgenommen.

›Man muß mit ihr umgehen wie ein Arzt mit einem Kranken‹, dachte Beri, ›man muß ihr die Hand halten, sie loben, ihr Mut einflößen, aber es ist nicht auszuschließen, daß sie noch die Stimme verliert, so sehr nimmt sie die Angelegenheit mit. Es ist grausam von ihm, wie er mit ihr umgeht, er hat keine Manieren, längst hätte er sich melden müssen, wahrscheinlich sitzt er noch immer über seinen lächerlichen Blättern und zeichnet, oder er schlürft das saure Wasser, das den Harnfluß beschleunigt, oder er zählt mit diesem Moritz die Silben, kurz, lang, kurz!‹

Dann ließ er sie allein. Sie kauerte sich in einen Eingang, als fröre sie, und Beri war es nicht recht, sie so hilflos zurückzulassen. Doch er wußte keinen anderen Ausweg, und außerdem ärgerte es ihn, daß seine Pläne so früh ins Stocken gerieten. Als er sich entfernte und sich noch einmal nach ihr umschaute, war es ihm plötzlich, als sei sie in diesem Eingang an seine Stelle getreten. So hilflos und aufgeregt, wie sie jetzt dastand, hatte auch er einmal in diesem Eingang gestanden. Er hatte es nicht fertiggebracht, diesem geheimnisvollen Menschen noch näher zu kommen, deshalb mußte er Rosina ausschicken. Wenn es ihr gelang, ihn für sich zu gewinnen, würde er alles erfahren, was er erfahren wollte, jede Einzelheit, jede noch so intime Szene. Rosina würde ihm alles erzählen, in den letzten Tagen war er ihr einziger Halt gewesen, sie brauchte ihn jetzt beinahe so dringend, wie sie diesen Menschen aus Weimar brauchte, nur wußte sie es nicht, nein, sie wußte nicht, daß sie sich ihm, Giovanni Beri, ergeben hatte, daß sie sein Werkzeug geworden war.

Er wartete auf sie in seinen Zimmern, eine Stunde, dann auch zwei, und er stellte sich vor, daß sie noch immer an derselben Stelle stand, mit rotem, erhitztem Kopf und matter Stimme, am Ende ihrer Kräfte. Dieser Goethe, das wußte er aus eigener Erfahrung, konnte einen verzweifeln lassen, manchmal hielt er sich halbe Tage in seiner winzigen Behausung auf, ganz in sich versunken, ein spielendes, träumendes Kind, das von der Welt nichts wissen wollte.

Beri hatte sich schon entschlossen, nach Rosina zu suchen, als er eilige Schritte auf der Treppe hörte. Das mußte sie sein, und an ihrem Tempo ließ sich erahnen, daß etwas geschehen war.

»Giovanni!«

»Rosina, ich wollte mich gerade auf den Weg machen...«

»Ich habe ihn getroffen, Giovanni!«

»Erzähle, was ist passiert?«

»Ich wartete unten auf ihn, als ich auf einmal sah, daß er zum Fenster herausschaute. Ich war so erschrocken, daß ich sofort auf die Straße stolperte. Ich konnte die Augen gar nicht abwenden von ihm, ich winkte zu ihm hinauf, und er erkannte mich auch sofort.«

»Gut, Rosina, Du warst mutig, so ist es am besten...«

»Er rief herab, ich solle auf ihn warten, dann kam er herunter und fragte mich, ob er mir sein neues Quartier zeigen dürfe.«

»Sein neues? Was heißt das?«

»Er ist umgezogen, Giovanni.«

»Was ist er? Und davon wußte ich nichts? Da sieht man, was er sich alles herausnimmt! Schnell, sag, wo wohnt er jetzt? Etwa am Tiber? Haben unsere Pläne schon Wirkung gezeigt?«

»Aber nein, Giovanni! Was stellst Du Dir vor? Er wohnt noch immer in diesem Eckhaus am Corso, er hat nur das Zimmer gewechselt. Sein früheres Zimmer war klein und unbequem, jetzt hat er ein großes, sehr großes, stattliches, das Eckzimmer, den Saal mit den schönen, verzierten Decken!«

»Das Eckzimmer? Das ist unmöglich, dort wohnt doch dieser Tischbein!«

»Aber nein, er wohnt nicht mehr dort!«

»Rosina, Du bringst mich ganz durcheinander. Ist das alles wahr? Und ich sollte nichts bemerkt haben davon?«

»Signore Tischbein, mein lieber Giovanni, ist abgereist. Es hat einen großen Streit zwischen ihm und Filippo gegeben. Ich weiß nicht, worum es ging, Filippo sagt, Signore Tischbein suche sein Glück anderswo, nämlich im fernen Neapel. Und wer sein Glück anderswo suche, anstatt es an seiner Seite zu suchen, der sei einfältig und dumm.«

»Das hat er gesagt? Siehst Du, er hält sich für Gott weiß was, ich habe es immer geahnt!«

»Aber er hat es nicht so ernst gemeint, wie Du denkst. Er hat gelacht und mich an der Hand genommen, als wollte er mich warnen, mich von ihm zu entfernen.«

225

»Rosina! Was Du nicht sagst!«

»Er war sehr freundlich, Giovanni, er konnte mich nicht besuchen, da er mit seinem Umzug beschäftigt war. All diese großen Köpfe und Büsten, die vielen Bücher, die Möbel, die Pflanzen – es hat eben einige Zeit gedauert, bis alles untergebracht war. Aber jetzt ist er zufrieden.«

»Wie schön! Worüber habt ihr geplaudert?«

»Er hat mir seine Freunde vorgestellt, wie er sie nennt. Seine Freunde, das sind die himmlischen Götter.«

»Natürlich, die Götter...«

»Da ist die große Juno, die verehrt er am meisten, und dann ist da noch der Göttervater, ein alter Herr mit Bart, der ganz grauenvoll blickt, und schließlich ein jüngerer Bursche, ein Apoll, der war nicht einmal übel...«

»Ich weiß, Rosina, ich weiß...«

»Was weißt Du, Giovanni? Du weißt nichts. Ich erzähle Dir, wie es aussieht im neuen Quartier unsres Filippo, und Du tust ganz gelangweilt, als seist Du schon einmal dagewesen...«

»Aber nein, Rosina, ich bin begeistert, ich versuche das alles nur zu begreifen, er ist umgezogen, Signore Tischbein ist fort nach Neapel, ich versuche zu ergründen, was das für uns bedeutet.«

»Was soll es bedeuten? Er hat uns eingeladen, das bedeutet es, mein Lieber. Er sagt, daß er in seinem neuen Quartier nun auch Gäste willkommen heißen will.«

»Gäste?!«

»Gäste! Zur Feier des Umzugs veranstaltet er ein Fest mit seinen besten Freunden. Und dazu gehören auch wir, ich natürlich, aber auch Du, auch Dich hat er nicht vergessen!«

»Wie freundlich von ihm!«

»Übermorgen sollen wir uns einfinden bei ihm, ich habe zugesagt, ich hoffe, es ist Dir recht.«

»Aber ja, mein Engel, natürlich ist es mir recht, alles, was Deiner Liebe dient, ist mir recht.«

Sie gab ihm einen flüchtigen Kuß auf die Wange, schon war sie wieder verschwunden. Doch Beri spürte ihre Aufregung noch lange, als hätte sie sich nicht aus den Zimmern entfernt. Von Liebenden ging eine besondere Unruhe aus, ein Fieber, das irgendwie ansteckend wirkte. Sie selbst bemerkten es nicht, sie hatten nur Augen für sich, doch er, Beri, hatte längst schon gespürt, wie dieses Lieben die Umgebung berauschte, als müßte man sich bemühen, auch selbst die stärksten Gefühle dagegen aufzubieten. Neben einer Liebenden wie Rosina geriet man in einige Verwirrung, man mußte sich Mühe geben, das eigene Leben zu behaupten, gut, daß er selbst liebte, und gut, daß Rosina davon nicht allzu viel wußte.

Immerhin zeigten seine Planungen erste Erfolge, Goethe schien Interesse zu zeigen, jetzt kam es nur darauf an, ihn weiter zu locken, bis an die Grenze. So etwas konnte man Rosina schon zutrauen, allerdings hatte sie alle guten Absichten und Vorbereitungen längst vergessen und folgte nur noch ihrem Gefühl. Um so besser! Sie war eifrig, nein, sie war von ihrem neuen Glück besessen, sie würde nicht ruhen, bis sie ans Ziel gelangt war. Fraglich war nur, ob Goethe ihre Unterhaltung zu schätzen wußte. Er war an ganz anderes gewöhnt, an seinen Moritz und an seine Hausgenossen, die ihm zuliebe nur von der Kunst und den Altertümern erzählten. Rosina würde Erfolg haben, wenn sie nicht stundenlang vor sich hin plapperte; vielleicht hinderte ihre Scheu sie vorläufig noch daran. Sie erwartete von diesem Goethe das volle Glück, und sie war bereit, ihm Zeit zu lassen, damit es sich langsam entfaltete. Insgesamt waren das gute Voraussetzungen, um an ein erfolgreiches Ende von Rosinas Mission zu glauben.

Beri spürte, wie seine Unruhe nachließ. Im Grunde waren

es doch sehr gute Nachrichten, die Rosina ihm überbracht hatte. Goethe hatte sich in dem großen Ecksaal einquartiert, das bedeutete auch, daß er noch lange in Rom bleiben würde. Vielleicht war es auch ein erstes Anzeichen dafür, daß er seine Mauseexistenz aufgab und endlich ernst machte mit einem freigebigeren und geselligen Dasein.

Es war besser, diese Veränderungen gleich zu melden. So konnte er beweisen, wie wachsam er war. Er setzte sich, seufzte kurz auf, dachte an die bevorstehende Nacht und erfüllte vorher seine Pflicht:

»Herr von Goethe hat das kleine Zimmer, in dem er bisher wohnte, aufgegeben und wohnt nun in einem prachtvollen Ecksaal des bekannten Hauses am Corso. Der Umzug, der nach der Abreise von Signore Tischbein erfolgte, die Herr von Goethe mit allen Mitteln herbeizuführen bemüht war, hat den Zweck, ihm einen geräumigen und standesgemäßen Ort für seine geheimen Gesellschaften zu bieten. Ohne Zweifel hat er vor, als Oberhaupt der kaiserfeindlichen Fraktion in Rom noch mehr als bisher in Erscheinung zu treten. Engen Freunden gegenüber hat er geäußert, wer nicht an seiner Seite stehe, gelte in seinen Augen als politisch einfältig und dumm. Seine Künstlermaskerade hat er beibehalten, doch scheint es, daß er seine Zurückhaltung gegenüber den römischen Frauen in einem entscheidenden Falle aufgegeben hat. Wir werden uns bemühen festzustellen, wie weit dieses Verhältnis bereits fortgeschritten ist und welche Absichten Herr von Goethe damit verfolgt. Nicht ganz auszuschließen ist, daß auch dieser Wandel Teil seiner immer leidenschaftlicher betriebenen politischen Planungen ist.«

Beri grinste. Manchmal wußte er selbst nicht mehr, was er noch glauben sollte. Wer sagte denn, daß Goethe diesen Ecksaal nicht aus den von ihm gerade geschilderten Gründen bezogen hatte? Gut, er glaubte längst nicht mehr an Goethes politische Mission, aber er hatte dafür keine endgültigen Beweise. Wem konnte man schon erklären, daß sich dieser Mensch nur in Rom aufhielt, um eine alte Liebe zu vergessen und wieder zum Dichten zurückzufinden? Er, Beri, zweifelte in manchen Augenblicken ja beinahe selbst an seinem Wissen. Doch mit Rosinas Hilfe würde er weiter vorankommen. Es paßtc gut, daß sie in diesen Goethe vernarrt war, so kamen endlich gewaltige Gefühle ins Spiel. Und Gefühle, da war Beri sich sicher, führten über kurz oder lang zu einer Klärung.

35

Rosina war vorausgeeilt, Beri hatte nur ihr kurzes Rufen gehört, mit dem sie ihm mitgeteilt hatte, daß sie nicht länger warten, sondern schon zum Corso eilen wolle. Eilen, eilen! Alles an ihr war in diesen Tagen in Bewegung, ihre Hände konnte sie nicht stillhalten, die Haare trug sie beinahe jeden Tag anders, die Kleider wurden immer wieder gewechselt. Es war, als sei sie in einen Sturm geraten, der sie mit mächtigem Atem durch die Stadt trieb. Sie flüchtete sich zu Beri, sie versuchte, sich durchs Singen zu beruhigen, doch sie fieberte auf den erwarteten Abend hin wie ein Kind, das sich viele Geschenke erwartet.

Beri kleidete sich um so langsamer an. Wenn Rosina die Nerven verlor, mußte er notfalls mit kühlem Verstand zur Stelle sein. Er durfte auf keinen Fall allzuviel trinken, das schärfte er sich ein. Jedes Wort wollte überlegt sein, dieser Goethe lauschte auf alle Nuancen, das hatte er schon bei der letzten Begegnung bemerkt.

Zur vereinbarten Zeit war er zur Stelle. Die Tür des Eckhauses am Corso stand offen, er ging die kleine Stiege hinauf, die er schon kannte. Noch auf den Stufen hörte er das Stimmengewirr, es schienen wirklich viele Gäste gekommen zu sein. Richtig, dort war die Malerin, wie hieß sie doch gleich, hoch in den Jahren, und dort ihr Mann, beinah schon ein Greis, der kaum ein Wort richtig verstand. Natürlich, der kleine Professor, immerhin verneigte er sich ein wenig, als habe ihn der Abend am Tiber nachhaltig beeindruckt. Und dieser junge, frische da? Der wohnte auch hier, das war Bir, Federico Bir hieß er wohl, ein Zeichner und Maler, wahrscheinlich ohne jedes Talent. Dort drüben stand der alte russische Hofrat, der führte die Fremden durch Rom und langweilte mit seinen umständlichen Reden, vor dem mußte man sich hüten. Und diese Weiße, diese Schöne mit dem schwarzen Gürtel, der sie als Römerin auswies?

Beri stand still und schluckte, fast hätte er Rosina nicht gleich erkannt. Gott, sie hatte sich wahrhaftig verwandelt, sie erinnerte ja beinahe an ..., nein, das denn doch nicht, sie war viel kleiner, sie bewegte sich schneller, und außerdem fiel ihr das Haar an diesem Abend breit auf die Schultern. Aber immerhin, es gab Ähnlichkeiten, die waren nicht zu leugnen, das lange Kleid, der Gürtel, nur daß Rosina nicht so stolz auftrat, nicht so bestimmt, eher wie ein kleiner, wendiger Vogel, der von Ast zu Ast flog und laufend ein neues Lied anstimmte.

Sie nahm ihn am Arm, beinahe tat sie ja so, als sei sie hier ganz zu Haus, sie hakte sich bei ihm ein, gemeinsam betraten sie jetzt den großen Saal, nein, den hatte er noch nicht gesehen. Der Saal ..., angenehm kühl war es hier an diesem heißen Sommerabend, die Fenster waren weit geöffnet, die schöne hölzerne Decke war mit Blumengirlanden geschmückt, auch auf den kleinen Tischen standen überall Blumen, das hatte dieser Goethe ihm abgeschaut, soviel war sicher!

Wo war er überhaupt? Ah, da kam er, in seinem grünen Rock, den Beri so gut kannte, für einen Moment durchlief ihn die Erinnerung siedend heiß, dann verneigte er sich, gab seinem Gegenüber die Hand und begann, die Schönheit des Raums gebührend zu loben.

»Sie haben es nicht schlecht getroffen, Filippo! Dieser Saal ist bezaubernd! Und was haben wir dort? Eine Galerie sehr würdiger Freundinnen und Freunde...«

»Sie erkennen bequem, um wen es sich handelt?« fragte Goethe und ging mit Beri hinüber zu den Gipsgestalten. Beri ließ sich Zeit, er schlich wie ein Liebhaber und Kenner an den bleichen Gesichtern entlang, ging wieder zurück, neigte den Kopf und wischte sich kurz über die rechte Schläfe.

»Diese Juno, mein lieber Filippo, könnte auch meine Herzensfreundin werden! Ich beglückwünsche Sie zu ihrer Nähe!«

»Sie war meine erste Liebschaft in Rom, Giovanni! Ist sie nicht wie ein Gesang Homers?«

Beri lächelte. Diese Juno wie ein Gesang? Das war kein guter Vergleich. Doch es war besser, sich nichts anmerken zu lassen.

»Ich hoffe, ihr sind noch viele weitere Liebschaften gefolgt, mein lieber Filippo! Wir Römer sagen: Wer sich in Rom nicht verliebt, der ist für die Liebe verloren!«

Da war er wieder, dieser nachhaltige, eindringende Blick, den man noch spürte, wenn man sich abwandte! Der Gipskopf der Juno schien ihm wirklich viel zu bedeuten, nicht einmal einen kleinen Scherz durfte man sich anscheinend erlauben! Wo war Rosina? Ah, sie sprach mit dieser Malerin, hoffentlich schüttete sie ihr nicht gleich ihr Herz aus. Solche Frauen hatten immer ein offenes Ohr, zu einer wie der faßte Rosina sicher rasch Vertrauen!

Beri ging auf die beiden zu, als er bemerkte, daß Goethe neue Gäste begrüßte.

»Mein Name ist Giovanni Rudolfo, Zeichner und Maler, von römischen Eltern.«

»Das ist Signora Kauffmann, Giovanni, sie ist eine gute Freundin unsres Filippo«, sagte Rosina.

»Ich habe Ihre Bilder noch nirgends gesehen, Signore Rudolfo, warum verstecken Sie Ihr Talent?«

»Ich habe meine Gründe, Signora«, antwortete Beri und ärgerte sich darüber, wie Rosina mit ihm umging. Vor aller Augen spielte sie die Überlegene, als müßte sie ihn betreuen wie einen kleineren Bruder, der alles immer zu spät begriff. Sie trat auf, als lebte sie schon eine ganze Weile in diesem Haus, beinahe hätte man denken können, sie wäre die Gastgeberin. Er nahm sich vor, sie zu maßregeln, sobald sie allein waren, doch vorerst mußte er sich um Höflichkeit bemühen.

»Ich bin in einem Alter, Signora«, fuhr Beri fort und lächelte die Malerin an, »in dem man mit Meisterschaft noch nicht rechnet. Und ich werde mein Werk erst präsentieren, wenn ich ganz zufrieden damit bin.«

»Das ehrt Sie, junger Freund. Doch lassen Sie mich bei Gelegenheit sehen, woran Sie arbeiten. Ich helfe Ihnen gerne, wo immer ich kann.«

›Womit solltest gerade Du mir helfen, Du Pinselhalterin?‹ dachte Beri und ging, sich kurz dankbar verneigend, einen Schritt zur Seite, um sich mit dem kleinen Professor zu unterhalten.

»Ich hoffe, Professore, unser gemeinsamer Abend ist Ihnen in guter Erinnerung?«

»Das ist er, Signore Rudolfo. Ich habe das Staunenswerte inzwischen in Worte gefaßt, ich darf wohl sagen, es ist mir gelungen!«

»Wie mich das freut, Professore! Europa wird also von Ihren Nächten am Tiber erfahren, etwas Schöneres konnte ich mir nicht wünschen! Aber sagen Sie, hat auch unserem Freund der Abend gefallen?«

»Er hat ihn in hohen Tönen gelobt, Signore Rudolfo!«

»Das hat er? Wie schön! War meine Schwester dem großen Manne nicht lästig? Ich hoffte schon, ihr Ungestüm könnte ihm zusetzen.«

»Nein, nein, im Gegenteil. Er sagte sogar, Ihre Schwester habe für eine Römerin etwas erstaunlich Gelassenes, Ruhiges.«

»Etwas Gelassenes? Oh..., da...«

»Sie hat ihm sehr geholfen, das muß ich sagen. Ohne sie wäre das alles hier ja nicht zu denken.«

»Ich verstehe nicht, Professore. Hat sie einen so starken Eindruck auf ihn gemacht?«

»Sie war ihm sehr freundlich zur Hand.«

»Was war sie?«

»Na, Sie sehen es ja, das alles hier, dieser Schmuck, diese Blumen, die ganze Dekoration, der Ornat...«

Beri versuchte, sich schnell zu fangen. Damit hatte also Rosina ihre Zeit in den letzten Tagen verbracht. Sie hatte sich längst in dieses Haus eingeschlichen, sie hatte diesem Goethe geholfen, die Räume zu dekorieren. Und sie hatte ihm, Beri, alles verschwiegen! Jetzt, ja, jetzt erkannte er sie wieder. Das war die alte Rosina, die alles selbst in die Hand nahm, sich von niemandem etwas sagen ließ und erbarmungslos dreist sein konnte! Und hier, in diesen Räumen, spielte sie die ruhige, beschauliche Freundin der Kunst!

»Aber Professore«, sagte Beri und lächelte wieder, »das ist der Rede nicht wert. Es macht meiner Schwester Vergnügen, da zu helfen, wo Hilfe gebraucht wird.«

»Ich danke Ihnen, Signore Rudolfo«, sagte Moritz. »Ich sagte Ihnen schon einmal, daß Sie ein Wohltäter sind. Man wird sich Ihrer in Deutschland einmal erinnern!«

»Das wäre zuviel der Ehre«, antwortete Beri und stellte sich vor, wie sein verzerrtes und schlecht gemaltes Porträt in einem dieser nordischen Kuhflecken an einer Stallwand hängen würde. Um Himmels willen, im Norden konnte Berühmtheit nur etwas Lächerliches sein!

Die Gäste schienen jetzt alle versammelt, denn Goethe bat die plaudernden Runden nach nebenan, in sein ehemaliges Zimmer, wo eine große Tafel gedeckt war. Die Tische standen in Hufeisenform entlang den Wänden, man nahm Platz, Beri kam neben dem jungen Federico zu sitzen, während er mißvergnügt bemerkte, daß Rosina neben Goethe Platz genommen hatte. Was sie sich alles herausnahm, und wie künstlich ihr aufgesetztes Lächeln wirkte, mit dem sie sich alle zu Freunden machen wollte! Laufend mußte er zu ihr hinüberschauen, es war kaum zu ertragen, wie sie von einer Minute auf die andere in eine neue Rolle schlüpfte. Federico hatte bereits begonnen, auf ihn einzureden, doch er mußte sich Mühe geben, seinen Worten zu folgen. Um was ging es denn überhaupt? Um den Vatikan, um die Sixtinische Kapelle?

»Entschuldigen Sie, Signore Bir, ich habe Sie schlecht verstanden.«

»Nennen Sie mich Federico, lieber Giovanni. Ich sprach von Michelangelos Fresken. Stellen Sie sich vor, ich plane, diese Fresken zu kopieren.«

Jetzt zupfte sie Goethe sogar am Hemdkragen und wischte ihm ein kleines Blatt von der Schulter. Sie trank mehr als gewöhnlich, das bemerkte er gleich, so versuchte sie, ihre Aufregung zu dämpfen. Ha, da winkte sie ihm sogar zu, so scheu und verhalten, als teilten sie tausend Geheimnisse miteinander. Warte, Du Luder!

»Was? Sie planen wahrhaftig etwas Derartiges?«

»Ein großer Freund und Liebhaber unserer Künste hat mich damit beauftragt. Sie können sich denken, daß mich schon allein der Gedanke, in der Sixtinischen Kapelle vor Michelangelos Bildern den Pinsel anzusetzen, nicht schlafen läßt.«

Von irgendwoher kam Gesang, ganz zweifellos, ein leises,

aber immer stärker werdendes Singen, nicht einmal schlecht. Und Rosina sprang ans Fenster und schaute hinaus. Was hatte das nun zu bedeuten? So etwas würde ihm nicht wieder passieren, er hatte diesem Biest ja völlig freie Hand gelassen, in gutem Glauben, sie werde sich an die Abmachungen halten.

»Ach, Sie schlafen schlecht?«

»Nur gegenwärtig, Giovanni, in der Sistina werde ich hellwach sein, das kann ich Ihnen versichern. Sagen Sie, haben Sie nicht Lust, uns zu begleiten?«

»Wen soll ich begleiten?«

»Filippo wird mich einige Tage in der Kapelle beraten. Und noch ein Freund wird dabeisein.«

»Oh, das ist ein freundliches Angebot. Ich werde es mir überlegen.«

»Bringen Sie nur Papier und Farben mit...«

»Nein, das nicht!«

»Aber zieren Sie sich nicht, wir haben schon von Ihren erstaunlichen Fertigkeiten gehört.«

»Von meinen Fertigkeiten? Wer sprach davon?«

»Ihre Schwester! Sie erzählte von Ihrem Altarblatt im Dom zu Orvieto!«

»Von meinem Altarblatt...?«

»Sie sind zu bescheiden, Giovanni. Wir machen uns bereits Sorge, ob Sie uns nicht nur aus lauter Höflichkeit Ihre Arbeiten vorenthalten. Bestimmt sind sie den unsrigen so überlegen, daß Sie uns nicht beschämen wollen damit.«

»Ach, nein, das ist es nicht, Federico... Aber sagen Sie, was ist das für ein Gesang?«

»Ich dachte, Sie wüßten davon. Ihre Schwester hat einige Sänger des Theaters eingeladen, man singt einige Szenen von Cimarosa...«

»Ach, ja, ich vergaß es beinahe, meine Schwester erwähnte es kurz.«

235

»Sie ist eine außergewöhnliche Person, Giovanni. Sie ist so uneigennützig und ehrlich. Gestern stieß sie zufällig auf Filippos Zeichnungen, die drüben auf einem Tisch lagen. Sie wußte nicht, wer sie gemalt hatte, sie nahm die Blätter nur in die Hand und sagte: ›Sind auch Kinder im Haus?‹ Und als wir fragten, wie sie darauf komme, sagte sie, diese Blätter hätten gewiß Kinder gemalt. Sie können sich vorstellen, wie Filippo sie anschaute.«

»Mein Gott, das hat sie gesagt? Ich werde mich bei Filippo entschuldigen, meine Schwester hat keine Ahnung...«

»Aber Giovanni! Natürlich hatte sie eine Ahnung. Filippo, ganz unter uns, zeichnet wirklich erbärmlich, erbärmlich wie ein Kind. Angestarrt hat er Rosina, und dann hat er plötzlich aus vollem Halse zu lachen begonnen.«

»Er hat gelacht, wahrhaftig gelacht?«

»Viele Minuten, er hörte gar nicht mehr auf.«

»Das ist allerhand...«

»Und er hat Ihrer Schwester gesagt, ihr gebühre ein Preis, weil sie als erste ausgesprochen habe, was die ganze Runde seiner Freunde nur im stillen gedacht: daß er nicht zeichnen könne.«

Die Sängerinnen und Sänger waren nun von zwei Seiten zu hören. Anscheinend hielt sich eine Gruppe im Ecksaal auf, während die andere von der Straße aus ihre Melodien intonierte. Beide trafen sich mit ihrem Gesang jedoch in einer Art Dialog, in dessen Mitte sich die große Tafelrunde befand.

Beri war der Hunger vergangen, lustlos stocherte er in einem Häuflein geräucherter Gänsebrust. Er war hier ja vollständig überflüssig, niemand beachtete ihn weiter, nur Federico erbarmte sich seiner und lud ihn für ein Stündchen in die Sixtinische Kapelle, wo der große Maler Giovanni Rudolfo sich wegen seines überragenden Talents wahrscheinlich rasch blamieren würde. Die anderen aber fühlten sich wohl, und es

236

handelte sich in der Tat ja auch um ein gut geplantes, klug gestaltetes Fest! Selbst dieser Moritz lächelte vergnügt in sich hinein, als habe er es geschafft, einen matten Gedanken in Aspik zu bändigen! Und Goethe unterhielt sich angeregt mit der halben Runde, nachdem er Rosina schon zum dritten Mal zugeprostet hatte.

Natürlich, sie war die Göttin des Abends, die Malerin, hoch in den Jahren, schaute schon giftig zu ihr herüber. Aber so etwas gefiel Rosina erst recht! Sie hatte alle im Blick. Mal sprang sie auf, um den Sängern draußen ein Zeichen zu geben, mal lief sie nach draußen, um den alten Collinas zu melden, was am Tisch noch fehle. Jetzt war sie verschwunden, sicher naschte sie in der Küche von den Speisen und tätschelte der alten Piera die Hand. Mit solchen Leuten kam sie gut aus, besonders ältere Menschen gingen ihr schon nach Sekunden ins Garn.

»Werden Sie uns also begleiten, Giovanni?« fragte Federico.

»Ich werde«, antwortete Beri und gab sich einen Ruck. »Nur werden Sie mir nachsehen, wenn ich Papier und Farben zu Hause lasse. Das Kopieren ist nicht meine Arbeit.«

»Natürlich nicht, entschuldigen Sie«, sagte Federico leise, als habe er eingesehen, daß er zu weit gegangen sei. »Wir werden uns freuen, wenn Sie uns Gesellschaft leisten.«

»Ich werde stumm genießen, schweigend, wie der Heilige Vater...«

Beri bemerkte sofort, daß er etwas Falsches gesagt hatte. Und als habe gerade dieser Satz in der plötzlichen Stille gezündet, hörte er, wie Goethe ihn durch den Raum ansprach:

»Giovanni, was sagten Sie, sagten Sie, Sie kennen den Heiligen Vater?«

Beri kam es so vor, als packte ihn jemand an der Kehle. Warum hatte er so etwas Dummes gesagt? Wie kam er überhaupt darauf, den Heiligen Vater hier zu erwähnen? Schuld war Rosina, sie hatte ihn durcheinandergebracht, den ganzen Abend ließ ihn ihre Erscheinung nicht zur Ruhe kommen.

»Aber nein, Filippo, ich kenne ihn nicht besser als jeder andere Römer.«

»Er ist ein großartiger Schauspieler, nicht wahr?«

»Ich... Er ist ein sehr schöner Mann, Filippo, das werden Sie nicht abstreiten.«

»Aber nein, Giovanni, ich lasse Ihnen Ihren Papst mitsamt seiner Schönheit.«

Beri glaubte aus dem Satz eine kleine Spitze herauszuhören, doch die Gesellschaft schien ihr Gespräch nicht weiter zu beachten. Die meisten waren jetzt aufgestanden und gingen hinüber in den Ecksaal. Auch er erhob sich und schritt langsam und schwer, als habe er etwas zu durchdenken, hinüber. Ach, dort wurde wieder gesungen! Und jetzt waren es die alten, römischen Lieder! Rosina stand im Kreise der Sängerinnen, sie hatte die Haare jetzt hochgesteckt, das war ein verteufelter Anblick, dieses Weiß, dazu dieser schwarze Gürtel, davon ging etwas Beunruhigendes aus. Aber warum? Was ließ ihn plötzlich so heiß werden, daß er eine Trockenheit in seinem Mund spürte, als hätte er tagelang nichts getrunken?

Jemand legte ihm die Hand auf die Schulter. Solche Knaben wie dieser Federico hängten sich gerne an einen. Beri drehte sich um, doch es war nicht Federico. Goethe stand neben ihm. Er reichte ihm ein Glas und hob sein eigenes, sie stießen an.

»Ich bin Ihnen über die Maßen dankbar, Giovanni«, sagte Goethe. »Sie haben uns Ihre Schwester überlassen. Sie ist der gewandte Geist Roms, sie ist das Freundliche, Gastliche, Heitere in Person...«

»Ich freue mich, Ihnen so dienen zu dürfen, Filippo. Wir alle lieben unsere Schwester. Sie ersetzt meinem Bruder und mir Vater und Mutter.«

»Ach, Sie haben noch einen Bruder? Was treibt er, warum bekommen wir ihn nicht zu Gesicht?«

Beri glaubte wieder, sich einen Schlag versetzen zu müssen. An diesem Abend plapperte er so aufs Geratewohl, als wollte er sich in die Hölle reden.

»Er weilt im Norden des Landes, Filippo, er studiert in Padua Recht und Gesetz.«

»Sagen Sie uns, wenn er in Rom weilt. Sicher ist auch er eine Zierde seines Faches...«

Beri lächelte, aber er wußte, daß es das letzte Lächeln war, das er an diesem Abend würde aufbieten können. Rosina stand nun ganz nahe vor ihm und sang all die Lieder, die er seit Jahren von ihr gehört hatte. Das war beinahe so, als würde man wieder zum Kind, zum Kind, das in einer Barke lag und nicht an den nächsten Tag dachte, zum Kind, das mit nackten Füßen über die Planken lief und sich an nichts erinnerte...

Er setzte sich, dieser Abend hatte ihn erschöpft. Er würde noch ein wenig den höflichen, freundlichen Bruder spielen, dann würde er sich verabschieden und unauffällig verschwinden. Dieser Abend war nicht sein Abend, dieser Abend war der Abend Rosinas! Das hatte er anzuerkennen, ja, sie hatte ihn beiseite gedrängt, von nun an spielte sie in diesem Spiel ihre eigene Rolle. Als Werkzeug hatte sie nicht lange getaugt, das hätte er gleich wissen müssen! Jetzt kam es darauf an, sie zu einer wirklichen Schwester zu machen. Er mußte sie ernst nehmen, er mußte sie eng an sich binden, damit sie ihm nicht noch einmal davonflog.

Beri schaute zu dem großen Kopf der Juno hinüber. Er zwinkerte ihr zu. Im Grunde war sie seine älteste Vertraute in dieser Runde. Und schweigsam war sie, ganz herrlich verschwiegen, so wie man sich Frauen wünschte, die einem von Herzen gefielen...

239

36

Nach dem Abend des Festes am Corso hatte sich Beri nichts anmerken lassen, er hatte Rosina sogar für ihre Ideen gelobt. Zwar fand sie sich noch immer fast täglich bei ihm ein, doch redeten sie nicht mehr so unbekümmert wie früher. Rosina versuchte, sich in dem Haushalt am Corso unentbehrlich zu machen, und Beri verfolgte erstaunt, wie ihr das Zug um Zug gelang. Die dreiste, wilde Rosina, die mit den Männern umgesprungen war wie eine Herrscherin mit ihren einfältigen Untertanen, sie zeigte sich plötzlich von einer Seite, die Beri ihr niemals zugetraut hätte.

Allen ging sie zur Hand. Sie half der alten Piera Collina bei der Arbeit im Haus, sie steckte Serafino etwas Tabak zu, sie stand an den heißen Tagen in der engen und unbequemen Küche und kochte eine Suppe aus einem Stück Rindfleisch und viel Gemüse. Nichts war ihr zuviel. Statt zu klagen, ließ sie ihren Gesang hören, beinahe den ganzen Tag über, als webte sie mit diesen Tönen an einer weiten und großen Decke, die bald alle einhüllen würde.

Dabei konnte sie nicht einmal damit rechnen, viele Stunden mit Goethe zusammenzusein. Wenn Beri sie fragte, ob sie ihn gesehen und was er getan habe, so schüttelte sie nur trotzig den Kopf: nein, sie hatte ihn nur wenige Minuten gesprochen, er hatte sie für ihr Singen gelobt und behauptet, durch sie sei die Musik in das Haus eingezogen. Das schien ihr vorerst auch zu genügen. Sie war dankbar, sich in seiner Nähe aufhalten zu dürfen, schon das Wissen, daß er nur wenige Zimmer entfernt über seinen Zeichnungen saß, machte sie zufrieden und glücklich. Es war, als hätte sie sich mit ihren Phantasien an diesen Menschen angekettet, um ihr eigenes Leben in seinem ruhigen, gleichmäßigen Dasein zu spiegeln.

Daher hütete sie sich, Fragen zu stellen. Sie wollte nicht auffallen, jedenfalls nicht über Gebühr, sie wollte sich einreihen
in den kleinen Kreis der mit sich selbst beschäftigten Menschen des Eckhauses am Corso, dessen Bewohner von den
Außenstehenden inzwischen für unermeßlich reich gehalten
wurden, weil sie sich einen derart aufwendigen Abend mit
Musik und Gesang hatten leisten können.

Rosina sprach nicht dagegen. Wo sie früher etwas Schnippi-
sches und Launiges entgegnet hätte, blieb sie jetzt freundlich
und in sich gekehrt. ›Irgendwie‹, dachte Beri, ›irgendwie hat
sie etwas von einer Schwangeren. Sie bewegt sich genauso
vorsichtig, und sie hat dieses verklärte Lächeln, an dem alles Fremde abprallt. Es ist, als schaute sie laufend nur in sich
hinein, um tief drinnen in sich endlich die Liebe zu finden.‹

Erregter wurde sie nur, wenn Gäste auftauchten, die Goethe entführten. Jeden Sonntag fand sich etwa die Malerin ein,
aufwendig gekleidet, in einer offenen Kutsche, als wollte sie
ihren Galan abholen zu einer Lustfahrt aufs Land. Und dann
verschwanden sie für einige Stunden, Goethe lasterhaft viel
palavernd, die Malerin mit dem Ausdruck der Siegreichen,
die alle anderen Frauen hinter sich ließ. Dabei, das wußte Rosina, hatte diese Frau längst ein Auge auf sie, weil auch sie,
obwohl eine Frau hoch in den Jahren, mit Goethe ein dunkles
Geheimnis verband, das sie mit niemand anderem teilte.

»Giovanni, ich glaube, sie ist es, die Filippo von den Frauen
fernhält.«

»Wie kommst Du darauf, Rosina?«

»Sie hat Macht über ihn, ich spüre es. Wenn sie sonntags
erscheint, ist es, als öffnete sie ihren Käfig und er flöge hinein.
Sie ist eine Zauberin, glaube mir.«

»Aber Rosina, was redest Du denn? Solche Zauberinnen
gibt es nicht, und erst recht ist diese Frau keine Erscheinung,
die einen solchen Mann für sich einnimmt.«

»Und trotzdem ist er mit ihr verbunden, warum folgt er ihr sonst so willig, jeden Sonntag, und manchmal auch noch in der Woche? Ich möchte wissen, was sie mit ihm anstellt.«

»Sie geht mit ihm in die Galerien, sie schauen sich Bilder an, nichts sonst.«

»Und hinterher?«

»Sie essen zusammen zu Mittag, in ihrem Haus oben an der Spanischen Treppe.«

»Und weiter?«

»Rosina, Du glaubst nicht im Ernst, daß unser Filippo dieser Frau mehr abgewinnt als einige Stunden angenehmer Unterhaltung.«

»Ich bleibe dabei, ich glaube, daß sie eine Zauberin ist. Sie hat den doppelten Blick, deshalb kann sie auch malen. Oder hast Du schon oft von Frauen gehört, die malen? Alle, die so etwas fertigbringen, haben geheime Kräfte.«

Beri wußte, daß er Rosina in dieser Sache nicht überzeugen konnte. Die alte Malerin war für sie ein böses Geschöpf, ja sogar eine Feindin, und es tat ihr weh, daß Goethe sich gerade darum bemühte, in der Kunst dieser gehaßten Frau, der Malerei, ebenfalls zu glänzen.

Nur langsam dämmerte Beri, daß Rosina die Musik ins Feld führte, um dem Malen etwas entgegenzusetzen. Geduldig wartete sie darauf, daß Goethe sie hörte, über die höflichen Minuten hinaus. Sie hätte ihn gern einmal allein für sich gehabt, um mit ihm an einem Abend durch Rom zu spazieren und ihm die Lieder und die Musik der Stadt einzuimpfen, doch es gelang ihr nicht, ihn von den anderen zu trennen, die ihn meist nur mit ihren Kunstgesprächen aufhielten.

Dabei war die Stadt in solchen Sommernächten ein einziges Meer von Musik. Durch die Straßen zogen die Geigen- und Zitherspieler, auf den Plätzen standen die Menschen im

Kreis um einen Sänger, der von einer Mandoline begleitet
wurde, und in den Osterien wurden die lauten Trinklieder
gesungen, die alten verdorbenen und immer neu variierten
Lieder Trasteveres, die von der ewigen Jugend Roms handel-
ten und voller Lügen waren und Spott. Und darein mischten sich die Tanzmusiken aus den schwach mit Fackeln erleuchteten Innenhöfen, deren Klänge zwischen den Dächern
aufwirbelten wie flüchtiger Rauch und deren Musikanten niemand zu Gesicht bekam, während aus den Kirchen die schweren, getragenen Gesänge strömten wie ein gewaltiger Gene-
ralbaß zu all den tobenden, immer ausgelasseneren Harmonien, die in der Nacht zu den dunklen Hügeln hinaufstiegen,
wo sie langsam im dichter werdenden Schwarz in sich versanken.

Auch Beri verstand nicht, warum dieser Goethe sich noch
länger mit dem Zeichnen abgab. Dichten sollte er, dichten,
das war es, was er von ihm verlangte! Und die Musik, an die
Rosina nun dachte, sie war nicht der schlechteste Weg, wieder
zurückzufinden zu den klingenden Worten und Silben! Statt
dessen aber mühte er sich, den Mondschein aufs Papier zu
bringen oder Farbkreise zu malen, so bunt, als habe er vor,
alle Farben gewissenhaft durchzuprobieren.

»Stell Dir vor«, sagte Rosina, »er zeigt mir sogar noch, was
er gemalt hat. Er sagt, ich sei seine unbestechliche Kritikerin,
nur weil ich einmal gesagt habe, er male ja wie ein Kind.«

»Er malt den Mondschein, wahrhaftig den Mondschein?«

»Ach, es ist eben nichts als etwas Weiß auf blauem Grund.
Und dafür braucht er dann Stunden. Jetzt geht er sogar alle
paar Abende in eine Zeichenschule. Da erklärt man ihm, sagt
er, das Malen mit Perspektiven.«

»O Gott!«

»Ich habe ihn gefragt, warum er so wenig schreibt und statt
dessen seine Zeit an dieses Malen verschwendet.«

»Das hast Du ihn wirklich gefragt?«

»Er hat gesagt, er male am Morgen und schreibe in der Nacht.«

»Er schreibt?! Was schreibt er in der Nacht?«

»Nichts. Er malt am Morgen, das ist wahr, aber er schreibt nicht in der Nacht. In der Nacht plaudert er mit Federico oder dem kleinen Professor oder sonst einem von seinen lästigen Freunden. Wenn er schreibt, schreibt er an einem uralten Stück, einem Stück fürs Theater. Aber er schreibt am späten Morgen, wenn er schon müde ist. Ich glaube, er frischt seine alten Worte nur etwas auf, ich habe die Seiten gesehen, er streicht die Worte durch, und er schreibt die neuen darüber. Sag, Giovanni, warum schreibt er nichts über Rom, warum schreibt er nicht über mich? Warum zum Teufel schreibt er nicht für mich ein Gedicht?«

Beri sah, daß ihr die Tränen gekommen waren. Sie hatte sich nun schon einige Wochen zu beherrschen versucht. Es mußte sie große Kraft kosten, fast jeden Tag in diesem Eckhaus am Corso die freundliche Römerin zu spielen. Beri nahm sie in die Arme, in solchen Momenten trafen sich ihre Interessen, auch er hatte nichts andres im Sinn, als diesen Goethe endlich zum Dichten zu bekehren, zum Dichten, nicht zum Verbessern!

»Rosina, mein Engel, wir wollen beide, daß er glücklich ist. Und wir wissen, daß er, um dieses Glück endlich zu finden, zum Dichten zurückfinden muß. Aber wir müssen Geduld haben, viel Geduld.«

Sie machte sich von ihm los und wischte sich die Tränen aus den Augen. Sie nickte, plötzlich war sie wieder das einfache, junge Ding, das sich dem Lauf der Zeit überließ. Beri räusperte sich, um der Szene rasch ein Ende zu bereiten. Nein, er durfte sie nicht mehr zu lenken versuchen, sie würde sich sträuben und genau gegen seine Absichten handeln. Wahrscheinlich mißtraute sie auch ihm, obwohl sie sich gerade noch so eng an ihn geschmiegt hatte.

Und so widmete er sich wieder mehr seinem Amt. Er war der Meisterspion, und er hatte jetzt nicht mehr einen, sondern zwei Menschen im Blick.

37

Der Sommer war so heiß wie seit langem nicht mehr. Schon am Morgen lagerten sich die Hunde in die Schatten der Häuser und verharrten an ihrem Platz den ganzen Tag, regungslos, mit glasigen, immer matter werdenden Augen. Die Scharen der Bettler trieb es in die Kühlung verheißenden Innenräume der Kirchen, aus denen sie immer wieder hinausgetrieben wurden ins Freie, wo sie ächzend und greinend herumlagen und den Vorbeigehenden lästig wurden.

Selbst die Katzen kauerten sich schon bald müde in die Hauseingänge, streckten die Glieder und bewegten den Kopf so langsam, als starrten sie nur noch auf ein einziges, unveränderliches Bild, das im Flimmern der Luft allmählich zerschmolz.

Das Leben auf den Straßen erlosch mit den Stunden. Die Fleischverkäufer, die sonst mit ihrer Ware laut schreiend durch die Viertel zogen, saßen in der Nähe eines Brunnens und hatten den Rest des Fleischs längst an ein paar Hunde verfüttert, die Lastträger, die sich sonst überall aufdrängten, strömten auf den großen Plätzen zusammen und lagen später wie ein vom Himmel gefallener Schwarm dunkler Vögel unter den Pinien.

Wer sich noch im Freien bewegen mußte, lief schnell von Haus zu Haus, um nicht von der Sonnenglut gepackt zu werden. Unten am Fluß standen die Kinder mit den Füßen im

245

Wasser, unbeweglich wie Störche, als warteten sie darauf, daß das stockende Wasser beginnen würde zu strömen.

Am Hafen wurden die Waren nicht mehr ausgeladen. Die Kisten lagen verstreut auf den Booten und Schiffen, irgendwer hatte an ihnen kurz gerupft und gezupft, dann aber, der großen Last wegen, rasch aufgegeben. Niemand hämmerte, niemand bewegte noch eine Hand, selbst das frühere Rufen und Schreien erlahmte bald in einer dunklen, abgründigen Stille, in der es nur manchmal noch von fern pochte und klirrte, als beginne die Stadt, im Schlaf etwas zu raunen.

Beri lief der Schweiß die Schläfen hinunter. Wenn er mit der Hand danach fühlte, glaubte er, mit den Fingerkuppen noch an kühle Quellen zu rühren, er rieb sich, er tastete nach diesen Zonen, doch mit der Zeit wurde die Kopfhaut wund, und der salzige Fluß brannte nur noch mehr.

Nichts geschah. Vor seinen Augen zog sich das Eckhaus am Corso zu einem verschlossenen, reglosen Würfel zusammen, in dessen Räumen die Bewohner zu Mumien erstarrt waren, bleich, mit grell aufgetragenen Farben, die sich in der Hitze langsam zersetzten. Da, die faltige Hand der alten Piera tastete noch ein letztes Mal nach einem Laden, da, Serafino war der aufgedunsene Kopf vom Hals in den Schoß gefallen, wo er zersprang wie ein überreifer Kürbis!

Irgendwo, in der hintersten Ecke des großen Ecksaals, kauerte Goethe, der Maler, und leckte gierig den Mondschein aus einem immer matter werdenden Blau, irgendwo starrte Federico auf die langsam porös werdenden, schwitzenden Wände, um aus ihren Sprüngen und Rissen die Leiber Michelangelos herauszuphantasieren.

Wenn man es schaffte, den Vorhang der Lider zu öffnen, sah man im mittäglichen Licht nur eine einzige Fliege, ein kleines, schwarzes, nicht tot zu kriegendes Insekt, das aus den Dunst-

246

wolken des Corso zu den Fenstern hinauffuhr, in einem uner-
müdlichen Zickzack, als wollte es die Stille auftrennen.

Beri wußte längst, dieses Insekt war Rosina. Sie war das einzige Wesen, das sich noch so wie in früheren Tagen bewegte,
unermüdlich, mit dem Fleiß derer, die von einer Aufgabe sofort zur nächsten übergingen. In der massiven, alle Laute aus-
dörrenden Stille der Stadt wirkte ihr Singen wie eine grobe
Verletzung, man konnte diese Töne kaum noch ertragen, vor
allem die Munterkeit nicht, der man anhörte, wie erzwungen
sie war.

Rosina sprang noch immer die Treppen hinauf, eilte von
Zimmer zu Zimmer, schüttete Wasser hinaus auf die Straße
und tat, als müßte sie das Leben am Laufen halten, damit
die anderen durch ihr Vorbild wieder lernten, sich zu bewegen. Wer ihr zusah, glaubte einem Theaterstück beizuwoh-
nen, so dramatisch wirkte ihr Tun, als spielte sie vor Tauben
und Stummen lauter übertriebene Szenen.

Doch es geschah nichts. Alle schienen nur auf ein erlösen-
des Wort zu warten, unfähig, den Platz zu wechseln. Manchmal zog ein schweres Gewitter über die Stadt wie ein aus dem
Jenseits kommender plötzlicher Schlag, der einen stundenlan-
gen, auf den Steinen beinahe schmerzhaft aufklatschenden
Regen nach sich zog, der nach seinem Verschwinden kaum
einen Tropfen zurückließ. Denn sofort legte sich das Feuer
der Sonne wieder über die Stadt, saugte die Wasserinseln fort
und loderte hinein in die Körper, als wollte es dort noch die
letzte Feuchtigkeit zu schlürfen bekommen.

Beri leckte das Salz von seinen Lippen. In diesem langsam
in sich zusammensinkenden Würfel des Eckhauses am Corso
zerrte Goethe an den schwankenden, endlich nachgebenden
Buchstaben, die auseinanderbrachen wie Mücken, die man
freigelassen hatte. Serafino war fremden Tieren begegnet, Lö-
wen mit Mäuseköpfen und dicken Fischen mit abfallenden

Flossen. Irgendwo glaubte Federico, zwei in sich verkrallte, nackte Körper zu sehen, prall, wie überfüttert.

Nur Rosina stellte die Uhr und wurde immer mehr eins mit ihrem lauter werdenden, den Wandel anzeigenden Ticken.

Dann kamen der Abend, die Nacht. Beri wollte sich gerade auf den Weg zu der schönen Osteria am Tiber machen, als ihn ein plötzliches Zucken überraschte. Aus dem Eingang des Eckhauses am Corso, der längst nicht mehr von Serafino bewacht wurde, floh ein Schatten hinaus in das Dunkel, warf sich an den Wänden der Häuser entlang, zog sich zusammen in den schmalen, die Hitze ausbrütenden Gassen und eilte, als zeigte er Beri den Weg, hinunter zum Tiber.

Goethe war ganz allein. Er trug nichts als das weiße, offene Hemd und die hellen Hosen, das offene Haar war hinten zusammengebunden, er machte den Eindruck eines Menschen, der von einem Versteck zu einem anderen, noch verborgeneren, eilt.

Beri kam kaum hinterdrein. Am Fluß ließ sich der Schatten ans andere Ufer übersetzen, Beri winkte in der Eile gerade noch einen Fährmann herbei, ihm zu folgen. Jetzt, auf der anderen Seite, verlangsamte der Schatten allmählich seine Bewegung und tauchte ein in die gekrümmten und winkligen Gassen Trasteveres, wo die Menschen des Nachts in Scharen unterwegs waren, unruhig und gierig auf jede Unterhaltung. Auf dem großen Platz vor der Kirche Santa Maria unterhielt ein Geschichtenerzähler die Menge, man rief ihm etwas zu, er fing die Worte auf und machte aus ihnen eine neue Erzählung. Kinder boten Pistazien und Pinienkerne an, drei Osterien hatten Tische und Stühle ins Freie gestellt, und aus den Häusern flackerte das dünne Licht von Kerzen und Fackeln über das wogende, vom Rufen und Lachen der Menschen in Bewegung gehaltene Rund des Platzes.

Wo war er? Beri tastete sich durch das Dunkel vorwärts, immer wieder stieß man mit irgend jemandem zusammen, wich aus, stand einem andrem im Weg, fluchte, drückte sich an einer Wand entlang, mußte warten. Jetzt, wo es auf Mitternacht zuging, wurde das Leben draußen zu einem einzigen Tanz, als versuchten alle, die Hitze des Tages abzuschütteln und den Körper von allen Lasten zu befreien. In der Mitte des Platzes, nahe am kühlenden Naß des schwach plätschernden Brunnens, spielten Violinen und Bratschen. Dort befand sich anscheinend der immer heißer werdende Kern des großen Strudels, der den Platz jetzt erfaßte und ihn langsam zum Kreisen brachte. Gott, die Sterne senkten sich schon herab auf die Stadt und sprangen als kleine Lichtkreise wieder hinauf ans Firmament. Alles war in Bewegung, alles drehte sich um diesen Brunnen, auf dessen steinernem Rund nun die Musiker standen, mit einem Bein im Wasser, mit dem andren den Takt stampfend.

Da war er! Er tanzte!

Beri blähte die Backen, als er spürte, wie die Hitze jäh in ihm aufstieg. Es war also geschehen, der Bann war gebrochen, Goethe hatte begonnen, sich verzaubern zu lassen. ›Endlich‹, dachte Beri, ›endlich ist es soweit! Er traut sich, er wagt sich hinaus aus seinem Nordmenschen-Versteck, und er wagt sich allein! Niemand hält ihn auf, niemand belästigt ihn mit dummen Reden und faden Erklärungen. Er tanzt, frei und kräftig, er stürzt sich in das Dunkel der Nacht!‹

38

Erstaunt beobachtete Beri die unmerklichen Veränderungen, die er an Goethes Verhalten wahrzunehmen glaubte. Manchmal folgte er ihm jetzt auf langen Wegen, hinaus vor die Tore der Stadt, durch die Weinberge jenseits des Flusses oder über die menschenleeren Höhen, wo einem sonst nur ein paar Hirten mit ihren Tieren begegneten. Immer seltener unterbrach der Wanderer diese tagelangen Ausflüge, um sich zum Zeichnen niederzulassen, und wenn er es tat, skizzierte er anscheinend nur flüchtig. Anders als sonst hatte er auch keine Bücher und Papiere dabei, die er sich in den wenigen Pausen noch vorgenommen hätte; es war, als habe er sich entschlossen, alles zu verbannen, was ihn aufhielt, auf anderes lenkte oder sonst durch übermäßige Beanspruchung störte.

Er stieg auf die hohe Trajanische Säule und wartete ergeben, bis es dämmerte, er lagerte sich auf dem Palatin in den Farnesischen Gärten mit einem kleinen Stück Käse, das er in Stunden wie ein Vogel krümelweise aufpickte, und er ließ sich immer wieder nach Trastevere übersetzen, wo er bei jedem Besuch einen anderen Ort aufsuchte, um sich dort niederzulassen, anfangs noch vertieft in irgendein Buch, dann aber im Gespräch mit den Menschen auf den Straßen, von denen er nie genug zu erfahren schien.

Ab und zu ließ er sich von Federico begleiten, manchmal war dann auch Rosina dabei, der die beiden Männer zu langsam waren, so daß sie meist voraneilte, als müßte sie ihnen den Weg freihalten oder als bedürften sie eines Reisemarschalls, der ihnen die Plagen des Alltags abnahm.

Doch so hellwach und freundlich Rosina bei diesen Ausflügen auch war, Beri bemerkte, daß sie längst nicht mehr dieselben Gefühle bewegten wie früher. Die langen, heißen Sommerwochen im Eckhaus am Corso hatten aus ihr eine ergebene, willige Helferin gemacht, eine Frau, die ihre Sehnsüchte nicht wahrhaben und statt dessen allen gefällig sein wollte. ›Manchmal‹, dachte Beri, ›könnte man denken, die dauernde Nähe dieses Goethe hat sie verwandelt. Er hat aus ihr so etwas wie eine Lotte gemacht, eine immer herzliche, besorgte und tüchtige Frau, die aber etwas Fades und Gleichför-

250

miges hat. Nie würde sie es noch wagen, lange von ihrer Liebe zu sprechen, sie hat ihre Leidenschaften mit der Zeit einfach verbraucht. Wenn jetzt ein höflicher Mann käme, der etwas Mildes und Anschmiegsames hätte, sie würde sich sofort an ihn hängen. Diesen Goethe jedenfalls, den hat sie aufgegeben, ohne daß sie selber es vielleicht genau weiß. Sie rennt ihm noch hinterher, sie betreut ihn noch mit ihren letzten, schwächer werdenden Kräften, aber ich glaube, sie hat vergessen, was sie sich von ihm erhoffte.‹

Und so schmerzte es Beri beinahe, als er Rosina weiter singen hörte auf diesen Wegen, denn das Singen hörte sich jetzt so an wie ein Abschied. Goethe schien das aber nicht zu bemerken, er war sogar viel zutraulicher als früher, als er es nicht einmal gewagt hatte, Rosina zu berühren. Auch plauderte er ungenierter mit ihr, ja er ging mit ihr um wie mit einer alten Bekannten, vor der man sich nicht mehr in Szene setzen mußte. Langsam war sie zu einem Teil seines Lebens geworden, kein bedeutender, ausführlich erwähnenswerter, aber doch einer, auf dem dieses Leben ein wenig ruhte.

Daher erstaunte es Beri nicht, als Goethe sie aufforderte, ihn in den milderen Herbstwochen für einige Zeit nach Castelgandolfo zu begleiten. Der ganze Haushalt des Eckhauses verlagerte sich dorthin, in das noble und großzügig eingerichtete Haus eines englischen Sammlers, der Goethe und seine Freunde eingeladen hatte, und da Rosina inzwischen zum Haushalt gehörte wie ein Vogel, der irgendwann durchs Fenster in ein Zimmer geflogen war und dann dort blieb, fand es niemand erstaunlich, daß auch sie Rom verließ.

Sogar Beri wurde gebeten, mit nach Castelgandolfo zu kommen, doch er kam nur zu einigen kurzen Besuchen, da er sich nicht länger von Faustina trennen wollte. In Castelgandolfo brauchte er nicht anwesend zu sein, das hatte er schnell begriffen, denn dort gab sich Goethe plötzlich ganz dem Naturleben hin, gesellig und freundschaftlich wie nie. Als hätten seine römischen Streifzüge ihn endlich gelehrt, nicht länger Stunden und Tage nur für sich zu sein, machte er keinerlei Anstalten mehr, sich Pflichten und Aufgaben zu unterwerfen. Wenn die Zeit zum Zeichnen nicht reichte, brach er das Zeichnen ab; wenn die Tage zu schön waren, ließ er die mühsame Versarbeit liegen. Plötzlich bekam er etwas Unbekümmertes, Sorgloses; es war, als habe er sich selbst freigesprochen.

Er forderte die anderen sogar auf, ihn hinaus zu begleiten. Man sammelte Pilze, stieg hinab in die Täler, fuhr mit kleinen, zweirädrigen Kutschen über die Höhen, besuchte die Komödie. Er schien gar nicht genug zu bekommen von der sich immer mehr erweiternden Gesellschaft, mit allen knüpfte er Kontakt, unterhielt sich ausführlich und behauptete, er habe in dem ganzen Jahr, das er nun in Italien verbracht, noch nie soviel Italienisch gesprochen und noch nie mit so vielen Italienern verkehrt wie jetzt hier, im schönen Castelgandolfo, in seiner Herbstresidenz, von der aus man an den Abenden das römische Leuchten sah, ein fast kreisrundes Aufglimmen in der fernen Ebene, als habe ein Himmelspinsel dort unten ein goldenes Zeichen gesetzt.

Beri stieß zweimal für wenige Tage zu der gut gelaunten Gruppe, endlich war die Epoche der zeitraubenden, einschläfernden Kunstgespräche vorbei, jener künstlichen und nichtssagenden Debatten, vor denen er sich – auch aus mangelnder Kenntnis – immer gehütet hatte. So war ihm der morgendliche Besuch in der Sixtinischen Kapelle an einem heißen Sommertag noch gut in Erinnerung, an dem er unvorsichtigerweise teilgenommen hatte. Federico hatte Michelangelos »Jüngstes Gericht« zu kopieren versucht, man hatte gar nicht hinschauen dürfen bei diesem ohnmächtigen Versuch, die gewaltigen Massen des alten Bildes herabzuzerren auf eine

kleine, wacklige Staffelei. Das Zuschauen war ihm schwerge-
fallen, und erst recht war ihm der Morgen zur Qual geworden, als einige Herumsteher damit begonnen hatten, Michelangelos Bilder mit denen Raffaels zu vergleichen. Wie hatte
er doch dieses Geschwätz gehaßt, die beflissene Art, Bild-
titel zu nennen, das kennerhafte Entzücken, das langatmige
Auseinandernehmen der besonderen Qualitäten von Bildern,
die man nicht einmal vor Augen hatte. Selbst Goethe hatten
diese Debatten ermüdet, und er hatte sich auf den verstaubten Papstthron geflüchtet, um dort über Mittag eine Weile
zu schlafen. Goethe auf diesem Thron – das wäre ein Bild-
nis gewesen, besser als alle bunten Szenen mit Heiligen, die
Madonna mochte ihm verzeihen! Aber es war doch zu schön
gewesen, diesen Mann hingelümmelt zu sehen auf dem heiligen, ehrwürdigen Stuhl wie ein Schulbub, den alles nichts an-
ging.

Hier aber, in Castelgandolfo, da sorgten vor allem die
Frauen dafür, daß solche schlimmen Gespräche erst gar nicht
entstanden. Beinahe jeden Tag traf eine neue Gesellschaft
aus Rom ein und zog in eines der hellen, sich über die Hänge
verteilenden Landhäuser, rasch das Gespräch mit den bereits Hinaufgereisten suchend, so daß der ganze Ort auf
engem Raum lauter herumflanierende, bald spielende, tan-
zende, bald musizierende und kindliche Verse deklamierende
Scharen beherbergte.

Als Beri zum dritten Mal hinaufkam – er hatte ein kleines
Faß Wein mitgebracht und freute sich bereits darauf, Goethes Runden damit zu überraschen –, begegnete er gleich am
Eingang des Ortes Rosina. Er sah sofort, daß sie auf ihn gewartet hatte, sie wirkte unruhig und angespannt, irgend etwas
war vorgefallen, etwas, das sie erschreckt und mitgenommen
hatte. Beri stieg aus der Kutsche, ließ den Kutscher mit dem
Geschenk vorausfahren, umarmte sie und ging mit ihr seit-

wärts, einen kleinen Pfad entlang, der bald in ein schmales Tal führte.

»Was ist?« fragte Beri. »Erzähl es mir lieber gleich, Rosina, was ist geschehen?«

»Es ist aus!« sagte Rosina. »Ich habe es satt!«

»Ganz langsam, Rosina, mein Engel, wir wollen nichts übereilen!«

»Übereilen?! Ich habe Wochen und Monate nur auf ihn gewartet, ich habe alles getan, ihm zu gefallen, doch dieser Mensch ist es nicht wert. Er zieht alle an sich, alle dürfen sich mühen, ihm behilflich zu sein, doch er widmet sich den anderen immer nur kurz, als müßte er haushalten mit seinen Stunden. In all den vielen Wochen hat er mich nicht einmal umarmt und nicht einmal geküßt! Kannst Du so etwas verstehen? Dabei schaut er einen manchmal so an, als müßte er sich beherrschen, einem nicht die Kleider vom Leibe zu reißen. Doch wenn man sich ihm dann nähert, dreht er sich fort oder nestelt an seinen Fingernägeln herum, als müßte er sich auf andere Gedanken bringen. Giovanni, ich sage Dir, er kann nicht lieben! Er sammelt die Menschen wie Früchte zu einem guten Dessert, er garniert sie zu Runden, jeder darf etwas beitragen, ihn bei Laune zu halten! Doch das Hauptgericht – das ist er allein, er mit seinen Künsten, der mißlungenen Malerei, der verfehlten Literatur und jetzt sogar noch mit der Musik! ›Signorina Rosina, Ihr Singen hat mich auf einen guten Gedanken gebracht! Uns fehlt in unserem Kreise ein Komponist, der sein Handwerk versteht, ich werde meinen Freund Kayser bitten, uns in Rom zu besuchen, das, Sie werden sehen, wird auch Ihnen gefallen!‹ Soll ich vor Freude in die Hände klatschen, wenn er mir so etwas erzählt? Als wäre mein Gesang nur ein Anlaß, ihn auf einen dummen Gedanken zu bringen! Als ginge mich dieser Komponistenfreund etwas an, den er jetzt anlockt! ›Wie schön!‹ habe ich ihm geantwortet, ›dann habe ich mir wohl einen Kuß verdient!‹ Und was soll ich Dir sagen, er hat mich auf die Fingerspitzen geküßt, an beiden Händen, als wäre es gefährlich, mich auf die Lippen zu küssen, auf meine Lippen, die schon Risse bekommen und Sprünge, weil sie seit ewigen Tagen kein Mann mehr geküßt hat! ›Küß mich, Du Hampelmann!‹ hätte ich am liebsten geschrien und auf ihn eingeschlagen vor Wut, aber ich weiß ja, er hätte mich einfach stehengelassen und wäre nach draußen gegangen, denn so macht er es immer, wenn ihn etwas von Herzen betrifft. Und hier oben, in Castelgandolfo, da ist es ganz schlimm geworden. Zunächst hat er sich seine Malerin mitgenommen, die alte Hexe, die auf ihn aufpaßt und so abscheulich malt, daß niemand ihre Bilder anschauen mag. Sie aber stört das nicht einmal, sie malt zwei Bilder in einer Woche und kassiert all das Geld, das die Blinden und Reichen ihr nachwerfen. Hast Du ihre Porträts einmal genauer betrachtet? Sie kann gar nicht malen! Kein Mensch, den sie malt, ist auf ihren Bildern wiederzuerkennen! Statt einen bestimmten Menschen zu malen, malt sie nur immer denselben, irgendeine lächerliche, komische Fratze, die niemandem ähnelt! Mit ihr scharwenzelt er Stunden herum, er nennt sie ›meine Angelika‹, und sie bekommt leuchtende Augen, wenn er ihr nur den Arm anbietet. Aber das war nur der Anfang! Denn hier oben ist er zu beinahe allen Frauen galant, es ist nicht zu ertragen! Er flüstert ihnen lauter freundliche Worte ins Ohr, manchmal sogar auf englisch, damit gibt er gern an, mit diesem Englisch, das aus seinem Mund so klingt, als machte er nur faule Witze. Seine Angelika versteht ihn genau, denn sie kann angeblich auch Englisch, aber wenn es so ist wie mit der Malerei, von der man ja auch behauptet, daß sie sie beherrscht, wird es auch nichts sein mit ihrem Englisch! Und dann kam eine junge Nachbarin hier hinauf, die ganz in seiner Nähe am Corso wohnt, der machte er schon in der ersten

Stunde schöne Augen! Sie flackerten beinahe, sie flimmerten, als müßte er mehrmals hinschauen, um von dieser Schönheit nicht geblendet zu werden! Sie hatte aber noch eine Freundin dabei, eine aus Mailand, vor der wäre er bald auf die Knie gefallen, so weich und devot wurde er plötzlich. Alle sahen, wie die Leidenschaft in ihn hineinkroch und seine Sinne betäubte, er wußte sich ja beinahe nicht mehr zu helfen! Und dann kam auf einmal heraus, daß die aus Mailand verlobt war und bald heiraten würde, da tat er, als müßte er sich die Kugel geben vor Eifersucht und lief zwei Tage unruhig ums Haus, um nach Pilzen zu suchen. ›Fast hätte mich ein schlimmes Schicksal ereilt!‹ rief er immer wieder, jeder bekam es zu hören, der damit nichts anfangen konnte. Hatte er wirklich geglaubt, diese Person würde an ihm Gefallen finden? Er denkt nämlich, er würde allen gefallen, er setzt es einfach voraus, und dann sonnt er sich in deren Anbetung und seufzt bedenklich, wenn er nicht dieselben Leidenschaften aufbieten kann. Dabei ist er doch nur ein Gespenst, jawohl, ein Phantom, kein Mensch aus Fleisch und Blut, sondern eine Erscheinung aus dem nordischen Nebel, in dem man nichts zu fassen bekommt. Bin ich aus Luft, Giovanni, bin ich ein Windhauch in seinen Zimmern, der jeden Tag einmal kühlend hindurchfährt und sich einen Weg sucht zwischen seinen verstaubten Gipsköpfen? Selbst die Katze duldet er länger in seiner Nähe als mich! Er wiegt sie im Arm, er drückt sie an seine Brust! Und was ist mit mir? Soll ich das letzte bunte Bändchen an seinem windigen Eroberungssträußchen werden? Das kleine Blümchen, das man in Rom dann hervorholt, wenn all die schönen und herrlichen Frauen Castelgandolfos wieder heimgekehrt sind zu ihren Männern und Knechten?! Nein, Giovanni, es ist aus, ich sage mich von ihm los!«

Beri mußte sich setzen, auf diesen Schwall war er nicht vorbereitet gewesen. Ja, er hatte es schon die ganze Zeit geahnt,

doch jetzt hatte die Sache die ungünstigste Wende genommen. All seine Mühen waren vergebens, wenn sich Rosina
jetzt so entschied.

»Rosina, hör zu!«

»Ach was, ich ahne schon, was Du mir einreden willst. Du
hast Angst, daß ich Dir nicht weiter von ihm berichte, Du
willst etwas hören für Dein gutes Geld, aber das ist mir egal.«

›Vielleicht‹, dachte Beri, ›vielleicht ist es besser, sie ein wenig zu trösten! Nur seltsam, daß sie nicht weint! Früher hat
sie aus jedem Anlaß geweint, sie ist stärker geworden, dieser
Kampf hat sie gefordert!‹

»Rosina, ich weiß, wie Du leidest, aber...«

»Leiden?! Ich leide nicht, ich leide nicht einmal ein wenig.
Ich habe mich nämlich entschieden.«

»Entschieden? Was heißt das? Rosina, Du wirst doch nichts
Furchtbares tun? Laß ihn in Ruhe, ich bitte Dich, tu ihm jetzt
nichts an...«

»Antun?! Ich sollte diesem faden Gesellen noch etwas antun, da kennst Du mich schlecht! Ich habe mich für einen
andren entschieden, das ist es!«

»Für einen andren?! Mein Gott! Und wer ist es?«

»Es ist Federico!«

»Federico...«

»Federico!«

Rosina hatte sich neben Beri gesetzt. Sie blickten eine Weile
stumm ins Tal. Beri versuchte, in aller Eile zu durchdenken,
was diese Veränderung für ihn bedeutete. Er mußte jetzt vorsichtig sein, bis er genau herausbekommen hatte, was sie
plante.

»Weiß er es schon?« fragte er Rosina.

»Er liebt mich.«

»Hat er es Dir gesagt?«

»Gesagt?! Pah! Er hat es mir gezeigt!«

Beri schaute sie von der Seite her an. Deshalb hatte sie also nicht geweint! Sie hatte einen andren gefunden, einen jüngeren, harmloseren, einen, der ganz einfach besser zu ihr paßte als dieser launische Dichter in seinen ewigen Nöten!

»Weißt Du was, Rosina?« sagte Beri und nahm ihre Hand. »Du bist klug, das muß ich sagen. Diesen Federico zu nehmen und diesen Goethe stehenzulassen, das ist klug!«

»Ja«, sagte Rosina und wischte sich plötzlich nun doch eine Träne aus den Augen, »ich glaube auch, daß es klug ist.«

»Es ist klug und richtig, beides«, sagte Beri, der nicht weiterwußte, als er die Träne sah.

»Beides, ja«, sagte Rosina.

»Wirst Du das Eckhaus verlassen, Rosina?«

»Warum sollte ich? Ich werde bei Federico wohnen, zusammen mit ihm, in seinem Zimmer mit ihm, ganz mit ihm...«

»Das ist gut, Rosina, klug, richtig, gut.«

Dann saßen sie wieder stumm nebeneinander. ›Ich kann sie gut verstehen‹, dachte Beri, ›sie konnte sich nicht länger verleugnen. Und dieser Federico ist keine schlechte Partie, obwohl er grauenvoll malt, noch grauenvoller als die Malerin, hoch in den Jahren! Aber er hat etwas sehr Munteres, und außerdem ist er bestimmt leicht imstande, all diese Risse und Sprünge auf ihren trockenen Lippen zu heilen! Nun muß ich sie nur noch verpflichten, mich nicht im Stich zu lassen, dann ist diese Wende der Dinge nicht einmal so übel!‹

»Sag, Rosina, Du bist mir weiter... behilflich? Ich brauche diese Auskünfte über ihn, unbedingt.«

»Giovanni, ich werde Dir weiter helfen. Jetzt wird es mir sogar leichter fallen als früher, als ich ihm noch hinterherlief wie eine Gans. Ich werde Dir alles sagen, was ich zu sehen bekomme, es wird mir sogar Freude machen, Dir all seine Dummheiten zu schildern, haarklein, daß Du begreifst, was für eine trübe Gestalt er doch ist!«

258

»Ich danke Dir, Rosina. Dann bin ich beruhigt. Ich werde nicht mehr mit zu ihm hinaufkommen. Ich werde mich erst wieder zeigen, wenn ihr in Rom eingetroffen seid. Sag ihm, ich hätte aus der Stadt ein kleines Faß Wein geschickt, sag ihm, ich hätte von Deinem neuen Glück erfahren, darauf sollte man das Faß leeren, vor allem darauf!«

Rosina lachte, und dann begann auch Beri zu lachen. Sie schauten noch immer hinab in das Tal wie zwei wahrhaftige Geschwister, die es der Welt noch einmal gezeigt hatten. Dann sprang Beri auf, küßte Rosina auf die Fingerspitzen und machte sich zurück auf den Weg nach Rom. Er ging eine kleine Strecke zu Fuß, er wollte allein sein. ›Einiges hat sich getan‹, dachte er angestrengt, ›er ist gesellig geworden. Auf ewige Zeit kann er seine Begierden auch nicht unterdrücken, nur schade, daß die Sache mit Rosina mißlang. Andererseits, sie wird mir jetzt noch ergebener sein als früher, jedenfalls solange es diesem Federico gelingt, sie an sich zu binden. Sie wird mir jede Einzelheit melden. Nun hilft nichts mehr, nun muß ich ihn stellen, bevor er wieder in seinen alten Zustand zurückfällt. Bald werden die Tage kälter, und dann kommt der Winter, und dann wird er kaum noch einen Schritt irgendwohin tun. Ich muß ihm zusetzen, ganz heftig, ich muß ihn zum Besseren zwingen! Mal sehen, wie ich es angehe, mal sehen, ob mir der letzte, entscheidende Schachzug gelingt ... ‹

39

Beri war unruhig. Seit sein Versuch fehlgeschlagen war, durch Rosina einen direkten Einfluß auf Goethes Gefühle zu gewinnen, geriet er ins Grübeln. Sicher, seine Aktionen hatten schon einiges bewirkt, doch es fehlte ihnen die letzte Vollendung, der Vorstoß zum Herzen!

Schrittweise hatte Goethe sich von seinen Träumereien befreit, auch das Zeichnen betrieb er längst nicht mehr so besessen wie früher, doch war es noch nicht gelungen, ihn ans Dichten zu bringen. Das Dichten aber, da war Beri ganz sicher, würde sich nur einstellen, wenn Rom seine Seele auf noch ganz andere Weise ergriff. Man müßte ihn fortzerren von den Kunstgegenständen, man müßte ihn befreien von der Betrachtung der alten Ruinen und Bilder und ihm einen gleißenden Spiegel vorhalten, in dessen Bild an seiner Seite die Zauberin Roma erschien, die Göttin der Stadt, verführerisch schön seit ewigen Zeiten und doch jünger und lebendiger als alle Kunst!

Beri biß sich auf die Lippen, das waren nur Phantasien. Wie sollte er sie verwirklichen? Was konnte er denn noch aufbieten, um diesen Goethe aus seiner Reserve zu locken? Anscheinend hatte er langsam begonnen, sich den Frauen zu nähern, instinktiv, wie ein in die Irre gelaufenes Tier, das eine Spur aufnahm und ihr folgte. Vielleicht hatte die häufige Gegenwart der Malerin, so wenig man das glauben mochte, den Anfang gemacht. Rosinas Nähe war hinzugekommen, ihr Temperament, ihre glühende Lebenslust, die keinen Mann gleichgültig ließ. Und dort oben, in Castelgandolfo, war er beinahe gezwungen gewesen, den Unterhalter zu spielen! In diesen Landhäusern konnte man sich nicht wie in Rom zurückziehen, und auf den Straßen des kleinen Ortes begegnete man laufend den Frauen, die in diesen Herbsttagen nichts anderes suchten als ein wenig Zeitvertreib, ein paar muntere Reden und Männer, die sich mit ihnen zu beschäftigen wußten.

Nun sollten diese guten Anfänge fortgesetzt werden, hier in Rom. Schon war Goethe mit seiner Gesellschaft seit einigen Tagen zurück, schon begann er sich wieder einzurichten in seinem Ecksaal, als habe er vor, sich dort für den Winter ein-

260

zunisten. Der kleine Professor war ihm wieder zu Diensten, das war nicht gut, und seit einigen Tagen war auch dieser Komponist Kayser zur Stelle, ein rundlicher, langsamer Mann um die Dreißig. Man hatte ein Klavier die Stiege hinauftragen lassen, und jetzt hörte man laufend, wie Kayser die Saiten stimmte und dazu sang, ganz erbärmlich, als versuchte er, seine rauhe, nordische Stimme loszuwerden! Manchmal hörte man Rosinas Singen dagegen, das klang, als hüpfte ein schöner, blinkender Stein über ein trostloses, graues Gelände!

Was suchte dieser Kayser überhaupt hier? Rosina hatte berichtet, er arbeite an einer Oper, nach Goethes Texten, sie steckten halbe Tage die Köpfe zusammen, um jeden Klang zu beraten, aber Kayser sei ein Mensch, der nicht vorwärts komme, sondern sich immer aufs neue an die Arbeit begebe, wodurch denn überhaupt nichts Rechtes entstehe. So ein fader Klängefuchser, so ein Abbild des Lauschens und Horchens..., der hatte gerade noch gefehlt!

Und zu allem Überfluß trieb er Goethe von einer Kirchenmusik zur nächsten! Da saßen sie dann nebeneinander in einer Bank, tuschelten, schwatzten, dieser Kayser mit seiner rauhen, klirrenden Stimme, und Goethe fragend, natürlich, solch kleine Handwerksgesellen fragte er aus, bis sie alle ihre Kunst ausgeplaudert hatten und nichts mehr von ihnen blieb als ihr mageres, unbeholfenes Talent, mit dem sie sich an viel zu große Aufgaben machten. Die Malerin, hoch in den Jahren, hatte versucht, Goethe zu malen! Und der arme Federico hatte sich erdreistet, Michelangelos »Jüngstes Gericht« zu kopieren! Und der kleine Berliner Professor hatte sich wahrscheinlich vorgenommen, ganz Rom zu beschreiben, jedes Gebäude, jedes Bild, wie ein Idiot, der die Gräser eines Heuhaufens einzeln sortiert!

Stümper waren es, allesamt, und sie lenkten Goethe nur von seiner wahren Bestimmung ab, indem sie ihn mit ihren klei-

261

nen Erfolgen unterhielten! Jetzt hockten sie wieder zusammen, besprachen ihr Klecksen und Tönen, und an den Abenden tauchte der stille Schweizer auf, ›ich eisse Maiär...‹, auch den hatte es wieder in die Runde verschlagen. Maiär kannte sich aus in den Museen, ach was, er war in Statuen und Büsten ja beinahe vernarrt, selbst nachts konnte er sich nicht von ihnen trennen, und so zog man los und betrachtete all die marmornen Gestalten beim Licht der Fackeln!

Er, Beri, war einmal sogar zugegen gewesen, als Maiär die Vorteile der Fackelbeleuchtung erklärt hatte: bei Fackellicht, äh, emm, werde jede Gestalt einzeln betrachtet, äh, emm. Bei Fackellicht bleibe das Auge des Betrachters an allen Nuancen einer Arbeit hängen, äh, emm. Bei Fackellicht gerieten auch ungünstig aufgestellte Gegenstände ins Blickfeld, äh. Und bei Fackellicht könne man Körperteile durch die dünnen Gewänder hindurch erkennen, jawohl. Die Runde hatte dieses kindische Reden sogar mit Klatschen belohnt, als habe Maiär, äh, emm, Gott weiß was für Dinge entdeckt! Dabei war jedem Kind klar, was eine Fackel bewirkte, und man brauchte zu einer solchen Erklärung keinen Schweizer Maiär, für den Fackellicht anscheinend etwas Neues und Erhabenes war!

Verdammt! Der dicke Kayser, der kleine Professor, der stotternde Maiär – das braute sich über Goethes Kopf ja beinahe zusammen wie ein dunkles Wetter! Bald waren die schönen Anfänge von Sommer und Herbst wohl vergessen, und sie saßen zu viert in Kirchenbänken, um alte Musik zu hören und schwere Folianten auf den Knien dazu zu wiegen. Rosina hatte gemeldet, es werde über Musik viel mehr gesprochen als früher, dieser Kayser habe ein großes Talent, jedes Vorhaben lang zu zerschwätzen!

Und was hatte sie sonst noch berichtet? Zweifellos, ihr Blick war genauer und schärfer geworden. Seit sie Goethe zu lieben aufgegeben hatte, schilderte sie das Leben im Eckhaus sehr plastisch. Sie konnte die Personen sogar nachahmen, bis auf jede kleine Geste, als habe sie all diese Szenen im Thea- ter gesehen! Die letzte Neuigkeit war, daß der Sohn der alten Collinas, wie hieß er noch gleich, daß diese buckelnde, sich immer zu Diensten empfehlende Herumschleichernatur nach Weimar aufgebrochen war! In Weimar sollte er in die Dien- ste der Herzogin treten, er sollte die anscheinend alte Dame nach Italien begleiten, so was traute man diesem Muttersohn zu! Vor seinem Aufbruch hatte er angeblich geweint, und am Morgen der Abreise hatte er sich mit krankem Magen in die Kutsche begeben! Sie hatten ihn beinahe hineinschieben müssen, Serafino und die ebenfalls weinende Piera, jetzt wa- ren sie diese dicke Wanze endlich los, die sich wie Ungeziefer in die Ritzen des Eckhauses gesetzt hatte und jeden Bewoh- ner aussaugte mit ihrer schmeichlerischen Stimme und den trüben, ergebenen Dieneraugen. Ob so einer wohl überhaupt über die Alpen kam, zitternd, jeden Berg für ein Fabelwe- sen haltend, das er am liebsten bedient hätte, um es gnädig zu stimmen?

Und Federico? Die Andeutungen, die Rosina jetzt machte, hörten sich gar nicht schlecht an. Manchmal allerdings über- trieb sie ein bißchen. So behauptete sie, Federico sei so et- was wie Goethes Sohn oder so etwas wie sein jüngerer Bru- der, jedenfalls hege Goethe gerade für ihn besondere Gefühle und kümmere sich sehr aufmerksam gerade um ihn. Natür- lich, Rosina wollte, daß auf ihren Federico noch etwas abfiel vom Licht des früher Umschwärmten, er sollte selbst ein we- nig glänzen, dieser Kopist, der sich in der Malerei kaum etwas zutraute und der doch jetzt in Rosina sein Glück gefunden zu haben schien, wenn man ihren Worten in diesem Punkt ein- mal Glauben schenkte.

Ach, wie man es auch drehte, es kam darauf an, Goethe von all diesen Menschen und ihren Übeln zu befreien. Am besten, man hätte ihm ein ganz andres Quartier beschafft oder neue Freunde! Beri stöhnte kurz auf, ihm fehlte einfach noch die letzte, rettende Idee, so geschickt er bisher auch vorgegangen war. Sollte sein Werk so kurz vor der Vollendung noch scheitern? Ach was, man durfte solchen dunklen Gedanken erst gar nicht nachhängen, der zündende Funke würde sich schon bald finden!

Besser als alles Grübeln war es, dem Padre einen neuen Bericht vorzulegen. Dem sollte der Mund aufgehen, wenn er las, wie dieser Goethe aufblühte! Und so setzte sich Beri hin, nahm ein Stück Papier, rückte seinen kleinen Tisch ans Fenster und schrieb:

»Herr von Goethe hat seine Aktivitäten, wie wir vermutet hatten, weiter ausgedehnt. Besonders eng hat er sich mit dem englischen Sammler und Diplomaten Jenkins verbunden, der ein Freund des englischen Königshauses sein soll. Herr von Goethe hat seinen Sommer- und Herbstaufenthalt in Castelgandolfo im Haus dieses Engländers verbracht. Dabei hat er auch zu Damen der römischen und Mailänder Gesellschaft Verbindung aufgenommen. Er läßt keinen Versuch aus, die neuesten politischen Nachrichten auf jedwedem Weg zu erfahren. Um nach außen weiter als Freund der Künstler und Kunstliebhaber zu erscheinen, hat er eigens einen Komponisten namens Kayser nach Rom kommen lassen, der ihm seit seiner Ankunft als musikalischer Unterhalter zu Diensten ist. Herr von Goethe beabsichtigt, weitere Feste und Abendunterhaltungen in dem Haus am Corso zu veranstalten, alles nur, um auf diesem Wege die verschwiegensten Winkel der Diplomatie auszuhorchen. Was er erfahren hat, berichtet er seinem Herzog nach Weimar in ausführlichen Briefen. Es wäre ratsam, diese Briefe abzufangen und sie zu öffnen. Inzwischen hat Herr von Goethe den Sohn seiner Wirtsleute, Filippo Collina, nach Weimar entsandt. Collina soll anscheinend die geheimsten Botschaften mündlich überbringen. Er wird daher mit einem Gepäck unterwegs sein, das zu durchsuchen einigen Aufschluß bringen dürfte...«

Beri strich sich durchs Haar. Mein Gott, das war ja zum Lachen, wenn man sich vorstellte, wie sie diesen Muttersohn und seine Habe durchmustern würden. Wahrscheinlich würde er wieder sein Bauchgrimmen bekommen, vor lauter Aufregung. Wahrscheinlich würde er glatt vergessen, wohin er unterwegs war, und sich vor Verwirrung in die seitlichen, entlegenen Täler der Alpen verlieren. Und in diesen Tälern lag jetzt Schnee, meterhoch! Und es gab dort nur Bären und Wölfe!

Jetzt hatte er ihm seine Unterwürfigkeit endlich heimzahlen können. Der würde nie in Weimar ankommen, der nicht! Er hatte ihn schon von Anfang an nicht ertragen können, dieses rundliche, aufgeblähte Gesicht war ihm schon immer zuwider gewesen! Nun war dieser Mensch heraus aus dem Spiel, seine Wege würden sich irgendwo verlieren, irgendwo in diesen Regenländern, wo sie jetzt, in den kälteren Monaten, Steine fraßen und Bier dazu tranken.

Beri strich das beschriebene Blatt glatt und faltete es zusammen. Schade eigentlich, daß man so lügen mußte! Und schade vor allem, daß er nicht aufschreiben konnte, wie es wirklich um diesen Goethe stand! Das wäre ein Bericht geworden, vielsagender als all die erfundenen Berichte, die er dem Padre schickte. Vielleicht würde er sich nach Goethes Abreise einmal an die Arbeit machen, vielleicht würde er, Beri, einmal die Wahrheit aufschreiben über diesen seltsamen Menschen!

Beri lächelte. Er stand am Fenster und schaute hinaus. Dichter Nebel lag über dem anderen Ufer. Wie hatte dieser Goethe noch geschrieben? »Das Maultier sucht im Nebel seinen Weg...« – genau, so hatte es geheißen. Das Maultier..., das Maultier! Das Maultier mußte nun dazu gebracht werden, sei-

265

nen Weg auch zu finden! Und damit es diesen Weg finden
konnte, mußte man irgendwo ein Lockmittel auslegen, etwas
Heu, etwas Futter! Dann würde es sich blind besinnen und
die Fährte aufnehmen, hinaus aus der Schar seiner Freunde,
hinein in die Herzkammern der Ewigen Stadt...

40

Am frühen Abend eines schönen Herbsttages hatte Beri
Goethe bis hinauf auf den Palatin verfolgt. Überall gab es
wild wachsende Sträucher, krumme und niedrig gebliebene
Bäume, so daß es gerade hier nicht schwer war, sich zu verstecken. Goethe hatte sich einen erhöhten Platz ausgespäht,
oben auf dem Plateau des Hügels, von dem aus man bis hinüber zu Sankt Peter schauen konnte. Da saß er nun, schon
seit zwei Stunden, zunächst noch versonnen, den weiten Horizont betrachtend, der sich wie ein bunter Reif um den nach
allen Seiten schroff abfallenden Hügel legte. Dann aber hatte
er seine Blätter hervorgeholt, dazu auch die Farben, ja, er
mühte sich wieder, das schillernde Bild auf das weiße Papier
zu zaubern.

Beri hatte sich eine Weile ausgeruht, der schnelle Anstieg
hatte ihn doch ein wenig erschöpft. Nach zwei Stunden Lie-
gens und Wartens hatte er schon daran gedacht, unauffällig wieder hinunterzuschleichen, als er bemerkte, daß Goethe sein Zeichnen unterbrach. Er hielt das Blatt plötzlich weit
von sich weg, als wollte er es aus der Ferne betrachten, dann
drehte er es, ja er stellte es sogar auf den Kopf, als könnte er
nicht recht schlau daraus werden. Irgend etwas stimmte nicht
mit dieser Zeichnung, ›vielleicht‹, dachte Beri, ›enthält sie ir-
gendeinen kleinen Fehler, den man nicht sofort entdeckt‹!

Nach einer Weile langen Betrachtens nahm Goethe das

266

Blatt, legte es vor sich hin auf den Boden, stand auf, begut-
achtete es noch einmal von oben und begann dann, in einem
heftigen Ausbruch mit den Füßen auf ihm herumzustampfen.
Er trampelte es in die Erde, er drückte seine Sohlen hinein, er zerfetzte es, als wollte er es in lauter winzige Stücke
zertreten.

Beri glaubte, sein Herz heftiger schlagen zu hören. Er war in
seinem Versteck aufgesprungen, hätte Goethe sich nun umge-
wendet, er hätte ihn zu Gesicht bekommen, doch Beri hatte
alle Vorsichtsmaßnahmen vergessen. Was er da sah, war zu
ungeheuerlich, um noch an andres zu denken! Denn dieses
Stampfen, Treten und Zerfetzen wurde von lauten Schreien
begleitet, es waren Schreie des Aufbegehrens und Schreie des
Hasses. ›Er geht mit sich selbst zu Gericht‹, dachte Beri, ›jetzt
ist es soweit, er macht sich den Prozeß. Wahrscheinlich ist er
an eine Grenze gestoßen, er hat erkannt, daß er nicht weiter-
kommt, er gibt auf.‹

Am liebsten wäre er sofort zu ihm hinübergegangen, doch
er wußte, daß er diesen Ausbruch nicht unterbrechen durfte.
Noch nie hatte er diesen Menschen so impulsiv gesehen, noch
nie aber auch so hilflos und schwach. Denn nachdem er sein
Zerstörungswerk vollendet hatte, hatte er das Papier noch
einmal mit beiden Händen zu zerreißen begonnen, jetzt langsamer, beinahe geduldig, aber mit dem Ausdruck tiefsten Ab-
scheus. Er hatte es in Streifen gerissen und diese Streifen noch
einmal durchtrennt, als wollte er einen großen Teppich auffä-
deln. Am Ende hatte er sich erschöpft hingestreckt, er hatte
die Papierschnitzel hoch in die Luft geworfen, und wie ein
kleiner, blind taumelnder Regen waren sie hinuntergesegelt,
um seinen Leib zu bedecken, der jetzt regungslos, wie ver-
wundet, auf dem Boden lag.

›Gott, es wird ihm doch wohl nichts fehlen?‹ dachte Beri
und starrte weiter hinüber zu der seltsamen Szene. Wer ihre

267

Entstehung nicht beobachtet hatte, der konnte wohl glauben, dort einen Toten zu sehen, vom Blitz getroffen, hingemäht. Die weißen Papiere jedenfalls schmückten ihn beinahe wie ein Hemd, ja es war, als müßte sich gleich die Erde auftun, um diesen Leichnam ganz zu verschlingen. ›Ich zähle bis fünfzig‹, dachte Beri, ›wenn er dann nicht aufgestanden ist, geh ich zu ihm!‹

Beri begann zu zählen, und er bemerkte gleich, daß dieses Zählen einer allmählichen Beschwörung glich. ›Steh auf und geh!‹ dachte er, während er spürte, daß seine Hände sehr kalt waren, ›sterbenskalt‹, dachte er gleich, verscheuchte aber sofort dieses Wort wieder aus seinem Kopf.

Als er bei dreißig angelangt war, hob Goethe den Kopf. Bei vierzig beugte er den Oberkörper nach vorn und klopfte sich den Papierregen von den Kleidern. Bei fünfzig saß er still da, anscheinend wieder zu sich gekommen. Er schaute erneut in die Ferne, es dunkelte, am Horizont begann die Kuppel von Sankt Peter zu schrumpfen, eine schwere Mohnblüte, die sich in die Kapsel zurückzog.

Beri war erschüttert. Diesen Ausbruch hatte er nicht erwartet. Jetzt konnte er nicht so tun, als habe er das alles niemals gesehen. Er, Giovanni, war ein Mitwisser, er war es seit langem schon, doch jetzt begann diese Mitwisserschaft plötzlich wie eine Wunde zu schmerzen. Nein, er wollte jetzt nicht davonlaufen, er mußte sich stellen, er mußte hingehen zu diesem Menschen, der alle Hoffnung verloren zu haben schien!

Beri spuckte aus und erhob sich ganz. In diesem Moment aber, in dem er sich auf den Weg zu Goethe machte, der ihn noch längst nicht bemerkt hatte, ereignete sich etwas Sonderbares in ihm. Denn während er auf Goethe zuging, war es ihm, als sähe er sich vor langer Zeit, vor vielen Monaten, die Piazza del Popolo überqueren, um diesem Fremden seine Dienste anzubieten. Eben war er in Rom eingetroffen, eben

268

hatte er seinen Hut gelüftet, jetzt stand er, Giovanni Beri, bereit, um ihn in Empfang zu nehmen!

Beri schloß für einen Moment die Augen, um die alten, immer näher rückenden Bilder rasch zu vertreiben, währenddessen er weiter auf Goethe zuging, Schritt für Schritt, ohne sich zu unterbrechen. Leise setzte er mit den Schuhen auf, als dürfte er ihn nicht erschrecken, während in seinem Kopf die Hitze dieses fernen Oktobertages anstieg, vor mehr als einem Jahr, als er sich in Goethes Dienste begeben hatte, freiwillig, jawohl, freiwillig, um bis heute in diesen Diensten zu bleiben!

Goethe schaute zur Seite, jetzt hatte er ihn wohl bemerkt, ja, nun mußte er ihn erkannt haben! Er schaute müde, ›sterbensmüde‹, dachte Beri und verbat sich auch dieses Wort wieder rasch. In einiger Entfernung blieb er stehen, verbeugte sich, versuchte zu lächeln und stemmte die Hände in die Hüften, als müßte er seinen Körper fester zu packen bekommen.

»Filippo, welch ein Zufall! Dich hatte ich hier oben wohl nicht erwartet!«

Goethe kniff die Augen zusammen, er schien Mühe zu haben, die nahe Gestalt deutlich zu sehen.

»Giovanni! Du bist's?! Komm, setz Dich zu mir!«

»Es ist spät, Filippo, wollen wir nicht hinuntersteigen? Im Dunkel wird es nicht ungefährlich sein.«

»Ich kenne den Weg sehr gut, Giovanni, ich kenne ihn zu allen Tageszeiten, selbst nachts. Nirgends war ich so häufig wie hier, allerdings meist allein.«

»Oh, ich verstehe, Filippo! Ich werde gehen, wir sehen uns ein anderes Mal wieder!«

»Aber nein, Freund! Du kamst mir noch selten so gelegen wie jetzt. Komm endlich, setz Dich zu mir!«

Beri ging langsam näher. Er klopfte dem Sitzenden zur Begrüßung kurz mit der Hand auf die Schulter, dann setzte er sich neben ihn. Was hatte er gerade gesagt? ›Freund ... ‹, hatte

269

er ihn wahrhaftig so angesprochen? Er hatte es ernst gemeint, das merkte er, Beri, an seiner Stimme, die etwas Ruhiges, Tiefes hatte, wie immer, wenn Gefühle sein Sprechen begleiteten.

Jetzt saßen sie einen Augenblick still nebeneinander. ›Wir sind zum ersten Mal allein‹, dachte Beri, ›der Moment ist gekommen, jetzt wird sich alles entscheiden, ich spüre es genau.‹

Er blies Luft aus den Backen, als habe ihn selbst das Platznehmen große Anstrengung gekostet. Goethe rührte sich nicht.

»Was ist das?« fragte Beri und deutete auf die überall zerstreuten Fetzen Papier.

»Das ist meine Arbeit«, antwortete Goethe. »Es taugt nichts, es hat überhaupt nie viel getaugt.«

»Das darfst Du nicht sagen, Du hast viel Zeit daran verwendet.«

»Ich hätte es lassen sollen, Giovanni, ich hätte dieses ganz in die Irre führende Zeichnen längst aufgeben müssen. Aber heute bin ich mir gewiß, daß ich mein Leben nicht länger dranhängen werde. Wie schön war dieser abendliche Glanz, die Farbigkeit all dieser Erscheinungen hier ist gar nicht in Worte zu fassen! Gerade die lebhaften Farben werden durch den Luftton gemildert, und die Gegensätze zwischen den kalten und warmen Tönen sind ganz deutlich. Die blauen, klaren Schatten stechen so reizend von allem Grünen, Gelblichen, Rötlichen, Bräunlichen ab und verbinden sich mit der bläulichen Ferne. Es ist eine Abstufung und eine Harmonie in dem Ganzen, wovon man bei uns im Norden gar keinen Begriff hat... Aber was mache ich mit meinen Farben? Alles bleibt unendlich unter dem Glanz der Natur, außerdem ist es Stümperei, und ich bin wohl zu alt, um nur noch zu pfuschen.«

Beri hörte kaum hin. All das hatte er ja schon lange gedacht,

270

er hätte es Goethe am liebsten schon vor vielen Monaten gesagt. Sein Zeichnen, sein Malen – in seinen, Beris, Augen waren es bloß Versuche gewesen, sich von der Dichtung abzulenken. Zeichnend war Goethe vor den Versen geflohen, so
glaubte er jedenfalls, doch er durfte so etwas nicht sagen.

»Filippo«, setzte er an, »erlaube, daß ich ganz aufrichtig
zu Dir bin. Ich habe mich nämlich schon lange Zeit gefragt,
warum der Dichter des ›Werther‹ seine Zeit auf ganz andre
Dinge als die Dichtung verwendet. Ich habe Dich zeichnen
sehen und Dich sprechen hören über die verschiedensten Gegenstände – was ich nie von Dir hörte, war ein einziger Vers,
ein Gedicht, etwas, das mich an Deine frühere Meisterschaft
erinnert hätte.«

Goethe schaute stumm vor sich hin. ›Ich nehme es ihm
nicht übel, wenn er nicht antwortet‹, dachte Beri, ›aber ich
muß ihm jetzt alles sagen, alles, alles.‹

»Das ist wohl wahr«, antwortete Goethe da, »aber sprechen
wir nicht von den alten Dingen. Das gehört anderen Tagen,
das liegt sehr weit weg. Ich habe mich von diesen Zeiten unendlich entfernt, und ich habe versucht, mit dem Dichten hier
in Rom einen neuen Anfang zu machen...«

»Sag mir, Filippo«, machte Beri unruhig weiter, »sag mir
doch eins: Warum bist Du nach Rom gekommen, was ist der
Grund, der eigentliche Grund Deines Aufenthaltes?«

»Der Grund?! ... Der Grund, Giovanni, ist ein geheimer.«

›Oh‹, dachte Beri, ›es ist nicht zu ertragen, wie er mich an
der Nase herumführt! Ich darf ihn nicht entkommen lassen,
ich muß ihm zeigen, daß man mit Giovanni Beri nicht so verkehrt!‹

»Filippo, ich denke, der Grund ist, daß Du in Rom das
Glück suchst, das ganze Glück, den Lebensstrauß!«

»Das Glück?! Wie kommst Du darauf?«

»Filippo, wir haben uns einige Male gesehen, ich habe Dir

meine Freude gestanden, Dich kennenlernen zu dürfen. Meine Schwester Rosina ist Dein täglicher Umgang, und sie hatte, wie Du selbst wohl ahnst, sogar mehr erwartet als das. Uns verbindet einiges, da wirst Du mir zustimmen, obwohl ich weiß, daß ich mehr zu Dir hingezogen wurde als Du zu mir. Wie sollte es anders sein?«

Beri bemerkte, wie Goethe versuchte, ihn zu unterbrechen, aber er machte eine kurze, entschiedene Bewegung, so scharf, daß er über sich selbst erstaunt war.

»Bitte, laß mich jetzt sprechen, Filippo! Unser Umgang hat dazu geführt, daß ich Dich ein wenig kennenzulernen glaubte, ich machte mir meine Gedanken, ich beobachtete Dich, scheu nur und zurückhaltend, wie es sich gehört, aber immerhin. Und ich habe mir in all diesen Wochen gesagt: Filippo ist wohl nach Rom gekommen, weil er es in diesem Norden dort droben nicht länger aushielt. Und mehr: Filippo ist hierher geflohen, Filippo hat sich vor diesem Norden und den nordischen, vielleicht auch *einigen* nordischen Menschen nach Rom abgesetzt! Um sie hier zu vergessen, um hier ein anderes Glück zu suchen!«

›Wenn er mich noch lange zwingt, so zu reden‹, dachte Beri, ›sag ich ihm wirklich alles. Ich bin schon nahe dran, ihm zu gestehen, daß ich ihm seit mehr als einem Jahr im Auftrag des Heiligen Vaters hinterherspioniere. Gleich spuck ich es aus, ich spuck's ihm entgegen, dann wird er mich anhören müssen, dann wird er seine verdammte Gleichgültigkeit verlieren!‹

»Woher weißt Du das alles, Giovanni?« fragte Goethe und schaute Beri an.

»Gott, wofür hältst Du mich, Filippo? Für einen unbedeutenden Zeichner? Für einen kleinen Römer, der Dir ein wenig hinterherläuft, um zu sehen, was ein in seiner Heimat berühmter Dichter hier treibt? Glaubst Du, ich hätte keine Augen im Kopf?! Ich habe scharfe Augen, Filippo, ich bin ein guter Beobachter, vielleicht bin ich sogar ganz exzellent in diesem Metier, einer der besten überhaupt, vielleicht...«

»Aber Giovanni!«

Goethe legte Beri den rechten Arm um die Schultern. Beri spürte, wie ein Fetzen des zerrissenen Papiers in sein Hemd fiel und langsam an seinem Rücken heruntersackte.

»Aber Giovanni, beruhige Dich doch! Stell Dir nur mein Erstaunen vor, mich von Dir so entdeckt zu finden! Konnte ich ahnen, wie genau mein Schicksal sich in Dir abzeichnete? Denn es ist wahr, ja, es ist wahr, ich habe mich nach Rom aufgemacht, um den Norden, wie Du es nennst, zu vergessen...«

»Um ihm zu entfliehen...«

»Ja, um ihm zu entfliehen...«

»Du wolltest diese Frau nicht mehr sehen, Filippo, das ist es doch, reden wir nicht länger darum herum, Du wolltest diese verheiratete Frau...«

»Giovanni, wer hat mit Dir davon gesprochen?«

»Niemand! Ich weiß es! Es sind meine Augen, ich bin Auge, nichts als Auge, aber was für ein Auge!«

»Kein Auge kann sehen...«

»Ich *habe* es gesehen! Ist es wahr?«

»Ich...«

»Ist es wahr?!«

»Ja, es ist wahr.«

›Nun hat er sich ein wenig offenbart‹, dachte Beri, ›eine Spur nur, und es fiel ihm schwer. Ich wäre ein guter Beichtvater geworden, streng, gnadenlos, aber genau. Vielleicht hat mich auch der Padre das alles gelehrt.‹

»Mein Auge hat auch gesehen, Filippo, daß Dir die römischen Mädchen nicht gefallen.«

»Nein, Giovanni, so ist es nicht. Ein solches Verhältnis, es bräuchte viel Zeit, und es würde mich abziehen von meinen Pflichten. Und außerdem haben die römischen Mädchen ihre

273

eigene Art. Du weißt es, wer sie haben will, den fragen sie gleich, wann heiraten wir? Und die andren, die also zu haben sind, die sind aus vielerlei Gründen eine Gefahr.«

»Eine Gefahr? Solche Gefahren sind durch die Medizin leicht zu kurieren!«

»Vielleicht, gewiß. Aber warum sollte ich das Schicksal herausfordern, mich in Rom zu einem Patienten zu machen?«

»Weil in Rom Dein Glück ohne die Liebe ein Nichts bleiben wird!«

Goethe zog den Arm fort. Jetzt saßen sie wieder stumm da, jetzt gärte es in ihnen beiden, als müßten sie sich um jeden Preis weiter drängen, etwas zu gestehen.

»Das Glück, Giovanni, richtig, das Glück! Ich habe davon hier in Rom wohl viel erfahren, mehr vielleicht, als ich im Norden davon werde zurückgeben können. Es ist ja nicht damit getan, Rom zu betrachten, man muß dem allem auch etwas zu entgegnen wissen, es bedarf der Anverwandlung mehr als des langen Redens. Und wie sollte dieses Anverwandeln denn besser gelingen als durch Selbsttätigkeit? Erst das Zeichnen hat mir die Augen für die Werke der Kunst geöffnet, das doch immerhin, wenn ich es auch nur zu einem haltlosen Anfängertum gebracht habe und niemals zu einer Art Meisterschaft.«

›Rede nur‹, dachte Beri, ›jetzt versuchst Du Dich wieder davonzuschleichen! Das ist so die Art, wie Du mit Deinen Freunden verhandelst, das sind diese Sätze, die ihnen Ehrfurcht einjagen, weil sie Deine Worte nehmen wie Worte eines in allen Belangen erfahrenen Lehrers. Dieser Lehrer, ja, er weiß vielleicht viel, aber ihm fehlt doch das entscheidende Wissen.‹

Sie saßen nun in der tiefen Dunkelheit wie ein eingeschlossenes Paar, das vor Anspannung nicht wagt, sich zu rühren. Im Kolosseum brannte ein kleines Feuer. Der Rauch stieg in winzigen Schwaden den Hügel hinauf und verlor sich auf der Höhe in den Bäumen.

»Ihr mögt viel reden«, sagte Beri unwirsch, »habt Ihr aber die Liebe nicht, so ist all diese Rede ein Wahn...«

›Jetzt hat er mich dazu gebracht, wie der Heilige Vater zu sprechen‹, dachte er weiter, ›gleich wird mein Zorn ein biblischer sein, ich werde die Psalmen herbeten, ich werde den Teufel mit meinen frommen Reden schon austreiben.‹

»Ja«, sagte Goethe da, »ja, Giovanni, es ist wahr. Ich weiß es selbst.«

»Die Liebe...«, sagte Beri.

»Ja, Giovanni, ich weiß.«

»Nur die Liebe...«

»Ja.«

»Ich werde Dir jetzt etwas sagen«, hob Beri an. »Verzeih mir, daß ich Dich so bedränge, es ist sonst nicht meine Art. Aber Du sollst es wissen, ich werde Dir ein Geheimnis verraten, mein Geheimnis, wenn Du so willst. Ich werde Dir gestehen, was mich, Giovanni Beri, an Dich bindet, Filippo. Denn es ist wahr: ich verdanke Dir die schönste Wandlung in meinem Leben, sie ereignete sich, nachdem ich Deinen ›Werther‹ gelesen hatte. Am liebsten wäre ich zu Dir geeilt, Dich zu umarmen, doch Du hattest Dich, wie ich erfuhr, nach Neapel begeben. So wartete ich auf Deine Rückkehr, Dir all das Gute zu vergelten, mit dem Du mein Leben gestärkt hast. Dringe nicht weiter in mich, frag nicht, worin dieses Gute bestand, glaube mir, so wie ich Deinem Buch geglaubt und daraus meine Schlüsse gezogen habe.«

Beri wischte sich durchs Gesicht. Jetzt hatte er sich beinahe verausgabt, dieses Gespräch nahm einen mit. Er schloß die Augen, als er die leichte Schwäche spürte, doch es war, als träfe er in der Dunkelheit auf einen tief sitzenden Schmerz, vor dem er sich zurückziehen mußte. Er behielt die Augen

275

geschlossen, in diesem Dunkel sah er plötzlich das Bild seiner toten, auf dem Totenbett liegenden Mutter. Er wollte den
Mund öffnen, um sie anzureden, doch er brachte nur ein
paar trockene Laute hervor. Und weiter sah er das Bild seines
Bruders Roberto, der ihn an sich zog, der ihn zu beruhigen
suchte und leise auf ihn einsprach, geflüsterte Laute, wie ural-
tes Murmeln, das ihm vertrauter schien als alles Reden. Jetzt
verließ er mit seinem Bruder das Totenzimmer, er sah das
Flackern der Kerzen an den Wänden, und es war, als verließen sie zusammen diese heiße Stätte, um ins Freie zu flüchten.

Beri versuchte, die Augen zu öffnen, doch er hatte Angst.
Jetzt war das alte, lange nicht mehr gespürte Gefühl wieder
da, das Gefühl, verlassen worden zu sein und den weiteren
Weg aus eigener Kraft nicht mehr zu finden! Erst hatte ihn die
Mutter verlassen und dann, viel schlimmer noch, der Bruder!
Wochenlang hatte er nach ihm gesucht, doch niemand hatte
ihm helfen können. Von einem Tag auf den andern hatte der
Bruder, mit dem er zusammengelebt hatte wie mit keinem
anderen Menschen, sich von ihm fortgestohlen. Nie hatte er
diese Trennung überwunden, er hatte sich nur gezwungen,
nicht mehr daran zu denken. Doch er war allein gewesen, sehr
allein, und in diesem Alleinsein war ihm der Fremde begegnet,
ein Mensch aus dem Norden, ein Irgendwer, dem er gefolgt
war, um nicht wieder von ihm zu lassen . . .

In diesem Augenblick begriff Beri, warum er in tiefer Nacht
hier auf dem Palatin neben dem Fremden, der ihm mit der
Zeit zu einem ›Filippo‹ geworden war, saß. Natürlich, jetzt
hatte er es verstanden, es war ja ganz deutlich, er hatte die
Freundschaft dieses Mannes gesucht, von Anfang an! Nichts
anderes lag all seinem Laufen zugrunde, nichts anderes beherrschte seine Regungen und Gedanken so wie dieser lange
verborgene Wunsch: Filippo Miller, den Dichter aus Weimar,
zum Freund zu gewinnen!

Deshalb also war er ihm so instinktiv gefolgt, deshalb hatte er keine Zeit gescheut, alles über ihn in Erfahrung zu bringen! Er, Giovanni Beri, hatte alles darangesetzt, seine Einsamkeit zu vergessen, er hatte einen Freund an Bruders Stelle gesucht, einen Menschen, der sich allmählich zu ihm gesellte und dann ganz selbstverständlich zu seinem Begleiter wurde. All sein Spionieren und Intrigieren – es hatte zuletzt keinen anderen Zweck verfolgt als nur den einen: neben diesem Menschen auf dem Palatin zu sitzen und sich als sein Freund zu empfinden!

Die Frage war nur: warum gerade dieser? Warum ein Fremder hoch aus dem Norden? Warum nicht irgendeiner von den alten Bekannten, von denen er sich seit langem schon entfernt hatte?

Beri schüttelte den Kopf. Das schwierigste Rätsel hatte er jetzt gelöst, ein weiteres konnte er sich nun nicht vornehmen, es überstieg seine Kräfte! Und außerdem fühlte er sich sehr erleichtert, es war, als habe er eine unendlich knifflige Aufgabe bewältigt und die Lösung für etwas gefunden, worüber er seit mehr als einem Jahr gegrübelt hatte.

Er schluckte, ja, jetzt erwachte er wieder. Was war geschehen? »Giovanni, hörst Du mich? Freund, was ist mit Dir?«

Beri hörte die lauten Fragen, es gab nichts, das er lieber gehört hätte. Er holte tief Luft und griff nach Filippos Hand. »Ich habe mich wohl überanstrengt, Filippo. Der steile Weg, diese unerwartete Begegnung, es war wohl zuviel. Es war eine kleine Schwäche, nichts sonst, es ist schon wieder vorbei.«

»Ich danke Dir, Giovanni, daß Du so ehrlich zu mir warst. Ich werde Dich nicht weiter fragen, es genügt ja, daß ich weiß, wie sehr ich Dir einmal helfen konnte. Komm, wir wollen etwas trinken auf unsere Begegnung, sie ist es wert, gefeiert zu werden!«

Sie sprangen auf, beinahe zugleich. Beri bemerkte, daß er sich nicht einmal über Goethes Aufforderung wunderte; fast hätte er sogar dasselbe gesagt. Ja, jetzt mußte diese seltsame Begegnung gefeiert und die Freundschaft besiegelt werden. Man würde den Hügel hinuntersteigen, hinunter zum Tiber, und dort, ja, dort war die schöne Osteria nicht weit, wo an diesem Abend Faustina bediente. Mit seinem Freund und Bruder würde er sich an einen kleinen Tisch setzen und kein Wort darüber verraten, wer sie gerade bediente! Und Faustina würde er auftragen, so zu tun, als würde sie ihn nicht kennen! Dann säße er, Giovanni Beri, da, voll des höchsten, nur erreichbaren Glücks: zur Seite des guten Freundes, mit dem Blick auf die schöne Geliebte!

Beri schwankte ein wenig bei dieser Vorstellung. Er schlich jetzt hinter Goethe her, der sich schon auf den Weg gemacht hatte. Vom Kolosseum kam noch immer dieser schwache Rauch herüber, ›wie ein Friedensrauch‹, dachte Beri, ›als sei die Schlacht endlich vorbei‹. Plötzlich spürte er, wie kalt es längst geworden war. Langsam stieg man in die wärmeren Zonen herunter, die ersten Düfte der Garküchen aus dem nahen Ghetto drangen zu ihnen, dann die Musiken der Osterien, sehr schwach, kaum zu hören, wie ein in der Erde summender Reigen, der längst nicht mehr ans Tageslicht drängte. ›Bald ist dieses Jahr zu Ende‹, dachte Beri, ›es war das Jahr meines Glücks, das Jahr, in dem ich aufgeflogen bin in die Himmel der Liebe und die der Freundschaft!‹

Er überlegte, ob dieser Gedanke nicht zu pathetisch war. Ach was, er hatte etwas Leidenschaftliches, Großes, das war genug! Das Zusammensein mit Filippo hatte ihn wohl auch gelehrt, das Leidenschaftliche, Große zu denken, ohne daß es ihm fremd vorkam und übertrieben. Im Gegenteil, das Leidenschaftliche, Große war so etwas wie die Pflicht jedes Menschen, dafür hatte er sein Leben aufs Spiel zu setzen. Das hatte er, Giovanni Beri, getan, er hatte gespielt, alles gewagt und jetzt, am Ende, ein Königreich gewonnen!

Ja, er war stolz. Schade, daß seine Mutter ihn nun nicht sah, an der Seite dieses Dichters und an der Seite Faustinens! Und erst Roberto! Mit Neid würde der auf dieses Dreigestirn blicken und nicht fassen, wie er, Giovanni, sich eine solche Freundin und einen solchen Freund erworben hatte!

Beri summte vor sich hin. Filippo hatte wahrhaftig einen guten Pfad gewußt, hinab ins Tal. Sie liefen nun beinahe beschwingt, als hätten sie schon etwas getrunken. Dieser Gleichklang, das machten die Sympathien, die sie miteinander verbanden, geheime Kräfte waren es, so hatte er es einmal in der Kirche gehört! Jeder Mensch, wie hatte es damals geheißen, ist nur wenigen anderen Menschen anvertraut, die mag er suchen und an die mag er sich halten, ein Leben lang!

»Jetzt ist mir wieder leicht«, sagte er, »jetzt könnte ich singen. Aber ich bin kein Sänger, leider nicht.«

»Dann singe ich Dir was«, antwortete Filippo, »Du sollst ein Gedicht von mir hören.«

»Ist nicht wahr...«, sagte Beri.

»Denk, was Du willst«, sagte Filippo, »denk einfach, Du hast es selbst geschrieben. Du verstehst Deutsch, nicht wahr?«

»Ich verstähen alles«, lachte Beri.

»Dann hör zu: Liebe schwärmt auf allen Wegen, Treue wohnt für sich allein; Liebe kommt euch rasch entgegen, aufgesucht will Treue sein.«

»Schön«, sagte Beri, der froh war, die einfachen Zeilen wirklich verstanden zu haben. »Und das ist wirklich von Dir?«

»Das ist von mir«, antwortete Filippo.

»Wann hast Du's geschrieben?«

»Vor wenigen Tagen.«

»Dann hast Du es bald geschafft«, sagte Beri, »bestimmt, bald bist Du über den Berg.«

»Über den Berg?«

»Bald bist Du angekommen in Rom, nach mehr als einem Jahr bist Du angekommen in Rom!«

Sie hatten jetzt die schöne Osteria erreicht. Sie traten ein, Beris erster Blick durchflog den Raum und blieb an einem roten, wandernden, immer mehr aufflackernden Farbton hängen, den ein schwarzer Strich wie ein Pfeil durchschoß. Er führte Goethe ins kleinere Nebenzimmer, ging zurück und sprach einige Augenblicke mit Faustina.

Wenig später kam sie, die beiden Römer mit bestem Wein zu bedienen. Sie gab nicht zu erkennen, daß sie Beri gut kannte, und Giovanni Beri genoß das Spiel so, wie er es geträumt hatte.

Sie tranken bis in die Nacht, Filippo erhitzte sich immer mehr, Beri hatte ihn noch nie so begeistert gesehen. ›Ja‹, dachte er, ›man kann sagen, was man will, er ist ein Dichter, ein Dichter, ein Dichter! Er redet sich frei, alles in ihm brennt darauf, wieder ein paar gute Worte zu finden. Ich spüre es, ich bin sein Freund, *der* Mensch, der ihn in Rom am besten kennt!‹

Eine Stunde nach Mitternacht trennten sie sich. Beri zahlte für beide, umarmte Filippo ein letztes Mal und machte sich auf den Weg nach Hause. In seinen Zimmern zündete er alle Kerzen an, die Räume strahlten auf, als sollte so spät noch ein Fest gefeiert werden. Er legte sich auf sein Bett und starrte voll heißen Glücksgefühls an die Decke.

Bald würde Faustina kommen.

41

Faustina kam nicht. Beri hatte schon manches Mal auf sie warten müssen, doch höchstens eine Stunde, nicht mehr. Diesmal war die Zeit überschritten, er merkte es daran, daß die Müdigkeit sich in ihm zu regen begann und das Glücksgefühl langsam übertönte. Wie immer hatte sie ihm beim Abschied zugeflüstert, daß er auf sie warten solle, und wie immer hatte sie ihm zwei Flaschen guten Weißweins mit auf den Weg gegeben, die sie gewöhnlich während ihrer nächtlichen Zusammenkunft leerten.

Beri gähnte laut, dann beschloß er, eine der Flaschen zu öffnen. Vielleicht war sie aufgehalten worden, vielleicht hatte irgendeiner der späten Gäste sie in ein Gespräch verwickelt. Allerdings war so etwas bisher noch nie vorgekommen, Faustina wußte sich ungebetene Gäste, die den Abschied hinauszögerten, gut vom Leibe zu halten. Was konnte also geschehen sein?

Beri trat ans Fenster und öffnete es einen Spalt. Unten waren keine Stimmen mehr zu hören, nur das Wasser des Flusses klatschte schwach gegen die Ufermauern, die zu dieser Jahreszeit manchmal überschwemmt waren. Er trank einen Schluck und erinnerte sich daran, wie er in Gegenwart des Padre den Wein hatte kosten müssen. Seit diesen Tagen hatte er, was den Wein betraf, ganz andere Genüsse kennengelernt! Immer wenn er mit Faustina zusammengetroffen war, hatte er von den besten Weinen Italiens getrunken, ihm konnte man nichts mehr vormachen, ihm nicht!

Ärgerlich stellte er das Glas beiseite. Die Nacht hatte die Stadt längst eingenommen, das reinste, ruhendste Schwarz, das keine Fackeln und Lichter mehr unterbrachen. Sollte er noch länger warten? Er streifte sich einen Mantel über und eilte die Treppen hinunter. Das andere Ufer war kaum noch zu erkennen, nirgends regte sich noch ein Wesen. Und er war weiter auf den Beinen, obwohl er davon geträumt hatte, diese Stunden ganz anders zu verbringen!

Zurück! Er eilte hastig am Tiber entlang wie einer, der vor einem Gewitter flüchtete. Sein Herz klopfte, alles kam ihm fremd und seltsam fern vor, als habe er sich in der Zeit und der Richtung geirrt. Als er an der Osteria eintraf, klopfte er leise an die Tür. Natürlich, sie war verschlossen, und auch im oberen Stock, in den kleinen Wohnräumen, brannte längst kein Licht mehr. Beri spürte, wie ein leichter Zorn in ihm aufstieg, am liebsten hätte er Lärm gemacht, um endlich herauszufinden, wo sich Faustina befand.

Er entfernte sich einige Schritte, hinunter zum Tiber. Hier, genau an dieser Stelle, hatte er den kaiserlichen Gesandten zu fassen bekommen, den er darauf nie mehr gesehen hatte. Wahrscheinlich war er aus lauter Angst längst zu seinem Kaiser geflohen, um in Wien ein schlecht bezahltes Schnüffler-dasein zu führen. Mochte er sich verstecken, das alles beschäftigte ihn im Augenblick nicht. Im Grunde war er, Beri, nicht einmal mehr ein Spion. Er hatte es weiter gebracht, als es Spione je bringen würden: er hatte das Leben seines Opfers vollständig durchleuchtet und sich dann in seine Seele geschlichen. Filippo war jetzt sein Freund, damit hatte das Spionieren ein Ende, wenn man so etwas auch niemals dem Padre würde melden dürfen. Nein, wie zuvor würde er seine Berichte schreiben, Lügenberichte, an den Haaren herbeizitierte Geschichten und Mutmaßungen, doch für sich selbst, zu seinem eigenen Ruhme, würde er die Geschichte seiner Freundschaft aufzeichnen. Noch in Jahrhunderten würde man nachlesen, wie der Römer Giovanni Beri sich den berühmten Dichter aus dem Norden zum Freunde gemacht und ihm dadurch geholfen hatte, dem Norden ganz zu entkommen. Wo Filippo sich wohl jetzt befand? Ob er noch nachdachte über das Geständnis, das er zu hören bekommen hatte?

Beri stand auf, er konnte hier unmöglich noch länger verweilen. Und außerdem hing er Gedanken nach, die mit seiner nächtlichen Suche wenig zu tun hatten. Was war nur mit Faustina? Vielleicht hatte sie sich schlafen gelegt, aber warum nur, wo sie ihm doch sogar den Wein mitgegeben hatte? Irgend etwas war wohl geschehen, etwas, worauf der Verstand nicht kam, etwas Unvorhergesehenes! Beri spürte, wie ihn dieses Grübeln beunruhigte. Gerade hatte er noch mit Filippo in bester Stimmung gefeiert, und nun gerieten die schönen Szenen gleich wieder in Erschütterung. Faustina war doch ganz anders als diese launischen Frauen, die es sich laufend anders überlegten, weil sie sich ihrer Gefühle nicht sicher waren!

Er ging noch einmal zu der Osteria zurück. Nichts regte sich dort, er konnte zu dieser Stunde niemanden wecken, ohne sein gutes Ansehen aufs Spiel zu setzen. Am besten, er machte sich jetzt auf und davon, morgen früh würde er schon erfahren, was geschehen war.

Nach Hause wollte er so schnell noch nicht gehen. Die schleichende Unruhe hatte sich in ihm festgesetzt und ließ ihn hellwach sein, an Schlaf war nicht zu denken. Mit klopfendem Herzen würde er auf seinem Bett liegen und die Nacht durchgrübeln. Und meist brachte einen diese Grübelei nur auf schlimme Gedanken. Wie er diese einsamen Nächte doch haßte, in denen man keinen Schlaf finden konnte! Solche Nächte, das wußte er gut, waren Nächte der Angst und der Furcht, und erst wenn die Helligkeit kam, glaubte man wieder daran, den nächsten Tag zu bestehen.

Wohin gehen? Die alten, vertrauten Wege zum Spanischen Platz, wo die Gästehäuser der Fremden wohl noch geöffnet waren? Ja, dort wollte er sich umsehen, kurz nur, das würde ihn auf andere Gedanken bringen. Wie kalt es schon war! Die Sterne am Himmel sahen in solchen Nächten wie Eiskristalle aus. Niemand begegnete ihm in den schmalen Gassen, die zum Corso führten. ›Ich schleiche durch Rom wie ein Dieb‹, dachte Beri, ›oder nein: ich bewege mich so, wie ich mich früher bewegte, als ich Filippo noch gar nicht kannte. In so späten Stunden begleitete ich die eitlen Mädchen nach Haus, die mich dann stehenließen, wenn sie meiner Dienste nicht mehr bedurften. Pah! Wie habe ich euch alle durch meine Liebe zu Faustina beschämt! Wie steht ihr da, alberne Gänse, die immer älter werden und vor Alterssteifheit längst mit dem Hintern wackeln! Jetzt würdet ihr euch die Finger lecken, einen wie mich zu bekommen, doch jetzt ist es zu spät! Giovanni Beri greift nicht mehr nach den harmlosen Früchten, nachdem er von den kostbarsten gespeist hat!‹

Auch die langen Meilen des Corso lagen im Dunkeln. Dort unten befand sich das Eckhaus, in dem Filippo jetzt längst den Träumen nachhing. Oder war gerade dort Licht? War nicht selbst aus der Ferne ein schwach zitternder Schein zu erkennen? Nun kam es auf die wenigen Schritte und den kleinen Umweg auch nicht mehr an. Richtig, der große Ecksaal war sogar hell erleuchtet von vielen, die bemalte Decke vollständig ausstrahlenden Kerzen! Das sah beinahe nach einer großen Gesellschaft aus, doch unmöglich, Filippo war gewiß jetzt allein. Warum brannten dann aber all diese Kerzen? Vielleicht feierte er diesen Abend und diese Nacht noch im stillen, ganz für sich! Vielleicht brachte er die Begegnung hoch oben auf dem Palatin gleich zu Papier, um jede Einzelheit der Nachwelt zu erhalten? »Ich schreibe sehr spät, doch ich muß es aufschreiben... Diesen Tag habe ich sehr froh beendet...« – wie bitte? Was waren das denn für Sätze? Wer dachte diese Sätze denn in seinem, Beris, unruhigem Kopf? Das ging wohl zuweit, jetzt begann er bereits, mit Filippos Worten zu denken, es fehlte nicht viel, und er schrieb diesem Filippo ein römisches Tagebuch, wie der es selbst nicht besser hätte schreiben können!

Beri lächelte zu dem erleuchteten Ecksaal hinauf. ›Hörst Du meine Sätze?‹ dachte er, ›Du brauchst sie bloß anzunehmen und weiterzuspinnen, das ist keine schwierige Arbeit. Schreib

284

für uns auf, was wir heute zusammen erlebt, an anderen Tagen, wenn ich nicht so müde sein werde wie jetzt, bin ich an der Reihe!‹ Entschlossen wandte er sich ab. Ja, so mußte es sein, Filippo hatte in dieser Nacht zu den Worten gefunden. Leicht und klangvoll fügten sie sich der geschmeidigen Feder, ein unendlicher Strom, der erst im Morgengrauen langsam versandete...

Beri schlich in Richtung des Spanischen Platzes. Jetzt ging er schon auf Zehenspitzen, als dürfte er den schreibenden Dichter nicht stören! Das war ja beinahe zum Lachen! Er mußte wieder kräftig auftreten, um Boden unter die Füße zu bekommen. So war es gut, jetzt hatte er sogar eine Katze geweckt, die aus einer Toreinfahrt huschte.

Dort, die Gästehäuser der Fremden, ja, sie waren auch so spät noch geöffnet. Beri wollte schon ins nächstbeste eintreten, als er die lauten Stimmen vernahm. ›Ihr Schwätzer!‹ dachte er, ›was habt Ihr zu dieser Stunde denn noch zu bereden? Nichts, gar nichts von Wert! Dieser Tag war für Euch wie alle anderen Tage zuvor und wie alle danach: ein müdes Rinnsal! Und ich, Giovanni Beri, soll mich zu Euch setzen, ich, den Ihr einmal als Euren Diener mißbrauchtet und der jetzt soweit über Euch strahlt, wie ein Eiskristall, funkelnd und fern?‹

Beri spuckte aus. Dann wandte er sich ab und lief, ohne noch einmal zu verweilen, nach Haus. Die Kerzen waren heruntergebrannt, die geöffnete Flasche stand noch auf dem Tisch, es sah aus wie nach einem langen Fest. Und wie nach einem langen Fest blieb nichts mehr zu tun, als sich zu entkleiden und endlich den tiefen Schlaf zu suchen, den Schlaf des Glücklichen, nun wieder Ruhigen...

»Giovanni...! Giovanni!«

Beri wurde von Rosinas lautem Rufen und Klopfen geweckt. Er hob den Kopf, oh, das schmerzte entsetzlich! Es mußte sehr früh sein, richtig, das Sonnenlicht draußen war noch sehr gedämpft, nichts als ein vorsichtiger Schleier. Was Rosina nur von ihm wollte? Sie lärmte ja so, als könnte sie ihren Besuch keine Minute mehr aufschieben.

Er tastete sich aus seinem Lager und hinkte langsam zur Tür. Der rechte Fuß schmerzte oder bildete er sich das nur ein? Jedenfalls war er es nicht gewohnt, zu einer solchen Zeit geweckt zu werden! Der frühste Morgen... – das war die Zeit der Handlanger und Dienstboten! Er würde es Rosina sagen, er würde ihr in Erinnerung rufen, wen sie in dieser elenden Stunde aufsuchte!

Er öffnete die Tür, Rosina drängte ihn gleich zur Seite. ›Sie tut so, als sei sie hier zu Haus‹, dachte Beri, ›das werde ich ihr austreiben müssen. Ich bezahle sie, gut, das gibt ihr aber noch nicht das Recht zu diesem Auftreten.‹ Langsam schlurfte er hinter ihr her, doch er bemerkte gleich, daß er an diesem Morgen wenig ausrichten würde. Sein ganzer Körper war schwer und unbeweglich, als hätte er in der Nacht Gewichte getragen.

Rosina sah die geöffnete Flasche auf dem Tisch und schenkte sich das Glas voll. Sie prostete Giovanni zu, sie lachte so dreist, als dürfte sie sich jetzt alles erlauben. ›Schau sie dir an‹, dachte Beri, ›das ist nun aus ihr geworden: eine Schauspielerin, eine, die das harte Leben losgeworden ist im Theater, wo man alles mit ein paar Seufzern erledigt!‹ Jetzt reichte Rosina auch ihm ein gefülltes Glas, sie sollten anstoßen. Beri zögerte, zu dieser Stunde hatte er noch kein

Vergnügen am Wein, doch Rosina drängte ihn und ließ ihn aufhorchen.

»Giovanni! Trink, trink nur! Es ist geschafft! Wir sind am Ziel!«

Beri hielt sein Glas zitternd in der Hand. Wenn er etwas haßte, dann waren es solche Auftritte, die einen überrumpelten und wahrscheinlich sogar noch auf Beifall aus waren. Doch er nahm sich vor, nicht zu heftig zu werden.

»Rosina, mein Engel! Ich bin erst spät zu Bett, ich fühle mich nicht besonders, ich will Dich nicht kränken, aber...«

»Giovanni, wenn ich Dir sage, was ich jetzt weiß, wirst Du Dich anders fühlen, da wette ich.«

»Mag sein, mein Engel, ich kenne all Deine wunderbaren Gaben, doch heute morgen habe ich noch keinen Sinn dafür.«

»Keinen Sinn?! Dann hör zu: Unser Filippo hat Feuer gefangen!«

»Was? ... Aber Rosina! Ich dachte, Du hättest diese Sache endlich verwunden! Dein Federico ist ein guter Kerl, er ist der beste von allen, mit denen ich Dich bisher gesehen. Denk nicht länger an Filippo, der hat jetzt ganz was andres im Kopf!«

»Aber Giovanni, red nicht solches Zeug! Ich spreche doch nicht von mir! Ich spreche von Filippos schöner Geliebter!«

Beri versuchte, die Worte, die er gerade gehört hatte, in seinem Kopf noch einmal zu ordnen. Was hatte sie gesagt? Hatte er richtig gehört? Oder hatte Rosina etwas verwechselt? War das alles hier vielleicht eine ihrer Komödien, die sie mit soviel Geschick spielte, seit sie in diesem Eckhaus am Corso verkehrte?

»Rosina«, sagte Beri und stellte sein Glas ab, aus dem er noch immer nicht getrunken hatte. »Ich vertrage heute morgen überhaupt keinen Scherz, selbst nicht den harmlosesten.«

»Es ist kein Scherz, Giovanni. Filippo hat diese Nacht mit

einer Frau verbracht, vor einer halben Stunde hat sie seine Wohnung verlassen!«

Beri schaute sie an, er stand still, das Zittern hatte aufgehört. Dann ging er auf sie zu und packte sie an der Hand. Log sie? Nein, sie hatte etwas gesehen oder gehört, das zeigte ihr Blick, der etwas Auftrumpfendes hatte.

»Erzähl«, sagte Beri, »aber sprich langsam und leise!«

»Federico und ich..., wir hatten gerade das Licht gelöscht, es war schon sehr spät, wie spät, weiß ich nicht, aber es war kein Sterbenswörtchen zu hören..., Federico und ich hörten tief in der Nacht Filippo heimkehren. Und wir hörten gleich, er war nicht allein. Er flüsterte ununterbrochen, so flüstert man nicht, wenn man allein ist.«

»Vielleicht war er betrunken.«

»War er nicht, hör nur weiter! Federico und ich..., wir lauschen also gleich nebenan, und wir hören zwei Stimmen, Filippos dunkle, kräftige, Du kennst sie ja, und eine Frauenstimme, von gutem Klang. Sie reden miteinander, sie unterhalten sich, das geht hin und her, ein Lachen, dann mehr, dann klingen die Gläser, immer häufiger, das Lachen will gar nicht enden. Ich habe zu Federico gesagt: so haben wir Filippo noch niemals erlebt, so glücklich noch nicht. Und mein Federico hat darauf gesagt: ich erkenn ihn gar nicht wieder. Und wir drücken das Ohr noch dichter an die Wand, und nebenan geht es weiter, sehr zärtlich jetzt, ach, amoroso, Filippos Stimme so weich und so rund, als wollte er den Himmel betören, und die Frauenstimme dagegen, nein..., die Frauenstimme verschmolz mit der weichen und runden, das hörte sich beinahe an wie ein Duett. Und ich habe zu Federico gesagt: gleich hat er sie, jetzt hat er die Richtige endlich gefunden. Und mein Federico hat darauf gesagt: ich erkenn ihn wirklich nicht wieder. Und wir haben uns vor Aufregung beinahe nicht mehr gerührt, wir waren ganz Ohr, Du hättest uns sehen sollen, wie wir uns an die Wand preßten, als wollten wir ein Loch finden, um hindurchzuschlüpfen. Und dann klirrten noch einmal die Gläser, und noch einmal..., und das Duett hörte sich an wie ein Wiegenlied, das zwei Verliebte sich singen..., amoroso, und dann war es still. Ich habe den Atem angehalten und zu Federico gesagt: jetzt sind sie soweit. Und mein Federico hat nichts mehr gesagt. Und dann haben wir das Bett knarren hören, langsam zunächst, dann immer schneller, ganz deutlich war dieses Knarren zu hören, dann wie Raserei, als wollten sie das ganze Haus aufwecken, man hätte sich die Ohren zuhalten mögen, so ein Lärm war das jetzt, und noch dazu ihre Stimmen, die sich verfolgten, die eine hetzte der andren beinah hinterher, und die andre stand still und machte sich dann erneut auf die Flucht, so heftig, so amoroso, daß es meinen Federico und mich beinah mit durchgeschüttelt hätte, so voll war das Haus von diesem Beben. Dann war es vorbei, wieder ganz still, und ich habe zu Federico gesagt: ich erkenn Filippo nicht wieder, und mein Federico hat plötzlich geweint.«

Beri stützte sich mit beiden Händen auf den Tisch. Noch immer starrte er Rosina an. Wovon sprach sie? Sie redete ja so schnell und begeistert, als müßte sie ein Wunder schildern.

»Weiter!« sagte er ruhig.

»Wir haben wach gelegen, kein Auge haben wir zugetan, die Nacht war zu schön. Wir haben leise das Fenster geöffnet und nach den Sternen geschaut, und es war wie im Sommer so warm...«

»Rosina, was habt Ihr gesehen?!«

»Sie haben sich weiter unterhalten, ununterbrochen, er hat wieder mit dem Flüstern begonnen, dann auch sie, und wieder war da das schöne Duett ihrer Stimmen, bis in die Früh. Und als es dann heller wurde, wurden die Stimmen wohl knapper, ta-ta-ta, und dann: ta-ta-ta, und: ta-ta, und: ta-ta, immer kürzer und heller, und dann hörten wir sie auf der Stiege, er gab ihr einen Kuß, und sie lief eilig die Stufen hinunter, und ich sagte zu meinem Federico: schnell, spring ans Fenster, schau hinaus, ob Du etwas erkennst. Und mein Federico sprang auch ans Fenster, schaute hinaus, doch er erkannte sie nicht. Wie sieht sie aus? habe ich ihn leise gefragt. Und er hat gesagt: sie ist groß und sehr schön, und sie trägt ein rotes Kleid, sehr lang, mit einem Gürtel wie Du, einen Gürtel, ganz schwarz.«

Beri atmete aus. Dann lächelte er Rosina zu.

»Gut, Rosina, sehr gut. Du hast recht, wir sind am Ziel. Unser Filippo hat sein Glück wohl gefunden. Wir werden es feiern, morgen, übermorgen. Jetzt aber verzeih mir, mir ist nicht wohl, mir ist gar nicht wohl. Bist Du so lieb, mein Engel, läßt Du Deinen Giovanni jetzt allein?«

»Ich wollte es Dir gleich sagen.«

»Das war recht so, Du hast es sehr gut gemacht, Du bist eine wunderbare Erzählerin...«

»Dann gehe ich jetzt, Giovanni...«

»Danke, mein Engel. Ich danke Dir für Deine Botschaft.«

Beri führte sie an die Tür und winkte ihr nach. Da hüpfte sie die Stufen hinunter und ahnte nicht, was sie ihm mit ihrem Geplapper angetan hatte. Sein Gesicht war jetzt heiß, er glühte vor Aufregung, als müßten die sich in ihm aufbäumenden Kräfte sofort ins Freie. Er tauchte seinen Kopf in eine Schüssel kalten, abgestandenen Wassers, dann riß er das Fenster auf. Dort unten gingen Menschen ihren lächerlichen Beschäftigungen nach! Jemand sang, jemand hämmerte! Und niemand begriff, was in dieser Nacht geschehen war.

Jetzt wollte er Gewißheit, jetzt wollte er sie zur Rechenschaft ziehen. Beri zog sich hastig an, dann steckte er das alte Stilett zu sich. Er wollte den Weg noch einmal gehen, den er in der Nacht dieses Verrats gegangen war, doch er wollte ihn nicht gehen, um erneut in falscher Hoffnung an eine Türe zu klopfen. Giovanni Beri machte sich auf den Weg, um zu richten.

43

Sie hatte ihn betrogen, sie hatte ihn fortgeschickt in dem Wissen, daß sie nicht kommen würde! Wahrscheinlich hatte sie sich Filippo schon ausgespäht, als sie nebeneinander in der Osteria gesessen hatten, vielleicht hatte er ihr auch ein Zeichen gegeben oder sich ihr auf andere Weise genähert, heimlich natürlich, wie er es immer machte, so daß er, Giovanni Beri, nichts davon mitbekommen hatte! Und Faustina war seinem Werben wohl gleich erlegen, sie hatte ja einen seltenen, erlesenen, edlen Geschmack, sonst hätte sie sich nicht in Giovanni Beri verliebt. Verliebt?! Hatte sie sich wirklich verliebt? Und war das auch Liebe, was sie jetzt mit Filippo verband?! Oh, man durchschaute das nicht, eine Frau wie Faustina war kaum zu durchschauen, sie war stolz, sie ließ sich nichts sagen, im stillen hatte sie ihre eigenen Gedanken, wie sollte man die schon erraten? Bestimmt hatte ihr Filippo auf den ersten Blick schon gefallen, an solch großen, stattlichen Männern blieb ihr Blick manchmal hängen. Dann hatte sie wohl auch gereizt, daß er ein Fremder war, etwas Unbekanntes, Geheimnisvolles, und schließlich hatte ihr wohl Eindruck gemacht, daß er ein Dichter war, eine Berühmtheit, so einer verlief sich nicht alle Tage in diese Osteria am Tiber! Und er, Giovanni Beri, war so dumm gewesen, ihr das alles zu verraten, zugeflüstert hatte er es ihr und sie gebeten, es für sich zu behalten! Damit hatte er den Funken gelegt und den ganzen Abend lang das Feuer geschürt, immer wieder war sie ja an ihrem Tisch aufgetaucht, und er hatte gedacht, sie komme nur seinetwegen! So weit war es also gekommen: Filippo, der Dichter aus Weimar, der Fremde, und Giovanni Beri, Meisterspion des Heiligen Vaters, Römer von Geburt, begegneten sich in der Liebe zu ein und derselben Frau! Diese Liebe bezeugte ja mehr als alles andre, wie sie sich verstanden, wie ihre Seelen einander berührten und in einem Punkt trafen, dem geheimsten, innersten: im Fühlen und im Empfinden! Ja, richtig, sie fühlten gleich, sie waren in diesem Fühlen ein und dieselbe Person, Filippo war ein Giovanni, und Giovanni war ein Filippo, nur so war es ja zu begreifen, daß sie beide Faustina für sich entdeckt hatten! Wie aber ging es nun weiter? Wie würde Faustina sich entscheiden? Er, Giovanni, hatte ältere Rechte, er und Faustina waren ja beinahe verlobt, und Filippo war nichts..., nichts als eine vielleicht leidenschaftliche, sonst aber weiche und nachgiebige Seele, ja, ganz wie sein Werther..., den diese Lotte ja auch stehengelassen hatte...: doch nein, nein, diese Rechnungen gingen nicht auf: Faustina war keine Lotte, und er, Giovanni, war erst recht kein braver, stummer Verlobter, und Filippo, nein, diese Zeiten waren wohl wirklich vorbei, Filippo fühlte längst nicht mehr wie dieser Werther! Oh, wie verworren war das doch alles, am einfachsten war es, Faustina selbst zu befragen, sie war die Mitte, in ihr trafen die Linien zusammen, sie mußte es wissen...!

Beri hatte die Osteria erreicht, die Tür stand geöffnet, er schlich langsam hinein. Da stand sie, in ihrem roten Kleid, die Haare hochgesteckt, sie säuberte gerade ein Glas, jetzt hatte sie ihn endlich gesehen, sie schreckte auf

»Giovanni! Ach, Giovanni! Es tut mir leid! Ich fühlte mich gestern abend nicht wohl, ich konnte Dich nicht besuchen!«

»Faustina, Schöne, ich wartete Stunden auf Dich! Die Kerzen brannten herab, die Flaschen leerten sich, Du wolltest nicht kommen!«

»Ich hatte ein schlechtes Gewissen, Giovanni, das kannst Du mir glauben.«

»Ich glaube es Dir, meine Schöne! Wer den Liebsten verrät, hat meistens ein schlechtes Gewissen!«

Jetzt hörte sie auf mit diesem Spiel. Sie legte ihr Tuch stumm beiseite, sie schaute ihn an.

»Was sagst Du da?«

»Schöne, Du führst ja ein Lotterleben! Erst machst Du mir feine Augen, dann bestrickst Du unsren Filippo, und jetzt wissen wir beide nicht, wen Du nun willst!«

»Giovanni!«

»Ja, meine Schöne? Kommst Du mir wieder mit guten Worten? Wie gestern abend? Soll ich Dir erzählen, was danach geschehen ist? Daß Du ihn zum Corso begleitet hast, daß ihr die Nacht miteinander verbracht, daß ihr euch geliebt habt? Soll ich Dir das wirklich erzählen?! Ich weiß es längst, ich weiß es! Giovanni Beri entgeht nichts! Nicht eine halbe Stunde bist Du zurück, und schon stehe ich hier, als Dein Richter!«

Jetzt hatte er sie da, wo er sie haben wollte. Die Grenze war überschritten. Sie schaute ihn an, als habe er sie wahrhaftig getroffen!

»Hör auf, Giovanni! Rede nicht so mit mir! Was bildest Du Dir ein, wer Du bist?! Mein Richter?! Giovanni Beri mein Richter?! Spielst Du Theater?! Bist Du nicht bei Verstand?! Ja, ich habe Filippo begleitet, ja, ich war mit ihm zusammen, die ganze Nacht, ja, wir haben uns geliebt, ja, ja, ja! Und was geht das Dich an? Sind wir verheiratet, eh?! Bist Du der Mann, der mich ernährt, eh?! Nichts bist Du, Du bist mein Liebhaber, und nun habe ich davon sogar zwei..., wen geht das was an?!«

›Gott, ist sie schön!‹ dachte Beri. ›Ihre Schönheit läßt einen ja alles vergessen! Wenn man sie anschaut, kommen einem keine andren Gedanken als nur der eine, sie zu besitzen!‹

293

»Faustina, Schöne, Du mußt Dich entscheiden! Ich werde nicht dulden, daß Du mich zum Gespött machst. Ich halte das alles nicht aus, und am Ende weiß ich keinen anderen Weg...«

Beri zog das Stilett. Jetzt wollte er sehen, ob sie so etwas beeindruckte. Im Grunde liebte sie ja solch große Szenen, das hatte er im Gespür. Sie blickte auf das Stilett, als sei er ein Zauberer, ja, es beeindruckte sie wirklich, sie näherte sich, sie nahm seinen Arm, sie strich mit ihrem Finger an der Klinge entlang, als wollte sie fühlen, ob sie auch scharf sei.

»Giovanni, eh, sei nicht dumm! Wer hat Dir überhaupt von dem allem erzählt?! Wer war der Verräter? Weißt Du denn, was wirklich geschehen ist? Ein großer Liebhaber ist dieser Filippo doch nicht, der nicht! Meinst Du am Ende, er wäre so leidenschaftlich und heftig wie Du? Eh, ich sage Dir, er ist langweilig! Geredet hat er, ununterbrochen geredet! Mir schmerzt der Kopf von all diesen Worten! Hör auf, spiel nicht länger den Betrogenen, ich weiß schon, was ich tu!«

»Aber ich begreife es nicht!« schrie Beri und trat einen Schritt von ihr zurück. Jetzt zitterten ihre Lippen, jetzt spürte sie, wie ernst es ihm war!

»Giovanni, mein Beriberi! Jetzt überleg mal! Filippo ist reich, Du hast es selbst gesagt! Er wird sich erkenntlich zeigen, und dann bekommen auch wir etwas ab von seinem Reichtum! Soll ich ewig hier stehen, in dieser Osteria, um Wein auszuschenken und gute Worte zu machen? Ich liebe Dich doch, mein Beriberi, das weißt Du, und Du weißt auch, was ich von diesen Dichtern halte, die mit Worten lieben statt...«

Sie lachte! Sie machte eine deutliche Geste, ha, jetzt griff ihre hin und her federnde Hand sogar nach seinem Stilett, da, sie sollte es haben, da, er drückte es ihr in die Hand, es war ihre Waffe, nun gehörte es ihr!

»Statt...«, jetzt stach sie das Messer in den nächstbesten Tisch, Gott, sie war kräftig, das Messer steckte ganz tief im Holz, Gott, dieser Filippo hatte ihr nichts rauben können, nichts von ihrer Kraft!

»Faustina, Schöne, Du weißt nicht, wie reich Dein Beriberi ist! Ich könnte Dir alles schenken, worum Du mich bittest!«

»Ich werde Dich darum bitten, Giovanni, warte nur ab! Aber vorher nehmen wir uns, was dieser Fremde uns bietet! Komm her, küß mich, sag, daß Du mir verzeihst!«

›Ich sollte sie nicht anschauen‹, dachte Beri. ›Es wäre besser für mich, ich könnte ihr mit geschlossenen Augen begegnen, um ihr meine Wut entgegen zu schreien. Ich liebe sie, ja, ich liebe sie doch! Und was hilft es, wenn ich jetzt gehe! Habe ich nicht selbst gesagt, eine Römerin liebt anders als eine im Norden, eine Römerin nimmt sich, was ihr gefällt?‹

Sie küßte ihn, und es war ihm, als streiche ihm jemand übers Haar. Dieser Kuß beruhigte, ja, eine solche Berührung nahm einem jeden Widerstand. Was sollte er noch sagen? Er hatte ihr nichts mehr zu entgegnen, jetzt nicht!

»Du kommst heute abend, mein Lieber, dann bin ich ganz für Dich da. Wir werden diesen Filippo vergessen, wir werden nicht von ihm reden, hast Du verstanden?«

Beri nickte. Ja, sie hatte es geschafft, leichter als er selbst es erwartet hatte. Er durfte sie einfach nicht anschauen! Um sich seinen Zorn zu erhalten, mußte er weit fort von ihr sein!

»Faustina, ich kann nicht...«

»Du wirst kommen, heute abend?«

»Faustina..., ich...«

»Du kommst?«

Beri schluckte.

»Ja, Faustina, Schöne, ich komme.«

Er zog das Stilett aus dem Holz, er mußte zweimal ziehen, um die tief sitzende Klinge zu befreien. Er küßte Fau-

295

stina auf die Stirn, drehte sich fort und ging langsam hinaus. Er wußte nicht mehr, wie ihm geschah, doch er hatte alles Denken und Fühlen längst aufgegeben. Die Zeit sollte entscheiden, die kommenden Wochen würden klären, wer den Zweikampf gewann: Giovanni Beri oder dieser Filippo, das Flüsterkind aus dem Norden!

44

Zwei Tage hielt Beri sich von dem Eckhaus am Corso fern, dann überbrachte ihm ein Bote ein kleines Billett mit Filippos Aufforderung, sich doch bald wieder sehen zu lassen. Richtig, der ahnte nichts, der hatte in ihm, Beri, nun einen guten Freund gefunden und bestand darauf, daß der gute Freund sich auch zeigte. Was sollte er tun? Sich entschuldigen? Die Verbindung zu Filippo abbrechen? Nein, das war unmöglich, er hatte die Pflicht, ihn weiter genau zu beobachten, außerdem hätte er Filippo mit Lügen nur mißtrauisch gemacht.

So machte sich Beri nun immer häufiger auf, seinen neuen Freund zu besuchen. Meist wurde er mit großer Herzlichkeit empfangen, und auch die anderen Bewohner sagten es ihm: Filippo sei nicht mehr wiederzuerkennen, Filippo habe sich verwandelt! Beri bemerkte es selbst, jetzt erlebte er Filippo wie einen, der allen Flügel machen wollte und gleich noch den nötigen Wind dazu erzeugte. Wie er sich aus dem Fenster lehnte und seine Begrüßung rief, als müßte er einen seltenen, seit Jahren vermißten Freund begrüßen, wie er singend die Treppe heruntersprang, wie seine laute Stimme unten alles aufhorchen ließ – jetzt hatte er die Manieren eines Mannes, der sich seines Lebens sicher war und von dem Großes verlangt wurde. Ja, man hätte glauben können, dieser Mensch sei dabei, ganz Außerordentliches zu leisten, so erregt, ge-

296

spannt und doch gesammelt wirkte er nun! Es war, als hätte er sein Ziel endlich gefunden und als sei er dabei, sich von Tag zu Tag in der Ausübung all seiner Ämter noch zu übertreffen.

Begleitete man ihn dann aber nach oben, in sein großes und jetzt meist schön geschmücktes Zimmer, so zeigte einem dieser beinahe närrisch gutgelaunte Mensch ein paar einfache Skizzen und Zeichnungen des menschlichen Körpers, an denen er seit Tagen gesessen. Hatte man diese Striche und Linien bewundert, mußten die Gipsabgüsse herhalten, deren Sammlung um weitere Exemplare vermehrt worden war. Hatte man auch deren Studium hinter sich gebracht, wurde Federico herbeigerufen, der seine neuesten Arbeiten vorstellte. Hatte Federico mit Rosina die Flucht ergriffen, war der rundliche Komponist Kayser dran, allen ein Ständchen zu bringen. Und da standen sie dann: der Berliner Professor, meist am frühen Nachmittag erscheinend und seit kurzem mit dem Wohlklang einzelner Buchstaben beschäftigt, die er theatralisch vor sich hinmurmelte, die alte Piera, die ihren Speiseplan diktiert haben wollte, und der schwerhörige Serafino, der langsam begann zu verblöden...

>Das ist also der Kreis‹, dachte Beri, >In dem Filippo seine großen Ämter ausübt: ein Kreis von Verrückten! Je stärker Filippo wird, um so schwächer werden sie mit der Zeit, es ist wie ein schleichendes Gift! Der alten Piera fällt schon nicht mehr ein, was sie kochen soll, und Serafino verwechselt den dicken Komponisten manchmal sogar mit seinem Sohn! Die beiden Alten haben unter dessen Abreise gelitten, müde und faul sind sie geworden, sie sehnen sich nach ihrem Söhnchen, und weil sie es nicht ertragen, ohne diesen Bettnässer zu sein, haben sie den Komponisten an seine Stelle gesetzt und mästen ihn nun heimlich mit den besten Speisen. Und dieser Kayser läßt es sich wahrhaftig gefallen und stopft alles in sich hinein,

kandierte Früchte, Rosinen und süßes Backwerk! Längst hat er das Komponieren aufgegeben, ihm fällt nichts mehr ein, statt dessen sitzt er nur Stunden an seinem Klavier und klimpert darauf herum. Es sind Pfuscher, jawohl, all diese Gestalten, die sich um Filippo scharen und sich an sein Geld halten, sind fett und fade gewordene Pfuscher, mit Ausnahme von Rosina, der dieser springlebendig gewordene Filippo gefällt. Sie ist die einzige, die mit seinem Tempo mithalten kann, sie dirigiert jetzt den Haushalt allein, zerreißt seinen Speisezettel, wenn er ihr nicht gefällt, schickt eine Magd zum Einkauf und singt ihre Lieder gegen das Klimpern des Dicken, daß der sogar irgendwann aufgeben muß!‹

Und er, Giovanni Beri? Wie fühlte er sich in diesem Haushalt? Manchmal war er von Filippos Freundlichkeit beinahe gerührt. Wie war es möglich, daß einer dem anderen so viel Aufmerksamkeit schenkte? Beri kannte so etwas nicht. Roberto, sicher, der war ihm auch nahe gewesen, doch Roberto hatte sich nicht so um ihn gekümmert, wie dieser Filippo es tat. Es war, als gäbe er sich Mühe, die geheimsten Wünsche des Freundes zu erraten. Alles sollte dazu beitragen, sein Wohlbefinden zu steigern, als habe er nur noch sein Gegenüber im Kopf! Von dieser Welle fühlte man sich getragen, man gab sich Mühe, ihm zu gefallen, wie ein williger Schüler unterwarf man sich den Anweisungen des freigebigen Lehrers, der nur das Beste für einen zu wollen schien, die höchsten Ziele vor Augen!

Dann aber fühlte Beri sich in ruhigeren Momenten auch maßlos erschöpft. Was wollte dieser Filippo von ihm? Warum ließ er ihn nicht los? Warum waren die gemeinsamen Stunden so unendlich anstrengend, daß man hinterher meinte, von diesem Menschen verbraucht worden zu sein? Nie durfte man in seiner Gegenwart zur Ruhe kommen, immer gab es etwas zu betrachten und zu besprechen, notfalls schrieb er sich sogar auf, was Rosina an Liedern und schlichten Gedichten so einfiel.

Lohnte sich aber all dieser Aufwand und diese Maßlosigkeit? Das frühe Aufstehen, das morgendliche Zeichnen, bei dem er jetzt die einzelnen Gliedmaßen vornahm, laut eingestehend, daß dies die letzten Aufgaben seien, die diese Kunst von ihm verlangen dürfe, das ununterbrochene Sprechen, Vergleichen, Überlegen, wohin sollte das führen? Beri sackte manchmal in sich zusammen, dann gab er auf, nein, er wollte nicht wissen, wie diese Pflanze, die sich da beinahe vertrocknet auf einem Tisch kräuselte, hieß, nein, er hatte keine Lust, Kaysers Vortrag über alte Musik zu hören, alte Musik, von zehn Stimmen, ohne Begleitung der Orgel oder anderer Instrumente gesungen, war ihm ein Greuel, der Heilige Vater mochte verzeihen!

In diesem Haushalt ging es oft schwindelerregend zu, doch wenn man ruhiger wurde, still stand und sich besann, kam man darauf: es drehte sich alles... um was? ›Nichts, nichts, nichts‹, beantwortete Beri manchmal diese ihm schon blasphemisch erscheinende Frage und verbesserte sich gleich: ›Genauer gesagt: es dreht sich alles um ihn!‹ Ja, all das Laufen, Studieren und Reden schien keine andere Aufgabe zu haben, als die anderen Menschen an Filippo zu binden und ihn wiederum in den Stand zu versetzen, die anderen in Bewegung zu halten! ›Es ist ein undurchschaubarer, seltsamer Kreislauf‹, dachte Beri, ›ich muß nur aufpassen, daß ich ihm selbst nicht erliege!‹

Er wußte aber, warum das nicht geschah. Seit Filippo ihn wie einen Freund behandelte und ihn in sein Haus zog, wütete die Eifersucht immer mehr. Beri hatte noch nie unter dergleichen Gefühlen gelitten. Er hatte sich vorgenommen, nicht an Faustina zu denken, er hatte sich zugeredet, zwischen dem neuen Freund und der Freundin zu unterscheiden und beides nicht zusammen zu bringen, doch es wollte ihm nicht gelingen.

Denn seit er Filippo häufiger besuchte, glaubte er überall Faustinas Spuren zu sehen, obwohl niemand im Haus von ihr sprach. Filippo schien sie vor den anderen Bewohnern zu verstecken und nächtliche Zusammenkünfte geschickt zu planen. Hätte nicht Rosina gehorcht und all ihre Sinne darauf verwendet, jede Kleinigkeit mitzubekommen, wäre man geneigt gewesen, diesen Filippo noch weiter für einen harmlosen Fremden zu halten, der seine Nächte allein verbrachte.

Doch Rosina brauchte ihm, Beri, gar nichts zu erzählen, er spürte ja, daß Faustina in diesem Haus gegenwärtig war, so unsichtbar sie auch sein mochte. Immer wenn er Filippo in den Ecksaal begleitete, ertappte er sich dabei, wie seine Blicke den ganzen Raum rasch durchforschten. Gab es irgendein Zeichen, das an Faustina erinnert hätte? Wer hatte diese Blumen gerade so in die Vase gesteckt, wem gehörte das dünne, seidene Tuch auf dem Stuhl am Fenster, wer hatte aus den befleckten Gläsern getrunken? Am schlimmstem aber war es, wenn Beri ihren Geruch wahrzunehmen glaubte. Dieser Geruch war etwas Diffuses, natürlich, er hätte ihn nur schwer beschreiben können, etwas von Zimt war darin, aber auch eine Süße, wie der Duft kleiner Blumen. Manchmal schien gerade dieser Duft wie ein Hauch die Zimmer zu füllen, man war versucht, ihm auf Zehenspitzen zu folgen, als könnte ein heftiger Schritt die winzige Wolke vertreiben oder zerstäuben.

Wenn Beri etwas davon zu riechen bekam, stieg eine fanatische Wut in ihm auf. Es war, als hätte man ihn auf offener Straße gezüchtigt, dieser Duft war wie ein schmerzender Schlag, der seinen ganzen Körper durchdrang. Am liebsten hätte er sich wortlos aus dem Staub gemacht oder Filippo zur Rede gestellt, wenn er ehrlich war, hatte er in seinen manchmal trüben Gedanken auch daran gedacht, diesen Menschen mit einem Hieb zu verletzen. Nein, natürlich, Filippo wußte von nichts, er hatte Faustina nicht einem Freund abspenstig gemacht, er war völlig unschuldig, das mußte man eingestehen! Und doch hätte man ihn gern leiden sehen, schmerzhaft und lange leiden, weil man selbst diesen Schmerz in sich spürte und befriedigt gewesen wäre, ihn auch an dem anderen festzustellen. Der aber sang, war der launige Unterhalter und brodelte über vor Lust, ja, die Lust quoll ihm beinah aus den Poren, so leicht suchte er die Berührung und riß er die Freunde jetzt mit.

Beri schüttelte sich, wenn er an seine Zeichnungen dachte. Filippo war ja geradezu besessen vom menschlichen Körper! Jeder Muskel, jede Sehne kamen aufs Papier, es hätte niemanden gewundert, wenn er die feinen Härchen der Haut noch mitgezeichnet hätte! Und dann die Augen, Filippo zeichnete Augen, so groß wie schwere Steine, als müßten sie alles durchdringen mit ihren strahlenden Blicken! Alle anderen Themen, mit denen er sich früher so emsig beschäftigt hatte, hatten an Bedeutung verloren, die Landsitze im Mondschein reizten nicht mehr, die Bäume im Gelände der Villa Borghese hatten ihren Glanz wohl verloren, statt dessen gab es nur noch diese gekrümmten, sich windenden, in den verschiedensten Stellungen gezeichneten Leiber!

Ah, er mochte nicht daran denken! Aber so sehr er es sich auch immer wieder verbot, die dunklen, geheimsten Träume zauberten doch an diesen verbotenen Bildern, an den Leibern der beiden, tief in der Nacht, wenn nur wenige Kerzen noch brannten, der Wein gekostet, alle andere Neugierde erloschen, nur die eine, eine noch nicht, die eine, die das Fremdeste und Nächste, Begehrenswerteste suchte, die erregbarsten Zonen der Haut, das Aufflackern der inneren Glut!

Wenn Beri solche Bilder ereilten, und sie konnten ihn jederzeit stellen wie Jäger, die ihre Beute in den hintersten Winkel des Waldes verfolgten, dann mußte er Filippos Gegenwart schnell entkommen. Er stammelte etwas, er entschuldigte sich, er sprach von der eigenen Arbeit, die nicht warten dürfe. Seine hastigen Aufbrüche waren inzwischen bekannt, man spottete gern über ihn, nur Filippo, natürlich, der nicht, der verstand, wie er sagte, sehr gut, daß eine vage Idee nicht warten konnte, sondern auf dem Papier erprobt werden mußte.

Beri aber stürzte hinaus auf die Straße, rannte hinunter zum Tiber und hätte sich am liebsten in die Fluten gestürzt, um alle Gerüche und auch die Träume gleich loszuwerden, um sich rein zu waschen von diesen Verdächtigungen. Statt dessen eilte er meist zur Osteria, er mußte Faustina sehen, nur sehen, das reichte. Sie bediente, sie brachte ihm ein Glas Wein, sie hatten vereinbart, ihre Liebe nicht allen zu zeigen, und so saß er in einer Ecke und starrte zu ihr hinüber, als müßte er ihr Bild wahrhaftig zeichnen, als müßte er jede Einzelheit erhaschen, um das Unverwechselbare zu treffen.

Liebe? War das noch Liebe? Beri schlug mit der Faust auf den Tisch, um die quälenden Fragen loszuwerden. Ja, natürlich war es noch Liebe, sonst hätte er nicht so heftig nach diesem Bilde verlangt und sonst würde ihn das bloße Sehen des Bildes nicht ruhiger machen. Doch früher, früher, da war diese Verzauberung reinste Lust gewesen, ein Genuß, ja, ein Schwelgen im Ansteigen und Aufsieden der Gefühle! Jetzt aber war diese Lust gleich gehemmt, man spürte ihren Kitzel, doch sie wurde immer wieder gebrochen. So etwas verstörte, so etwas machte einen zu einem Idioten, der nicht einmal mehr sagen konnte, was ihn gerade bewegte, und der nicht mehr genau unterscheiden konnte zwischen Begehren und Wut.

Beri schlug erneut auf den Tisch. Jetzt haßte er ja beinahe seine eigene Beobachtungsgabe! Nein, er konnte ihr nicht mehr ohne Nebengedanken begegnen, und das war das

Schlimmste. Schon beim ersten Anblick dachte er nur daran, ob sie ihn oder Filippo zuletzt gesehen, und beim weiteren Anschauen schossen die alles Fühlen zersetzenden Fragen hinzu: Täuscht sie mich jetzt? Was gefällt ihr an mir, was an ihm? Macht sein Reden vielleicht doch Eindruck auf sie?

Hatten erst diese Fragen begonnen, gab es kaum noch einen Halt. Der Kopf erhitzte sich, es spukte richtiggehend da drinnen, als hörte man mehrere Stimmen gleichzeitig, miteinander auch noch im Streit: Filippo? Faustina? Giovanni? Und diese flüsternden Stimmen waren wie lästige Zeugen, sie beobachteten ihn, Beri, wenn er sich Faustina näherte, und sie kommentierten jede Geste, als gebe es nichts Unschuldiges mehr, nicht einmal einen kurzen, einfachen Kuß. Wie küßte der andere sie? Wie küßte Faustina zurück? Wie willig ergab sie sich den folgenden Annäherungen? Oh, es war zum Verzweifeln, dieses Lieben war nur noch ein Schmerz, und der Schmerz fachte das Lieben nur noch stärker an.

Wenn es wenigstens ein echter Wettstreit gewesen wäre! Filippo und er – sie hätten beide voneinander wissen müssen, das hätte ihnen wenigstens beiden diese Unruhe beschert und den Kampf auf ein gleiches Niveau gehoben. So aber genoß Filippo die Lust ungeschmälert, während er, Giovanni Beri, sein eigenes Begehren wie in einem Spiegel betrachtete, beinahe schon angewidert, jedenfalls erfüllt von dem Verdacht, nicht mehr wie früher lieben zu können, nicht mehr so heftig, nicht mehr so leidenschaftlich!

›Filippo, verdammt‹, dachte Beri, ›jetzt sind wir quitt! Du hast mich zur Liebe geführt, und ich habe es Dir wahrhaftig gedankt, indem ich meine Liebe mit Dir zu teilen begann! Nun ist es genug! Du lebst wie ein Fürst, sorgenlos, im Reichtum der Macht und der Lust, während ich eine kleine Stelle in Deinem Hofstaat ausfüllen darf! Mein eigenes Leben zählt beinahe nichts mehr, selbst wenn ich mit Faustina zusammen

303

bin, denke ich laufend an Dich, als spielte ich vor ihr Deine Rolle oder als wäre ich ihre kleinere Ausgabe! Was soll ich tun? Ich muß versuchen, Dich in Deine Schranken zu weisen, ich werde Dir zeigen, wer in Rom über Dich herrscht!‹

Und so brach Beri auf und begann in seiner Wohnung an einem Schriftstück zu arbeiten, das den Zauber des Dichters aus Weimar beenden sollte:

»Herr von Goethe ist nun auf dem Höhepunkt seines Einflusses. Er hält Verbindungen zu den bedeutendsten Gesandtschaften in Rom, besonders zur preußischen, was ihm nicht schwerfällt, da der preußische Gesandte in seiner Nähe wohnt. All seine Kräfte verwendet er weiter darauf, Kaiser und Papst zu schaden und für seine eigenen Ziele und die seines Herzogs zu werben. In letzter Zeit hat er jede Zurückhaltung fallengelassen und sich sogar dem römischen Volke genähert. Seine spendable Haushaltung ermöglicht es ihm, viele Gäste in dem bewußten Eckhaus am Corso willkommen zu heißen. Die Feste und Feiern nehmen kein Ende und führen nicht selten zu gewissen Exzessen, die der guten Sitte und dem frommen Geist Roms zuwider sind, ja, es scheint so, als habe er sich vorgenommen, seine römische Gesellschaft nicht nur im politischen, sondern auch im moralischen Sinn ganz zu verderben. Er macht den Eindruck eines haltlosen Don Juan, so daß unser Rat, all sein Wirken bedenkend und zusammenfassend, dahin geht, ihn in die Schranken zu weisen.«

In die Schranken zu weisen... – das klang streng und machte den Eindruck höchster Besorgnis, ja, es hörte sich wohl so an, als müßte jetzt dringend etwas geschehen. Aber was? Nun gut, sich so etwas zu überlegen, war nicht seine Aufgabe, das hatte der Heilige Vater zu entscheiden. Und wem, wenn nicht ihm, mußte in dieser Angelegenheit eine Lösung einfallen, die diesem Dichter aus Weimar auf leichte und unmerkliche Weise seine Grenzen aufzeigte? Der Heilige Vater würde ihn nicht gewähren lassen, da war er ganz sicher, der Heilige Vater würde ihn, Beri, von seinen brennendsten Sorgen befreien!

45

Und so wartete Beri darauf, daß etwas geschah. Manchmal hatte er sich schon einen Blitz vom Himmel gewünscht oder etwas ähnlich Spektakuläres, eine Art Gottesgericht. Er hatte in der einzigen Kirche, in der er zu beten vermochte, Zuflucht gesucht, im dunklen Schiff von San Luigi dei Francesi, und während er seine Gebete gemurmelt hatte, war es ihm vorgekommen, als versuchte er sich an einer Beschwörung. Durch das Beten wollte er Filippo aus seinen Gedanken verdrängen und sich selbst etwas erleichtern, manchmal wichen in solchen Stunden auch wirklich die Schwere, das Mißtrauen und die Verzweiflung, die ihn so unruhig werden ließen, wenn Rosina ihm wieder ihre Nachtgeschichten erzählte.

»Giovanni, sie haben sich wieder getroffen! Ich sage zu Federico, hörst Du, er räumt wieder sein Zimmer um, denn jedes Mal, wenn sie kommt, schiebt er seine Figuren zur Seite, irgendwo an die Wand, das Bett kommt dann in die Mitte, es soll frei stehen, Du verstehst, nichts soll sie ablenken von ihrer Lust!«

»Ach, Rosina, nun laß! Du hast mir schon so oft davon erzählt!«

»Aber Giovanni, es freut Dich ja gar nicht! Und früher hättest Du alles darum gegeben, diesen Dichter aus Deutschland glücklich zu sehen! Und ich sage Dir: er ist wirklich glücklich! Ich habe eine Nase für glückliche Menschen, im Glück gelingt ihnen alles, und sie merken nicht einmal, wie leicht ihnen alles von der Hand geht, während die andren, die das Glücklichsein bloß spielen, vom kleinsten Hindernis aufgehalten werden!«

»Ja, Rosina, so wird es sein...«

»Auch Federico sagt, Filippo sei glücklich. Er vermutet sogar, daß Filippo sein Glück bald bedichtet...«

»Bedichtet?«

»Er wird es bedichten, sagt Federico! Filippo scheint nämlich alles zu bedichten, was ihm begegnet, und wenn ihm nichts begegnet, bedichtet er eben das Nichts! Federico sagt, Filippo fällt selbst zu den nichtigsten Sachen noch etwas ein, zu einem Bild, einer Plastik, vielleicht sogar zu grünem Salat, Federico meint, es würde Filippo sogar gelingen, auf grünen Salat ein schönes Gedicht zu machen! Und wenn ihm so etwas schon gelingt, um wieviel leichter wird es sein mit einem roten Kleid, einem schwarzen Gürtel, etwas Feuer im Kamin, einem breiten, bequemen, lieblich knarrenden Bett...«

»Rosina, jetzt schweig!«

»Und wie es knarrt, Giovanni, das ist ja das Sonderbare, daß es mit jedem Mal anders knarrt, jetzt knarrt es langsam wie ein Seufzen, ja, wie ein lustvolles Seufzen, mit großen Pausen dazwischen, in denen...«

»Ich bitte Dich, es ist doch genug!«

»Eh, Giovanni, was stellst Du Dich an! Du tust ja beinahe schamhaft! Was ist mit Dir? Hast Du die Lust an solchen Dingen verloren? Oder hat Dich Deine Freundin, die Du ja beinahe wie Filippo die seine vor uns verbirgst, im Stich gelassen? Ist unser armer Giovanni vielleicht am Ende allein? Und erträgt er es deshalb nicht, von den Freuden der andren zu hören?«

Beri versuchte, der Qual solcher Unterhaltungen durch Grobheiten schnell zu entkommen, doch Rosina ließ sich nicht abschütteln. Am Ende mußte er sie für ihr Geschwätz auch noch bezahlen, irgendeine Neuigkeit enthielt selbst das dümmste Gerede, irgend etwas, das ihn Tage beschäftigen und nicht zur Ruhe kommen lassen würde...

Warum schritt der Heilige Vater nicht ein? Was planten die Padres? Warum hatte man ihn nicht schon längst in die Weinstube nahe der Kirche Il Gesù zitiert, damit er noch genauere Auskünfte geben und seine Vorschläge unterbreiten könnte? Dieses Warten und Nachdenken war kaum zu ertragen. Die peinigenden Gedanken drangen immer tiefer wie festsitzende Pfeile in einen ein, und das Lieben wurde zu einem Opfergang.

Doch da nichts geschah und keine Nachricht Beri erreichte, duckte er sich, hielt still und sah die Tage vorbeiziehen. Weihnachten war vorüber, schon hatte der Carneval begonnen, die Theater der Stadt waren wieder geöffnet, und man spielte, als wollte man Beri verhöhnen, eine Oper, in der Don Juan zur Hölle geschickt wurde. Alle sprachen von dieser Musik und den schaurigen Szenen, auch Beri trieb es hinein, und er erlebte unter nicht erwarteten Wonnen, wie dieser Schwätzer und Draufgänger, wie dieser Geck und haltlose Lebemann im Schlund des Feuers verschwand.

So ein Ende wäre das Richtige gewesen, eine gloriose Bestrafung, er hätte Filippo das Recht zugestanden, seinen Höllensturz noch zu bedichten, Filippos letzter Wille hätte aus solch einem Gedicht bestanden, einem Höllengedicht, einer Hexenszene, der Begegnung mit dem Satan, etwas dergleichen... Diese Szene hätte seinen Namen unsterblich gemacht, ja, man hätte ihn den Teufelsdichter genannt, den dichtenden Höllenbewohner, doch Filippo war zuzutrauen, daß er selbst der Hölle noch schöne Seiten abzugewinnen wußte, vielleicht schmiedete er auch einen Pakt mit dem Teufel, er verstand sich schließlich wie kein anderer darauf, sich Freunde zu machen!

Beri lachte kurz auf. Ja, der ließ einen Freund nicht mehr los, der begleitete ihn, wenn er sich entschlossen hatte, ihn als Freund zu behandeln, durchs halbe Leben! Und damit es dabei nicht langweilig wurde, erhielten die Freunde Pflichten und Aufgaben, Filippo stellte sie ja beinahe an, als stünden sie ihm zu Diensten, und jeder tat nun sein Bestes, in seinem bescheidenen Fache zu glänzen!

Inzwischen war auch er, Beri, längst an der Reihe! Und Filippo hatte das Richtige mit großer Sicherheit sofort gefunden! Denn mit dem Beginn des Carnevals kurz nach Weihnachten hatte er Beri zur Seite genommen und ihm seinen Plan verraten, eine Schrift über den römischen Carneval zu verfassen. Nichts Trockenes, Langweiliges, sondern eine muntere, lebendige Erzählung, etwas Anschauliches und Heiteres! Und er, Giovanni Beri, sollte ihn führen, durch das Getümmel, um jederzeit aufklärend zur Seite zu sein.

Nein, er hatte nicht ablehnen können, Filippo hatte ja schon einen Zeichner beauftragt, die Kostüme und Masken zu zeichnen, diese Schrift über den Carneval sollte bebildert werden und ganz Deutschland erstaunen, denn so etwas würden sie in Deutschland, sagte Filippo, von ihm gewiß nicht erwarten.

Beri fühlte sich natürlich geschmeichelt, das schon, es war eine Ehre, Filippo führen zu dürfen, und am Ende wußte der Mann aus dem Norden wohl mehr über den Carneval als die Römer selber, nur kam es ihm dabei so vor, als paßten die bunten Carnevalsszenen auf beinahe unheimliche Weise zu seinem Schicksal. All die Kostüme, das ganze verdrehte, verkehrte Spiel – es schien seine eigene Verstellung und sein Schweigen kraß zu bebildern, als hätte sich ganz Rom zusammengetan, um ihn noch stärker zu verwirren.

Und so machten sie sich nach dem mittäglichen Glockenzeichen vom Capitol, das die Carnevals-Freiheit Tag für Tag einläutete, auf den Weg, Filippo in einen langen Rock gehüllt, den Reisehut auf dem Kopf, so daß die Kleidung des Fremden zu einem Kostüm geworden war, und Giovanni Beri im Habit eines Zeichners. Unter seinem Künstlerhabit aber trug Beri das scharfe Stilett, er hatte es instinktiv eingesteckt und sich angehalten, darüber nicht lange zu grübeln, obwohl es ihn beunruhigt hatte, seltsam beunruhigt, als ginge dieses scharfe Stilett seine eigenen Wege und als trüge nicht er dieses Ding, sondern als führte die Klinge ihn, Beri, mit sich herum! Noch nie aber hatte er mit dieser Klinge zugestochen, sie war nur eine Art Drohung, das Bild äußerster Gefahr, die man mit Worten gleich wieder wegzureden suchte. Doch diesmal kam es ihm beinahe so vor, als reizte ihn nun diese Klinge, endlich ein Opfer zu suchen, ja, als führte sie ihm, Beri, die Hand, zu-zustechen und die Unschuld des Bildes einzutauschen gegen die Wirklichkeit des fließenden Blutes...

Filippo aber verscheuchte Beris dunkle Gedanken schnell, denn Filippo fragte ununterbrochen.

»Giovanni, bleib nur in meiner Nähe, daß wir uns nicht ver-lieren, das Gedränge ist ja unglaublich. Sag, was stellen diese jungen Frauen nur dar?«

»Bettlerinnen! Aber hast Du je so schöne gesehen, Filippo? Die weißen Masken machen die Augen dunkler und glühen-der, und das Mienenspiel wirkt viel prägnanter!«

»Was ist das, was erbetteln sie sich?«

»Allerhand Naschereien, Nüsse, Zuckerwerk, später vertei-len sie es an die Kinder.«

»Und diese da?«

»Das sind Frauen aus Frascati, sie tragen kleine Krüge mit Wein, siehst Du, Filippo, geh nur, sie lassen Dich kosten!«

»Nein, nein, ich will sehen, nur sehen! Dieser Advokat dort gefällt mir, was schreit er, kannst Du ihn verstehen?«

»Ach, er droht jedem, der ihm in die Quere kommt, mit

einem Prozeß. Er erfindet große Verbrechen, er rechnet einem seine Schulden vor, es sind kuriose Geschichten!«

»Aber er läßt die Leute gar nicht mehr los!«

»Er packt sich, wen er gerade zu fassen bekommt, und wenn die anderen sich schon in Sicherheit wähnen und als bloße Zuschauer betrachten, springt er in die Menge und holt sich den nächsten heraus!«

»Woher kommen diese tiefen Töne und Klänge, Giovanni?«

»Schau dorthin, Filippo, es sind Kinder, die in große Muscheln blasen, das hört sich schlimm an!«

Sie kamen nur langsam voran. Die ziehenden Scharen auf dem Corso versperrten sich gegenseitig den Weg, bald kamen die Kutschen und Wagen hinzu, immer wieder mußte man in eine Seitenstraße ausweichen, um kurz Luft zu schnappen.

Beri beobachtete Filippo genau. ›Ich wette, er merkt sich jede Einzelheit‹, dachte er. ›Es ist, als malten seine Augen das, was er sieht, in Sekundenschnelle hinein in sein Herz, so unruhig und schnell wandern sie alles ab. Und ich?! Ich beschreibe ihm alles, ich setze die Worte dazu, ja, mein Gott, es ist wahr, ich dichte das alles für ihn, ich bin sein Erzähler, wahrscheinlich merkt er sich meine Sätze genau, er hat schließlich ein sehr gutes Gedächtnis! Und morgen früh schreibt er auf, was ich ihm heute gesagt, er braucht meine Worte nur ein wenig zu glätten oder zusammenzufassen!‹

Beri blieb stehen. Diese Vorstellungen erregten ihn stark. Soweit war ihre Verbindung nun also gediehen, daß er Filippos Erzähler geworden war, seine römische Stimme, die ihn einweihte und heranführte an all das Gesehene! Vielleicht war diese Schrift über den römischen Carneval Filippos großes Rom-Gedicht, vielleicht begann er durch sie, sich von seinen Fleißarbeiten zu befreien, vielleicht war seine, Giovanni Beris Stimme die Stimme, die ihm das Fremde frisch übersetzte in seine eigene Dichtkunst!

Das Fremde! Er hätte etwas darum gegeben, mit den Augen Filippos zu schauen und mit seinen Gefühlen zu dichten, er hätte letzt all sein Vermögen geopfert, um für einen Tag im Kopf dieses Menschen zu nisten und die Gedanken und Gesichte Gestalt werden zu lassen, die dann aufs Papier gebracht wurden. Würde Filippo seine Erzählung verwandeln? Würde er etwa aus ihr einen großen Gesang machen?

Beri schluckte. Sie standen zusammen in der Strada del Babuino, nahe der Wohnung des Berliner Professors, Filippo schaute einem Zauberer zu.

»Giovanni, was ist das für ein Buch, das dieser Mensch herumzeigt? Es enthält lauter Zahlen!«

»Es sind magische Zahlen, Filippo. Sie sollen beim Lottospiel das große Glück bringen!«

»Ah, das ist es also!«

»Sag, warum machst Du Dir keine Notizen? Wirst Du alles behalten, was ich Dir erzähle?«

»Jedes Wort, Giovanni.«

»Jedes Wort?! Und was machst Du mit meinen Worten?«

»Ich stehle sie Dir!«

»Du stiehlst...?! Ist das Dein Ernst?«

»Ich werde viele davon benutzen, das ist mein Ernst!«

»Aber ... dann schreibe ich ja mit an Deiner Erzählung!«

Jetzt blieb Filippo stehen, auf diesen Gedanken war er noch gar nicht gekommen! Natürlich, er hatte sich nicht in seine, Beris, Gedanken versetzt, er war viel zu sehr beschäftigt gewesen, sich alles zu merken.

»Stimmt, ja das stimmt! Im Grunde bist Du der Dichter, und im Grunde bin ich jetzt der Maler, der all diese Szenen mit wachem Auge studiert! Da kommt mir ein guter Gedanke! Wir tauschen unsre Verkleidungen! Hier nimm, Du erhältst die Kleidung des Fremden, und ich nehme die Deine, dann bin ich der Maler und Zeichner!«

Beri schaute ihn an, ja, er meinte es wahrhaftig ernst. Sie traten in einen Hauseingang und wechselten ihre Verkleidungen. Beri paßte der große Hut, auch der lange Rock stand ihm gut. Seltsam, jetzt gingen sie wie ein Paar durch die Menge.

»Sag, Filippo«, sagte Beri theatralisch und versuchte, Filippos tiefere Stimme nachzuahmen, »stellen diese Männer da drüben mit ihren kolossalischen Federn nicht Maler dar?«

»Du hast es getroffen, Giovanni«, antwortete Filippo mit großer Geste und lachte dabei, als habe er lange nichts Geistreicheres und Witzigeres gesagt, »nur daß sie sich geschäftiger zeigen, als es die faulen Kreaturen in Wirklichkeit sind!«

›Jetzt bin ich der Fremde‹, dachte Beri, ›ich verstehe nichts von dem allem um mich herum, ich betrachte alles so, als sähe ich es zum ersten Mal! Ein merkwürdiges Empfinden! Ganz wohl fühlt man sich nicht in dieser Rolle, für fremde Augen und Ohren ist vielleicht alles zu grell und zu laut! Sie werden die Römer für Narren halten, im Grunde werden sie nicht verstehen, was ein sonst besonnenes Volk dazu treibt, wochenlang alles Feingefühl zu vergessen! Oh Gott, und nun auch das noch! Wie werde ich Filippo so etwas erklären?‹

Sie sahen ganz in der Nähe einen Maskierten, dem ein großes Horn an bunten Schnüren um die Hüften tanzte. Manchmal aber griff er mit einer geringen Bewegung nach diesem unruhigen Wesen, brachte es vor seinem Unterleib aufrecht zum Stehen und amüsierte damit die Menge.

»Wie häßlich!« entfuhr es Beri, doch er bemerkte sofort, daß er sprach wie ein Fremder. Nur Fremde stießen sich an diesem nur allzu bekannten Bild, während die Römer genau wußten, daß dieser Maskierte Priapos, den Gott der Fruchtbarkeit, nachahmte, wie er als einfache Holzfigur mit entblößtem, aufrechtem Glied oft in den Gärten der Stadt zu finden war.

»Aber Giovanni«, sagte Filippo und spielte weiter den Eingeweihten, »das ist nicht häßlich, es wäre schlimm, wenn wir die starken Taten des guten Gottes als häßlich empfänden! Selbst die Mädchen entsetzen sich nicht vor ihm, nein, das Mädchen entsetzt sich nicht vor ihm...«

»Sei still!« rief Beri und packte Filippo am Arm. Jetzt war diese Wut plötzlich da, und er kam nicht dagegen an! Wenn er so weiterredete, würde er ihn mit dem Messer bedrohen, oh, es war nicht zu ertragen, all diese Bilder sprangen nun auf in seinem Kopf und torkelten dort herum wie fett gemästete Schweine, stinkend vor Wollust! Filippo hätte nicht davon anfangen sollen, er hatte sich ja richtiggehend verplappert, plötzlich redete er so zügellos wie einer dieser römischen Pinselhalter, die sich nachts in den Quartieren der Fremden mit ihren haltlosen Sätzen herumtrieben und tagsüber anzügliche Bilder hinschmierten!

»Verzeih«, hörte er Filippo sagen, »ich hatte nicht daran gedacht, daß es Dich trifft!«

»Warum sollte es mich treffen?« sagte Beri und versuchte, sich zu zügeln.

»Fremde haben eine andere Moral«, sagte Filippo und begann, laut zu lachen und auf Beri zu deuten, »Fremde, hoch aus dem Norden, wissen mit so etwas nicht umzugehen! Sie sind scheu und verschwiegen, sie hüten unseren römischen Gott nur im Dunkel!«

Beri ließ Filippos Arm los. ›Freund‹, dachte er, ›Du ahnst nicht, wieviel Glück Du gerade gehabt hast! Noch ein falsches Wort, und ich hätte Dich in diesem Getümmel mit dem Messer bekannt gemacht! Man hätte an eine Posse gedacht, man hätte der Verwundung keinen Glauben geschenkt, am Ende wärest Du vielleicht sogar verblutet, weil der Carneval kein echtes Blut kennt!‹

Jetzt mußte er sogar lachen, ja, die Wut war wahrhaftig geschwunden. Dieses Spiel, das sie nun gemeinsam aufführten, war infam, aber es hatte Glanz! Und außerdem hatte man als Fremder doch wohl die bessere Rolle!

Und so setzte Beri, um sich ganz zu beruhigen, seine Erzählungen fort und sprach von den Frauen, die sich im Carneval gern als Männer verkleideten, und von den Männern, die mit entblößter Brust schöne Frauen nachäfften. Er sprach ununterbrochen, und seine Stimme schien plötzlich beflügelt, als wollte sie sich erheben zu einem besonderen Klang, den Giovanni Beri vorher noch nie von sich gehört.

46

Am letzten Carnevalstag, dem Höhepunkt des wochenlangen Feierns, traf Beri seinen Freund zur Mittagszeit nicht in seiner Wohnung an. Der alte Collina wußte nicht, wo er war, angeblich war er vor etwa einer Stunde enteilt, im Malergewand. Beri wartete eine Weile, dann wurde ihm die Zeit doch zu lang, und er schlenderte langsam den Corso hinunter.

Die lange, prächtige Straße füllte sich allmählich von allen Seiten mit Maskierten. Stühle und freie Plätze auf den Gerüsten wurden noch in letzter Minute vermietet, einige Soldaten versuchten, für Ordnung zur sorgen, doch der unermüdliche, immer breiter fließende Strom der Masken brachte rasch alles durcheinander. Beri bewegte sich schneller von einer Straßenseite zur andern, überall wurde man aufgehalten und am Arm gezogen, Kinder machten sich über den Fremden lustig, der einen so großen Hut trug, und eine junge Frau, die in Wahrheit ein alberner Knabe war, drehte wie toll an den großen Knöpfen seines Mantels.

›Wie dreist sie sich doch benehmen‹, dachte Beri, ›man erkennt die besonnenen Menschen nicht mehr! Und in wenigen Stunden haben sie alles schon wieder vergessen, so sind sie,

launisch, unfähig zu dauerhafteren Genüssen als diesem Ge-
plärre und einigen pantomimischen Auftritten! Die Fremden
werden sich abwenden vor Grauen, wenn sie diese losgelas-
sene Menge sehen, die sich in dieser viel zu schmalen Straße
windet und sich am Ende noch in sich verbeißt!‹

Wo Filippo bloß hingeeilt sein mochte? Natürlich hatte er
einen bestimmten Verdacht, ein solcher Verdacht lag schließlich nahe, aber er wollte sich nicht damit beschäftigen, obwohl ihn der Gedanke an Faustina, die behauptet hatte, den
Nachmittag, in der Osteria zu verbringen, nicht losließ. Fort,
aus dem Weg, jetzt hängten sie sich schon wieder an seinen
Mantel, und eine feuchte, heiße Hand tastete nach seinem
Hut! Bald schon würde der Corso verstopft sein, kein Vorwärts mehr und kein Zurück, die Menschen würden zwischen
den Kutschen eingekeilt sein, die Pferde würden scheuen und
von den Balkonen würde das Gezeter der Alten herabschallen
wie Vogelgekreisch!

Weiter, nur schneller, vielleicht konnte man diesen schie-
benden, pressenden, hin und her wogenden Massen entkommen, in eine Seitenstraße! Gott, was für ein Lärm! Alles
schien sich versammelt zu haben, sich der letzten noch möglichen Töne zu entledigen, selbst den aufheulenden Hunden
schien sich das Fell zu sträuben, während die Pferde auf-
wieherten vom Klirren und Schellen des Geschirrs. Jetzt ein
Schwarm grölender Fischer mit großen Netzen, in denen sich
gewaltige Fischgespenster verfangen hatten, weg mit Euch,
fort, wer schlug ihn so fest mit dem Besen, wer machte sich
wieder an ihm zu schaffen?

Ach, das war doch kein Vergnügen, sondern ein Rupfen,
Stoßen, Schlagen und Schreien, man geriet ganz durcheinander davon, und dazu all diese Stimmen, diese kurzen, ver-
mischten Laute, als sei ein ungeheures Glas in lauter winzige
Teile zersprungen, die laufend weiter zersprangen und sich

wieder zerstreuten! Man wurde unendlich müde davon, man stieß mit den Ellenbogen die Massen zur Seite, teilte selbst Hiebe aus, raffte den Mantel, hielt den Hut mit einer Hand und hatte nur noch den kleinen Ausschnitt vor Augen, ein Stück frisch reparierten Pflasters, das die Pferde bei ihrem gleich beginnenden Wettlauf aufreißen würden.

Zur Seite, die Hände weg, jetzt standen die Kutschen still, einige hatten sich unentwirrbar ineinandergeschoben, das Gezänk war gut zu hören, und dazu diese Regen kleinen Konfettis, die manchmal wie ein Hagel auf einen einschlugen! Jetzt hätte ihn Filippo gefragt, woraus das Konfetti gemacht sei, und er hätte geantwortet, es bestehe aus Gips und Kreide, und hätte ihm einen Haufen der winzigen Splitter in die Hand gedrückt. Wo er sich nur aufhielt, wo? Jetzt war es ganz vergeblich, nach ihm zu suchen, dabei war er nur Filippos wegen hierhergekommen, lieber wäre er am Tiber geblieben, wo am Abend bester Wein aus Frankreich ausgeladen worden war. Den hätte er jetzt getrunken und dann hätte er sich auf den Weg zur Osteria gemacht!

Ah, jetzt zogen die Garden auf, um einen Krater in diese Menge zu schlagen, in den sich in wenigen Minuten die rennenden Pferde stürzen würden, außer sich vor Erregung, nur begierig, das hellere Ende des dunklen Schlundes zu erreichen, das Ziel an der Piazza Venezia! Noch einmal ballte sich das Stimmengewirr zusammen wie zu einem Donnern, das den ganzen Corso entlanglief, ja es war, als dirigierte eine unsichtbare Gestalt von der Spitze des hohen Obelisken der Piazza del Popolo aus jetzt das ganze Viertel, indem sie wild und trunken den Taktstock schlug zu diesem Wirbel, der jetzt die ersten Opfer forderte, Menschen, die zusammenbrachen zwischen den sich drehenden, zurückgedrängten Kutschen, Pferde, die nicht mehr zu halten waren und verfrüht durch die Menge flohen, sich aufbäumend und mit den Hufen wild die nächste Gruppe zerteilend. Niemand bemühte sich, den Bedrohten zu Hilfe zu eilen, jetzt klumpte alles zusammen, krampfartig, ja, diese Menge war nun zusammengelaufen wie heißes Wachs, das von vielen Feuern weich gehalten wurde, gegen deren Brennen niemand mehr ankam!

Beri glaubte zu ersticken. Nein, er hielt es nicht aus, keinen Schritt ließ er sich noch inmitten dieses Strudels treiben, er schlug um sich, drückte zwei als Offiziere verkleidete Mädchen gegen eine Hauswand und erreichte eine kleine Gasse, die voll von Menschen war, die in Richtung des Corso gafften und hin und her wankten vom Druck der Nachkommenden. Jetzt, auf dem Höhepunkt des allgegenwärtigen Lärms, wuchs die Spannung, und langsam, als krieche sie in die lauernden, übererregten Körper, dämpfte sie nun auch den Lärm, das Schreien, Singen und Kreischen schien sich allmählich zu legen, als klopfte der Taktstock nun immer langsamer den Takt, bis er eins wurde mit dem Schlagen des Herzens . . . ›Es ist wie in der kurzen Minute vor Ausbruch eines großen Gewitters‹, dachte Beri und versuchte, den günstigen Moment zu nutzen. Niemand wollte jetzt noch den Platz wechseln, aus Furcht, nur noch einen schlechteren zu finden oder ganz in die hintersten Reihen gedrängt zu werden. Die Masse erstarrte, ja, jetzt begann sie, fest zu werden, und darüber legte sich wie eine dunkle Decke das Schweigen. All diese trockenen Münder, all die glasigen Augen, all das Zittern der Hände, all das Erkalten der Finger!

Beri schob sich wieder auf den Corso zurück, jetzt quetschte er sich durch die Reihen der Erstarrten, das war ja wie ein Spuk, alles blickte hinüber zum Start, dort, auf dem weiten Rund der Piazza del Popolo sprengten die Pferde zusammen, als wollten sie sich vereinigen zu einem einzigen blutenden Pfeil, der im nächsten Moment durch den Corso schießen würde! Und dahinter die unendlich gefächerten Farben der

317

Zuschauer auf den Tribünen ringsum, ein Fleckenteppich aus Tausenden feiner Punkte, ineinander gemischt wie die winzigen Farbtupfer eines Meisters der Schatten!

Rasch, rasch, Beri strauchelte, wurde von einem Schlag getroffen, schlug nach vorn in die Öffnung der Straße, die von den Garden freigehalten wurde, und begann, wie um sein Leben zu laufen. Er lief gegen die Richtung des Wettlaufs, gleich würde der blutende Pfeil sich ihm entgegenstürzen, aber vorher hätte er das rettende Eckhaus am Corso erreicht, in dem er Zuflucht suchen würde vor der Gewalt, die ihn erschreckte. Beri rannte, er spürte, wie der Angstschweiß ihm den Rücken herunterschoß, Ströme von Schweiß, als bekäme er jetzt den Taktstock wie einen Schlagstock zu spüren. Für einen Moment glaubte er auch wirklich, in der Ferne der Piazza del Popolo ein Herz schlagen und pumpen zu hören, das war das rasende Herz dieses Carnevals, das gleich das Blut in alle Adern schießen würde, im nächsten Moment schon, im Moment des Startschusses!

Jetzt! Da! Beri hatte die Höhe des Eckhauses erreicht, aber er stand auf der falschen Seite und konnte nicht mehr hinüber. Und während er kurz zu dem Saal im ersten Stock hinaufblickte, sah er, als beginne sein Augenpaar beide Ereignisse zusammenzubringen, die fliehende, schnaubende Schar der Pferde die lange Straße hinunterstürzen, jetzt durchschnitten sie sein linkes Auge und verschwanden im Schlierenschleier des rechten, während oben, im ersten Stock, aus den vom Kerzenlicht überfluteten Fenstern ein Paar hinausschaute, ein Paar, das Beri sofort erkannte, zwei Bilder, zusammengefügt und in einen Rahmen gepaßt, ein Paar, wie gerade vereinigt und zusammengewachsen, das er noch nie als Paar gesehen hatte.

Beri schnappte nach Luft. Der Anblick traf ihn, als hätte sein lange gezähmter Schmerz sich verdoppelt. Was war das?

Das war Verrat, ja, sie hatten ihn zum zweiten Male verraten! Doch diesmal hatten sie ihn beide betrogen, Filippo und Faustina, und er stand da als ein Fremder, ganz draußen, allein. Sie sahen ihn nicht, sie schauten den in der Ferne dahinrasenden Pferden nach und schienen noch angesteckt von der genossenen Lust. Ja, er spürte es, ihr Verlangen, das sie gerade gestillt hatten, klang gerade aus und verflüchtigte sich zu einer großen Ruhe. Filippo hatte Faustinas linke Hand genommen, jetzt, jetzt legte sie ihre Rechte um seinen Hals, und das Bild war vollendet. Noch ein Pinselstrich, fertig!

Ecco! Jetzt war er der Zuschauer! Jetzt stand er, Giovanni Beri, Römer von Geburt, als Fremder vor der Haustür dieses zum Römer gewordenen Fremden und erlebte seine Niederlage, das Ende all seiner Anstrengungen. Er hatte verloren, er hatte diesen im stillen geführten Zweikampf verloren!

47

Die Pferde hatten ihr Ziel erreicht, und schlagartig wich die Spannung aus den erstarrten Leibern ringsum. Jetzt begann das Geschnatter, das Rennen wurde besprochen, die Eindrücke dem Nächsten ins Ohr geschrien, während von fern die Zeichen ertönten, daß der Carneval dieses Jahres beendet sei. Was für ein Brodeln erfaßte nun noch die Masse, die sich nach den Rändern hin bewegte, zusammengepreßt und auseinandergeschleudert von einem gewaltigen Druck, der sich Luft machte in den Rufen, dem Sich-Überbieten der Stimmen! Beri faßte sich an den Kopf. Da wühlte ein großer Schmerz, ein Stechen hinter den Schläfen, er mußte davon, bevor ihn dieses Stechen noch ganz zerschnitt. Den Mantel, den Hut – er wollte diese Zeugen seiner Schmach loswerden, nie mehr würde er sie berühren!

Er bahnte sich einen Weg hinaus, während die Menge noch redend und gestikulierend auf ihren Plätzen verweilte, zum letzten Mal schaute er sich um, und da sah er noch einmal das schöne Paar; vereint und aneinandergeschmiegt wie durch einen Zauber. Das stille Bild schien über dem unruhigen Herd der redenden Massen zu schweben, Beri kniff die Augen zusammen, ja, das hatte etwas Unwirkliches, als könnte diese Szene gleich mit der einbrechenden Dämmerung verschmelzen und die Gestalten verschwimmen in der weichen und milden Luft dieses Abends!

Fort, dieses Bild entfernte sich ja immer weiter von ihm, als duldete es keine lange Betrachtung, was sollte er auch noch schauen, je blasser und unwirklicher es wurde, um so deutlicher strahlte es auf in seinem Kopf. Ja, jetzt jagte es ihn und trieb ihn zurück zu seiner Wohnung am Tiber, in das Mauseloch seiner zwei Zimmer! Beri lief immer schneller, er hatte gar keinen Blick mehr für die Umgebung, die fremde Kleidung brannte an seinem Leib. Kein Mensch begegnete ihm, nur die Katzen strichen durch das stille Gelände der Gassen, die zum Tiber hinunter abfielen, wo im Hafen die Barken und Schiffe leise gegeneinanderschlugen, verlassen wie eine Staffage zu einem Bild.

Er sprang die Treppe hinauf und riß sich die Kleider vom Leib. Weg damit, hinein in den Schrank! Und was baumelte dort noch herum! Sein Werther-Kostüm, der blaue Rock, die gelbe Weste! Richtig, in diesem Kostüm hatte er seine glücklichsten Stunden erlebt und gefeiert, doch jetzt paßte es viel besser zu ihm. Jetzt, ja, jetzt glich er dem armseligen Werther, dieser von den beiden Liebenden verbannten Gestalt, jetzt war er ein Ausgestoßener, der ihre Liebe nur noch umkreiste!

Beri griff sofort nach der Weste. Die zwölf perlmuttenen Knöpfe, und dann noch den Rock! Ja, das stand ihm gut

320

zu Gesicht, diese Geckenkleidung erschien im Spiegel wie ein Theaterkostüm. Nun noch schnell eine Kerze gerafft und dann zurück zum letzten Akt!

Unten sprang ein Hund erschrocken zur Seite, als Beri ihn mit einem Tritt fortzuscheuchen versuchte. Nichts, niemand sollte sich ihm jetzt in den Weg stellen. Er wollte nur eins, er wollte morden, ja, am liebsten hätte er sich jetzt an etwas Lebendigem vergriffen und ihm das Stilett tief ins Fleisch gebohrt, wie ein Schlächter, so teilnahmslos. Aus der Ferne drang das Rumoren der Menge herüber, die Dämmerung senkte sich jetzt über die Stadt, langsam schienen die Häuser sich unter die eindunkelnde Decke zu ducken, schmaler und kleiner werdend. Hier noch das Lispeln eines Brunnens, dann wurde es wärmer, der Dunst der näher kommenden Körper strömte aus bis hierher, und er, Beri, rannte geradewegs in diese Glocke aus süßem Schweiß und muffiger Luft, vernarrt in den Gedanken, nur noch zu zerstören.

Da, jetzt leuchteten überall die kleinen Kerzen und Laternen auf, jeder kramte sein Lichtchen hervor, während die Länge des Corso versackte im Schwarz des Abends. Doch in dieses Schwarz malten die Lichter eine unendliche, zitternde Bewegung, ein aufschäumendes, in sich kreisendes Meer, das sich jetzt hören ließ, durch das Aufbranden der Schreie und Rufe, die in der Dunkelheit hallten wie Mördergeschrei: »Sia ammazzato chi non porta moccolo!« Ermordet werde, der kein Lichtstümpfchen trägt..., ›ermordet, ja, ermordet werde...‹, dachte Beri und ging auf die Nächsten los, um ihnen das Licht auszublasen.

Doch sie schienen ihn in die Mitte zu nehmen, jetzt war sein eigenes Lichtchen erloschen und er mußte es mühsam von neuem entzünden, während sich Kinder an ihn hängten und an seiner Weste zu zerren begannen. Da, jetzt sprangen die perlmuttenen Köpfe auf, und fort waren die Gören, mit lautem Geschrei, sich an den Nächsten zu hängen. Die Kerze brannte nun wieder, er hielt sie dicht an seinen Leib, während er nach den Laternen und Kerzen der Entgegenkommenden schlug, wie rasend, als müßte er sie gleich alle auslöschen.

»Sia ammazzato..., sia ammazzato« – von allen Seiten klang es wie ein Triumphgeschrei, das Schreien der sich aller Zurückhaltung entledigenden Bestien, Beri duckte sich und schlug weiter um sich, in jede Richtung, darauf achtend, daß sich niemand mehr an ihn hängen konnte. Nein, niemand sollte ihn noch zu fassen bekommen, sein Leib hatte jetzt einen harten, unnachgiebigen Panzer, während die Menge zu toben schien, daß er sich ihr so kunstvoll entzog, um sich tretend, das Stilett in der Linken, verborgen noch unter dem Rock, bereit, im nächsten Moment zuzustoßen und das freie Entkommen zu sichern.

Der Schmerz legte sich, ›ja‹, dachte Beri, ›mit jedem Schlag wird mir leichter, nur daß dieses Würgen schlimmer wird mit der Zeit. Ich muß schreien, ich muß es hinausschreien, ich darf es nicht in mir verstecken!‹

»Sia ammazzato il Signore Filippo!« schrie Beri, jetzt war es heraus, »sia ammazzato la Signora Faustina la prima puttana del secolo!« Gott, das wirkte wie eine Befreiung, als spiee man all das Würgen hinaus, nur fort damit, ermordet werde Signore Filippo und ermordet Signora Faustina, die Erste von allen Huren des Jahrhunderts! ›Ja, Hure, Hure‹, dachte Beri und geriet immer mehr durcheinander, lauter Wortsalat stammelnd und schreiend, in der Rechten die Kerze, in der Linken das Stilett, mit den Füßen tretend und schlagend, ein einziger brüllender, zappelnder Körper, außer sich vor Erregung und Schmerz.

Die anderen aber wurden immer aufmerksamer auf dieses schreiende Bündel, schon versuchte einer, die Bestie zu fassen zu bekommen, Beri streifte ihn mit der Klinge, und er zog sich aufheulend zurück. Dann ein zweiter, ein dritter, jetzt umkreisten sie ihn wie jagende Hunde das Wild, ein vierter, ein fünfter, von allen Seiten umzingelten sie ihn und klammerten sich an eines seiner zappelnden Glieder, jetzt war seine Kerze wieder erloschen und schlug auf den Boden, einer bog seine Rechte zurück, und ein anderer hatte sich an seinem linken Fuß festgebissen. Fort, doch sie rissen Beri den Rock vom Leib, das Stilett fiel ihm aus der Linken, zwei gierige Hände zerrten nun an der Weste und stritten sich dann um ihren Besitz. Wie ein Schwarm von Quälgeistern hielten sie jetzt Beri gefangen, auch sein Hemd wollten sie noch, auch die Schuhe aus feinem Leder, dann packten sie ihn vereint und schleppten ihn fort.

Auch die Menge begann sich nun aufzulösen, die wilde Hitze des Corso schlug in die Seitenstraßen und Gassen und drückte wie eine schwere Wolke alles zurück in die Häuser. »Sia ammazzato, sia ammazzato« – jetzt waren die Rufe und Schreie nur noch ein Geplapper und Spiel, das Wüten hatte sich endlich verbraucht, nur Beri hatte seinen Frieden noch nicht gefunden, denn die Schwarmelemente zogen seinen erschlafften Leib wie eine Trophäe durch die Straßen. Er hatte aufgegeben, sich noch weiter zu wehren, kraftlos spürte er die Schmerzen, die Schläge, die Wunden, die das Pflaster in seine Haut riß.

Und sie hörten nicht auf, ihn zu beschimpfen, als gelte nur ihm noch der Ernst der schmähenden Worte: »Sia ammazzato!« Für einen Moment spürte er den aufkeimenden Schrecken, sie würden ihm wirklich etwas antun, doch dann ergab er sich, sollten sie ihn nur fortschmeißen wie ein krankes Tier, das man in irgendeinem Winkel verenden ließ!

Doch langsam ließen sie nach. Sie hatten jetzt die Piazza Navona erreicht, das große Oval schien ihnen als Ziel zu genügen, noch einmal packten sie ihn fester, rissen an seinen Gliedern, schlugen ihm ins Gesicht, zerrten an seinen Haaren, er sah ihre irren Blicke, ganz nah, das Aufleuchten des Bösen, das sich nicht befriedigen ließ und immer mehr forderte. Einer gab einen Befehl, laut und bündig, dann hörte er ihr Hecheln, sie hielten inne, jeder griff noch einmal zu, dann zwei Worte, noch lauter, dann schlug er auf und tauchte ein in das Wasser des großen Brunnens.

Die plötzliche Kälte ließ ihn zu sich kommen. Er ruderte mit den Armen und versuchte, etwas zu fassen, aber alles glitt ihm aus den Fingern, als wollte es sich ihm entziehen. Mit letzter Kraft zog er sich am Beckenrand hoch und ließ den Leib hinüberfallen. Er schlug auf und zuckte zusammen vor Schmerz, überall blutete er. Dann rollte er sich zusammen, stöhnte auf und verlor das Bewußtsein.

48

Beri versteckte sich. Seit der Nacht der Schmach bewegte er sich nicht mehr aus seinen Zimmern. Streunende Hunde hatten ihn kurz vor dem Morgengrauen geweckt und an seinen Füßen geleckt, mit letzter Kraft hatte er sich nach Hause geschleppt, ein geschundener Körper, der nur noch in Frieden gelassen werden wollte.

Fiebrig lag er auf seinem Bett und betupfte seine Lippen mit Wasser. An Faustina schickte er eine Botschaft, daß er für längere Zeit nach Frascati bestellt worden sei, an Filippo ging ein Billett mit einem Gruß, er male im Auftrag eines Gönners ein Bild auf einem Landgut südlich von Rom. Nur Rosina zeigte er sich, denn er bedurfte der Pflege.

Sie versprach ihm, mit niemandem über seinen Zustand zu reden, er wollte nicht bemitleidet werden, auch war es ihm

324

gerade recht, eine Zeitlang für sich zu bleiben, denn er hatte beinahe jeden Lebenswillen verloren.

Tagsüber wälzte er sich auf seinem Bett und lauschte bei geöffnetem Fenster den Stimmen im Hafen, als könnten die vertrauten Laute ihm Linderung verschaffen. Er aß kaum etwas, meist kaute er nur ein Stück Brot und nagte an einem Brocken Käse, doch er trank so viel Wasser, als müßte er den ganzen Leib immer wieder mit einer wahren Flut durchspülen.

Die Wunden heilten nur langsam. Rosina hatte Salben und Öle besorgt, doch der große Schmerz, der sich tief im Innern des Leibes eingenistet hatte, wollte nicht weichen. Oft, besonders in den Stunden der Dämmerung, stellte sich wieder das Bild des glücklichen Paares ein. Jede Einzelheit drängte sich ihm auf, als stünden ihm die beiden leibhaftig vor Augen. Das entspannte, aufgeheiterte Gesicht Filippos, die weichen, besänftigten Züge Faustinas ... – diese große Vertrautheit, die er, Beri, noch nie so erfahren hatte, eine Vertrautheit, als ruhte auf diesem Paar nun der Segen des Himmels.

Nach einem solchen Augenblick tiefsten Einverständnisses hatte er sich gesehnt. Aber das blieb ihm nun versagt, Faustina hatte sich anders entschieden, und ihm blieben nur noch die schmerzenden Erinnerungen an die vielen glücklicheren Tage. Manchmal hatte er ihr etwas mitgebracht oder dem Jungen ein Spielzeug geschenkt, kleine Aufmerksamkeiten, die ihn jetzt reuten. All seine Mühen erschienen ihm verhöhnt. Er war nichts andres gewesen als ein Verblendeter, der sich zuviel eingebildet hatte, den Triumph in der Liebe.

So getäuscht zu werden war das Schlimmste, was einem zustoßen konnte! Jetzt, oh ja, konnte er den armen Werther verstehen, der sich eine Kugel durchs Hirn geschossen hatte, manchmal dachte er schon selbst an solch einen Schritt, nur daß er die Verschworenen am liebsten noch mitgenommen hätte in den Tod. Sie sollten ihr Glück nach seinem Verschwinden nicht länger genießen, sie sollten bestraft werden und zu spüren bekommen, was es bedeutete, einen Freund wie Giovanni Beri im Innersten zu treffen und ihm seine Ehre zu rauben! Aber er wußte nur zu gut, daß er sich mit solchen Rachegedanken in eine falsche Ruhe hineinbegeben wollte. Sich erschießen? Das glückliche Paar ermorden und sich selbst dazu? Ach, das waren nur theatralische Szenen, wie er sie haßte, aufgedonnerte Aktionen, die nichts veränderten und ihm seinen inneren Frieden auch nicht wieder zurückbringen konnten. In Filippo hatte er seinen Meister gefunden, das erkannte er an, er hatte ihm ja selbst dazu verholfen, ein solcher Meister zu werden! Jetzt aber war er von der Höhe seines Himmels auf die Erde geschlagen, ja, er war wieder dort angekommen, wo er vor langer Zeit gesessen hatte, als blöder Bursche, der Makkaroni liebte und billigen Wein in sich hineingoß.

Und Filippo?! Der war emporgestiegen, von Stufe zu Stufe! Aus dem herumhastenden Fremden war am Ende ein glücklicher Liebhaber geworden, und nur er, Giovanni Beri, wußte von diesem steilen und holprigen Weg! Ja, er hätte sich hinsetzen können und das alles beschreiben, die Geschichte eines schönen Geheimnisses war zu erzählen, wenn sie nicht von seiner Schmach gehandelt hätte und von seiner Niederlage zum Schluß! Eben dieser Schluß war aber der Fehler der ganzen Geschichte, die ihn auf ihrem Höhepunkt zu einem Meisterspion gemacht hatte, der sich die Seele seines Opfers aneignete, bis dieses Opfer handelte, wie er es wollte!

Und als könnte Filippo sich jetzt wahrhaft erheben und als wüchse er, je mehr Giovanni Beri sich in sein geheimes Leid verkroch, führte er nun anscheinend ein glanzvolles Leben! Rosina jedenfalls berichtete, daß er den großen Ecksaal aufgegeben habe und statt dessen nun den zweiten Stock bewohne,

eine Flucht von Zimmern! Da könne er seine schöne Freundin, die sich noch immer vor den anderen verstecke, heimlich empfangen, ohne Lauscher und ohne Vorsicht! Und damit alles prächtig und doch bequem gerichtet sei, habe Filippo sogar einen Diener angestellt, so daß er jetzt beinahe
das Leben eines wahren Barons führe, offen darauf bedacht,
seine Stellung nicht länger zu verheimlichen! Er zeige sich
auch auf Empfängen und mache vielerlei Bekanntschaften, ja
man habe den Eindruck, er wolle sich erst jetzt ganz in Rom
einrichten, vielleicht für Jahre, vielleicht auch für immer!

»Sie treffen sich nun auch tagsüber«, sagte Rosina.

»Tun sie das?« stöhnte Beri kurz auf und bettete sein rechtes
Bein etwas höher.

»Federico und ich hören genau, wann er sich zu ihr auf den
Weg macht. Dann springt er die Stufen so schnell herunter,
als sollten ihm Flügel wachsen. Man hat sie in den Weinbergen am anderen Ufer gesehen und in den Alleen der Villa Borghese. Es muß eine große Liebe sein, sie wollen gar nicht voneinander lassen!«

»Ah, wie das schmerzt!« sagte Beri und richtete auch noch
das andere Bein.

»Jede Nacht treffen sie sich, und sie bleibt bis zum Morgengrauen. Federico ist ihr einmal auf der Treppe begegnet,
aber sie trug einen Schleier, so daß er sie nicht erkannte. Alle
Welt weiß inzwischen, daß es dieses Paar gibt, aber sie wei-
hen niemanden ein in ihr Geheimnis, als wollten sie nur für
sich sein.«

»Bitte, mein Engel«, sagte Beri, »gib mir noch etwas Wasser,
ich bin wieder so durstig!«

»Keinen Wein, Giovanni? Nicht einen einzigen Tropfen?
Das könnte Dir helfen!«

»Keinen Tropfen, mein Engel! Ich habe davon genug, so,
wie ich mich fühle, habe ich vorerst davon genug!«

Rosina, ja, die war ihm als einzige geblieben, doch sie füllte die plötzliche Leere der beiden Zimmer nicht aus. Er mochte die prunkvollen Möbel, die Vasen, Gläser und das kostbare Besteck nicht mehr sehen. Irgendwo, im Dunkel seiner verachteten Seele, regte sich in dieser Not wieder die Sehnsucht nach seinem Bruder. Roberto... – das wäre der einzige gewesen, dem er alles erzählt hätte, ganz genau, und Robertos Zuhören hätte ihm schon geholfen, die Sache bald zu überstehen. Aber Roberto war aus der Welt, und so hatte er alles allein mit sich abzumachen.

Vorerst traute er sich nicht hinaus. Er war es satt, all diesen Menschen zu begegnen, die ihn ausfragen würden, und all diesen Bildern, die ihm die Vergangenheit nur wieder ins Gedächtnis zurückriefen.

In der Schublade seines Tisches lag noch der Roman, der seinen Untergang eingeleitet hatte. Beri nahm ihn heraus, und bevor er noch Zeit gefunden hatte, darin zu blättern, blieb er an den ersten Zeilen hängen. Er las sie laut und hielt inne, dann legte er sich auf sein Bett und nahm sie sich noch einmal vor, als habe er nicht richtig verstanden: »Bester Freund, was ist das Herz des Menschen?«

Beri erschrak. Wer sprach da mit ihm? Das war beinahe, als redete ihn dieser Werther an und als begännen sie, ein Gespräch zu führen und langsam Freundschaft zu schließen. Oder es war, als spräche er, Beri, aus diesem Werther und als habe er seine Stimme diesem unruhigen Menschen geliehen, der nun begann, sich ins Unglück zu stürzen. Hatte er früher etwa ein anderes Buch gelesen? War das noch die schlimme, nordische Liebesposse, die ihn einmal so empört hatte?

Er hatte Zeit, er war allein, er wollte sich mit dem einzigen Freund unterhalten, der ihm geblieben war, mit der einsamen Stimme einer Figur in einem Buch, die ihm von nun an nächtelang zuflüsterte...

49

Als er sich zum ersten Mal wieder hinaustraute, war es wärmer geworden. In der Stadt hatte es längst zu blühen begonnen, und die Farben der Weinberge auf der anderen Seite des Tiber hatten wieder die alte prägnante Klarheit, scharf unterschieden, als ruhte eine jede übergangslos in sich selbst.

Beri hatte sich in einen unscheinbaren Mantel gehüllt und rasch das Weite gesucht. Er wollte ein wenig umherstreunen, dort, wo er sich sonst nicht aufhielt, in der Gegend von San Giovanni in Laterano oder auch auf dem Aventin, dem dunklen und von den Fremden gemiedenen Hügel. Es kam nur darauf an, niemandem, den er kannte, zu begegnen, er wollte seine Ruhe haben und lange Wege laufen.

Das kleine Buch trug er mit sich, es half ihm, die vertraute Stimme in der Nähe zu wissen. Manchmal schlug er es auf, nur für einen Moment, las ein paar Zeilen und war seltsam beruhigt. Schon wenige Worte genügten, und er hatte Verbindung zu diesem fernen Menschen. Wie gut verstanden sie sich in ihrem Haß auf das Alltägliche, in ihrem Zorn gegen die pedantischen Seelen und in ihrem Hang zur Leidenschaft, die niemand zu erwidern vermochte.

Seine Wunden waren endlich geheilt, doch der innere Schmerz war geblieben, jener beißende, von ihm argwöhnisch umlauerte Schmerz, der bei jeder Kleinigkeit ausbrach. Er hörte ein Gläserklirren unten im Hafen – und schon erinnerte es ihn an die Nächte in der Osteria, ein Singen drang bis zu ihm hoch, und schon sah er sich auf dem Weg zu Faustina; er roch den weichen Duft frischer Blüten, und schon glaubte er ihren Leib ganz nahe.

Er lief den ganzen Tag, legte sich in die Sonne, trank Wasser und wagte sich nicht unter die Menschen. Erst als es dunkelte, stürzte er eilig nach Haus, mied den Anblick des Tiber, drückte sich an den Häuserwänden entlang, schaute zu Boden und hastete schließlich die Treppe hinauf.

Mit gesenktem Kopf wollte er die Tür öffnen, als er bemerkte, daß sie offen stand. Er beugte sich vor und schlich langsam hinein. Nichts! Alles stand unverändert an seinem Platz, kein Mensch war zu sehen. Vielleicht hatte er in der Eile vergessen, die Türe zu schließen, so mochte es sein.

Er atmete erleichtert durch, legte den Mantel ab und ging hinüber in das andere Zimmer. Das Fenster stand weit auf, doch er konnte sich nicht erinnern, es offen gelassen zu haben. ›Wo habe ich nur meine Gedanken?‹ dachte er. ›Ich bin nicht mehr richtig bei Sinnen, ich lebe nur noch wie ein Gespenst, ohne klares Bewußtsein, ein Scheinen, der die Dinge willenlos und flüchtig berührt.‹

Er schloß das Fenster und lehnte den Kopf gegen die Scheibe.

»Guten Abend, Giovanni!« hörte er hinter sich eine Stimme. Er bewegte sich nicht, doch er fühlte, wie seine Hände erkalteten, ganz plötzlich, als liefen die Schauder, die seinen Leib durchströmten, in diesen eiskalten Klumpen zusammen. Jetzt war das alte, elende Bild wieder da: die auf dem Totenbett liegende Mutter, die mit ihm sprach und ihm ihre letzten Aufträge erteilte. Gleich würde er sich von ihr abwenden, um hinauszugehen und sich mit dem Bruder zu bereden, mit seinem jüngeren, hilflosen Bruder, der das Sterben noch nicht verstand...

Beri schluckte, dann drehte er sich um. Er blieb stehen, mit dem Rücken zum Fenster, die rechte Hand hatte er, als müßte er etwas zu fassen bekommen, zur Faust geballt.

»Guten Abend, Roberto!« sagte er und bemühte sich, einen ruhigen Ton zu wahren. Roberto lag auf seinem Bett, er hatte die Beine übereinandergeschlagen und blickte ihn lächelnd an. Gut sah er aus, kräftiger und auch besonnener, als sei er wahrhaftig weit fort gewesen.

»Was ist mit Dir los, Giovanni? Wir machen uns Sorgen!«

»Wer macht sich Sorgen?«

»Keine Berichte mehr, keine Gespräche! Hast Du Deinen Goethe aus den Augen verloren?«

Beri stand weiter still und starrte den Bruder an. Es kam ihm so vor, als unterhielten sie sich nicht wirklich und als sei diese vertraute Gestalt nur eine Erscheinung, die sich gleich in den Traum, dem sie entstammte, zurückflüchten würde. ›Was redet er bloß?‹ dachte Beri, ›oder rede ich jetzt schon mit mir selbst? Bilde ich mir das alles nur ein? Ist es schon so weit mit mir gekommen? Ich muß ermüdet sein vom vielen Laufen, vielleicht ist auch mein Kopf noch nicht ganz in Ordnung!‹

Er ging einige Schritte auf das Bett zu und setzte sich auf die Kante. Wie fein der Bruder gekleidet war! Er trug den schwarzen Umhang der Priester, und seine Hände schauten aus den Ärmeln wie die einer Statue in den großen Kirchen, schlank und gepflegt.

»Roberto, ich war krank, es geht mir nicht gut. Ich verstehe nicht, was Du von mir willst.«

»Ich?! Ich will nichts von Dir, Giovanni! Der Heilige Vater will etwas von Dir, doch das weißt Du genau. Wir beide sind Diener des Heiligen Vaters, ich, seit ich diese Wohnung verlassen habe, Du erst seit einiger Zeit. Aber wem erzähle ich das?«

Beri verstand noch immer nicht. Das war doch nicht sein Bruder Roberto, der junge Nichtsnutz, hinter dem er talgelang hatte her sein müssen! Dieser bedächtige, langsam sprechende Mensch war eher ein vornehmer Abbate, eine geweihte Person, vor der man den Hut zog. Am liebsten hätte er ihn gebeten, seine Kleidung abzulegen und sich endlich in menschlicherer Gestalt zu zeigen, doch er hatte vor dieser Erscheinung Respekt.

»Was sagst Du, Roberto? Ich verstehe Dich nicht...«

Roberto sprang auf. Mit einem kurzen Schwung hatte er sich aus dem Bett erhoben, schon stand er am Fenster, unruhig hin und her gehend.

»Mein Gott, Giovanni! Was ist nur mit Dir? Du hattest einmal einen hellen und wachen Verstand! Du hast Berichte geschrieben, blendend, ganz blendend, wenn auch verlogen! Ich erkannte meinen Bruder kaum noch wieder, so meisterhaft beherrschte er ja das Handwerk des Spionierens!«

›Er ist es‹, dachte Beri, Jetzt erkenn ich ihn wieder! Derselbe aufbrausende Ton wie früher, wenn ihm etwas nicht paßte, dasselbe rote Gesicht, jetzt hat er die Fassung verloren. Er war also die ganze Zeit in meiner Nähe, ohne daß ich etwas bemerkte.‹

»Wo warst Du, Roberto? Jetzt sag mir endlich, wo Du Dich herumgetrieben hast? Wenn Du alles weißt, weißt Du auch, wie ich Dich gesucht und vermißt habe!«

»Du hast wirklich nichts gemerkt? Du hast mich nicht erahnt, hinter der Spanischen Wand, im Gespräch mit dem Padre? Du hast mein Flüstern nicht unterschieden, Du warst wirklich der einfältige Kerl, der sich nach seinem Bruder ausfragen ließ, immer wieder, ohne zu ahnen, daß dieser Bruder kaum einen Schritt weg war?«

›Er hat recht‹, dachte Beri, ›Ich hätte seine Stimme erkennen müssen. Einmal glaubte ich wirklich, eine bekannte Stimme zu hören, aber ich kam nicht auf diesen Gedanken! So war es also, sie haben mich nur als ihr Spielzeug benutzt, ich durfte die Drecksarbeit machen, und sie belauerten mich aus dem Hintergrund. War es so?‹

»Du hast mich die ganze Zeit beobachtet, ist das wahr?«

»Ich bin Diener des Heiligen Vaters, wie Du, Giovanni.

Aber ich bin es an weit höherer Stelle. Ich gehöre, vielleicht verstehst Du nun endlich, zum innersten Zirkel der geheimen Administration. Langsam habe ich mich hochgedient, im verborgenen, wie es von solchen Dienern gefordert wird. Sie müssen alle Verbindungen abbrechen, dürfen ihre Freundschaften nicht länger pflegen, müssen ihre Familien verlassen. Eine Zeitlang leben sie im Ausland, erhalten eine gute Ausbildung, werden in allen Belangen geschult, bevor sie wieder nach Rom zurückkehren, um hier ihre Pflicht zu tun.«

»Und Deine Pflicht war es, den Bruder zu bespitzeln? Das ist ja ekelhaft!« schrie Beri.

»Ich habe Dich nicht bespitzelt, ich wurde hinzugezogen, weil man Deinem Gerede und Deinen Berichten nicht glaubte. Die Administration hatte Dich beobachten lassen, und sie hatte festgestellt, daß an Deinen aufgeputzten Meldungen über den Minister aus Weimar nicht viel dran war. Du mußt zugeben, Du hast anfangs stark übertrieben. Man hat jedes Deiner Worte überprüft, und dabei kam nur heraus, daß Herr von Goethe sich in Rom einen schönen und langweiligen Tag machte, wie es diese Fremden eben nicht besser verstehen. Sie schwadronieren, sie zeichnen ein wenig, sie versitzen die Zeit im Kaffeehaus und bilden sich viel darauf ein, unseren Glauben durchschaut zu haben. Herr von Goethe war einer von ihnen, nicht mehr, nur daß er sich mehr als die andren zurückzog. Und dieses Heimlichtun, das war allerdings merkwürdig! Es war, als hätte er irgend etwas zu verbergen. Deshalb ließ man Dich weiter gewähren!«

»Und was hattest Du damit zu tun?«

»Ich habe meine Hand für Dich ins Feuer gelegt, Giovanni, ganz einfach. Ich habe meine ganze Stellung, die Arbeit und Mühe von Jahren aufs Spiel gesetzt, um Dir Deinen bequemen Fall zu sichern! Ich habe behauptet, daß mein Bruder nicht lügt und daß ich beweisen werde, daß er nicht lügt!«

333

»Roberto!«

»Dabei hast Du übertrieben und gelogen, daß es eine Schande war! Aber aufgrund meiner Erklärungen wurden Deine Berichte nicht mehr überprüft. Man schenkte mir und damit auch Dir guten Glauben, ja, man hielt Dich am Ende für einen unbestechlichen, genauen Beobachter, der einen brisanten, verborgenen Fall aufgedeckt hatte!«

»Roberto, ich muß mich entschuldigen...«

»Seltsam ist nur, daß sich dieser Goethe wirklich zu wandeln begann. Aus Neapel erhielten wir Meldungen, er paktiere mit dem preußischen Gesandten und unterrede sich häufig mit dem englischen. Und dann ging es weiter: lauter Indizien, daß seine Mission doch eine politische war! Wir wollten sichergehen und fingen seine Briefe nach Weimar ab. Manche Passagen waren eindeutig verschlüsselt, sonst aber gab es nur lauter ausweichende und sich wiederholende Berichte über sein Befinden, viel Rhetorik! Auch scheint er in Weimar eine unglückliche Liebschaft gehabt zu haben...«

»Ich weiß!«

»Was weißt Du? Und warum haben wir davon nichts erfahren? Nun gut, seine Briefe waren jedenfalls nichtssagend, nur die verschlüsselten Passagen machten uns stutzig. Was steckte dahinter? Hatte er seinem Herzog wirklich etwas Geheimes zu melden?«

»Und? Hatte er?«

»Siehst Du, mein lieber Giovanni, Du wußtest nichts! Du hast Deine Berichte frei erfunden...«

»Erfunden hab ich sie nicht!«

»Du hast sie, milde gesagt, sehr frei an die Wirklichkeit angelehnt! Und Du bist immer fauler geworden, ganz zu schweigen davon, daß Du das Versprechen, sich Herrn von Goethe nicht zu nähern und keinen Kontakt mit ihm zu suchen, gebrochen hast!«

»Ich wollte ganz sicher gehen...«

»Ach ja?! Das glaube ich nicht! Ich verstehe bis heute nicht, warum Du Dich auf diesen Menschen eingelassen hast. Du weißt, daß er den jungen Collina nach Weimar geschickt hat. Dem hat er Briefe an den Herzog mitgegeben, unverschlüsselte Briefe! Sie fielen, sagen wir, zufällig in unsere Hände. Und sie bestätigten, daß sich Herr von Goethe in Rom politisch betätigt. Sein Herzog zog inzwischen in preußischen Diensten in den Krieg! Es ging um sehr delikate Intrigen, die den Heiligen Vater keineswegs nur am Rande betrafen!«

»Ich habe es doch geahnt! Roberto, gib zu, daß ich es genau geahnt habe!«

»Nichts hast Du geahnt! Aus kümmerlichen Beobachtungen hast Du große Worte gemacht, ich hielt Dich schon für einen Poeten, während die Administration, die von allem nichts wußte, von Deinen Fähigkeiten immer mehr überzeugt war!«

Beri stand auf und ging auf seinen Bruder zu. Wieviel hatte er ihm doch zu verdanken! Und er hatte ihn schon abgeschrieben und verloren gegeben!

»Ich danke Dir, Roberto!«

»Allerdings hast Du zu danken! Und nicht zuletzt dafür, daß ich jetzt hier bin! Denn ich dürfte nicht mit Dir sprechen, das ist Dir wohl klar! Ich komme, weil ich in Sorge bin, daß Du zum Schluß alles verdirbst!«

»Inwiefern?«

»Was ist mit diesem Mädchen? Liebst Du sie wirklich? Ist sie all das Gekränkel wert, das Du jetzt vorführst?«

»Du weißt auch davon?«

»Faustina ist eine erfahrene Frau, das laß Dir gesagt sein. So eine gewinnt kein Mann ganz. Sie ist auf ihren Vorteil bedacht, sie weiß, was sie an diesem Goethe hat. Er wird sie reich beschenken, wie er auch Dich reich beschenken wird!«

»Mich? Meinst Du mich?«

»Giovanni! Ich weiß sicher, daß Goethe abreisen wird, schon bald! Er hat einen Brief von seinem Herzog erhalten, der ihn nach Weimar zurückkommandiert. Seine Mission ist beendet, anscheinend wird ein anderer seine Stelle hier übernehmen! Zum Abschied wird er seine Freunde beschenken, warte nur ab!«

Beri schaute aus dem Fenster. Dort drüben, in den Weinbergen jenseits des Tibers hatten sie sich getroffen! Vielleicht waren sie sogar gerade dort unterwegs, zu zweit, das vereinte Paar, von dem er geglaubt hatte, daß kein Mensch es würde trennen können!

»Weiß die Administration schon von Filippos Abschied?«

»Nein, sie weiß es nicht! Deshalb bin ich hier. Du schreibst sofort Deinen Bericht, Du schreibst, Herr von Goethe breche seine römische Mission ab, weil er in dringenden Geschäften in Weimar erwartet werde. Du schreibst weiter, seine Mission sei so bedeutsam, daß sie in Kürze von einem Nachfolger fortgesetzt werde. Und Du schreibst das noch heute, hast Du verstanden?«

»Ja, Roberto, ich schreibe es gleich.«

»Und dann hörst Du auf mit diesen Possen! Du zeigst Dich endlich wieder in der Stadt, Du besuchst Deinen Filippo und redest mit ihm, wie Du bisher mit ihm geredet hast. Dann könnte es uns gelingen, die Sache zum Abschluß zu bringen, ohne daß die Administration mißtrauisch wird.«

»Roberto, ich kann Dir gar nicht sagen, wie Du mich beschämst!«

»Ich tue es nicht nur für Dich, Giovanni, das kannst Du mir glauben! Inzwischen habe ich andere Interessen als die, meinem phantasiereichen Bruder eine gute Pension zu sichern. Du hast Glück, daß so etwas noch dabei abfällt. Aber, damit wir uns genau verstehen! Von dem, was dieser Goethe Dir schenkt, erhalte ich den größten Teil, von allem, was Dir in die Hände fällt, bekomme ich, was ich wünsche!«

›Er ist ein Betrüger‹, dachte Beri, ›er ist der kleine Betrüger geblieben, der er schon früher war. Nur daß er seine Fähigkeiten ausgebildet hat, auf diplomatischem Niveau. Am liebsten würde ich ihm eins verpassen, aber ich vergreife mich nicht an diesen schwarzen Talaren.‹

»Natürlich«, sagte er, »Du bekommst, was Du verlangst, ich bin es Dir schuldig, Du bist mein Bruder!«

»Hör auf mit diesem Gerede«, antwortete Roberto. »Wir kennen uns nicht mehr. Wir haben uns nicht gesehen, und wir werden uns, bete ich jetzt zu Gott, nicht wiedersehen. Manchmal wirst Du von mir vielleicht eine Nachricht erhalten, mag sein, aber sie wird sich auf unsere dienstlichen Pflichten beschränken. Das ist alles. Und laß Deine Finger von dieser Frau, sie ist nichts für Dich, glaube mir!«

Er trat einen Schritt auf Beri zu, dann küßte er ihn kurz auf die Stirn. ›Ich sollte Dich schlagen, Du gieriger Hund‹, dachte Beri, doch er küßte seinen Bruder ebenfalls auf die Stirn. Für einen Augenblick dachte er sogar daran, ihn zu umarmen. Dann war diese kurze Aufwallung schon verflogen.

Roberto eilte hinaus, ohne sich noch einmal umzuschauen. Beri stand noch am Fenster. Bloß auf damit, im Zimmer war es ganz stickig geworden! Die warme Luft strömte herein.

50

Beri zögerte einige Tage, denn er hatte Mühe damit, den Besuch seines Bruders zu durchdenken. Manchmal versuchte er, das Gespräch im Kopf zu wiederholen, doch meist kam es ihm so vor, als fehlten ihm gerade die entscheidenden Passagen. Schließlich setzte er sich hin und schrieb den geforderten Bericht. Hoffentlich stimmte es auch, daß Filippo abreisen würde, ganz auszuschließen war schließlich nicht, daß Roberto ihn hereinlegen würde. Andererseits, was hätte er denn davon? Er war auf Filippos Geschenke aus, nur das interessierte ihn noch an der Sache, wahrscheinlich war er schon längst mit anderen Fällen beschäftigt.

An einem Nachmittag tauchte Rosina auf, unruhiger als sonst. Sie hatte ihm einen kleinen Strauß Blumen mitgebracht, im Vertrauen darauf, daß er Blumen nun wieder in seinen Zimmern dulden würde. Nervös ging sie durch die Räume, dann zog sie ihn an einen Tisch, setzte sich ihm gegenüber und begann.

»Giovanni, Du mußt Dich bald wieder zeigen, ich bitte Dich sehr darum!«

»Und warum?«

»Filippo fragt so häufig nach Dir, immer wieder. Er möchte Dich sehen. Mir fällt schon gar nichts mehr ein, womit ich ihn noch vertrösten könnte.«

»Aber warum will er mich so dringend sehen?«

»Er hat Federico eingeweiht, daß er bald abreisen werde. Federico wollte es erst gar nicht glauben, er hat geweint, mein Federico hat schon zwei Nächte geweint! Und ich habe mit Federico geweint, so ist das. Filippo wird abreisen nach Weimar, sein Aufenthalt ist beendet, weil der Herzog von Weimar ihn nach Hause bestellt hat. Piera und Serafino brach beinahe das Herz, als er es ihnen erzählte, und der kleine Professor war untröstlich, als hielte er es in Rom ohne Filippo keinen Tag aus. Nur der dicke Komponist, der blieb gleichgültig. Er wird Filippo nach Weimar begleiten.«

»Aber Du hast doch erzählt, daß er die Zimmer im zweiten Stock gemietet und daß er sich einen Diener genommen und daß er lauter neue Bekanntschaften geknüpft hat. Warum hat er das denn alles getan, wenn er nun abreisen muß?«

»Federico sagt, der Herzog habe ihm zunächst befohlen, alles vorzubereiten für die Ankunft hoher Damen und Herren aus Weimar. Dann jedoch habe er es sich anders überlegt, von heute auf morgen.«

»Ah, so sind sie, die hohen Herren im Norden! Selbst mit ihren Ministern springen sie um, als gehörte ihnen ihr Leben. Wie gut, daß wir nicht solchen Herren dienen!«

»Ach, Giovanni, was soll denn bloß werden, wenn Filippo uns jetzt verläßt? Federico wird nicht mehr malen, er wird zu faulenzen beginnen, Filippo war zu ihm doch wie ein Vater! Und die Collinas? Sie werden sterben, weil sie seinen Abschied nicht verschmerzen können! Und der kleine Professor? Er wird sein gelehrtes Buch eilig zu Ende schreiben und ihm nachfolgen nach Weimar! Alles wird nicht mehr sein, wie es war. Vielleicht kannst Du Filippo ja überreden, es sich noch einmal zu überlegen.«

»Ich?! Aber Rosina! Warum sollte er gerade auf mich hören?«

»Er sagt, er müsse Dich dringend sprechen, sehr dringend.«

»Ich werde kommen, sag ihm, daß ich vom Lande zurückgekehrt sei und ihn sobald wie möglich aufsuchen werde.«

Mehr wollte Rosina nicht hören. Sie verabschiedete sich und eilte davon, aber ihre Unruhe machte sich nun auch in Beri breit. Filippo würde also wirklich abreisen! Sollte er sich darüber freuen? Und Faustina? Was dachte sie über diesen Verlust?

Er wartete noch einen Tag, dann wollte er sich Gewißheit verschaffen. Er meldete seinen Besuch für den frühen Abend an, dann machte er sich aufgeregt auf den Weg. Er wußte nicht, wie er Filippo begegnen würde, noch immer war ja der alte Schmerz da, und die Wut konnte jederzeit ausbrechen.

Er betrat das Eckhaus und begegnete am oberen Ende der Treppe dem alten Collina. Er redete mit ihm ein paar Worte, doch der Alte schien nun völlig verwirrt. Dann hörte man Filippos Stimme, der ihn in den zweiten Stock hinaufbat. Er kletterte die schmale Stiege hoch, dann standen sie sich gegenüber. Filippo umarmte ihn, sofort, als hätte er sehnsüchtig auf ihn gewartet.

»Giovanni, ich freue mich so, Dich wiederzusehen. Wir haben Dich alle vermißt!«

»Ich hatte einen Auftrag, den ich nicht ablehnen konnte, Filippo. Ich hatte das Porträt eines Paares von Adel zu malen, das Porträt zweier junger Leute, die erst gerade zueinander gefunden haben.«

»Sie haben Dich hoffentlich gut bezahlt!«

»Die Bezahlung steht noch aus, aber ich erwarte eine nicht geringe Summe, das stimmt.«

»Giovanni, komm, gehen wir in mein Zimmer. Ich muß mit Dir sprechen. Ich werde Rom nämlich verlassen, Rosina hat es Dir wohl bereits gesagt, und ich habe Dir etwas anzuvertrauen, das ich niemandem sonst anvertrauen werde.«

Sie gingen in das Eckzimmer des zweiten Stocks, es war beinahe so groß wie das darunterliegende. Der ganze Raum war überfüllt mit gipsernen Köpfen, so dicht zusammengedrängt, als gehörten sie zu einer Familie.

»Fangen wir gleich mit diesen Freundinnen und Freunden an, Giovanni«, sagte Filippo. »Ich werde sie zurücklassen müssen, die ganze Schar. Ich schenke Dir, was Du Dir aussuchst!«

›Ha, so ein Geschenk wird es also sein‹, dachte Beri, ›das wird Roberto ja mächtig ärgern. Dann nehme ich mir den schönsten Frauenkopf, der unseren Priester schamrot machen wird!‹

»Ich kann noch gar nicht glauben, daß Du uns verlassen wirst, Filippo. Ich traute meinen Ohren ja kaum. Wir glaubten alle, Du fühltest Dich hier in Rom sehr wohl.«

»Nirgends, Giovanni, nirgends habe ich mich wohler gefühlt. Die letzten Wochen und Monate waren die glücklichsten meines Lebens. Und daran ist in nicht geringem Maße
eine Person schuld, die dieses Glück mit mir geteilt.«

›Jetzt mußt Du ruhig bleiben‹, dachte Beri, ›jetzt mußt Du
so tun, als ginge Dich das alles kaum etwas an. Übermorgen
wird es sowieso vorbei sein, übermorgen wird er abreisen,
denk daran, dann können Dir die alten Geschichten gleichgültig sein.‹

»Ich verstehe nicht, Filippo.«

»Freund, es ist eine Person, die ich in Deiner Begleitung
kennenlernte. Erinnerst Du Dich an den Abend auf dem Palatin, wir begegneten einander ganz zufällig, und wir gingen
später in die kleine Osteria am Tiber.«

»Aber ja, ich erinnere mich gut.«

»Wir wurden bedient von einer jungen Frau in rotem Gewand, erinnerst Du Dich auch daran?«

»An das rote Gewand erinnere ich mich, ja. Diese Frau aber,
wie hieß sie doch gleich?«

»Faustina.«

»Richtig, Faustina, irgendwann hörte ich einmal diesen un-
gewöhnlichen Namen. Und sie ist es also?«

»Sie ist es.«

»Darf ich neugierig sein, Filippo? Wer machte den Anfang?
Wie lerntet Ihr Euch kennen? Ich habe an diesem Abend gar
nichts bemerkt.«

»Sie hat mir ein Zeichen gegeben, sie hat mir die nächtliche
Stunde genannt, wann ich sie aufsuchen sollte.«

›Sie war es also‹, dachte Beri, ›sie hat den ersten Schritt
getan. Ich hatte es mir beinahe gedacht. Oh, ich will sie nicht
wiedersehen, nie wieder, oder ich werde die Osteria besuchen
und so tun, als bemerkte ich sie nicht, oder ich werde Rosina
bitten, mich zu begleiten, das wird sie verletzen.‹

»Ich habe es nicht einmal geahnt, Filippo.«

»Sie hat mich gebeten, niemandem etwas zu verraten. Und wir halten uns ja schließlich an die Worte so schöner Frauen, nicht wahr, Giovanni?«

»Nichts fällt uns leichter«, sagte Beri und redete weiter auf sich ein, nicht aufzubrausen.

»Giovanni! Wir sind Freunde geworden, im Grunde bist Du mein einziger einheimischer Freund, der einzige, der diese Stadt von Geburt an kennt, der einzige, auf den ich mich verlassen kann, wenn es um Rom und seine Bewohner geht. Die letzte und schwierigste Mission, die mir vor meiner Abreise bleibt... – ich möchte, daß Du sie mir abnimmst. Wirst Du mir helfen?«

»Filippo, Du weißt, daß ich alles tun würde, Dir meine Freundschaft zu beweisen.«

»Ich habe Faustina nichts von meinem Abschied verraten. Ich möchte, daß Du es ihr sagst, am Tage, nachdem ich abgereist bin. Und ich möchte, daß Du ihr ein Geschenk übergibst, das ich ihr selbst nicht zu geben wage. Es ist eine nicht geringe Summe Geldes, mit der ich mich dankbar erweisen möchte.«

›Das gehört mir‹, dachte Beri, ›das ganze Geld gehört mir! Davon bekommt sie keinen Taler, nichts! Und auch Roberto werde ich nichts davon sagen! Es ist das Geld, das mir zusteht, es ist mein Geld, es ist das Geld, das Filippo mir schuldet! Wüßte er, was er mir angetan hat, würde er es mir überlassen und nicht diesem roten Gewand, dieser Verführerin! Her damit, ich werde diesen Schatz hüten, und niemand wird davon erfahren. Es ist das Geheimnis, das Filippo und ich miteinander teilen.‹

Filippo machte sich an einem Schrank zu schaffen, Beri wartete ungeduldig. ›Herr, Gott, dachte er, ›laß es eine große, stattliche Summe sein, wie sie mir zusteht! Ich werde jeden

Tag eine Kerze in San Luigi dei Francesi entzünden, mein Leben lang. Und ich werde Messen lesen lassen zu Ehren der seligen Jungfrau Maria und zu Ehren des heiligen Giovanni!‹

Jetzt drückte Filippo es ihm in die Hand, und er konnte kurz hinschauen. Herr, Gott, es war eine ungeheure Summe, mit soviel hatte er niemals gerechnet. Er war ein reicher Mann, so reich, wie er es nicht einmal zu träumen gewagt hatte!

»Giovanni, ich vertraue Dir! Du wirst ihr sagen, daß ich sie immer in Erinnerung behalten werde. Mit ihr erlebte ich die glücklichsten Tage meines Lebens, sag ihr das. Und sage ihr, ich könnte nicht wieder glücklich werden, im Norden, ohne sie!«

›Er übertreibt‹, dachte Beri, ›jetzt übertreibt er aber gewaltig! Er wird schon jemanden finden, mit dem es sich angenehm leben läßt. Den alten Fehler, sich an verheiratete oder versprochene Frauen zu hängen, wird er jedenfalls nicht wieder begehen, da bin ich sicher.‹

»Ich werde es ihr sagen, Filippo, ich werde tun, um was Du mich bittest«, sagte Beri und bemerkte, daß es Filippo schwerzufallen schien, die Fassung zu bewahren. ›Am Ende wird auch er noch in Tränen ausbrechen‹, dachte er, ›dieser Abschied scheint das ganze Haus ja aufzulösen in Tränen.‹

»Ich werde die Schönste nehmen«, sagte Beri, um die Szene zu beleben.

»Was meinst Du?«

»Ich werde die Juno nehmen, aber die kleine, nicht die große, mächtige. Ich wünsche mir von Dir die kleine, schöne und stille Juno, die hat mir schon immer am besten von allen gefallen.«

»Du sollst sie haben«, antwortete Filippo. »Aber vorher begleitest Du mich noch eine, kleine Weile, darf ich Dich auch darum noch bitten? Es fällt mir schwer, allein durch die Stadt zu gehen, mir geht der Abschied doch seltsam nah, ich wäre froh, für kurze Zeit noch Gesellschaft zu haben. Reden wir nicht von dem, was uns bedrückt, schauen wir, was uns noch erfreut!«

›Ich weiß, was mich erfreut‹, dachte Beri, ›Ich habe gar keine Mühe, mir das auszumalen und vorzustellen. Ich bin Giovanni Beri, ach was, ich bin längst ein anderer, ein reicher Herr, ein Herr mit großem Vermögen, der sich in den besten Häusern sehen lassen kann!‹

Er begleitete Filippo hinunter. Filippo wollte nach Trastevere und noch einmal hinauf auf den Gianicolo, von wo aus man die ganze Stadt weit überblickte. ›Gehen wir mit ihm‹, dachte Beri, ›plaudern wir noch ein wenig, erweisen wir ihm diesen letzten Gefallen!‹

51

Am nächsten Tag erwachte Beri schon mit dem Morgengrauen. Er wollte sich auf die andere Seite drehen, um weiterzuschlafen, als er die seltsame Aufregung spürte, die seinen ganzen Körper befallen hatte. Das war ja ein Kribbeln, als sei der Leib von oben bis unten von Nesseln befallen!

Er stand auf und wusch sich, dann ging er hinaus. Am gestrigen Abend hatten sie Abschied voneinander genommen, jetzt hatte er die Sache wohl hinter sich. Seltsam war es schon, er hatte sich an Filippo gewöhnt, wie an einen Freund, den man sehr nahe kannte! Wie würde es ihm ergehen, ohne ihn? Langweilen würde er sich zunächst, das sah er schon kommen, dann würde er sich um einen neuen Auftrag bemühen.

Ach was, er wollte jetzt nicht an so etwas denken! Er war reich, das entledigte ihn vorerst aller Sorgen! Er ging zu seinem Lieblingsplatz vor dein Pantheon, dort war etwas los, er setzte sich neben den kleinen Brunnen und schaute zu, wie die Garküchen aufgeschlagen wurden.

Filippo hatte ihm sein Vertrauen geschenkt, vielleicht hatte er sogar niemandem so vertraut wie ihm! Wenn er gewußt hätte, was sie in Wahrheit verband – wie er wohl dann gehandelt hätte? Beri stand auf, das Kribbeln wollte nicht aufhören. Am besten er lief noch eine Weile durch die Stadt, dann würde es sich schon legen!

Aber mit den Stunden wurde er immer unruhiger. Wie ging es jetzt wohl zu im Eckhaus am Corso? Die alten Collinas wollten Filippo sicher nicht ziehen lassen, der kleine Professor würde stammelnd herumstehen, Federico und Rosina würden ihm weinend zur Hand gehen. Und Faustina ahnte nichts! Das geschah Ihr nur recht, er würde ihr die Nachricht schon bald überbringen, und er würde es genießen, sie erschrecken zu sehen!

Beri verweilte hier und dort, doch er wurde seine Aufregung nicht los. Mein Gott, Filippo hatte ihn zum Schluß so herzlich umarmt, als wollte er ihn gar nicht mehr gehen lassen! Zum ersten Mal hatte er Tränen in den Augen dieses Menschen gesehen, Tränen, die so gar nicht zu seiner Art paßten, er hatte sich abwenden müssen, um nicht seinerseits den Gefühlen zu erliegen. Ihre Verbindung hatte eine lange und kuriose Geschichte, schade, daß er, Beri, sie nur alleine kannte, er hätte zu gerne gewußt, wie Filippo darüber gedacht hätte!

Der Tag wollte nicht vergehen. Noch nie hatte Beri das Schlagen der Kirchenglocken so genau verfolgt. Die ganze Stadt schien befallen von einer großen, lähmenden Trägheit, oder kam ihm das nur so vor? Wie langsam sich die Straßenverkäufer bewegten! Und selbst die Hunde schlichen so müde durch die Gassen, als warteten sie nur auf die Nacht, sich irgendwo zu verstecken.

Beri bemerkte, daß es ihn immer mehr hintrieb zum Corso.

Jetzt, wo es schon dämmerte, würde Filippo seine Koffer gepackt haben, seine Zeichnungen zusammengelegt, seine Schriften geordnet! Mit dieser Habe würde er die Rückreise antreten, und der dicke Komponist, wie hieß er doch gleich, würde die Aufgabe haben, ihm das Abschiednehmen zu erleichtern.

Die Fenster des Eckhauses am Corso standen offen, Beri wollte sich etwas setzen, um aus der Ferne zu schauen, was dort geschah. Nun hatte es ihn doch wieder hierher verschlagen, und er saß da wie in alten Tagen, als er noch der einfache, kleine Spion gewesen war, der sich alles erst zurechtlegen mußte. Inzwischen hatte er viel gelernt, weiß Gott, er war ein anderer Mensch geworden, dem der alte Name kaum noch paßte. Irgendwann würde er etwas aufschreiben von dieser Geschichte, irgendwann, wenn sich seine Aufregung gelegt hatte und die Sache begann, in Vergessenheit zu geraten. Er würde sich von Alberto einige Bücher ausleihen, um sich in Stimmung zu bringen, aber im Grunde bedurfte es nicht mehr als des kleinen Romans von der Liebe des armen Werther, um in Fahrt zu geraten!

Wenn er nur diese Abschiedsszene leichter vergessen könnte! Irgend etwas daran hatte ihn an den Abschied von seiner Mutter erinnert, so verschieden diese beiden Szenen auch waren! Seine Mutter..., ja, sie hätte ihm befohlen, Filippo die ganze Geschichte zu erzählen oder zumindest das, was sich mit Faustina zugetragen hatte.

Beri rieb sich das rechte Auge. Den ganzen Tag kratzte und juckte er sich, es war kaum noch zu ertragen. Und wenn er nun hinaufgehen würde, um sich zu erklären? Filippo würde ihn schon verstehen! Beri zögerte, immer näher geriet er an das Eckhaus, er umkreiste es zweimal, begann, mit sich selber zu sprechen, und nahm sich vor, endlich den letzten Schritt zu tun.

Da aber, als die Dunkelheit in die Stadt einfiel, sah er Filippo das Haus verlassen. Er war allein und ging den Corso hinab zur Piazza Venezia. Beri folgte ihm sofort, nun war es wirklich wie in den alten Tagen, als er ihm tagelang hinterhergesprungen war. Und wie in den alten Tagen blieb Filippo ..., blieb der Fremde überall stehen und schaute. Der Vollmond erleuchtete die Straßen, ein weicher Glanz lag über der Stadt, die schönsten Monate des Jahres waren schon zu ahnen.

Da, jetzt stieg er hinauf zum Kapitol und setzte sich neben die Reiterstatue. Was wohl in ihm vorgehen mochte? Die mächtige sitzende Figur warf einen langen Schatten, beinahe bedrohlich. Beri atmete gehetzt, er kratzte sich mit den Fingern im Haar. Nun stand der Fremde auf und verließ den weiten Platz, aber nach der anderen, dunkleren Seite. Was er dort nur suchte? Dort gab es doch nichts zu sehen, nur die alten Ruinen, einen Brunnen, streunende Katzen! Schon wieder setzte er sich, mitten auf das freie Feld.

Er hätte zu ihm hingehen können, in diesem Moment. Er hätte sich neben ihn setzen können, um ihm alles genau zu erzählen! Aber nein, er durfte ihn in diesen Augenblicken nicht stören, denn es war ja deutlich zu sehen, daß dieser Fremde ..., daß Filippo nun allein Abschied nahm. Er kauerte sich unter den weiten Sternenhimmel, der in diesem Jahr noch selten so schön gestrahlt hatte, er blickte hinauf, er prägte sich noch einmal diese Bilder ein, wie er sich immer alles eingeprägt hatte, als müßte er es bewahren für sein ganzes, zukünftiges Leben.

Jetzt stand er auf und ging hinunter zum Kolosseum. Hier wurde der Weg immer dunkler. Oben, auf dem Palatin, brannten jetzt kleine Feuer, aber in der Nähe des großen Baus war kein Licht mehr zu sehen. Wo war er? Zuletzt hatte er doch in einem Torbogen gestanden. War er hineingegangen? Mitten hinein in das Dunkel?

Beri folgte ihm langsam. Niemand war zu erkennen. Das weite Oval des Kolosseums lag im verstreuten und silbrigen Mondlicht wie eine große, aufgebrochene Auster. Beri schaute sich um. Nein, auch auf den Rängen war nichts von Filippo zu sehen. War er am Ende noch weiter in die Tiefe gestiegen, in das dunkle, unterirdische Herz dieses Gebäudes?

Er wartete, dann ging er einige Stufen hinab ins Dunkel. Diese Kühle, dieser feuchte Atem! Nein, weiter würde er ihm nicht mehr folgen! In den dunklen Kammern dort unten war man nicht sicher, das mußte Filippo doch wissen!

Er stieg wieder hinauf und flüchtete ins Freie. Draußen wartete er und zählte die Stunden, eine, dann zwei. Schließlich gab er auf. Er hatte Filippo verloren, zum Schluß hatte er ihn also doch noch verloren!

Beri lief hinunter zum Tiber, jetzt war die schöne Osteria nicht weit. Ob sich Filippo dorthin begeben hatte, ob er ihm wieder längst voraus war? Beri klammerte sich an das Fenster und schaute hinein. Nein, Faustina bediente die Gäste, hier war er nicht.

Jetzt hatte das Brennen den ganzen Körper angesteckt. Er eilte am Tiber entlang und erreichte endlich seine Behausung. Nein, er konnte nicht hinauf, er wollte noch einige Stunden im Freien verbringen.

Er legte sieh in eine Barke und streckte sich aus. Jetzt war er wieder das Kind, der kleine Giovanni, der sich vor den Eltern versteckte. Oben lärmte sein Bruder Roberto, und im ersten Stock sang die junge Rosina. Die Wellen trugen ihm das alles zu, ja, er liebte das Wasser, er liebte...

52

Er erwachte, als die Sonne über das Wasser flutete. Die ersten Arbeiter machten sich schon im Hafen zu schaffen, er sprang rasch aus der Barke. Dann ging er hinauf in seine Zimmer.

Was wollte er hier? Schon setzte die Unruhe von neuem ein, es war, als triebe ihn jemand gewaltsam hinaus. Ob Filippo die Stadt schon verlassen hatte? Beri öffnete die kleine Schublade und griff nach dem Roman. Dann schaute er in den Schrank. Dort hingen der weite Rock und der breite Hut des Fremden. Er raffte alles zusammen, als müßte er es Filippo hinterhertragen. Dann verließ er die Wohnung.

Das Sonnenlicht schmerzte in den Augen. In der Frühe war es noch sehr kühl, gut, daß er den Rock mitgenommen hatte! Er warf ihn sich über und steckte das Buch ein. Schon war er wieder auf dem Weg zum Corso, seine Schritte führten ihn ja beinahe von allein. Nur einen Blick, nur einen letzten Abschiedsblick! Vielleicht stand die Kutsche gerade vor der Tür, vielleicht trug man die Koffer die Stiegen hinab!

Als er das Eckhaus erreichte, wußte er sofort, daß er zu spät war. Alle Läden waren geschlossen, das Haus machte den Eindruck eines von Menschen verlassenen Baus. Er klopfte, niemand öffnete, er klopfte heftiger, dann hörte er Federicos Stimme.

»Ist Filippo schon abgereist?« fragte Beri.

»Schon vor zwei Stunden«, hörte er die erstickte Stimme. »Willst Du hineinkommen?«

»Nein«, sagte Beri, »nein, nein. Ich habe noch etwas zu erledigen.«

Er ging zur Piazza del Popolo. Hier waren sie sich vor vielen Monaten begegnet, einander so fremd. Beri schaute sich um. Ja, dort drüben hatte er gesessen, mit einem Teller Makkaroni in der Hand. Er hatte sich über diesen Fremden gewundert, er hatte sich über ihn belustigt, er hatte sich an seine Spur geheftet.

Durch das große Tor hatte Filippo Rom betreten und durch dieses Tor war er am frühen Morgen nach Norden gefahren. Beri drehte den Reisehut in der Hand und betrachtete ihn. Diesen Hut hatte er in die Höhe geworfen, um sich der Stadt zu präsentieren! Und diese Stadt hatte es ihm gedankt!

Dann durchschritt Giovanni Beri das große Tor. Einige Kutschen kamen ihm entgegen, aber er drehte sich nicht mehr um. Er ging die breite Straße entlang, beinah wie ein Wanderer. Den Reisehut hatte er aufgezogen, der weite Mantel wehte um seine kräftig ausholenden Beine.

›Es ist, als machte ich mich auf den Weg nach Weimar‹, dachte er. ›Es ist wahrhaftig so, als wollte ich ihm folgen. Er läßt einen nicht los, von Anfang an ließ er einen nicht los. Ich hätte gern verstanden, wodurch er die Menschen so an sich zu binden vermag, ja, ich hätte es gerne gewußt!‹

Beri ging weiter, ohne sich einmal aufzuhalten. Die Stadt verschwand langsam aus seinen Blicken, in den Weinbergen zur Rechten und Linken ruhte man schon aus von der Arbeit.

Dann erreichte er den Ponte molle. Er setzte sich in die kleine Osteria, in der die Fuhrleute tranken und Karten spielten. ›Ich kann nicht begreifen, daß er fort ist‹, dachte Beri, ›Ich habe mich nicht von ihm getrennt. Nun fehlt er mir, ja, er beginnt, mir zu fehlen!‹

Er zog das kleine Buch aus der Tasche und las einige Zeilen. Jetzt hörte er ihn reden, diese tiefe, ruhige Stimme, die einen so großen Zauber entfalten konnte: »Bester Freund, was ist das Herz des Menschen? . . .«

›Bester Freund‹, dachte Beri, ›ja, verdammt, das war er. Er war mein bester Freund, mag ich mich auch drehen und wenden! Es ist, als hätte er mich verlassen, gerade mich!‹

Er fuhr sich mit dem Handrücken über die Augen, als er sah, daß einer der Fuhrleute an seinen Tisch kam. Es war ein alter, müder Mann, der ihn gleich ansprach.

»Der Herr möchte nach Rom? Darf ich den Herrn nach Rom bringen, in die ewige Stadt?«

›Mein Gott‹, dachte Beri, ›er hält mich für einen Fremden! Er hat gesehen, wie ich in dem Büchlein las, wer so in einem Büchlein blättert, den hält man hier für einen Fremden.‹

»Ich glücklich, nach Rom zu kommen«, antwortete Beri und winkte dem Alten zu.

Sie bestiegen das kleine Fuhrwerk, und langsam ging es wieder zurück. Beri lächelte, jetzt trug es ihn also heim, leicht und bequem. Wie schön diese Fahrt war, sie beruhigte ihn, ja, sie verwandelte ihn allmählich in einen gefaßteren Menschen.

Am frühen Abend durchfuhren sie die Porta del Popolo, Beri stieg ab. Er sah, wie die Wachsoldaten auf ihn zukamen. Er lüftete den Hut und grüßte sie. Sie fragten ihn nach seinem Namen.

»Ich heisse Miller«, sagte Beri, »Filippo Miller. Ich bin ein Maler aus Deutschland.«

Sie trugen seinen Namen in ihre Listen ein. Beri sah zu, wie die Schriftzüge Gestalt annahmen.

»Wo wird der Herr wohnen?«

»In der Locanda dell'orso«, sagte Beri, »mein Gepäck ist schon vor Tagen dorthin gegangen.«

Sie grüßten ihn noch einmal, dann setzte Beri den Hut auf und machte sich auf den Weg, die Stadt Rom kennenzulernen.

Melitta Breznik
Figuren

Erzählungen, 1999, 144 Seiten

Melitta Breznik erzählt sechs Geschichten von Frauen und Männern, sechs mit bewundernswert sicherem Feingefühl entworfene Physiognomien von Menschen, die, alleingelassen, sich immer heftiger in ihren Gefühlen verfangen und dennoch die Kraft nicht verlieren, sich auf ihre Weise zur Wehr zu setzen. Denn je mehr sich Brezniks »Figuren« nur noch mit sich selbst beschäftigen, umso mehr wachsen ihnen auf geheimnisvolle Weise auch neue Kräfte zu. Sie haben alle begriffen, worum es geht: um nicht mehr, aber auch nicht weniger als um ihr Leben.

»Mit wenigen sicheren Strichen zeichnet die Autorin Menschen und Landschaften, schafft eine Nähe, die den Dingen ihr Geheimnis belässt.«
Neue Zürcher Zeitung über Melitta Brezniks Debüt *Nachtdienst*

LUCHTERHAND